教育部人文社会科学重点研究基地

南京大学中国新文学研究中心
Center for Research of Chinese New Literature of Nanjing University

教育部人文社会科学
重 点 研 究 基 地
南京大学中国新文学
研究中心学术文库

主　编　丁　帆
执行主编　王彬彬
　　　　　张光芒

张光芒　著

文学回到人本身之后

南京大学出版社

目 录

论中国现代文学学术史的建构及可行性 …………………………… 001

"本土化"的根基:当下问题,理论原创 …………………………… 016

文学批评中作家"创作谈"的合法性问题 ………………………… 022

作家与人物形象的主体性纠葛

　　——《W 两个世界》对文学批评与创作的启示 …………… 028

李敬泽的批评伦理 ………………………………………………… 033

文化保守主义思潮的狂欢 ………………………………………… 042

关于启蒙的"中国化"实践及其逻辑路径的思考

　　——纪念"五四"新文化运动一百周年 …………………… 049

区域文化视野与南京百年文学史写作

　　——《南京百年文学史》绪言 ……………………………… 070

是"底层的人",还是"人在底层"

　　——二十一世纪文学"底层叙事"的问题反思与价值重构 … 081

当下文艺创作的"流俗化"现象反思 …………………………… 102

追索道德之光

　　——对张炜小说经典价值的一种解读 …………………… 118

以文学整理世界与人心

　　——苏童新论 ……………………………………………… 129

发现生活就是发现思想

　　——罗望子小说印象 ……………………………………… 145

人性的畸变与自我的救赎

    ——马原近期长篇新作读札 ·················· 152

人欲·人心·人性

    ——杨小凡小说创作论 ······················ 159

精神寻根的新路向与新立场

    ——评刘醒龙长篇新作《黄冈秘卷》 ·········· 174

话语的解放与潜能的释放

    ——评王蒙长篇小说《闷与狂》 ·············· 189

文学回到人本身之后

    ——评储福金长篇新作《念头》 ·············· 199

范小青《桂香街》的日常美学与"人心"艺术 ········ 204

从欲望之路到理性之旅

    ——评王大进长篇新作《眺望》 ·············· 210

创伤叙事与流动的成长记忆

    ——评修白长篇小说《金川河》 ·············· 213

论韩国作家金周荣小说叙事的审美张力 ············ 220

突入生活·开拓叙事·深掘人性

    ——2013年江苏长篇小说综评 ·············· 228

直面无边的生活挑战

    ——2014年江苏长篇小说综评 ·············· 244

历史与现实的交汇,乡土与都市的变奏

    ——2015年江苏长篇小说综评 ·············· 257

"当代史"意识的凸显与写作路径的拓展

    ——2016年江苏长篇小说综评 ·············· 267

深耕于当下生活的审美和突破

    ——2017年江苏长篇小说综评 ·············· 281

回到人本与回归初心

    ——2018年江苏长篇小说综评 ·············· 296

论中国现代文学学术史的建构及可行性

自 1917 年"五四文学革命运动"发起至今,中国现代文学已经整整走过一百年的发展历程;如影随形,中国现代文学研究自然也具有了一个世纪的历史。正如清代阮元在钱大昕《十驾斋养新录》的序文中所言:"学术盛衰,当于百年前后论升降焉。"①可以说,对中国现代文学学术史进行全面系统研究的"时机已经成熟"②。然而,至今尚未出现一部系统的中国现代文学学术史著作。由之,建构中国现代文学学术史便凸显出不言而喻的学理价值和现实意义。从学术史的视野回溯历史,既可以汲取丰富的学术资源,也可以帮助我们发现新的问题。

早在清末民初,学术史研究一度颇具规模,章太炎、严复、王国维、梁启超、胡适、刘师培等的学术史研究令人瞩目。梁启超的《中国近三百年学术史》等,更是学术史研究的经典著作。不过,这时期的学术史涉及文学较少,且非文学学术史;初步具有现代文学学术史视野的论著,从二十世纪二十年代才开始出现。三四十年代,陈子展《最近三十年中国文学史》、李何林《近二十年中国文艺思潮论》等文学史类著作均有部分涉及学术史的研究。1949 年后,随着现代文学史、当代文学史学科建制的确立,现代文学研究逐渐学科化、体制化,而学

---

① 阮元:《十驾斋养新录序》,见钱大昕《十驾斋养新录》卷首,上海书店出版社 2001 年版,第 1 页。
② 张光芒:《学术史研究的一种构想及其必要性——以现当代文学学术史为例》,《云梦学刊》2015 年第 4 期。

术化的趋势在很大程度上淡化甚至中断。新时期以来，从作家重评到文学史重写，从文学思潮的扩展到研究史的梳理，现代文学研究的学理性、系统性日益加强，如王瑶等《中国现代文学研究：历史与现状》、樊骏《论中国现代文学研究》，包括王瑶主编《中国文学研究现代化进程》、陈平原主编《中国文学研究现代化进程二编》在内的"学术史研究丛书"等，都从不同层面丰富了现代文学学术史研究视域。

　　不过，总体上看，一直以来涉及"中国现代文学学术"的成果多不成体系，散见于文学史、文学思潮史的研究中，单篇论文亦有涉及，但多碎片化。并且大多成果并未区分学术史与学术批评史、学术史与"研究之研究"、学术史与学科史之间的差异，在研究上多有重合与交叉等等。相对而言，本文所提出的中国现代文学学术史，无论在思想内涵，还是在体系建构上都将是一个探索性的前沿课题。

一、中国现代文学学术史的基本研究范畴

　　过去，古典文学和史学研究等领域都有着较活跃的学术史研究，而关于中国现代文学的学术史研究即便在"合法性"的基本层面上，也未曾得到充分的肯定。虽然中国现代文学研究面对的是处在"正在进行时"状态的研究对象，但这一学科毕竟已经"不再年轻"。无论是其他学科对现代文学学术史价值的质疑，还是现代文学学者对本学科学术史价值的困惑，这些都不应该成为继续困扰现代文学研究界的障碍。更重要的是，应该切实地建构起关于现代文学学术史的基本内涵与研究范畴。

　　在中国现代文学学术史的研究方法与思路上，应该从"文学学术"流变的视角，来进一步确立研究基点与研究范畴的边界。一方面，中国现代文学学术史应与其他学科的学术史区分开来，从"文学学术史"的角度切入，确立自己的研究边界，创立"中国现代文学学术史"的基本研究范畴。另一方面，中国现代

文学学术史的研究还应与过去的文学史、文学批评史与文学思潮史区别开,确立自己"学术史"的角度。这包含了从外围廓清到内在理路的清理的基本研究思路。

从外围廓清入手,问题的关注点首先落在中国现代文学学术史与其他学科学术史的区别上。在现代以前,文史哲不分家所形成的学术研究方法和模式决定了不可能有比较精细的人文学科学术史。随着近代大学教育的发展,近代学科体制的建立以及社会分工的日益精细,学科之间的壁垒逐渐增厚,基于一种学科内部研究的方式、方法成为可能。当然,学科之间的相对独立并不等于隔绝,尤其是近代以来各种文学观念和社会思潮转型,各学科之间的交叉学习和方法的借用是过渡时期的一种重要现象。如从生物进化论角度进行文学进化论解析的梁启超、胡适、鲁迅等大家,他们同时也是历史学者和哲学研究者等等。这种身份的复杂也就兼具了前述所言的学术背景,以及知识结构的复杂。又由于他们受西方教育和社会思潮的浸染,在这一方面显得尤为突出。这也是中国现代文学学术研究起步阶段面临的正常现象。所不同的是,在理清和延展中国现代文学学术史前史的同时,需要对究竟什么是文学,什么是历史,以及什么是哲学等问题进行回答。因此,中国现代学术史研究的第一个问题则退回到对文学研究本身的追问。所以在兼具了文学文本与历史文本甚或是哲学思想文本的现代中国,这样的辨析显得极为必要。

有学者对学术史研究的对象进行了大致的定义与辨析,"学术史的研究对象是学术在以往发展历程中的事件、成果以及与其有关历史状况组成的连续性轨迹"。并且"学术史的内容非常广泛,单就人文科学分,它包括哲学史、史学史、文学史、思想史、经济学史等专门的研究"。"事实上,许多专门史研究本身属于学术性质,但其研究对象并不完全为学术,例如文学史的研究对象多为属于思维的文艺现象,思想史的研究对象除学术思想外还有政治思想、法制思想、宗教思想、军事思想等,虽然都与研究历代学术现象的学术史有内容上的交叉,而研究方法、考察重点、探讨视角、立论架构均有区别,不能彼此替代。"①
这里指出,以文学史为研究内容的学术史研究既属于学术史研究的一部分,又
不同于其他学科的学术史研究,应该有着自身独特的方法和范畴。那么,文学
的学术史研究究竟是什么? 韦勒克等在《文学理论》一书中,开宗明义,"我们
必须首先区别文学和文学研究。这是截然不同的两种事情:文学是创造性的,
是一种艺术;而文学研究,如果称为科学不太确切的话,也应该说是一门知识
或学问"②。从学术史研究作为"研究的研究"的认知层面,文学的学术史研究
则可以称得上是对一门知识或学问的再认知,其直接的研究对象虽然是带有
研究性或者学问性的文本,但其内核始终离不开创造性的文学作品。

　　从文学到文学研究再到作为文学学术史的研究,它是一种以文学文本为
核心的递进式的研究,这就与以历史客观事实或逻辑活动等为核心的一般意
义上的学术史研究有着本质的不同。与此同时,作为方法的研究路径和考察
视角也决定了文学学术史研究不同于历史、哲学等的学术研究。因为文学作
为创造性的艺术活动,必然要对现实进行主观的虚构和想象。因此,在现代文
学学术史的研究方式上,主观情态的模拟以及文学体验性的感知等行为都是
不可或缺的重要途径。这种途径再加上具有科学因素的定量分析、归纳和综
合的逻辑推演等方式的介入,既增加了文学学术史的复杂性,同时也构成了它
独有的学术特点。相较历史研究的求真,文学研究的"真"更接近于思想和精
神上的"真",恰如亚里士多德所言,"诗比历史更普遍,更真实",甚至更富有哲
学意味。

　　如果说上述学科学术史的区别是学术史研究的外围廓清,那么对中国现
代文学学术史的研究与传统的文学史、文学批评史或文学思潮史加以区别,则
是对文学研究进行内部清理的必然要求。

---

① 张国刚等:《中国学术史》,东方出版中心 2002 年版,第 6—7 页。
② [美]雷·韦勒克,奥·沃伦:《文学理论》,刘象愚、邢培明等译,生活·读书·新知三联书店,
1984 年版,第 1 页。

　　从研究的层级上来讲,学术史的研究对象既包括作家作品论、追踪性的文学批评文本,也包括更加综合性的文学理论言说、文学史、思潮史、批评史等。因此,文学的学术史研究不仅要对上述内容进行"研究的研究",同时也要清理非学术的研究在学术史研究中的混杂。从狭义的角度出发,学术史研究强调"学术"的学理性、系统性与内在的逻辑性。能够进入学术史视野的主要是文学研究与评论、文学史、思潮史、批评史中与"学术"相关的内容。这不但取决于文学研究者的学术史观念,也要确立研究的内涵与边界。相较于从社会思潮等方面介入文学思潮的研究,二者在学理上是相通的,但是在实际的研究情形中文学并不等于社会。因此,社会思潮等看似可以解释的方法原理,在文学研究中有可能失去行之有效的解释力。中国现代文学学术史需要找到作为其独特研究谱系或框架的研究范式,而这也正是我们需要进一步研究和探讨的关键所在。

　　文学史、思潮史等研究的对象并不完全是文学的学术研究。虽然在学术研究的过程中涉及对学术研究对象范围的扩大,如文学思潮扩展到整个社会思潮,文学史扩展到整个社会史或政治史。不可否认,这种扩张是一种整体视域下学术研究的方法策略,但是需要警惕的是,文学的独立个性以及文学研究需照顾到文学作为整个文学学术研究的中心的学科属性,导致在一系列的学术史研究中,一些看似与文学相关的学术研究,实际上已经脱离了文学学术研究的范畴。譬如刘勇在《关于中国现代文学学术史研究的几点思考》一文中注意到,陈平原对李欧梵的《上海摩登》一书加以推介,并且将其纳入其主编的"学术史文丛"之中。"特别是该书研究的主要对象——上海的百货大楼、咖啡馆、歌舞厅、跑马场、亭子间等都市洋场特定的商业场所或文化空间,《东方杂志》《良友》画报等大众阅读刊物,以及电影院、电影明星、电影观众等大众文化产物——是与以往文学史研究以经典文本为主要对象很不相同的。"① 虽然从

---

① 刘勇:《关于中国现代文学学术史研究的几点思考》,《中国现代文学研究丛刊》2003 年第 2 期。

大文学史的角度来讲,李欧梵的研究确实扩展了现代文学研究的领域和范畴,但是从中国现代文学学术史研究的本质来看,李欧梵的《上海摩登》与其说研究的是中国现代文学,不如说是研究中国现代文学的关系更为贴切。进而言之,有些具有一定开拓意义的研究并没有抓住学术史研究作为"研究的研究"的根本要义,在一定程度上学术史研究显得漫无边际,不利于学术史研究边界以及学术史基本范畴的确立。中国现代文学学术研究不仅需要领域的扩大,更需要的是质的提纯与升华。

二、中国现代文学学术史研究的体系建构

与其他学科的学术研究相较而言,中国现代文学学术史研究处于不断调试和开拓的动态过程之中。当然,这只是一种表层现象的流动与繁荣,作为学术史研究,因为有着"研究之研究"的称谓,更加注重抛开学术研究的外在层面而进入中国现代文学学术自身的一些内部研究,而这也往往成为学术研究具有稳定性和学术范式特性的前提。从这一角度来讲,中国现代文学学术研究首先是一种由内而外、自身生发出的一种学术研究现象。不同于外在的前提和方法的介入,它的生长点始终牢牢地根植于不断发展和变化的中国现代社会的实际情况,也因此对于更多地脱离了社会实际状况而进入学术研究本身的古典文学而言,其很容易形成一以贯之的学术研究的方法。作为虽然"不再年轻",但是相比较古典文学依然年轻并且不断生长和延展的中国现代文学,其不仅要关照中国现代已经产生的文学文本与社会之间的互动关系,更要关注当下文学发生的现状,并且提供文学发展的未来趋向的动态可能性。因此,这种由内而外是一种学术研究的实际情况所决定的研究思路和研究逻辑,而自身生发则构成了中国现代文学学术研究不断扩展和深入的动力源泉。

是否因为中国现代文学学术的丰富以及动态性等特点,对于其研究的研究就很难把握和理解,并失去了行之有效的研究方法和路径? 答案是否定的。

丰富并不等于纠结不清,动态并不等于无迹可寻。对于中国现代文学学术研究来讲,依然有其可供把握和理解的路径。那么从中国现代文学学术研究的这一学科领域来讲,笔者认为应该对讨论对象的学术范式有一个谱系性的探究和梳理。如果要给中国现代文学学术史下一个较为准确的定义的话,它指的是:"中国现代作家与学者研究现代文学创作与文学现象所体现出的学术范式的特点及其演变,而学术范式包括研究者的知识资源、问题意识之所在,及其研究所显示出的学术方法和价值理念。"①总体上它应该包括对研究对象之问题系统、知识系统、方法系统和价值系统这四个层面的挖掘、梳理、辨析和揭示;进而言之,还需要在此基础之上,通过展示四个层面的系统的互动关系,构建起中国现代文学学术史结构体系。

问题系统、知识系统、方法系统和价值系统这四个层面的划分与辨析,对于学术史研究来说是至关重要的。它们分别指向研究者的学术动因、思想资源、言说理路和研究目的。四者之间虽然存在一定程度的交叉,有时也不易完全剥离,但从学术史研究的理论深度和内在要求来说,四个层面有着本质的区别。之所以从这四个层面建构学术史研究的体系,一个非常重要的原因在于,过去我们往往不言自明地将这不同的层面混淆。比如有时将研究对象的问题意识等同于知识资源,将方法思路混同于价值指向,或者将知识与方法等量齐观,等等。譬如"科学"这一概念,在五四文化先驱者与现代作家那里,有时是作为知识资源来言说,有时是作为价值追求来倡导,有时则会从学术方法的层面上来使用。这时候,如果不清醒地洞察其内在逻辑的来龙去脉,不认真地辨析出"科学"概念是在哪一个学术层面上运行的,就难以把问题说清楚。正是这一原因,造成了我们的研究常常被概念牵着鼻子走,陷于概念的纠结不能自拔的现象之中。就此而言,我认为在现代文学学术史的研究中,概念本身并不重要,真正重要的是去追踪概念是如何在学术史的不同层面之间运行的;理论

① 张光芒:《学术史研究的一种构想及其必要性——以现当代文学学术史为例》,《云梦学刊》2015 年第 4 期。

本身也不重要,真正重要的是去挖掘理论是怎样在这不同层面上被使用和被转换的。

就第一个层面的学术问题系统而言,问题意识总是潜在地规约着言说者一系列学术活动的思想方向和逻辑理路。中国现代文学的出现,总是面临解决实际问题需要而生产的一种文学形态,不能脱离具体的历史环境来谈论问题,更不可能仅仅关注文本本身而进行学术史的研究,因为众多的问题不仅规约和引导着中国现代文学学术研究的方向,而且给学术研究提供动力机制,也只有这样,中国现代文学的学术研究才能更好地贴近文学本身,贴近文学批评和文学史以及学术研究的整体氛围,感知和理解中国现代文学学术发生发展的历史流变。正如梁启超所观察的那样:"新学问发生之第一步,是要将信仰的对象一变为研究的对象。既成为研究的对象,则因问题引起问题,自然有无限的生发。"①这也就是为什么在中国的"五四"时期和八十年代,中国现代文学的学术研究不仅成为"显学",而且成为引导和驱动社会思潮向纵深领域开掘的领跑者。

由于问题的导向以及解决问题的需要,在中国现代文学学术史体系研究的第二个层面上,知识资源总是我们不可避免的选取和采用的重要对象。从知识资源的构成上讲,有两个方面值得我们注意:一个是构成知识资源的材料及其形式;另一个是知识如何呈现在我们的研究视野中。前者是我们研究的重要依据,除了日常所熟悉的文学文本、作者的手稿等之外,在新媒体语境下,对文学文本的生产和流通,文学的影视化和数字化对文学的影响和作用都成为我们现在学术研究不可回避的一个重要问题,也就是学术研究不仅要趋于真实客观地反映学术生态的一般情况,还要注重文学文本多样化形态。对于知识如何呈现在我们的研究视野中,应该也有两方面的来源:一方面是研究者自身的学术资源和知识背景的构成,决定了在研究过程中对文学文本的取舍

---

① 梁启超:《中国近三百年学术史》,中国社会科学出版社 2008 年版,第 64 页。

以及价值高低的判定,这成了学术研究个性化特征的重要理论来源;另一方面则是与新媒介有关的文学文本的生产过程,不仅涉及出版的商业化操作之于学术研究的知识多寡的选取,还有出版者、编选者等诸多个体的研究心态——包含其中,这也在丰富学术研究生态的同时,增添了一定的复杂性。在这一点上,看似死的文字也有了活力和研究的价值。

从学术问题的导引到学术资源的选取,这两个层面的学术研究更多地是呈现在表层结构的意义上,对学术方法以及学术价值的呈现则有着更深意味的思想价值。首先,方法和价值的呈现是学术研究逻辑链条的终端,对方法和价值的意义则体现在一系列问题的追问和知识资源的选取过程中。相较于问题和知识而言,其表现得更为隐蔽,需要逻辑关系的演练将其概括和提炼出来。

其次,对于学术方法而言,此方法非彼方法,不是任何带有方法的理论皆可以进入学术研究的场域。对于中国现代文学学术史研究来说,需要经过学科的检验和实际经验判断,成为行之有效的、有利于揭示现代文学学术研究真相的方法,才可以称之为中国现代文学学术方法,这也是中国现代文学学科区别于其他学科重要的判别标准之一。

再次,在方法与资源的互动关系上,方法仅仅成为对学术资源选取的一种态度,恰如胡适在论述五四新文学的意义时所标举的"评判的态度",换言之,作为方法的学术资源只是我们研究学术的一种路径而已,如果将方法上升到绝对的价值层面,那么不仅学术研究沦为方法论研究的工具,而且从根本上丧失了文学研究的个性和独立性。

最后,在价值层面,由于方法的运用有可能会成为价值导向的最终路径,当两者相互协作产生不断纠葛之时,尤其是方法不能解决实际问题的需要,并且不能满足所需价值观念的生产之时,方法的意义则会降低,价值的意义则会凸显。一方面需要区别什么是学术方法和什么是学术价值;另一方面则需要在这种差距之中寻找学术研究的独特性。因为学术研究并不是完全遵循学术逻辑链条,相应地,它不仅有各自学术研究的独特性,同时也有相互影响作用之后产生的非学术性产物。所以,不断调试和应用体系性的学术研究,不断发现学术研究新的生长点成为学术研究的可能。因为我们的学术研究不单是为弥合研究过程中出现的断裂和分散,为其提供研究的方向和有依据的解释,更是为学术研究提供动力支持和不断开拓新的学术研究空间的重要支柱。从这个意义上讲,学术史研究体系的构建,不仅应该成为学术研究者共同追求的目标,也是中国现代文学这一学科真正走向成熟的标志。

三、学术体系建构与中国现代文学学术史的流变

当立足于文学本身去进行中国现代文学学术史的建构,学术体系的学术价值则会大大地凸显。一方面,对重新审视和认识传统的学术研究有着更全面和系统的实践性;另一方面,这种探索也保持了学术研究的活力和前瞻性。

纵观百年中国现代文学的发展,在学术发生和发展的脉络上,学术体系所表现出的系统性有了动态的感知力。清末民初的学术体系,在学术问题的认识上基本处于先导的作用,引领了这一时期学术研究的动态流变。无论是章太炎、刘师培等人的古典学术研究路径,还是王国维、梁启超等人的新观念和新方法的借鉴,在某种程度上都是学术问题所主导的学术体系的建构运行。此时的中国并不缺少传统的经学研究,或者在某种程度上,传统经学所建构起来的学术体系一度阻碍了中国现代学术的发展,因此,鲁迅提出的"要少——或者竟不——看中国书,多看外国书",①并不仅是二十年代的问题,而是长久以来的学术研究的一种现实。从清末开始的"学术救国"理论是建立在中国近代以来积贫积弱的现实基础上,从"实业救国"到"学术救国"只是不同门类专业人士所采取的方式的不同,但都是来源于这一现实所产生的痛感效应。也

① 鲁迅:《青年必读书》,《京报副刊》1925 年 2 月 21 日。

因此，在学术体系的建构中，学术问题始终主导着学术体系的运行，而学术方法的选择则是这种问题意识指导下一种具体的研究路径。所以在大规模的中西新旧方法的论争中，学术体系的元问题意识决定了不可能产生根本上的分歧，正如王国维在《国学丛刊》序言中"正告天下"，"学无新旧也，无中西也，无有用无用也。凡立此名者，均不学之徒。即学焉而未尝知学者也"。他总结道："中国今日，实无学之患，而非中学、西学偏重之患。"①由是观之，中国学术近代转型的最根本原因则在于"三千年未有之大变局"的影响。

民国之后，"学术救国"的问题意识逐渐淡化，而以什么样的方式来"学术建国"的方法意识突显。从清末以来的中西学术方法论争，在"五四"以后逐渐转换为"全盘西化"的学术方法，无论是留学欧美的新青年团体和学衡派诸君，还是留学日本的创造社同人，在学术努力方向上的一致成为一大亮点。不用说此一时期主导文坛的力量多为留学生所占据，单就学术研究而言，学术方法的西化成为最根本的驱动力。胡适等人终身服膺的实证主义、学衡派诸君所臣服的新人文主义以及后期创造社同人所遵循的马克思主义等方法，成为"五四"后期很长一段时间内学术研究的重要特色。相对于清末民初一元化的学术问题意识的导向，多种方法的竞争则源于不同学术价值理念的需要，而学术价值的不同使得在学术方法的选取上产生了诸多的差异。胡适在《中国新文学大系·理论建设集》导言中回顾文学革命所走过的道路，总结道：

> 文学革命的作战方略，简单说来，只有"用白话作文作诗"一条是最基本的。这一条中心理论，有两个方面，一面要推倒旧文学，一面要建立白话为一切文学的工具。在那破坏的方面，我们当时采用的作战方法是"历史进化的文学观"……②

---

① 王国维：《〈国学丛刊〉序》，《王国维文集》（第3卷），中国文史出版社1997年版，第39页。
② 胡适：《中国新文学大系·理论建设集》，良友图书印刷公司1935年版，第18—19页。

这种理念先行,学术价值为导向的体系建构正是在对文学发展的方向进行前瞻之后的路径选取,"用白话作文作诗"的文学理念使得在方法的选取上采用"历史进化的文学观"是当时普遍使用的一种路径。无独有偶,鲁迅作《中国小说史略》力图"从倒行的杂乱的作品里寻出一条进行的线索来"①,而这"进行的线索"正是进化论影响的结果。但是主导这一方法的原因则在于"中国之小说自来无史;有之,则先见于外国人所作之中国文学史中,而后中国人所作者中亦有之,然其量皆不及全书之什一"②的现实原因,或者我们仍可以将鲁迅《我怎么做起小说来》的解释援引过来,"我也并没有要将小说抬进'文苑'里的意思,不过想利用他的力量,来改良社会"。又,"我仍抱着十多年前的'启蒙主义',以为必须是'为人生',而且要改良这人生"。③ 查漏补缺也好,"启蒙主义"也罢,从小说创作到小说研究的路径上,学术价值的主导成为文学创作和文学研究方法取径的重要原动力是不争的事实。

在此基础之上,同为留美归国的学衡派诸君则更倾向于白壁德的新人文主义。一方面,白壁德新人文主义观念的兴起源于对欧美等国家流行的实用主义、科学主义等方法的一种反拨。尤其是对人文科学而言,过度强调科学化的方法和研究丧失了学术价值的感性光芒,因此借用白壁德人文主义对欧美实用主义等科学方法的反拨恰恰适应了学衡派归国后对国内实证主义、进化论等科学思维方法的一种批判需要。另一方面,相对于实证主义、进化论等科学方法之于学术研究、社会改造以及制度设计等方面的贡献,新人文主义方法的引入和使用只是停留在纯理论层面的研究,对社会改造和教育改革等方面的影响微乎其微。但是,学衡派诸君回国时间正处于"五四"文学革命落潮阶段,而且进化论等科学思维方法所表现出的狂飙突进的革命形式出现了一些弊端,也为中国新人文主义思想的产生提供了土壤。两方面结合起来,学衡派

---

① 鲁迅:《中国小说的历史的变迁》,《鲁迅全集》(第9卷),人民文学出版社2005年版,第311页。

② 鲁迅:《中国小说史略·序言》,《鲁迅全集》(第9卷),人民文学出版社2005年版,第2页。

③ 鲁迅:《我怎么做起小说来》,《鲁迅全集》(第4卷),人民文学出版社2005年版,第525页。

对新人文主义的推崇正是选择了从纯理论层面对新文化运动进行批判,这种批判也正是学术价值主导下对学术方法选择的一种结果。

有着异曲同工之用的后期创造社、太阳社等人直呼"一切的文学,都是宣传。普遍地,而且不可逃避地是宣传;有时无意识地,然而常时故意地是宣传"。又言,"我们的作家,是'为革命而文学',不是'为文学而革命'。我们的作品,是'由艺术的武器到武器的艺术'"。① 所以从一开始在学术观念上的差异,导致在学术方法的选择上创造社与太阳社等同人掀起的"革命文学"浪潮更倾向于通过社会改造来完成文学革命。因此,无论是对马克思主义或社会主义的认识层面之于文学革命的理论诉求,还是从时代和社会之于文学革命的现实要求,都不可避免地将文学纳入社会改造的洪流之中,这也是二十世纪二十年代后期直至抗战结束文学扮演的角色的重要原因。

当然,从三十年代到抗战结束,仍然有一部分人从文学自身的感受和理解出发,在资源体系上将五四以来所出现的文学现象,诸如问题小说、新诗研究、小说创作等都视作新文学研究的对象,而且努力将社会问题化作文学问题来对待。因此,这种学术体系的建构更多地是从知识资源的角度来进行个体性的学术研究,也往往形成学术研究独具个性化色彩的学术风格。如沈从文的"情绪的体操"与"体操的情绪"等文学观念,梁实秋等人的"人性论"以及李健吾的"批评的人性理论",等等。

1949 年后的前三十年,学术研究的体系性在学术价值的主导下表现得更加明显,这种主导一方面表现为学术价值的预设,另一方面表现为学术价值的建构。"十七年"期间,马克思主义文艺理论得到长足的发展,这不仅得益于学术研究从二三十年代的"左翼"文艺运动开始努力建构起来的学术研究脉络,更受益于以学术价值预设为导向的学术方法选择的唯一性,马克思主义成为唯一的学术研究方法,只能沿此方向朝着更深层次的领域迈进。因此,这种学

---

① 李初梨:《怎样地建设革命的文学》,《"革命文学"论争资料选编》(上册),中国社会科学院文学研究所现代文学研究室,人民文学出版社 1981 年版,第 160 页。

术体系的建构是以非纯粹学理性学术价值的导向为主导，进而形成了五十至七十年代文学学术史的单一化。其中虽偶有创新，但总体而言基本处于一种学术史的停滞状态。

进入新时期以来，学理性学术价值逐渐焕发应有的精神和思想魅力，在结构体系中置换原有的不合理的学术价值主导位置，引领了从七十年代末期到八十年代中期思想解放和文学思潮的风尚。但是这种学术价值先导的学术体系也存在着先天的不足，尤其是延续"文革"时期口号标语式的方法，往往显得空洞无物，学术价值在一定时期内比较容易穷尽。换言之，学术价值的内在精神的焕发与学术资源、学术方法等体系内部发展的不均衡性引起八十年代中期对学术方法的重视，需要学术方法的更新为其增值。因此，1985 年的文学"方法年"和 1986 年的"观念年"以及八十年代中期开始的"重写文学史思潮"应运而生。告别了革命和理想的八十年代中后期，学术明显地朝着学术资源和学术方法两个重要方面转向。不断引进和应用西方文艺理论方法，走马灯式地在中国上演一轮。与此同时，思想淡出和学问凸显成为当时重要的转换标志。

随着中国市场经济的发展，消费文化心理的崛起，学术价值的缺失所引起的问题在二十世纪九十年代产生了影响剧烈的反思，"人文精神大讨论"只是其中重要的一个体现。随之而来的"现代性"体验在二十世纪末期擎起学术价值的大旗，从学术问题和学术方法两个方面重新审视中国现代文学，对学术资源的重新认定，对学术价值的重新厘定，一方面延续八十年代"重写文学史"思潮的余续，另一方面重建学术体系内部各方面的平衡关系。这也成为中国现代文学从命名到研究较为稳定的一种学术范式。

概而言之，学术体系的建立之于具体的学术研究仍然不可避免地有学术生长点所不能囊括的，但是作为学术研究的一种建构，这样的探讨无疑有着系统性重新检视中国现代文学学术史的可能，为学术研究的发展提供一种前瞻性的探索。并且学术体系内部各方面的组合始终处于一种动态流变的过程，适应于随时而变的学术动态,较之于单纯的静态学术研究而言,无疑体系性的建立有着更全面和客观的研究态度,这也是中国现代文学学术史自身发展呈现出的结果的必然趋势。

"本土化"的根基：当下问题，理论原创

一、"本土化"在当下的意义凸显

新时期以来，在我们的文学研究与文化领域，先后经历了标志着核心价值导向的五个关键词。按照时间顺序，它们分别是：七十年代末至八十年代中期的"现代化"，八十年代中期至九十年代的"走向世界"，九十年代末至世纪之交的"全球化"，二十一世纪初十余年的"现代性"，然后是最近几年的"本土化"。当然，这五个关键词如果仅仅作为文化概念或者理论术语，并非是以后者替换前者的面目而出现的。相反，这五个关键词事实上也常常同时活跃在同一个时空中。但是，当我们仔细回顾和梳理四十年来文化思潮的流变及其理论脉络，当我们重新感受四十年来文化脉动的深层价值指向，不难发现，在这些不同的时段，人们自觉不自觉的理论导向与文化追求的重心却发生着微妙而切实的转移。

正是在这一意义上，我认为，从现代化到走向世界，到全球化，到现代性，再到本土化，大致可以描述出四十年来文化理论与建设的关键词的流转脉络。

基于这一描述，我们还可以发现，五个先后被推到关键位置的关键词中，前四个其实都与西方文化密切相关。它们或者在工具理性的意义上，或者在价值理性的维度上，不可避免地以西方文化为理论参照或者价值预设。只有

近几年凸显出关键性的"本土化"，才旗帜鲜明地与西方文化做了切割。这固然得力于近年来主流文化所倡导的理论自信与道路自信，但真正重要的根源在于，无论是现代化和走向世界，还是全球化和现代性，都在不同的时期显露出自身的理论缺陷或者实践意义上的不足。这样的根源问题并非从新时期开始，而是早就潜伏于"五四"以来整个新文化运动与思潮之中。

1919年年底，胡适在《新青年》上发表了著名的《新思潮的意义》。在该文中，他指出新思潮的精神是一种"评判的态度"，重估一切价值。但他同时强调这种评判的精神实际上有两种表现，即"对于旧有学术思想的一种不满意，和对于西方的精神文明的一种新觉悟"。可见，所谓评判，所谓重估，主要是针对中国的旧学术旧思想旧文化，至于西方学说则基本不在重估之列。

作为该文的副标题，"研究问题；输入学理；整理国故；再造文明"被有的学者视为胡适关于新文化运动的"完整纲领"。这一纲领性的系统主张包含四个层面。认真辨析可见，研究问题的说法仍然较为笼统，它主要在"问题与主义之争"的语境中才具有针对性的内涵；而再造文明的说法可以说是新文化运动的唯一目的。这第一个层面和第四个层面，只能说是新文化运动的前提和目标；真正具有理论指导和实践价值的主要是输入学理和整理国故两个层面。整理国故这一方面尽管在胡适那里已经极尽理性和辩证之能事，它不但在"五四"新文化运动中，被更多的文化先驱者视为改良主义而遭到排挤，而且在"五四"以后各个时期的文化理论与实践中也从未占据主流。

这也就意味着，胡适所揭橥的新文化建设纲领的各个环节和层面，在实际的文化建设进程中不断被削减，而主要留下了"输入学理"一项。

二、"本土化"的焦虑及其根源

从"五四"至二十世纪三四十年代，从1949年到新时期，"输入学理"的意义被知识界不断放大。结果历经百年以后，当下中国的文化理论界，面对纷繁复杂的文化、文学现象，依旧未能探索出一种有效的阐释系统或者理论范式。在此前提下，"本土化"作为晚近凸显出当下价值的关键词，它一方面体现出人们在文化理论建设上的自觉追求，另一方面也是一种强烈的文化焦虑的反映。学界或者紧跟西方文化思潮，以流行的西方理论阐释中国问题，导致研究理论与对象的错位。或者与之相对，试图以本土化建设抵抗西方"影响的焦虑"，却在一定程度上导致本土范围内的保守性与文化自恋情结，仍未能走出西方的理论陷阱。

当人们谈到"本土化"焦虑的原因时，一般会聚焦于两个方面：一是西方话语的强势介入；二是本土性的失语。但这两个方面的原因探讨尚未涉及深层的根源。"本土化"焦虑更本质的根源在于西方话语在介入中国语境时，不仅输入学理，而且输入价值。如果只是如此，也许还没有构成最大的问题。更重要的问题要往更深一层挖掘，一方面，输入学理时重心在于概念化的学理，另一方面，输入价值时重心在于抽象化的价值。

在中国，西方学理的概念化与西方价值的抽象化过程，就意味着无视西方思想与思想产生的语境之间的逻辑关系，人为地切割并剥离西方学理与文化语境之间的有机关联。

例如，二十世纪九十年代以来，不少学者认为在中国谈启蒙已经过时了。其最重要的学理资源是阿多诺和霍克海默的"启蒙辩证法"。启蒙辩证法所描述的启蒙从反对神话开始，最终自己却成了新的神话，走向了自身的反面，这一观点并非纯粹理性的演绎。它有两个基本的思想前提：一是西方社会经过了长期的和充分的启蒙运动；二是在二十世纪三四十年代，欧美社会所追求的文化进步正在走向其对立面，呈现出欺骗人的繁荣假象。阿多诺和霍克海默正是在描述西方尤其是美国社会现象的基础上得出了"启蒙辩证法"这一著名的理论命题。而中国本土并没有经过西方十八世纪那样的充分的启蒙运动，正在成长的现代理性更没有进入异化为理性神话的阶段，仅仅是凭着部分社会现象的貌似，就得出中国已经进入"后启蒙"时代的结论，显然是悖谬的和错位的。

可见，切断了西方学理与思想语境的内在关联，将某一种学说概念化，甚至普适化之后，被输入的话语既不能在本土语境中解决本土问题，也不能创造适用的本土价值。如果对西方方法与价值的认同占绝对优势，如果方法论焦虑解决的仅仅是方法本身，而不能有效地使用，那么就既不能充分地建立属于现当代文学学术自身的问题范畴，更不能对文学创作提供切实有益的指导和参照。说得严重一些，这是西方问题对中国问题的一种文学入侵。

三、"本土化"的误区与"本土化"根基的重建

"本土化"也有一个属于自身的概念家族，也有一系列的文化实践与历史流变，像从现代时期一度被热议的"大众化""民族化""中国化"，到后来的"中国作风与中国气派""民间立场""东方主义"等。这些概念或者带有意识形态色彩，或者沾染着民族主义的情绪，或者流露着阶级论的色彩，容易在理论探讨与实践中陷入误区，走向文化的反面。相对而言，带有中性色彩和理性色彩的"本土化"则更具有鲜活的生命力，这也是它终于跃升为当下文化核心关键词的重要根源。

但是在今天，本土化的意义凸显之际，基于本土化的焦虑而产生的另一种倾向也值得警惕。那就是，过分从文化立场上强调本土化，反而不利于本土化的理性建构。特别是试图以本土化来抵抗全球化、以民族主义排挤西方现代性的"以中反西"文化策略，越容易遮蔽其内在思想理路的中/西二元对立问题，也更容易给文化界以虚妄的鼓舞。这样的"本土化"理论更深层的危机在于它的理论意识更多地来自西方话语的启示，与"西方化"同样缺乏理论的原创性意识，而其严重的文化自恋情结，必然也会导致文化上的进取心的丧失。

因此，我们必须摆脱理论上的"自我殖民"，超越传统/现代、中/西、本土化/全球化的二元对立思维模式。从与当下日常生活息息相关的文化现象着

手，把文化建设的重心深植于当下生活的土壤与生命体验的本相，建构契合当下现实问题的原创性的文化理论，从根本上改变文化理论缺少"元话语"的局面。也就是说，本土化的建构完全不需要口号式的鼓动，更不需要运动式的喧闹，它真正需要的是集中打牢两个方面的根基，即问题的当下性与理论的原创性。待这两个方面都解决了，理想中的本土化自然就建构起来了。

四、问题的当下性与理论的原创性

我所说的"问题的当下性"不仅是要求发现本土问题，提出本土问题，解决本土问题，更重要的在于这些本土问题必然是针对具体现象的此时此地的新问题，连同提问的方式也必然是新的、及物的、启人深思的和促人猛醒的。而且，这样的问题在一开始与理论无关，与立场亦无涉。它主要与本土文化的主体——"人"，包括当下文化条件下的人性、个体性、人民的权利和义务等息息相关。

从当下问题出发，与从那些未经反思的概念、未经检验的理论出发，完全是不同的两种文化境界。比如在现当代文学研究界，常常被哲学界、美学界与文艺学思潮的理论概念牵着鼻子走。理论界流行什么，现当代文学研究界就流行什么。这样就很容易遮蔽真正的本土问题和当下问题。

比如贾平凹的长篇小说《极花》，讲述了城市底层女孩蝴蝶被人贩子拐卖到偏远贫穷乡村的令人唏嘘的故事。蝴蝶面对虐待与强暴，拼死抵抗，待到她生了儿子之后，竟然开始慢慢地适应起这里的生活。以致后来当警察及父母将蝴蝶解救回去后，她却无论如何也找不到新生的感觉，终于又重新回到被拐卖的地方。对于这个令人唏嘘的故事，评论界更多关注的是城乡对立问题，正如小说中描述的城市像一张血盆大口，"吸农村的钱，吸农村的物，把农村的姑娘全吸走了"。人们更多地忽视了蝴蝶出人意料的选择，蝴蝶悲剧的更深层原因却在于本土文化心理的一系列问题。这些问题恰恰隐藏在蝴蝶被解救之后：急于将自己嫁人的父母之爱，周围带有异样眼神的那种同情及指指点点的闲议。这些东西较之蝴蝶在丑陋的山村所受到的戕害更甚，更难以令人忍受！

可以这样说，城乡问题，即蝴蝶为什么被贩卖，并不具备充分的当下性；蝴蝶为什么最终拒绝被解救，才是真正的当下问题。由此，我们可以联想到当下的许多文化评论倾向。比如，最近人们在评论女学生被某教师性侵，导致其自杀的悲剧结局时，习惯用他"饿狼扑食般夺走了她的贞操"这样的词句来强调作者的正义与激愤。然而，恰恰是这样的正义之辞充满了极其可怕的伦理逻辑：受害者有罪，无辜者不洁。当人们众口一词表达一个受害女性被夺去贞操的时候，实际上已经无情地剥夺了她活下去的希望。这说明在这里，"贞操"这一概念，这种理论话语及其相关的提问的方式，完全是荒谬的和违背人性的。

在某种象征意义上，蝴蝶被解救后重回山村的选择，宣告了西方话语在本土问题阐释的无效性。"自由""解放""人道主义"这些理论不适合她；回到被囚禁之地，她至少没有不洁之罪，至少可以安心地活下去。

进言之，针对本土语境和当下问题，我们必须探寻原创性的理论和有效的阐释路径。而这必然包括切实反思现有理论资源，坚决摒弃无效却遮人耳目的话语逻辑，重新建立解决本土问题的有效的阐释范式，从而创造符合人性要求和时代内在需求的本土价值。

文学批评中作家"创作谈"的合法性问题

重视作家的"创作谈"本来是文学批评活动中的正常现象。但是,近年来出现了一种不良的倾向,即批评家在解读文学作品时,一方面将作家的创作谈视为重要线索和重要依据;另一方面,也常常将创作谈上升至价值评判的最高旨归。这即说明在当下整个文化语境中存在着"创作谈"崇拜情结,同时也是文学批评主体性衰退的典型反映。这一倾向如果走向极端,甚至会造成作家"创作谈"对文学批评的"敲诈"现象。文学研究者在文学批评活动中,到底可以在多大程度上信任作为研究对象的作家的"创作谈"? 同时又可以在多大程度上持怀疑态度? 换言之,文学批评中作家"创作谈"的合法性本身已经成为一个问题,值得我们辨析和深思。

一

作家谈论自己的写作过程、创作体会、文学理念等的文字,我们一般都称之为"创作谈"。有时候,创作谈类的文章即就自己的某一文本或者某些作品甚至整体性的创作发表体会与感想,有时候则不针对自己的某些创作,主要是以记叙与议论相结合的形式谈论自己的生活经历、人生感悟或者文学追求等。因此,这里所说的"创作谈"是一种广义的说法。除了比较典型的作家创作谈、作家访谈、作家对话外,还应包括作家撰写的"自序""后记""书话"等,作家的书信、随笔、散文、自传类文字，只要涉及与其创作的关系，也可以视为变体的创作谈。

自二十世纪初中国新文学诞生以来，文学批评活动便相伴而生并日益发达。文学批评史历经百余年发生了多次转型，但是有一个特点却始终不改，并且日益突出，那就是批评家在文学批评中对作家创作谈的高度重视。当然，这里所说的文学批评也是广义上的概念，包括文学评论以及与文本解读相关的作家论、文学现象研究和文学史写作等。像鲁迅《〈呐喊〉自序》、钱钟书《〈围城〉序》、郁达夫《〈沉沦〉及其他》《忏余独白》等，不仅在相关的文本解读中几乎每评必引，甚至直接影响并框定了后人进行作家作品研究的思想理路和阐释模式。

对于创作谈的重视本来是正常的现象。通过对作家不同文本之间内在联系的挖掘，通过对作家理性观念与感性审美的互文性的考察，知人论世，见微知著，这原本也是深入阐释文本、理解现象、重写文学史的必要途径。但是，如果过度信任作家创作谈的真实性，如果过分夸大作家创作谈对理解文本的"论据"作用，甚至将作家的创作谈视为进入作家审美世界的解读码而"按图索骥"，那就会带来相当多的误区。问题就在于，这已经成为文学批评与文学研究界越来越突出的一种趋势，不妨将它称为文学批评中的"创作谈"崇拜情结，或者"创作谈"泛滥现象。

这种现象在文学生产与传播的各个层面都有鲜明的表现。从创作主体来说，作家们似乎越来越热衷于发表创作谈。我们经常看到，某个作家有新书要出版了，或者在他的作品刚刚问世之际，总是抓住一切机会发表关于新著的创作谈。从文学传媒来说，报纸杂志越来越刻意开辟更多的栏目、版面发表创作谈。像《小说选刊》《长篇小说选刊》《小说月报》等，越来越喜欢在小说文本后面附加上更有针对性的作家"创作谈"，这也往往被视为编辑办刊努力程度更高、敬业精神更强的表现。包括报纸、网站在内的许多媒体在宣传介绍新出版的长篇小说时，也往往采用"著名作家×××谈新作×××"这样的方式，如果再加一个新奇而醒目的正标题，那传播效果与影响力自会更大。近年来，不但文学刊物如此，有些文学研究类的杂志也开辟了创作谈或作家访谈栏目，以此加强文学批评的现场感与互动性。从文学活动方式来说，作家协会、出版社、研究机构等，在组织作家作品研讨会或者新书发布会的时候，越来越倾向于将作家与批评家集中在一起进行讨论。这时候，批评家不仅要讨论作家的创作文本，而且还要认真地倾听作家的"现身说法"。

上述现象还不是最重要的，"创作谈"崇拜情结更加突出地反映在批评文章中。批评家或研究者在解读文学作品时，一方面将作家的创作谈视为理解人物形象、分析故事情节或者索解创作目的的重要线索和重要依据；另一方面，也常常将创作谈上升至价值评判的最高旨归。比如，我们在大量的评论文章中会发现，作者对文学作品进行了充分的文本细读之后，在总结自己对作品的整体评价的时候，经常会用这样的句式加以概括："正如作家本人所说"云云。也就是说，研究者对自己通过文本分析最终得出的结论是否有理有力是不自信的，这时候他就会自觉不自觉地以"创作谈"为最高标准：文本分析一旦印证了作家"创作谈"所标榜的思想艺术高度，那么这篇评论文章在逻辑上就站住了，在理论高度上就毋庸置疑了。这样的批评句式，这样的批评逻辑，这样的批评文体结构，在当下的硕、博士论文中，在大量的文学批评文章中，比比皆是，不胜枚举。对此，批评家们基本上习以为常，文学批评已经形成习焉不察的思维模式，乐此不疲。可以说研究界完全没有意识到问题的严重性，忽视了它对文学批评自身的伤害。

二

文学批评中的"创作谈"崇拜情绪和泛滥现象对文学批评自身的伤害，首先表现为过分倚重当时作家本人的"证词"作用，盲目夸大作家创作谈的真实性，使文学批评陷入了"证人的记忆"效应或窠臼。心理学上有一个现象，叫

"证人的记忆"效应,人们通常难以抗拒。即由于我们想当然地把证人视为唯一能够提供客观证据的人,相信他的证词就是他亲眼看到、亲耳听到并如实讲出来的东西,而事实上,心理学研究发现他们的证词并不准确,仍然带有个人倾向性,充满个人的观点和意识。甚至在证人回忆的精确性问题上,那些对自己回忆的准确性信心十足的人并不比那些缺乏信心的人更高明。但现在的批评家在解读创作文本、分析人物形象的时候,特别喜欢以作家"创作谈"中所涉及的历史回忆为根据,索解文本审美与历史的关联。也就是说,文学批评在正确地将作家的创作视为主观的创造物的同时,又错误地将"创作谈"视为客观的事实。

法国自传理论家菲力蒲·勒热讷提出过一个理论,认为自传的作者同读者、出版者之间有着一个约定,即自传者向读者和出版者承担着诚实并准确地叙述自己的义务,这就是著名的"自传契约"。它虽然是一个无形的"契约",但其心理暗示作用却是巨大的。当作家标示自己写的是"创作谈"、是个人回忆录、是自传的时候,人们便信任了真实性的承诺。比如作家笔下同样的故事甚至同样的叙述方法,如果标示为自传,那就被视作客观的;如果标示为自叙传小说,那就是虚构的。但实际上,无论是自传还是小说,都是主观的和想象的,虚构的和虚假的。正如《魔鬼夜访钱钟书先生》里所说:"你要知道一个人的自己,你得看他为别人做的传。自传就是别传。"作家的"创作谈"其实仍然是作家的创作,仍然是文学叙事,只是有一个无形的"自传契约"误导了批评家和读者。在这样的误导之下,批评家既难以抵达历史的真实,也无法真正呈现文本与历史的关系。

创作谈对文学批评的伤害之二,表现为思想与理论上强大的牵引力。当我说批评家将"创作谈"视为证词的时候,实际上包含着双重含义:一方面是历史与事实层面上的,即上面提到的将其视为准确的和客观的证词;另一方面则是思想与理论层面上的,即把作家"创作谈"视为进入作家文本的思想导引与美学导引,视为思想与美学上的证词。前者多见于侧重于叙述的自传性"创作谈"，后者在以议论为主的"创作谈"中屡见不鲜。当然，绝大多数"创作谈"都同时包含这两个方面，只是侧重点不同而已。

小说家和诗人之所以成为作家，要归功于他们形象思维的发达或者叙述能力的强大，与他们的理论水平、美学主张并没有直接的对应关系。即使对像鲁迅、萨特等那样的将理论家与作家集于一身的大师，我们也需要将其理论与文学创作分开来研究。但现在越来越多的作家越来越不满足于让作品本身说话，越来越失去了对批评家和读者的信任，也似乎越来越惧怕自己的创作价值被遮蔽，文学高度被低估。有的研究者在撰写作家论或者作品评论的时候，习惯于找作家对话和请教，想当然地认为这样才能更好地占有第一手材料，才能做出更具权威性的评论。笔者不时在作品研讨会上遇到作为当事人的作家在评论家面前诚恳、认真、细致地详述自己"为什么如此塑造某一人物形象"，"为什么在故事情节上有如此这般的设计"等。批评家有时候也乐意听到这样的自我阐释，甚至会主动向作家询问相关的问题，这时候作家在强烈的要求和鼓励下，便会眉飞色舞地进行自我阐释，表达自己高深的创作意图和崇高的审美理想。在这些"创作谈"的牵引之下，评论家们往往不得不将评论文章"努力地"拔高到作家明言的追求高度，否则就似乎显得评论不到位。

牵引力的强大除了让评论帮作品揠苗助长外，另外一种表现则是对研究者批评思路、研究方法、理论思维的暗示性导引和禁锢。陈平原在梳理学术史上"现代文学"这一概念的形成机制时，就发现这样一个饶有意味的现象："倘若不考虑各家命运的荣衰与升降，单就学术思路而言，新文学创立者的自我总结，始终规范着研究者的眼界与趣味。""当事人的证词与研究者的成果，二者过分一致，既可喜，又可忧。当人们再三引证胡适、鲁迅等人的精彩论述时，很少追究其立说的文化背景及心理动机。"①这里所说的"当事人的证词"与本文所说的"创作谈"并不完全重合，但指出研究者的观点结论与当事人"过分一

---

① 陈平原：《学术史上的"现代文学"》，《中国现代文学研究丛刊》1997 年第 1 期。

致",确实抓住了研究界长期存在的一大症结。

如果我们把一个文学流派视为一个有着强大向心力的作家群,同时把这个流派的理论主张或者文学宣言视为这个作家群的"创作谈",那么我们同样会发现这一问题。比如,我们习惯于以"为人生"的理论分析并概括文学研究会的创作,以"为艺术"的主张阐释并总结创造社的文本。两个流派在艺术主张上也许有着较为尖锐的对立性,但他们的创作实际上在"五四"时代氛围之下便有着相当程度的互文性、共振性乃至相通性。在其"创作谈"的牵引下,文学研究不仅人为地夸大了两个流派在创作实践上的对立,不客观地拉大了二者的精神距离,而且也落入"为人生"或"为艺术"的思想路径中,难以达到有效的理论深度,自然也难以取得突破性的研究进展。

文学批评中的"创作谈"崇拜现象对文学批评自身的伤害,从本质上导致了批评主体性让渡的问题。在笔者看来,批评家面对的唯一研究对象是文学作品,是脱离了作家母体而具备了相对独立性的文学文本。面对这一对象,批评家必须保持历史的分析与美学的分析相结合的独立性,必须坚持从文本出发进行思想艺术考察的个体立场,必须具备独立进行价值判断与文学史评判的主体性。这也是文学批评存在的根本价值之所在。从这一意义上来说,文学批评中的作家"创作谈",在"证词"和"标准"两个层面上都不具备合法性。它只是在重观点不重论证、重煽情不重逻辑的浮躁学风之下,被无限地拔高,披上了合法性的外衣。于是,文学批评不但无限信任了当事人言说的真实性,而且将批评标准的制定和裁判的权力拱手送给当事人。进一步遮蔽了批评家的主体性,消弭了文学批评的独立性,并最终解构了文学批评自身的存在价值。当然,笔者并不认为批评家不应该重视"创作谈",只是在特定的层面上否定文学批评中"创作谈"的合法性,提醒人们打破"自传契约",克服"创作谈"崇拜情结,从而最大限度地唤回文学批评的主体性和创造本质。

作家与人物形象的主体性纠葛

——《W 两个世界》对文学批评与创作的启示

韩国电视剧的创作与播放机制与中国不同,他们一边进行创作和录制,一边同步播放,在这一过程中要根据观众的反应调整剧情甚至改变剧情。如果观众反应很差,则会被下令停播,使某剧中途夭折。可想而知,电视剧这种严格的生产—传播机制,会给作者、导演与剧组人员带来多大的压力。但这种压力也正是动力,不论这种压力多么严苛,它至少是公平的和透明的。也许与此有关,韩国电视不仅自成风格,并且不断表现出新的突破和创造力。继《来自星星的你》之后,《W 两个世界》又是一部给我极大惊喜的作品。这部电视剧极其独特的故事设计与叙事结构,给人以强烈的震撼和莫大的启示。电视剧表达的有些方面与我平日思考的问题与追寻的答案不谋而合,有些方面则强化了我的见解。它们既有美学与哲学上的、审美与创作上的,也有关乎社会与人生的。对文学创作与文学批评来说,其启示性虽然不无一定程度的神秘色彩,但它对文学创作规律的独到揭示,它对文学批评家如何解读作品所提供的特殊角度和思路,都具有独特的价值和非同凡响的意义。

《W 两个世界》首先给我这样一种启示:作家创作出的审美世界,既是作家主体世界的影像投射,也是作家潜意识的隐曲反映。作家的主体世界越强大,潜意识越复杂,并且这种强大与复杂的东西越是源源不断地注入审美世界之中,这样产生出来的作品就越饱满,越有力,越经典。故事中,吴成务人到中年,一事无成,且遭妻子遗弃离婚,这打击对他而言无疑是巨大的。他用漫画的形式创造了一个能力超强且命运坎坷的英雄形象姜哲,这里面的关联是不言而喻的。而每当吴成务要用自己的笔杀死姜哲之时,也正是他心灰意冷和绝望的时刻。不理解这一点,就很难理解故事发展的内在逻辑。不理解这一点,就很难理解一个穷困潦倒的中年男人何以突然成了著名的漫画家。

那么,这是否意味着作家主体对对象世界中的人物有着随心所欲、生杀予夺的特权? 恰恰相反,作家主体与潜意识进入审美世界并非毫无规律可循。这也正是第二个启示:作家不是他笔下人物的上帝。

"人物形象"也是"人",作家塑造人物形象时要有对"人"的敬畏感。从来就没有什么救世主,也没有神仙皇帝。人们都会认同这一道理。然而在作家创作的时候,我们常常会发现有些作家是把自己当作他笔下世界的上帝的。他们会想当然地认为他笔下的世界、笔下的人物不过是他的创造物,甚至是傀儡而已。这时候,类型人物、扁平人物、传声筒等也就出现了。殊不知,人物形象也是具有主体性的人。作家在塑造人物的时候,要心存对"人"的敬畏感。这种敬畏感就是指作家刻画人物时必须既符合人性的规律,又顺应人心的逻辑。人物性格一旦形成,人物形象的心理世界与生命轨迹就不可以单纯按照作家的情绪与好恶来改变,只能在人物的性格特征与其所处的社会关系的复杂纠葛中符合逻辑地进行。这时候,作为创造者的作家主体与作为人物形象的对象主体是平等的,是两个主体之间的对话关系。

在电视剧中,我们看到,吴成务在塑造姜哲性格形成的过程中,符合逻辑地赋予了人物形象以强大的自由意志,这时候作家是成功的,作品也是成功的。但当吴成务要提前杀死姜哲以结束故事时,作家便违反了创作的基本规律,犯了创作上的大忌。因为这时候,姜哲的性格已经形成,他的超强意志不可能不发挥出应有的能量。电视剧以荒诞的情节极其形象地传达了这一美学原理。姜哲拒绝被杀死,而且从漫画故事穿越到现实世界中来,与自己的创造者展开了剧烈的冲突。吴成务嘲笑姜哲无论怎样仇恨和痛苦,都不会开枪打死他,因为他就是这样设定姜哲的人物性格的,结果出乎意料,忍无可忍之下的姜哲扣动了扳机。在电视剧中,漫画还不时地自动延续,不受人为控制。这些都寓示着人物性格即使形成也不是静态的和完全固定的,而是会随着生活的变化而符合逻辑地变化和发展的。

进言之,不但每个人的生命轨迹是按照"这一个"个体与社会相碰撞的独一无二的逻辑展开的,而且在每一个个体与他人的关系中都构成独特的"这一个"世界。由此,引申出关乎文学基本问题的重要启示。

这第三个启示就是,每个人都生活在一个与他人不同的"世界"当中,他就是这一个世界里的主人公。任何他人则都分别是另外的一个世界里的主人公。相应地,你是另外的主人公世界里的配角,而别人则是你的世界里的配角。当然,这里所说的主角与配角主要是美学意义上的和结构性的,并不必然地与地位高低有关。而且同是主人公,喜剧的主人公是幸福的,但悲剧的主人公却是谁都不愿意成为的最痛苦的人。明白这样的道理,才能知道如何与他人相处,才能活得澄明而非混沌。

我们看到,当故事的主人公吴妍珠与姜哲相爱和订婚后,她便取代了漫画中姜哲原来的秘书兼女朋友尹昭熙而升级为女主人公。因为这一变化,尹昭熙的身体开始出现消失的症状。这时候尹昭熙只有重新开始爱情,并爱上另一个男人,也就是找回自我,成为另一个世界的女主人公的时候,才能够确立存在的前提。其中的人生哲理无疑是非常丰富的,与《来自星星的你》相似,《W两个世界》也有一条爱情的主线,但前者更像是关于爱情的超级新奇和完美的审美游戏,后者则更多地关涉爱的哲理:对"人"的尊重和对生命的敬畏是一切爱的前提。

与此同时,我们还发现,一个主人公自以为是地认为他是所处的世界的中心,然而在另一个次元中的人眼中,他们的想法、他们的秘密、他们的算计完全祖露于阳光之下,无人不知。这就给了我们又一个重新的启示,即第四重启示:我们的人生几乎处在透明的状态之下,试图掩盖自己的本性与丑恶,企图展现给世人一个良好的形象，那是徒劳的。只有从内到外都在追求真善美的人与人生，才能走进真实的世界之中。

我们常常发现有的人永远在用冠冕堂皇的言行来掩盖真实的一面，树立虚假的一面，然而事实上，其潜台词与真实的本性无人不知，无人不晓。这就像极了《W两个世界》中读者们对漫画世界中角色的人生百相了如指掌，而漫画中的人物却自以为是地秘密掌控着整个世界。剧作中的反派人物议员韩哲浩，在故事的第一集中陷害姜哲，指控是姜哲杀死了家人，并提议宣判姜哲死刑。由此，姜哲这位17岁的世界冠军从辉煌的顶峰堕入绝望的深渊，而韩哲浩则凭借此冤案成功地操控了舆论和民意，飞黄腾达。一个少年，一夜之间不但失去了所有的家人，而且被诬陷为杀人犯，这双重的痛苦让他精神几近崩溃。待到后来，当杀死姜哲父母与弟弟妹妹的真凶浮出水面时，即将竞选总统的韩哲浩不但没有一丝后悔，反而变本加厉地以犯罪行为来掩盖真相。他的阴谋、动机、心理与行为，在另一个世界里，不过就是作家的一种设计，是每个读者都看得清清楚楚的一种恶劣表演。然而在韩哲浩这里，却相信自己能够将这阴谋玩弄得天衣无缝。由此可见，大凡一意孤行的世间恶人，最大的一个特点就是始终把私利置于真相之上，把阴谋置于阳光之上。其实，每个人在世人面前都不过是漫画中的人物，只有放弃表演性，方能与真实世界融为一体。所谓人在做，天在看，"天"不是别的，就是世人，就是你周围的那一双双眼睛。

另外，《W两个世界》还让人不得不接受这样一系列人生的必然逻辑，即只有善良才是一个人最后的保护神；每个人都应该有自己"存在的理由"，如果没有这样一个理由，那么就无异于行尸走肉。

与韩哲浩不同，故事中的真凶，即神秘黑衣人，是一个为恶而恶的形象。如果说韩哲浩是把行恶当作自己获得成功的手段，其最终目的是为了实现个人的私欲；那么这位神秘黑衣人则不同，他没有个人的目的，他存在的唯一理由就是杀人作恶，也可以说，行恶就是他的目的本身。这让我想起季羡林有一篇题为《坏人》的散文，里面提出了一个"坏人定律"。根据他的观察，他发现坏人，"同一切有毒的动植物一样，是并不知道自己是坏人的"；另一方面，他还发现，"坏人是不会改好的"。为此，季羡林不得不怀疑，天地间是否有一种叫作"坏人基因"的东西呢？显然，《W 两个世界》中的神秘黑衣人就是季羡林心目中典型的坏人形象。

在二十一世纪的今天，我们越来越发现，人性是不断嬗变的，人心的变化亦是无穷的。对从事文学批评的学者来说，仅凭美学理论已经越来越难以深入解读文艺创作与审美现象。从鲜活的现实生活中发现艺术规律，从原创性突出的文艺作品中发现人性逻辑与审美逻辑，应该不失为文艺批评突破的重要途径。

李敬泽的批评伦理

一

李敬泽最近几年接连出版了《会饮记》《会议室与山丘》《青鸟故事集》等引起读者热议的书,这些书里的篇章,文体杂糅,内容多样,在各种叙述形态、审美意象或者语言形式间自由穿梭。对这些颇具挑战力的文本,不少学者注意到其作为"中国之文"的散文美学、自由精神等方面的特色。在我的阅读感受中,它们依然是智性和审美并重的批评文本,在这些难以归类的文本背后始终站立着一个李敬泽,始终灌注着一种带有李敬泽特色的思维规律和伦理逻辑。如果说大家印象中那些更典型的文学批评是作为批评家的李敬泽的创作,那么这些新的篇什也可以视为作为作家的李敬泽的批评文字。

实际上,李敬泽本来也不能用学院派批评家的范畴加以框定,那么从文体形式上说,李敬泽那些关于文学经典或者中外作家的读书随笔,那些针对当下写作的对话体文章,那些给评论家写的序文或者书评,等等,都完全可以视为各种变体形式的文学批评。如果从文化批评与社会批评这一对相对应的概念来说,李敬泽这些作品在美学上无论被视为传统意义上的"文章",还是被视为带有文体革命色彩的"散文",无疑都属于文化批评的范畴。李敬泽早就深刻地意识到,"实际上,文学的问题只是大时代里的一个小问题,或者说,很多问题就文学谈文学是谈不清楚的,我们要跳出去看看,除了会议室,还要有山丘"。① 显见,李敬泽的散文、随笔、读书笔记类文本其实正是他的文学批评的有机性扩展和有效补充。从另一个方面来说,他的文学批评还需要从他的另类文本中寻找从"小问题"中"跳出来"的路径。所以,以李敬泽的最新文本形式为切入口,谈论他的批评伦理,感受其思想言说与审美话语打开的新空间,触摸它们与此前文本或互文或跃升的轨迹,这不仅是可能的,也是非常必要的。更重要的是,也许只有透过这些文本,同时联系李敬泽众多更加典型的评论文章,我们才有可能更完整更清晰地看到他文学批评的内在逻辑。

当我们强调李敬泽是一个"中国式"的批评家,或者将他许多散文化的批评文本视为"中国之文"的时候,已经注意到他整体性的批评话语与近代以来的批评话语传统之间所形成的独特关系。二十世纪初,有两篇评论文章作为重要的标志,典型地预演了一百多年以来的两种文学批评范式。一篇是周作人 1922 年在《晨报副刊》上发表的《"沉沦"》一文,该文以美国阿尔伯特·莫台耳的理论著作《文学上的色情》为直接依据,以其对"不道德的文学"的系统分析为批评标准,同时结合弗洛伊德的精神分析学说等理论方法,得出结论说《沉沦》"虽有猥亵的分子而并无不道德的性质"。这一篇文章在某种程度上预演了现代以来文学批评的基本模式,即以西方理论为标准和依据,对中国文学文本进行审美阐释和价值评判。

另一篇文章是 1904 年王国维的《〈红楼梦〉评论》,此文也包含同样的西方理论与中国文本两个东西,即以叔本华《意志与表象之世界》为核心的悲剧理论和《红楼梦》。但与周作人完全不同的是,王国维关于《红楼梦》乃"悲剧中的悲剧"的结论并非完全根据叔本华的理论推导出,他对《红楼梦》之美学价值和伦理价值的分析也不完全以叔本华的理论为批评标准。钱钟书等学者也早已注意到其中的矛盾。这里无意展开分析,只是想强调王国维此文与周作人本

---

① 傅小平:《李敬泽:从会议室到山丘,向着各种可能性敞开》,《文学报》2018 年 10 月 11 日。

质上的不同。在王国维这里，叔本华与《红楼梦》都是研究对象，都是言说话题，所以他不仅以叔本华的悲剧理论来阐释《红楼梦》，同时也以《红楼梦》的表象世界来言说或者重新阐释叔本华。

这就意味着，中国文本在这里也具备了部分的美学理论价值，而西方理论在某种程度上也视为可以被进行个体化阐释的另一种形式的文本。也就是说，在周作人那里，西方理论是批评的尺子，中国文本是被衡量的对象；而在王国维这里，西方理论与中国文本则是互为标准，互为对象。学者李庆本将王国维注重"中西方平等双向的互文性关系"的研究模式称为"跨文化阐释"①，以与"用西方理论来阐释中国文本"的笼统说法相区别，就十分富有启发性。当然，这两篇文章的内在区别与二位大师的言说动机，即其批评的问题之所在是直接相关的。周作人不仅要为郁达夫的《沉沦》"辨诬"和正名，更是为了新文化运动之提倡新道德、反对旧道德的价值宗旨保驾护航；而王国维批评的动因更多地则来自对文化现实的思考，也包括对人生痛苦体验的困惑。

二十世纪初以来，周作人的批评范式占据绝对的主流。以至于到现在，似乎一篇评论文章如果没有引用几个西方的理论方法，就显得缺乏学术深度。而王国维所开创的批评方法则日渐式微，较少有批评家能够自觉地对中国文本与西方理论同时进行反思，也少有批评家以传统美学或者古代经典的审美意象、审美资源来阐释当代文本。正是在这样一种背景下，李敬泽的批评文本在一定程度上承续了王国维的文学批评范式，它代表了一种几近消失的批评话语的复兴，并由此激活一种新的批评伦理。

二

如果只是习惯于孤立地看待一位作家或者批评家的某些观点，便难以抵

---

① 李庆本：《〈红楼梦评论〉的现代学术范式——纪念王国维〈红楼梦评论〉发表一百周年》，《中国文化研究》2004 年第 2 期。

达其话语背后的深层问题域和思想的真实面目,这在浅阅读盛行的今天尤其需要警惕。我想我们可以从批评问题、批评资源、批评方法和批评价值四个层面,特别是从这四个层面之间的互动关系去理解李敬泽的批评伦理及其突出特色。

从李敬泽批评切入问题的角度和提问题的方式来看,他的批评文本有三个特点值得关注:其一是从具体的文学本文或现象本身出发提出问题,拒绝使用先在的视角和外在的概念;其二是从当下的生活出发;其三是从个体的生命体验出发。他尤其强调"在任何情况下,保持向着新鲜活跃的人类经验开放的能力",他把那种"抓住一点死理,就以为拿到了万事万物的尺子,一路比量过去,轻易而坚决地下判断"的批评家称为"浅薄固执的陋儒","这个物种我们自古不缺,于今也不缺"[1]。正是基于此,李敬泽再三强调:"我想做的,是为一个人或一群人在这个时代的纷繁的感受和想法赋形,使它获得某种问题意识,呈现出某种形式。"[2]

批评家的问题意识直接决定了他要调动怎样的批评资源,这些资源包括理论上、思想上、审美上乃至来自社会和生活的赐予与启悟等等。而一个批评家的批评资源的矿藏也必然会进一步影响着对问题的分析途径和方法。我注意到李敬泽早在二十世纪八十年代最初的一两年间,也就是他十七八岁的时候,因为母亲在图书馆工作的便利,接触到了台湾联经出版公司 1977 年出版的《中国现代文学批评选集》,里面选的都是夏济安、夏志清、余光中、叶维廉、杨牧、刘绍铭等到二十世纪七十年代为止大陆以外华语批评界的重要人物的批评文章。八十年代以后,在现代文学批评领域,西方理论和批评话语很快成为主流,在当时这也是一个很有意思的现象,反而恰恰是置身西方的海外汉学家,对中国传统美学精神、批评方法等有深入的体会和娴熟的运用。尽管李敬泽后来在八十年代也读了很多西方理论,但这一本书却使他对中国传统

---

[1] 李敬泽:《会议室与山丘》,中信出版社 2018 年版,第 8 页。
[2] 傅小平:《李敬泽:从会议室到山丘,向着各种可能性敞开》,《文学报》2018 年 10 月 11 日。

美学精神有一种特别的认同。"像叶维廉和杨牧诸位都受过新批评的影响,他们把中国传统批评对'审美机枢'的直觉敏感与精巧的、细致的文本分析熔于一炉,如庖丁解牛,应手而自由。"①应该说,这也就是人们都注意到的,李敬泽是一个"中国式"的批评家的重要原因。

李敬泽常常自谓读书颇"杂",学问极"杂"。谈到自己的批评观念的建立时,他有一个突出的感受,那就是"那些隐秘地指引着我们的阅读和批评的很可能并非我们抽象出来的条款或理论,而是一种类似于童年经验一样的事物"。他慨叹,以后不管读多少书,"只有这本借而不还的书,是真的留下来了,它在生长"②。读过李敬泽的文章和著作的人惊异于作者读书之广与深,熟悉李敬泽的人也常常慨叹其眼界之高远和目光之敏锐,这一切共同构成了其源源不断、立体化的和活的批评资源。

不过,人们尽管可以羡慕李敬泽的勤奋善思,也可以羡慕他得天独厚的资源和条件,但是任何丰厚的资源都不能替代个性化和创新性的批评方法对资源的使用和调动。在李敬泽看来,天下最应该怀疑的可能就是"那堆材料","资料下面,是复杂含混的人心,不能或不愿形诸文字,若对人心无感觉,所能摸到的大抵只是皮毛"③。比如,李敬泽曾谈到自己最早读过的一本外国文学,即《吹牛大王历险记》。这部小说对作为读者的他来说,"那是一种厚颜无耻的虚构精神,是大胆地用语言创造现实,是一种神奇的魔力"。显然,这种"神奇的魔力"发生在一本书与一颗心之间,发力于一对一的隐秘通道。他越来越认为这才是"小说的神髓所在",才是"小说的秘密"④。所以我们会发现,在他的批评方法的演绎之下,文学是创造思想的,而不是传达思想的。进一步说,文学创造的思想不是以一个固定的面目来面对全体读者的,它有时候也许只是

① 李敬泽:《会议室与山丘》,中信出版社 2018 年版,第 93 页。
② 李敬泽:《会议室与山丘》,中信出版社 2018 年版,第 94 页。
③ 李敬泽:《会议室与山丘》,中信出版社 2018 年版,第 113 页。
④ 李敬泽:《青鸟故事集》,译林出版社 2017 年版,第 341 页。

面对一个特殊的读者。这是一种敞开的思想，一种不能被事先归类的思想。

基于这诸多的自觉意识，李敬泽的批评方法就显得极其深微细腻而力量丛生，圆融无痕却敏锐逼人，且能够根据对象范畴的不同而辗转于不同的方法之间。王国维那种"学无中西、法无新旧"之理念在李敬泽这里得到了自觉的实践。一方面，李敬泽的文学批评特别体现出中西对话、古今交融、理论与文本互释的突出特点；另一方面，他同时也从来不拘囿于知识的框架之中，而孜孜追求着历史与审美的互证互补，锐意追踪着社会生活与文学叙事的互文和罅隙，潜心探讨着文学形象与人性人心之间的矛盾和悖谬。他的批评文本内在地要求"对真实的世界是如何运行的有一种直觉的和经验的把握"。因为对文学批评来说，"不知世道、不贴人心，无论如何都是致命的问题"①。他深知作家们都在慨叹着"生活大于想象"，但他不认为这是生活的问题，而是文学的问题；不是社会的问题，而是作家的问题。"我坚信，网上、微博上那些把我们的作家忽悠得六神无主的信息绝不是这个世界的全部，依然有很多很多东西留在沉默的区域，等待着作家去写它。我甚至认为，那些让我们如此惊慌惶恐的东西可能恰恰是幻觉，它本身就应该是审视和观照的对象。"②可以说，他对文学真实与生活真实这种极为独到的理解和判断力，在今天尤其富有启发意义。

三

下面进一步谈的是第四个层面，即李敬泽批评伦理的价值指向问题，这也是最复杂和最有潜在意义的一个问题。从刘勰《文心雕龙·知音》到章学诚的《知难篇》，李敬泽从中深深地感悟到："知言难，知心更难，知言知心而又知人与人世者，又比更难还难。"③凡是有着价值创造和整体性旨归的野心的批评

①　李敬泽：《会议室与山丘》，中信出版社 2018 年版，第 6—7 页。
②　李敬泽：《会议室与山丘》，中信出版社 2018 年版，第 12—13 页。
③　李敬泽：《会议室与山丘》，中信出版社 2018 年版，第 1 页。

家,有这种难乎其难的感喟实在是出乎必然。批评家要直面的主体不止一个,他要面对作家主体,同时要面对文本形象主体,还要面对读者的接受主体。其中读者的接受主体还包括两种,一个是文学文本的接受主体,另一个是批评文本的接受主体,二者之间也大不相同。批评家无论是对作家主体内在精神及其复杂性的梳理和把握,还是对人物形象主体性的阐释和透视,最根本上还是面对读者的言说,最终还是要归结于给读者及其背后的这个世界以新的价值启示。

我注意到,李敬泽念念不忘他 10 岁左右读到《钢铁是怎样炼成的》的感觉。这部小说本来是要告诉你"钢铁是怎样炼成的",但他当时却"只盯着一个冬妮娅",最喜欢的人也是冬妮娅,是她的美,是"她穿着类似海魂衫的上衣,短裙飘动,灵巧地奔跑,闪闪发光的笑声在林间回荡"①。我想,这对于多年以后李敬泽面对各种潜在的读者阐释文学作品时是有极大的启示性的。假如他评论的对象还是《钢铁是怎样炼成的》,那么他必定会拒绝直接地去教育读者,因为这样就会"陋于知人心";他也不会仅仅告诉读者钢铁是这样炼成的,因为这样会切割了人世的整体性和主体的丰富性;他会用更多的笔墨去告诉读者,冬妮娅为什么会在一个中国男孩那里留下了"永难磨灭的印象"。

正是因为参透了批评之难,李敬泽的批评文本不拒一切资源和合理的方法论,同时也不认同任何带有偏见或者片面性的流行范式。尤其难能可贵的是,李敬泽特别重视作为批评家主体的"自我"的在场,"这样一个'我',对批评家至关重要。无论对人或对事还是对作品,批评家的'我'摆进去,就不仅仅是资料和学理,资料和学理是他的力量而不是规训他的力量,这个'我'有可能把他引向难以测度、难以被定见所囿的人类经验的复杂之域"②。显见,李敬泽充分意识到批评家所面对的多元主体及主体间性所带来的复杂性与潜在悖谬,唯有极力扩张批评家主体,才不至于陷入批评对象的纠缠,才有望克服阐释的

---

① 李敬泽:《青鸟故事集》,译林出版社 2017 年版,第 343 页。
② 李敬泽:《会议室与山丘》,中信出版社 2018 年版,第 115 页。

命定的困难，从而抵达价值启示的彼岸。

李敬泽的文学批评所呈现的有"我"之境，既进一步表现为锐意解构人们习以为常的宏大伦理，又表现出对个体哲学与个体性伦理价值的追求。创作文本常常会存在宏大叙事的阴影，批评文本则常常充斥着宏大批评伦理的遮蔽。在李敬泽的批评视野中，这种宏大伦理有两个主语值得重新认识，这是相辅相成的一对概念：一是历史；一是人民。他从布罗代尔那里获取了对客观"历史"的解构启示，同时又互文性地从萨拉玛戈那里获得了对"人民"重新加以理解的启发。他深刻地认识到，真正的历史在"无数细节中暗自运行"，那些"引人注目的人与事不过是水上浮沫"[①]。在解读《修道院纪事》的时候，他则敏锐地指出，小说中的三个主人公隐于人群，隐于时代，他们是无法被历史叙事识别出来的"人民"的成员，"但他们的梦想和痛苦，他们从人群中采集起来的意志却消解了君王、教会的神圣权力"[②]。

李敬泽特别强调，即使是史学家布罗代尔"也不能让那些伟大的无名者发出声音"，"这只有小说能做到"[③]。所以，他的批评文字志在寻找"那些隐没在历史的背面和角落里的人，在重重阴影中辨认他的踪迹，倾听他含混不清、断断续续的声音"[④]。这里不妨以一个例子来看李敬泽是如何"倾听"声音和如何"辨认"踪迹的，同时也可以感受一下他批评的问题、资源、方法和价值等层面之间互动的运演机制。

比如，在解读盛可以《道德颂》这部意蕴复杂的长篇小说时，李敬泽就很认同尼采所说的："没有道德现象这个东西，只有对现象的道德解释。"在他看来，道德并非一个自然事实，它不能自我呈现，它有赖于人的体验和论证，也只能依赖人的"解释"，而拒绝解释的"道德"是佞妄和悖谬的。李敬泽进入《道德

①　李敬泽：《青鸟故事集》，译林出版社 2017 年版，第 360 页。
②　李敬泽：《青鸟故事集》，译林出版社 2017 年版，第 335 页。
③　李敬泽：《青鸟故事集》，译林出版社 2017 年版，第 335 页。
④　李敬泽：《青鸟故事集》，译林出版社 2017 年版，第 360 页。

颂》时，即由此文本本身所聚焦的道德现象而提出问题。他发现，一方面主人公旨邑的全部斗争就是要从"天经地义"之处取回可以被重新解释的道德；另一方面，小说叙述彻底的独一视角却在逻辑上让她追求的道德流露出"自我封闭"的危险倾向。因为在道德问题上，个人的生命体验必应敞开，"我"要走向他人，我的境遇要与他人的境遇交换。李敬泽发现《道德颂》就表露出这样的道德敏感：盛可以没有回避旨邑的矛盾性，道德上的"我"与"我们"之间的斗争不时会在叙述中跳将出来。① 可以说，这里既发现了作家主体意识与生命体验的微妙悖论，也与李敬泽自身的道德困惑相碰撞。实际上，李敬泽对道德问题的时代性和个体性有着长期的观察、思考与体悟，比如在《那些做不到的事》一文中，他就独到地质疑了"道德底线"的现实逻辑及其危害。人们常常把"道德底线"视为做人的"最低纲领"，殊不知事实恰恰相反，"道德底线与其说是我们最易达到的，不如说是我们最易逾越的"②。令人惊讶的结论中，充满着促人猛醒的启示性。当李敬泽指出《道德颂》中那个微弱的"我们"，"它应该在，但它破碎、微弱、难以确认"时，的确是抓住了"这个时代精神之病的真正要害"。

李敬泽的批评伦理所向直指人的救赎，但他不认为有一种共同的道路可供借鉴，或者有几种既定的方向可供选择。他精辟地指出，中国的作家们和中国的贪官污吏们有一个共同的写作倾向，那就是"都喜欢哼哼唧唧地歌颂他们的童年"，结合对孟子的解读，李敬泽发现歌颂童年实际上就是暗示他们的本性是善的。令人敬重的先贤孟子一不小心就这样"为后来的无数赖汉提供了要赖的口实"③。可见，人性本善还是人性本恶这样的本质性命题或者宏大叙事，在批评伦理的建构中真的没有那么重要，唯有聚焦于人性与个体性之间的幽暗地带，方有希望抵达那难以测度的"复杂之域"。

---

① 参见李敬泽：《"我"或"我们"——〈道德颂〉的叙述者》，《当代文坛》2007年第2期。
② 李敬泽：《咏而归》，中信出版社2017年版，第18页。
③ 李敬泽：《咏而归》，中信出版社2017年版，第33页。

文化保守主义思潮的狂欢

一、文化保守主义思潮的狂欢之年

2015 年，是"五四"新文化运动一百周年，然而，它却成了文化保守主义思潮最狂欢的年度。

众所周知，以弘扬优良传统文化为宗旨、以复兴儒学为肌理的文化保守主义，在二十世纪九十年代崛起，经过世纪之交较充分的发展，近年已经成为当代中国思想界、文化界最有影响力的社会思潮之一。尽管如此，文化保守主义这个一度被新文化运动先驱者视为靶子的社会思潮，就是在整整百年后的 2015 年，迎来了它真正"扬眉吐气"的时代。此时，它似乎终于摘掉了一度遮遮掩掩的面纱，摆脱了新文化思潮或浓或淡的阴影，大尺度地迈开了曾经小心翼翼的脚步，甚至它不再满足于仅仅是多元社会思潮中的一元，而要证明自身是具有划时代意义的一种必然选择。正如《光明日报》上一篇文章中所说，"中国在历史上从来没有像今天这样成为世界思想文化交汇与激荡的中心"，在中国与世界深度融合的今天，"我们继承发扬以儒家文明为代表的中华文化的智慧，正是为了更多地解决中国和世界所面临的各种难题，为探索中国与世界的长治久安、和平发展而努力"。①

---

① 《儒家文明与当代中国》，《光明日报》2015 年 4 月 27 日，此文系瞿奎凤、江曦整理的"儒家文明与当代中国"学术研讨会纪要。

二、在合流中扩张势力

文化保守主义思潮的狂欢首先来自民间、学术思想界与主流意识形态三者的首次牵手与合流。过去,文化保守主义思潮要么散落于民间,要么居于学院一隅;或者官方的倡导得不到普遍的响应,或者民间知识分子与学院知识分子得不到官方的有力支持。但是现在不同了,弘扬传统文化的思想潮流不再是某一方的一厢情愿,而是天时、地利、人和共同作用的结果。有学者注意到,在大陆,儒学的复兴并不是官方倡导的产物。在 2013 年年底到 2014 年之前,官方从来没有正式明确表达对儒学的态度。但在那之前,民间的国学热与儒学复兴已经产生了广泛的影响,"官方的正式表态可以视为对这种影响的一种顺应"。以另一位大陆新儒家的说法,政治牵手儒家正是"势之所在、理之固然"。

但是,这种"顺应"对文化保守主义思潮的扩张与发展具有不可低估的促进作用。比如这一年,郭齐勇担任主编的《国学经典丛书》由长江文艺出版社隆重推出,首次出版了 30 个品种,包含经、史、子、集等各个门类,被视为囊括了中国优秀传统文化的精粹。这在过去也许是难以想象的。更重要的是,合流之下,传统文化的价值观与当代主流价值观之间的共通性得到了最有力的发掘。如李存山的《新三字经与社会主义核心价值观》既是一部继承中国传统文化、追寻根源的书,也被视为培育践行社会价值观、实现传统文化的创造性转化与创新性发展之作。陈明、朱汉民主编的《原道》第 28 辑①推出了"伦理复兴与国族建构"专题,共包括 9 篇论文,从不同角度集中探讨了儒家伦理复兴与国族建构的相关学术问题与文化实践问题。

我们也看到,这一年,带有文化保守主义色彩的学术活动非常频繁,文化

_____

① 东方出版社 2015 年 10 月版。

活动、民间活动异常活跃,而且格外高调。比如,2015 年 11 月在深圳正式成立了"中华孔圣会"。这是一个以"尊孔崇儒,弘扬传统,重建信仰,复兴中华"为宗旨,立足于中国面向全球的儒家民间组织。引人注目的是它有着显明的价值诉求,即远远不止是把儒家文化作为客观对象进行理性研究,而是要把儒家文化放置在信仰的高度,把孔子当作至高无上的"圣人"来对待。"圣人"所代表的儒家精神价值是绝对的、不能质疑的、不可评判的。因此,它的章程规定其会员"必须信奉儒家的文化精神价值,必须是信仰"。并且,该会成立之后,准备向有关方面申请,让儒教成为合法的宗教。这代表了相当一部分文化保守主义者致力于儒学宗教化的思想理路与实践方向,也展示了文化保守主义思潮所爆发出的强大扩张力量。

这种扩张性甚至表现出文化浪漫主义的乐观精神。如陈赟相信,儒家业已经历了从中国之儒学到东亚之儒学的历史进程,而其新开展的最终可能性则是"成为世界之儒学","成为人类文明新一期的主导形态"。因此,"必须从文明论的高度与总体筹划上进行儒学复兴的大业。儒学并不能仅仅作为一种价值,甚至作为一种思想或理论,而是必须作为政教方式,支撑未来的新文明形态"。①

三、在扩张中吸纳异己

2015 年既然是"五四"新文化运动的百年大庆之年,那么各地学术界照例召开了不少纪念"五四"新文化运动的学术会议。饶有意味的是,与以往类似的学术大会迥异其趣,本年度即使在这类会议中,其主调也不复是对"五四"精神的弘扬、对新文化运动的思想继承,文化保守主义思潮反而在某种程度上奇妙地占据了主角位置。比如北京大学等联合发起了"新文化运动百年反思"系

---

① 陈赟:《"文明论"视野中的大陆儒学复兴及其问题》,《天涯》2015 年 5 期。

列学术研讨会，上海交大与《探索与争鸣》杂志社等联合主办了"新文化运动百年价值重估"国际研讨会。这两场规模甚巨的学术盛会，前者倡"反思"，后者重"重估"。

事实上，也正是如此。在笔者参与的"新文化运动百年价值重估"研讨会中便亲耳听到了诸多"一百年前发生的新文化运动终将回归到尊德重礼的中国文化大传统"这样的观点。有学者宣称百年新文化运动这"中国思想学术的一个仓皇时代似乎悄然结束"了，而"大陆新儒学终于开始摆脱新文化运动之框定，而这推动中国思想终于走入正轨"。这当然只是整个学术思想界的一个缩影。

这说明文化保守主义思潮一方面在主动地扩张自己的思想势力，另一方面也在无意中吸附着不少学者放弃或者调整自身原来的价值观念或者学术立场，向保守主义靠拢过来。就第一方面而言，要么从思想史的重述中寻找到当代文化保守主义思潮的历史根据，即历史的必然性；要么从学理上确立保守主义更坚实的合法性；要么从现实社会的需要出发，以论证文化保守主义的"合目的性"。比如有学者提出，实际上，本来就存在"两个新文化运动"。除了以《新青年》为中心的激进反传统的新文化运动之外，尚有另一个新文化运动，其领导人为梁启超。有学者得出新的结论，指出新文化运动"反倒促进"了儒学的发展。还有学者指出，既然新文化运动没有颠覆中国人的文化心理结构，就说明未来中国文化中的秩序问题应当从中国过去的历史传统，特别是充满了深厚自由精神的儒家传统中来寻找。这才是走出新文化运动宿命的应有思路。

第二个方面则发生于那些以往并未被视为文化保守主义者，甚至是思想异己者的身上。比如邓晓芒将他与儒家的关系从三个方面加以定位："从主观安身立命来看，我是一个自我否定的儒家，一个批判儒家的儒家；从对儒家思想的态度来看，我主张抽象继承法和具体批判法的统一；从儒家思想与当今世界的关系来看,我持中国和西方的双重标准论。"①在前面提到的陈赟的文章中就注意到,近年来,儒家思想进入左翼与右翼的内部,像邓晓芒那样站在"五四"新文化传统中对儒学进行批判,在今日反而显得格外另类了,"事实上,就在最近,即使是邓晓芒似乎也以非常奇特的方式宣称自己是对儒家进行批判的儒家了"。再如高力克以"儒化的现代性:贺麟论新文化运动"为题的会议发言,其结论即贺麟对我们的启示:儒学是中国文化的血脉,中国的现代化归根结底是一个"儒化西洋文化"的过程。

一百年前,谁要是被扣上一顶保守主义的帽子,就等于被新文化阵营扫到历史的角落里去了;一百年后,谁要是不与儒学发生点联系,则似乎又很不像是本土的学者了。(即如笔者,虽然自认为对文化保守主义保持充分的警惕性,但也于日前应邀去浙江和广东做了两场以"儒家文化在当代韩国"为题的讲座)文化保守主义思潮在今天的渗透力与吸纳力由此可见一斑。

四、在吸纳中建构体系

文化保守主义思潮之所以表现出强大的扩张力与吸纳力,与其"轻破坏、重建构"的包容心态、在某种程度上顺应现代性要求的创新意识等是分不开的。这在建构文化价值系统的努力中就表现得非常明显。陈来在《充分认识中华独特价值观——从中西比较看》②一文中,通过中西价值观的对比提出了"中华价值观"的概念,并认为它有四大特色,即"责任先于自由""义务先于权利""群体高于个人""和谐高于冲突"。方朝晖则认为陈来所说的这一"中华价值观"有着明显的缺陷,比如它有可能被认为与人们对个性自由的追求相对立,甚至被认为是违反人性的。而儒家的价值体系虽然也符合中国文化价值

① 邓晓芒:《我与儒家》,《"现代化与化现代——新文化运动百年价值重估"国际学术研讨会论文集》,2015 年版,第 80 页。
② 《人民日报》2015 年 3 月 4 日。

责任等于权利、和谐重于冲突、群体高于个体的特点，另一方面，由于其内容丰富、重视"成己"、追求"尽性"，不一定与自由主义相悖，从而更加有利于引导个人的健全成长和人伦关系的完善。如果说陈的总结很容易被引用来支持现在压抑人格独立性的爱国主义和集体主义教育，儒家的这套价值体系则不然。[①]虽然这里的解释并不能完全令人信服，比如"三纲五常"何以体现个人的健全？但其论证方向毕竟兼顾人的独立与自由的要求，因此在价值观念的建构上指向现代性的方向，这就在一定程度上超越了较狭隘的民族主义文化思潮、民粹主义思想等，展示出向新求新的理论生命力。

陈明在新近的文章中努力从理论体系上将大陆新儒家与港台地区新儒学、现代新儒学严格区分开来。他认为这些区别包括从中西问题到古今问题、从哲学范式到宗教范式、从宋明儒学到回返三代等一系列的转换，由此，他宣称大陆新儒家在"问题意识、话语范式、思想谱系"三个层面都业已成型，这无疑为文化保守主义者提供了理论上的自信。

作为当代儒学流派之一的"生活儒学"，倡始者黄玉顺就特别强调其现代性与民族性都不可或缺，但要有机相融。今天的儒学不能是"原教旨主义"儒学，而必须是得到了某种重新阐释的儒学，即追求的是"现代性诉求的民族性表达"。他还试图从知识论重建的角度论证儒学与科学之间是相容的，并不冲突，表现出重构理论范式的可贵努力。黄玉顺极力将自己的"生活儒学"与反现代性的儒学、捆绑于前现代价值体系上的各种儒学流派或儒家行为划清界限，将其定位十一种自觉地进行自我变革的中国式的"启蒙运动"。对丁儒家来说，这既是"救国"也是"自救"。[②] 这可以说为传统文化在当代的"转换创新"提供了一种有益的尝试。

---

① 方朝晖：《中国文化的三个预设与新文化运动的宿命》，《"现代化与化现代——新文化运动百年价值重估"国际学术研讨会论文集》，2015年版，第119—120页。

② 参见杨虎：《儒学与生活——专访黄玉顺教授》，《当代儒学》第8辑，广西师范大学出版社2015年版。

当然，在与现代性的关系上，文化保守主义内部仍然存在许多的分歧。在对待传统文化、传统价值观等的态度上更是良莠并存、驳杂不一。伴随着文化保守主义的狂欢热潮，也出现了"女德班"，有些"读经运动""国学班"则日益走向形式主义，散发出浓厚的复古主义和蒙昧主义气息。还有各种名为弘扬传统文化，实为揽财的商业行为，等等。这些现象进一步导致了文化保守主义作为一种社会思潮的复杂性，理应引起人们更充分的重视。

关于启蒙的"中国化"实践及其
逻辑路径的思考

——纪念"五四"新文化运动一百周年

一、探寻中国化的"启蒙辩证法"

二十世纪九十年代以来，随着霍克海默与阿多诺反思启蒙运动的"启蒙辩证法"理论传入中国，不少学者似乎找到一把反思二十世纪中国文化史与思想史的金钥匙，"启蒙过时论""后启蒙时代到来了"等论调纷纷登场，仿佛不告别启蒙就不足以显示论者的高明，就无法跟上这个多元化时代的潮流，就不能适应全球化语境的挑战。"启蒙辩证法"固然是法兰克福学派极精辟的理论创造，并从深刻的哲学层面对西方启蒙精神进行了有力的反思与清算。但它是否可以被完全"舶来"，用于对中国启蒙思潮论断的理论前提，乃至言说者自身的价值预设呢？如果过度地依赖于这一理论，会不会使我们对本土启蒙历史的阐释陷入更大的混乱呢？进言之，在中国，启蒙作为一个"事件"、一个过程难道不必然地具备独特的历史规律与内在逻辑吗？这一系列问题即使在"重提启蒙"的论者那里也并未引起充分的警惕。

一个首要的事实是，"启蒙辩证法"脱胎于充分成熟的"启蒙了的"（enlightened）文化母体之中，它严厉地揭示了"启蒙的自我摧毁"的根源在于：启蒙推翻了信仰的合法性，不仅将科学与理性视为最高的裁判，而且将其"绝对化"为客观知识的唯一来源。主体导致了自然的被征服、物化和脱魅,而主体自身又在自己眼里变得如此被压抑、物化和脱魅,以至于他们争取解放的种种努力走向了反面——自己落入了自己设置的圈套。由此,为告别神话而斗争的启蒙自身最终也"衰退为神话",乃至"启蒙精神与事物的关系,就像独裁者与人们的关系一样"①。

显然,"衰退为神话"的启蒙精神是理性充分发达、主体性充分解放的产物。而这一前提正是二十世纪中国启蒙运动最缺乏的。我们有过政治至上的狂热,也有过金钱至上的狂欢,缺少的恰恰是理性至上的热情。尽管"启蒙辩证法"告诉我们理性至上将使人们成为理性与理性体制的奴隶,启蒙精神是一个可怕的独裁者,但对我们来说,何曾有资格做这样的奴隶? 正如鲁迅指出的,"即使所崇拜的仍然是新偶像,也总比中国陈旧的好。与其崇拜孔丘关羽,还不如崇拜达尔文易卜生;与其牺牲于瘟将军五道神,还不如牺牲于APOLLO"。② 同样,在一个"权力拜物教""金钱拜物教"风行的时代,"理性拜物教"虽然算不上最高的普适价值,但至少不比"权力拜物教"和"金钱拜物教"更远离人性解放的终极目标。

就启蒙精神所孕育的社会结构——即阿多诺在《否定的辩证法》中所命名的"被管理的世界"——而言,我们更未曾达到过。相反,我们受困于各种各样无孔不入的"人治",而不是工具理性或者机械管理的发达。我们能自欺欺人地说后者较之前者是一种进步吗? 所以说,就像一个刚刚会爬行的人还没学会走路,就站在跑步者的位置嘲笑步行者一样,将"启蒙辩证法"作为一种凝固的思想范式来批判否定中国启蒙,不但难以做出准确的判断,甚至不无僭越的意味。

另一个易被忽视的事实是,"启蒙辩证法"即使对西方启蒙思想也并不具有绝对全面的概括性,它主要是取其启蒙思潮的一个重要趋向或者是以某一

---

① ［德］霍克海默、阿多诺:《启蒙辩证法》,洪佩郁等译,重庆出版社1990年版,第7页。
② 鲁迅:《随感录四十六》,《鲁迅全集》第1卷,人民文学出版社1981年版,第333页。

阶段启蒙运动为主体视野,并未覆盖整个启蒙思潮的复杂而深微的逻辑规程。这一点,《启蒙辩证法》的作者做过解释。在他们看来,此理论中的"启蒙"并不专指十八世纪西方启蒙运动,而是泛指那个把人类从恐惧、迷信中解放出来和确立其主权的"最一般意义上的进步思想"。而且该著作系写成于纳粹恐怖统治崩溃前夜,他们自己在后来也深感其中有些观点业已过时。

美国学者埃里克·布隆纳就如此反思过《启蒙辩证法》存在的问题:集权主义的确将本能从一般被称为良知的东西中解放出来,霍克海姆和阿多诺提出以下观点时,的确是正确的:"反犹行为产生于这样背景中,在那里被剥夺了主体性的盲目的人被作为主体而放出,行为本身就成为自治目的,从而伪装起它自身的无目的性。"然而,想将这个哲学观点与启蒙联系起来,就只有将它拓展,使之容纳它最伟大、最自觉的批评家:萨德、叔本华、柏格森和尼采。对他们中任何一位,都可以说——尽管所有主要的启蒙哲学家都不可能是这样——行动成了它自身的目的,掩盖住其目的性的缺乏。它再次是既非理性主义也不是实证主义的,而毋宁说是唯意志论的,尽管,它当然属于一种活力论的唯意志论,影响过右翼集权主义者的思想。总之,"不管《启蒙的辩证》推出的大量理论观点是什么,从历史和政治的出发点来看,它都建立在错误的具体性和误置的因果关系上"①。

实际上,西方整个启蒙运动中始终贯穿着一种理性与信仰的张力,"启蒙辩证法"不过是将考察对象集中于理性取代信仰这一条主线之中。在这一点上,卡西勒的《启蒙哲学》梳理得则十分清楚。理性与信仰的矛盾在西方越到启蒙运动的后期越突出,从某种意义上说,许多启蒙思想家穷其一生为的就是解决这一矛盾。他们在把理性建立在信仰之上时,念念不忘重新梳理、重新阐释理性与信仰各自的内涵及二者的关系。当时,人们争论的一大核心问题是:理性高于信仰还是信仰高于理性? 或者还包括相似的命题:理性宗教与启示

---

① [美]斯蒂芬·埃里克·布隆纳:《重申启蒙——论一种积极参与的政治》,殷杲译,江苏人民出版社2006年版,第119—121页。

宗教的关系如何？启蒙思想家莱辛之所以执意于对神学的反思，便基于这样的动因："有什么比使自己相信自己的信仰更必要的，有什么比不曾事先检验的信仰更不可能让人接受的？"可以说，他"渴望"信仰就像笛卡尔的"怀疑一切"那样，对任何不假思索地接受下来的信仰（包括他自己的信仰）进行严格的、铁面无情的审判。正如邓晓芒在维塞尔《莱辛思想再释》的"中译本导言"中指出的，"莱辛对基督教信仰的重新反思绝不是摧毁了这个信仰的根基，而是锻造了它，使它摆脱了伪善和自欺，哪怕因此陷入无休无止的动摇、自疑和反复验证，也比毫不怀疑的中止判断要更诚实。他是在宗教信仰本身的范围内掀起了一场启蒙，他使信仰成了一个过程"①。

鉴于此，笔者认为对中国启蒙的阐释需要立足于揭示其"中国化"的"启蒙辩证法"，同时这种阐释所取用的思想参照系也不应局限于法兰克福学派视野中的启蒙思维模式。具体说来，一方面我们当然应该看到中国启蒙的不足与缺失；同时也要注意到这种不足并不等同于西方"启蒙辩证法"所揭示的不足，甚至它或许正是克服后者弊病的有效措施。中国启蒙从一开始就未设置那种使理性与主体性极度扩大化后走向自身反面的"圈套"，"五四"新文化运动对理性与情感的两极崇拜，近现代启蒙家对宗教精神的追寻，对自由意志的求索，等等，其中所蕴含的启蒙张力使自身脱离了唯科学主义或"一只眼的""冷冰冰的"唯理性主义的轨道，自然也就不存在"物化"与"脱魅"扩大化的危险性。

西方启蒙思潮在个体自我展开的整个过程中，都不可避免地以科学/宗教、理性/信仰、启蒙/上帝为思想的基本框架，而中国的启蒙没有"上帝"这个大的文化语境和深层的哲学语境。宗教、信仰诸范畴应中国近代思想危机之需，尽管进入启蒙探讨的视野，但也未从根本上改变中国启蒙的"人学"方向。因此，与西方启蒙的人学/神学、理性/上帝的思想格局不同，中国启蒙在形而

---

① ［美］维塞尔：《莱辛思想再释》，贺志刚译，华夏出版社2002年版，第5页。

上意义上以小我/大我、个人主义/人类主义为文化场域;在形而下层面上则以个体/集体、个人/民族为基本价值域,总之是以"人"自身的范畴为思想重心。

在西方启蒙进一步展开的过程中,构成的是一种以"启蒙—上帝—真理"为主要结构模式的思想走向。与此不同,在中国的文化语境中,人无论怎样"超脱""逍遥",仍然是基于人与历史自身的力量资源,是不需要外在于人的某种异己力量的拯救的。因此,人的解放在根本上依赖于人的内在秘密与潜在力量的开掘程度。此种价值求索趋向与资源利用方式生成的是对中国式自由意志的追问。理性在中国启蒙思潮的深层结构中并不具备西方那种决定性的意义或本体性的价值,理性的走向——理性对人性的作用,理性对民族的作用,乃至理性对整个宇宙的作用——才是更重要的。在此,马克思那句名言——从来的哲学都是要解释世界,而哲学的真正的任务是要改造世界——深得中国启蒙家的偏爱。

显然,我们所要探寻的中国化的"启蒙辩证法"只是借用了霍克海默与阿多诺的概念形式,在内涵上已经明显不同。当然,这并不意味着中国启蒙就比西方启蒙"高明",如同硬币的正反两面不可分割一样,其特点与缺陷恰恰构成了中国启蒙运作的独特规律。挖掘中国化的"启蒙辩证法",不仅是为了阐释历史和反思历史,更是在思想迷乱的全球化语境下重新规划中华民族自身启蒙这一"未竟之事业"的时代需求。

二、理性/非理性的辩证法

关于启蒙与理性、非理性的关系问题,无论在现代启蒙思想讨论中,还是在后人的研究视野中,一直存在一些不无偏见的思维习惯。诸如将理性主义与非理性主义机械对立,将理性主义等同于启蒙主义,简单地以欧陆理性主义为反思中国新文化运动的思想框架,等等。这种思维定式反映在对中国现代启蒙主义的考察中,一大表现即常常从西方理性主义或非理性主义这些并不适用于研究对象的价值原则出发,结果不可避免地造成种种以偏概全或彼此相反的结论。

这些观点的两种极端,即分别从情感与理性两个方面立论。一方面强调"五四"前后的启蒙主义是情感压倒理性,如有人说"五四是一个抒情的时代",有的认为"五四"文学创作的普遍特征在于"印象的、情绪的产物,而还没有达到成熟的任何'主义'的艺术自觉"①,有的将"五四"文学精神的突出特征归纳为"悲剧意识、自由精神和感性生命特征"②。再如李泽厚批评"五四"有一个"激情有余,理性不足"的严重问题,它延续影响几十年直至今天。他所谓的"激情"就是指急进地、激烈地要求推翻、摧毁现存事物、体制和秩序的革命情绪和感情。王元化则从"激进主义作为采取激烈手段、见解偏激、思想狂热、趋于极端的一种表现"来批评"五四"是"一种历史的切断,带来不好的后果"。何新也说"我说激进反传统不利于现代化","一百年的历史经验表明,中国总是吃激进主义、急躁情绪的亏"。这些观点在理性与情感的关系上或多或少地都使用了二元对立的思维方式,仿佛情感强烈就必然会导致对理性的漠视,"激情有余"必然伴随着"理性不足"的失误。另一方面则强调其理性精神,或科学与民主的精神,或现实主义精神,等等,但同样也存在思维与价值判断上的机械化。如林贤治反对以上观点,认为他们的激进"并不就像李泽厚说的那样唯凭一时'激情'的冲动而失去理性的支持,或如王元化所说的那样全出于'意图伦理'而不讲'责任伦理'。相反,这是非常富于理性,富于历史责任感的一代"。③ 在笔者看来,他们的激情同他们的理性一样是值得肯定、值得后人认真研究的。早在提倡科学主义的《科学史教篇》中,鲁迅就十分警惕地告诫人们,科学与理性虽然是消除愚昧和盲从的奴性主义精神状态所必需的,但若"使举世借惟知识之崇,人生必大归于枯寂",同样不可能"致人性于全"。因为,它将

---

① 赵学勇:《论五四文学创作的情绪特征》,《兰州大学学报》1989 年第 2 期。
② 李俊国等:《五四文学精神——变异、复归与超越》,《河北大学学报》1989 年第 3 期。
③ 王元化等人的观点及林贤治的观点引自林贤治:《五四之魂》,《书屋》1999 年第 5 期。

会造成"美上之感情漓",非但如此,它还会反过来进一步导致"明敏之思想失,所谓科学,亦同趋于无有矣"。① 即唯科学主义、唯理性主义必会走向科学与理性的反面。这就意味着在中国现代启蒙主义的视野之中,感情与思想、审美与理性、物质与精神必须服从于人性解放与进步的全面要求,绝不可只取一隅,或者以偏概全;更重要的是,这种做法实际上也否定了中国启蒙的思想原创性。

在此还需要提及另外一种与上述二者不同的观点,即"思想而言,五四实在是一个矛盾的时代:表面上它是一个强调科学、推崇理性的时代,而实际上它却是一个热血沸腾、情绪激荡的时代,表面上五四是以西方启蒙运动主知主义为楷模,而骨子里它却带有强烈的浪漫主义色彩。一方面五四知识分子诅咒宗教,反对偶像;另一方面,他们却极需偶像和信念来满足他们内心的饥渴;一方面,他们主张面对现代'研究问题',同时他们又急于找到一种主义,可以给他们一个简单而'一网打尽'的答案,逃避时代问题的复杂性"②。还有的论者说:"五四既是一场理性主义的启蒙运动,也是一场浪漫主义的狂飙运动。如果说德国的狂飙运动是对法国理性主义的反弹,带有某种文化民族主义意味的话,那么中国的狂飙运动从发生学上说,却与理性主义并驾齐驱。"这样的观点虽然同时承认"五四"时代的强烈理性主义追求与同样强烈的主情主义倾向,但仍将这两个方面机械地对立起来,仅仅指出这是一种"极其复杂和吊诡的两歧性"③,其论证明显地体现着如前所述的研究方法与思维定式。如将推崇理性、启蒙运动、"研究问题"分别与情绪激荡、浪漫主义、寻找主义视为"五四"的表面现象与内在实质,且处于对立的状态;或者认为二者是"并驾齐驱"、有着本质区别的两个范畴。

---

① 鲁迅:《科学史教篇》,《鲁迅全集》第 1 卷,人民文学出版社 1981 年版,第 35 页。
② 张灏:《重访五四:论五四思想的两歧性》,《学术集林》卷八,上海远东出版社 1996 年版,第 268 页。
③ 许纪霖:《另一种启蒙》,花城出版社 1999 年版,第 140、139 页。

　　根据我们的理解，这两种倾向的本质区别仅仅存在于理论之中，或者只是部分地存在于西方文化范畴之内；在中国的"五四"这里，前后诸对概念的内涵与范畴已发生严重的畸变，由是，它们原来的"吊诡"也一并被转化为对立的统一。如"问题与主义"之争，表面看来，一方持"研究问题"的实证态度，另一方坚持寻求"主义"的思想力量，实际上却远非如此。正如周策纵指出的，"多研究些问题"这个建议是切中要害和适时的，但自由主义者在这方面并不比与其对立的其他主义的信奉者做得更好。实际上很难分清，他们所争论的问题到底是什么。"具有讽刺意味的是，就在自由主义者提出'多研究些问题'建议后不久的 1920 年，很多社会主义者及其追随者开始走向工人和农民中去研究他们的生活状况，而自由主义者很少参加社会调查和劳工运动。"①

　　从中读出"讽刺意味"当然不是我们的目的，问题的关键在于，作为研究者，我们不能在历史现象面前先在地赋予这些概念以"想当然"的内涵，对于历史现象本身来说，这些"想当然"的东西是"莫须有"的。这就需要我们将理性与情感问题的阐释置于梳理中国现代启蒙现象的过程中。也就是说，由于他们将自由意志作为人的价值建构的支点，那么无论是理性还是非理性、情感等对实现一个自律的创造的个体生命而言，都不具备完整的本体价值，它们只有被纳入自由意志的塑造中时才是有意义的；从另一方面说，由于自由意志创造性与自律性的内涵特质，决定了它既要从人的欲望、情感、直觉等非理性入手，以激发人的生命本能、生命强力和个体自我的独特价值，又要以理性净化、提升人的生命强力，使之向着创造的方向运动。

　　罗素在评价希腊人时曾这样说，他们"一方面被理智所驱遣，另一方面又被热情所驱遣，既有想象天堂的能力，又有创造地狱的那种顽强的自我肯定力。他们有'什么都不过分'的格言，但事实上，他们什么都是过分的，——在纯粹思想上，在诗歌上，在宗教上，以及在犯罪上。当他们伟大的时候，正是热

---

　　① 周策纵：《五四运动：现代中国的思想革命》，江苏人民出版社 1996 年版，第 311 页。

情与理智的结合使得他们伟大的",单只是情感或单只是理智,"在任何未来的时代都不会使世界改变面貌"。① 同样,大卫·贝斯特在研究艺术欣赏与情感、理性的复杂关系时也明确指出:"过分地强调理性,可能会敌视自然的和直接的情感,但这绝不是说,理性必定敌视自然的情感,相反,至少在大多数情况下,如果不懂得把它们理解为理性的结果,就不可能在艺术反应中有这种自然的情感。"②罗素对希腊人"什么都不过分"和"什么都过分"的推崇,大卫对情感与理性关系的理解,至少在思维方式上都是值得我们借鉴的。

　　二十世纪四十年代,雷海宗在《本能、理智与民族生命》一文中说,他发现了中、英民族性的一种"最奇怪"的差异,即英国人生存本能较之其他民族最强,但其本能强而不害其理智之高,理智高而不掩其本能之强。与此相反,中国人却是"理智不发达而本能却如此衰弱",中国人的本能"衰弱到几乎消失的程度"。雷海宗之所以说此乃"最奇怪"者,我想正是因为他也知道在一般人那里,正像上述提到的那样认为情感、非理性与理性、理智之间天生就是一对难以调和的矛盾。雷文实际上可以给我们这样两个启示:其一,理智与本能并不是相互对立的关系。它改变了人们习以为常的看法——"理智强则本能弱,本能强则理智弱",也即人们常说的"四肢发达,头脑简单"之类。中、英民族性各自的特点,作为一种事实否定了理智与本能之间那种强弱此消彼长的反比关系。其二,理智与本能不仅不对立,相反,恰恰会成为一种相互促进,一强俱强、一弱俱弱的关系。当然雷海宗本人的用意并不在此,而是要说明理智是本能的工具,而不是本能的主人。他认为推翻历史、支配社会、控制人生的是本能,绝不是理智。

　　显然,雷文偏于强调本能的直接决定性作用,而忽视了理智对本能的提升作用。尽管如此,他的独特发现无疑为切实理解中国现代的文化境遇与启蒙策略提供了颇有价值的视角。当然,雷文中尚未使用"理性"一词,这使他在分

---

① ［英］罗素:《西方哲学史》(上),何兆武等译,商务印书馆1981年版,第46页。
② ［英］大卫·贝斯特:《艺术·情感·理性》,李惠斌等译,工人出版社1988年版,第151页。

析中缺少了一个可以深入的逻辑层面。这一问题被梁漱溟指了出来,他在《中国文化要义》中引用了雷海宗的观点,认为"此其所论,于中英民族性之不同,可称透澈",但惜于对人类生命犹了解不足。如雷文认为理智是本能的工具,而不是本能的主人。推翻历史、支配社会、控制人生的是本能,绝不是理智。梁则认为,"说理智是工具是对的,但他没晓得本能亦同是工具"。同时理智诚非历史动力所在,而本能亦不能推动历史、支配社会、控制人生。由此梁说雷文的缺乏,即在"不认识理性"。在此,罗素的"本能、理智、灵性"三分法深得梁的赞同,其中"灵性"大致相当于梁的"理性"。梁指出,雷文认为英民族生存本能强,而其理智同时亦发达,没有错;指摘中国民族生存本能衰弱,而同时其理智不发达,亦没有错。"错就错在他的二分法。"①

那么梁漱溟又是怎样论证理性的呢? 他认为,人们通常混淆使用的"理性"与"理智"这两个概念实质上分属两种"理":前者为"情理",后者为"物理"。其区别在于前者"离却主观好恶即无从认识",后者"则不离主观好恶即无从认识"。它们分别出自两种不同的认识:"必须屏除感情而后其认识乃锐入者,是之谓理智;其不欺好恶而判别自然明切者,是之谓理性。"②通过比较,他还得出结论说,中国文化传统的最大特点乃"理性早启,智慧早熟",而西方恰恰相反,"长于理智而短于理性"。梁不但用这一理性理论剖析了人的文化心理与行为实践领域,而且应用于对中国社会问题的分析,甚至作为解决中国问题的最佳途径。尽管梁在理论与价值标准上的偏颇,尤其与马克思主义唯物史观相抵触之处是显而易见的,而且他对理性概念内涵的规定及关于中国文化的特点在于"理性早启,智慧早熟"的说法,也是我们不能完全认同的,但他那种穷根究源的研究个性和体系意识,毕竟使他的分析富有极其独到的见地,尤其是他将情感这一维度纳入理性的内涵结构之中,并以"情理"称之,确是非常透辟的。这不仅为我们深入理解理性的本质开阔了视野,而且对我们进一步探讨

---

① 梁漱溟:《中国文化要义》,学林出版社1987年版,第321页。
② 梁漱溟:《中国文化要义》,学林出版社1987年版,第129—131页。

中国现代启蒙思潮的内在逻辑也有着方法论上的意义。

近年关于"五四"新文化运动的性质一直存在许多悬而未决的争论,如有的认为它属于中国的"文艺复兴",有的认为它更接近西方的"启蒙运动",而像余英时等则断言"五四""既非文艺复兴,亦非启蒙运动"。再就是像前面提到的,"五四"启蒙是"情感的解放"还是"理性的觉醒"的争论。其实这些观点作为对思想史现象的描述概括,虽然看来相互抵牾,但都有其充分合理的理论依据和历史证据,同时也并不能以自己的合理性而否定对方的合理性。正是因为这些观点是对现象的把握,它们展现的恰恰是现象的复杂性,而这种似乎充满矛盾的复杂性的产生正是缘于现代启蒙思潮背后存在着一种共同的理性与非理性相互运作的新的关系范式,再次借用霍克海默的说法,可称其为"理性与非理性的辩证法"。只有通过这一动态的中国化的"启蒙辩证法",方能考察中国现代启蒙的真正本质。

三、启蒙哲学的中国化逻辑

上述可见,对理性/非理性二元对立思维方式的超越是重建启蒙观的理论前提。对于二十世纪初叶的中国启蒙主义来说,试图对其做出唯物主义与唯心主义的区分是没有多大意义和针对性的,因为它将物质与意识统一于"人"的存在形式之中。如胡适就十分反感那种将西洋文明与东方文明判分为唯物主义与唯心主义的做法。他认为西洋近代文明绝非唯物的,乃是理想主义的,乃是精神的。作为论据,他先从理性着眼,指出西洋近代文学的精神方面的第一特色是科学,科学的根本精神在于求真理,而"求知是人类天生的一种精神上的最大要求"。所以,东西文化的一个根本不同之点在于:一是自暴自弃的不思不虑,一是继续不断地寻求真理。其次他又充分肯定了西洋文艺、美术在"人类的情感与想象力上的要求"。综此"理"与"情"两个方面,他认为近世文明"自有他的新宗教与新道德",这个新宗教的第一个特色是它的"理智化";第二个特色是它的"人化",即"想象力的高远,同情心的沈挚";第三个特色是他的"社会化的道德"。① 早在三十年代,何干之就指出"五四的启蒙运动家,人人都想做到一个唯物论者,但不幸他们的哲学始终是二元论"②。在谈到胡适的实验主义思想方法时,他又指出胡"把一个抽象的'人'的概念,来抹煞了党派的意义"③。作为马克思主义理论家,何干之的本意是用辩证唯物主义对"五四"启蒙家在世界观与认识论上的"局陷性"进行批判,不免带有贬低否定性的倾向,不过这种评价也正从另一个方面印证了笔者的观点。何干之曾讽刺胡适的历史观是"唯人史观"④,也可谓"一语中的"。

　　人既非单纯的理性存在物,也非单纯的非理性存在物,单纯强调任何一个方面都会导致人性的偏至。换言之,一味突出人的理性解放,必会走向"枯燥的理性主义",使人成为理性之神的奴隶,人在他所供奉的这一理性神像之下会使自身原本丰富的精神世界干瘪,产生异化的失望感和绝望感;而一味突出人的非理性,则又会使其陷入价值真空状态,在欲望、情绪的大海中迷失人生的方向,失去人性的意义和价值。所以理想的状态,应该是将理性与非理性综合统一起来,使二者达到相互为用、彼此促进的辩证统一状态,使其成为人性发展、人性解放的内在张力。它蕴含着西方哲人从数世纪思想发展的经验教训中所得出的一大真理——"感情不经过理性的过滤就变成了伤感,理性没有感情便失去了人性"。⑤ "五四"运动爆发前一个月,陈独秀就从青年学生乃至未受教育的群众那不可遏止的爱国主义热情中发现了这一危机,在《我们究竟应不应该爱国》一文中他指出,"爱国大部分是感性的产物,理性不过占一小部分,有时竟然不合乎理性",这种导源于"感性"的"爱国"只能是"害人的别名",为此他呼吁学生们坚持理性的怀疑主义,而不要让盲目的爱国激情冲昏了头

---

　　① 胡适:《我们对于西洋近代文明的态度》,《东方杂志》第 23 卷第 17 号,1926 年 9 月 10 日。
　　② 何干之:《何干之文集》,中国人民大学出版社 1989 年版,第 346 页。
　　③ 何干之:《何干之文集》,中国人民大学出版社 1989 年版,第 349 页。
　　④ 何干之:《何干之文集》,中国人民大学出版社 1989 年版,第 365 页。
　　⑤ [法]约瑟夫·祁雅理:《二十世纪法国思潮》,吴永泉等译,商务印书馆 1987 年版,第 10 页。

脑。其至"五四"学生一代知识分子也对此深有感触:"最纯粹,最精密,最能长久的感情,是在知识上建设的感情,比起宗族或戚属的感情纯粹得多。"①胡适则为理想中的新文学规定了两个方面的必要条件:即一方面强调情感是文学的灵魂,"文学而无情感,如人之无魂,木偶而已,行尸走肉而已";另一方面,又强调文学还必须具有高深的思想,这种思想绝不是自古皆然的"道",不是依违于"圣贤"之间、傍人篱壁、拾人涕唾的陈腐观念,而是机杼独出的见地、识力、理想和个人独特的发现等等。② 显见,我们过去只是注意到胡适文章在形式革命上的首倡之功,而忽视了它所隐含的对情感与理性关系的重新厘定与双重性的追求。

在"五四"那个东、西文化大碰撞的时代,启蒙先驱者面对许许多多的文化命题与迫切需要解决的现实社会问题,这样未免会使得他们的思想理路不时地从启蒙思想的轨道上发生偏离,尽管如此,他们仍然有一种反思调整的自觉意识。1920 年,陈独秀对"新文化"的内容重新进行阐释时,就不主要地用"科学"与"民主"这些显得较为笼统的概念,而针对性地对"知识"和"本能"两个方面的重要性同时加以强调,指出人类的行动方式,"知识固然可以居间指导,真正反应进行底司令,最大部分还是本能上的感情冲动。利导本能上的情感冲动,叫他浓厚、挚真、高尚,知识上的理性、德义都不及美术、音乐、宗教底力量大。知识本能倘不相并发达,不能算人间性完全发达"。由此,他进一步开展了自我批评,认为"现在主张新文化运动的人,既不注意美术、音乐,又要反对宗教,不知道要把人类生活弄成一种什么机械的状况,这是完全不曾了解我们生活活动的本源,这是一桩大错,我就是首先认错的一个人"③。

由此也可见,这种自觉意识的获得不仅仅是因为他们看到了理性与非理性、知识与本能的同等重要性,而且更重要的在于二者的动态作用能够直接

① 傅斯年:《新潮之回顾与前瞻》,《新潮》第 2 卷第 1 号,1919 年 10 月。
② 胡适:《文学改良刍议》,《新青年》第 2 卷第 5 号,1917 年 1 月。
③ 陈独秀:《新文化运动是什么》,《新青年》第 7 卷第 5 号,1920 年 4 月。

"指导"人们的行动，即能够使人们获得有力的自由意志。这在鲁迅那里表现得更为明显："生命的路是进步的，总是沿着无限的精神三角形的斜面向上走，什么都阻止他不得。自然赋予人们的不调和还很多，人们自己萎缩堕落退步的也还很多，然而生命决不因此回头。无论什么黑暗来防范思潮，什么悲惨来袭击社会，什么罪恶来亵渎人道，人类的渴仰完全的潜力，总是踏了这些铁蒺藜向前进。"①一旦这所谓"渴仰完全的潜力"发挥出来，自由意志就会焕发出冲决一切黑暗的无畏精神，"世界上如果还有真要活下去的人们"的话，就是这获得自由意志的人们，他们"敢说，敢骂，敢打，在这可诅咒的地方击退了可诅咒的时代"。②

　　这种潜在的和独特的启蒙人学观念，使中国的启蒙主义者将理性与非理性合而为一的"人"作为思想展开的逻辑重心，并进一步将自由意志作为人的价值建构的支点，因此理性与非理性、情感等人性与人生的对立因素被纳为一体。同时由于自由意志创造性与自律性的内涵特质，又决定了它既要从人的欲望、情感、直觉等非理性入手以激发人的生命本能、生命强力和个体自我的独特价值，又要以理性净化、提升人的生命强力，使之向着创造的方向运动。换言之，理性与非理性在中国近现代的启蒙主义体系中是被吸纳和统一于自由意志中去的，因此它的激情色彩与理性色彩同样是非常强烈突出的。从这个意义上说，中国近现代启蒙主义，既非单纯对情感的推崇，亦非只是对理性的张扬，而是对二者之"合力"，即自由意志的高扬。

　　从一定程度上说，自由意志构成了中国现代启蒙主义建构的更关键性的理论支点。由此，我们会进一步看到，情感、理性、意志的动态运作与交互作用构成了启蒙主义探讨的思想框架。

　　早在龚自珍那里，即表现出以"情—理—意"为启蒙思想框架的文化取向。他率先提出了影响深远的这样两个观念，即自我与创造。在他看来，自我的核

① 鲁迅：《随感录六十六》，《鲁迅全集》第1卷，人民文学出版社1981年版，第368页。
② 鲁迅：《华盖集·忽然想到（五）》，《鲁迅全集》第3卷，人民文学出版社1981年版，第43页。

心是独立人格、自由意志;创造作为一种实践活动,也须由意志来推动。而且他认为,人的主观精神是万能的创造力量,它并不需要按照外在法则行动;相反是它创造了对象与法则。那么,龚自珍所谓"自我"依靠什么,才足以不受拘束地创造历史呢?——他提出的是"心力"这一概念,即用"心力"来表达意志和情感的力量,以及行为的驱动力与持久力。依靠"心力",人就可以成就一切。正如有学者指出的,正是在对"心力"——自由意志的高度推崇下,龚自珍在中国近代率先恢复起道德自律的尊严。[①]他还进一步提出了道德自律与个人利益的关系问题,即道德自律一方面指人出于意志自愿,做到不为利欲所动,贫贱不能移,富贵不能淫;另一方面毕竟要以一定的物质需求的满足为必要条件,即人的自然的、正当的欲望。因为只有满足了这种私欲,真正的道德自律才可能出现。在这里,龚自珍的自由意志论与西方康德等思想家的自由意志表现出明显的区别。康德的道德自律强调非功利性,认为道德行为若服从于功利的目的,就变成意志的"他律";而龚自珍既主张道德自律、意志自由,又重视欲望等非理性的满足与功利的原则。而当梁启超提出"民族意力"这一命题时,就显得对前者更为重视。过去我们的研究过多地强调了近代启蒙思想家在理性与非理性、道德与自由诸对关系上表现出的矛盾与悖论,却忘记了正是在对这样一种矛盾的整合努力中体现出"中国化"启蒙主义的思想特征与内在逻辑。

四、中国现代启蒙实践的独特路径

由于情感—理性—自由意志三个互相交织、彼此渗透的层面组成了一个独特的逻辑框架,而启蒙价值与启蒙思想就是在这一中心框架之中展开的,无论说它是感性的启蒙,或是政治的启蒙,或是理性的启蒙,或是审美的启蒙,等

① 参见高瑞泉主编《中国近代社会思潮》,华东师范大学出版社1997年版,第187页。

等,都是不够全面和恰当的。正如美国学者托马斯·奥斯本所说:"启蒙的精神实际上是力图将真理与自由联系起来的精神,是力图以真理的名义进行控制的精神,这种真理也是一种关于自由的真理。它是一种热情或一种精神,而不是某种现实。我们发现,关于启蒙的现实主义导致关于这种精神的现实主义。"①中国现代启蒙思想方案本身就不像西方启蒙那样以纯粹逻辑与思辨性见长,而更倾向于直接的启蒙实践与人格建构,具有明显的和整体性的"精神的现实主义"特色。因之,无论与中国前现代的启蒙主义相比,还是与西方启蒙运动相比,它都能体现出自己独特的实践路径。

现代启蒙对情感与理性统一的追求与古典主义在情理问题上以"和谐"为标志的审美境界就有着本质的区别,后者的和谐表现为以外在的道德理性来要求情感,同时又以被动的情感要求人的理性符合自身,追求的是二者之间低层次的平衡状态;而前者的本质特点在于对情感与理性相互激荡、彼此促进之动态平衡关系的追求,二者之间不再是相互压抑的关系。像梁实秋等人借鉴白璧德的"新人文主义",主张"文学的纪律"和理性主义,提倡"和谐美"。白璧德依据人性善恶二元论的观点,提出自己所谓"自然的""超自然的"和"人文的"三种生活方式的观点,并贬前二者,而推重后者。梁实秋说:"人在超自然境界的时候,运用理智与毅力控制他的本能与情感,这才显露人性的光辉。"②基于此,他认为文学家应该"沉静地观察人生","不是观察人生的部分,而是观察人生的全体",文学表现的是"普遍的""常态的"人性,其表现的态度应该是"冷静的""清晰的""有纪律的"等原则。但他所谓"普遍的永恒的人性"又是指:文学不是表现时代精神,也不应该去过度表现人的本能和情感,文学应该去描写和表现的对象——"普遍永恒的人性"——还需加一个限定词,即"健康"二字。由于梁实秋既排斥"本能"又拒绝"情感",其理论在本质上只能表现

---

① [美]托马斯·奥斯本:《启蒙面面观——社会理论与真理伦理学》,郑丹丹译,商务印书馆2007年版,第277页。

② 梁实秋:《补遗·〈论文学〉序》,《梁实秋文集》第7卷,鹭江出版社2002年版,第737页。

为"新古典主义",与现代启蒙主义及现代理性主义有着本质的区别。

而同被划归京派的沈从文则与此不同,他在谈到经典性作品应有怎样的原则时说:"更重要点是从生物学新陈代谢自然律上,肯定人生新陈代谢之不可免,由新的理性产生'意志',且明白种族延续、国家存亡全在乎'意志',并非东方式传统信仰的'命运'。"①可见他强调的是从理性到意志的提升,而不是对情感的仲裁或者梁实秋所谓的"控制"。

如果说沈从文强调的是理性在意志产生中的关键性作用,那么蔡元培更强调情感——审美在意志中的作用。他认为,从心理学的角度看,"人有意志、情感、知识三者,斯三者并重而后可"。"人之意志,分为二:一方面情感,一方面知识。有情感,有知识,于是可讲求因果。但人有因境遇之关系,不能求因果之实在者。"这就往往使失望者"抱厌世主义",甚至"演成自杀者"。其原因就在于这些人只看到可用因果关系来分析的现实社会,而不关心难用因果关系来分析的理想和抱负,"单重知识不及情感之故"。而美学正可以用来填补人在这方面的心理缺陷。"无论何时何地,或何种学科,苟吾人具情感,皆可生美感。如见动物之一鸟一兽,植物之一草一木,以情感的观察,无一不觉有美感也。"②在他看来,人通过审美可领悟到"本体世界之现象",而在心理上"提醒其觉悟",从而树立起崇高的观念,即"为将来牺牲现在",不屈不挠,奋勇向前。那么人类社会的发展,"其所到达之点,盖可知矣"。③ 沈从文与蔡元培所论尽管分属意志中的不同侧面,但分明又并不只取一端,而强调三者之"并重",他们所担心的正是,如果只重情感或理性中的一方,将会造成意志的"偏狭"。换言之,他们极重视理性与非理性两个方面的互动对形成健全的意志的必要作用,尤其强调只有将二者合理、完美地联系起来,才能实现这一"提升"的过程。

也许这样说,尚只是从其总体的精神意向上做出的论断,具体说来,在不

---

①　沈从文:《长庚》,《沈从文文集》第11卷,花城出版社1984年版,第292页。

②　蔡元培:《蔡元培全集》第2卷,中华书局1984年版,第484页。

③　蔡元培:《蔡元培哲学论著》,河北人民出版社1985年版,第118页。

同时期、不同启蒙家那里,围绕着"自由意志"这一中心问题,在理性与情感问题上又表现出不同的侧重点;但只要我们不远离启蒙主义的范畴,仔细体会这诸多的不同侧重点,将会发现其相异相左之处并未从根本上抵消上述启蒙精神的逻辑同一性趋向,甚至可以说各种思想探讨实际上是作为一种矛盾的张力而运动着,作为"历史的合力"推动着中国启蒙主义实践的步步深入。

由于理性与非理性的交互作用,中国化启蒙思想中心框架中的每一个方面——情感、理性、自由意志都不是像西方不同哲学流派那样作为一元论的"本体"而存在的,也不具备"绝对精神"的意义。郁达夫说"艺术的冲动",即"创造欲","就是我们人类进化的原动力"[①];成仿吾把"内心的自然的要求"作为艺术活动的原动力,认为这是一个"根本的原理"[②]。这里的"原动力"其实都是经过情理激荡后而形成的"自由意志",它是被塑造的和被提升的。由此,也就引出哲学意义上的另一个问题:"情—理—意"构成了强有力的启蒙动力系统,而"情—理—意"都属人的意识层面,即精神世界的有机组成部分,那么它自身有没有来自物质世界的"原动力"呢? 如果有的话,它自身的原动力又在哪里呢?

如上所述,试图对中国现代启蒙主义进行理性与非理性的裁决,在唯物与唯心的两大阵营中对号入座是没有意义的。在中国启蒙家这里,唯物论与科学是被作为一种精神来理解的,而唯心论、唯意志论则又被作为一种物质的创造力量来使用。换言之,人作为一种灵肉一体的存在既是物质的又是精神的,既有物质的欲望也有精神的欲望,但当这种种欲望尚未经过情感的主动化与理性的导引达到一种自由意志时,在其支配下的人还仅仅是"自在状态"的人,这时的欲望只是一种本能欲望,其方向是不定的,因而对于中国启蒙主义来说它仍不具备本体论的意义。然而正是这种本能欲望所深潜的"力",为启蒙的动力系统提供了物质的前提与可能性。

---

① 郁达夫:《文学概说》,《郁达夫全集》第5卷,浙江文艺出版社1992年版,第347页。
② 成仿吾:《新文学之使命》,《成仿吾文集》,山东大学出版社1985年版,第90页。

　　鲁迅曾指出个体生命既有适应生活的"生"的本能,又有承接已逝生活"死"的本能,这两种逆向生命本能的"形变之因,有大力之构成作用二:在内谓之求心力,在外谓之离心力,求心力所以归同,离心力所以趋异。归同犹今之遗传,趋异犹今之适应"①。郁达夫则强调在人的"种种的情欲中间,最强而有力、直接摇动我们的内部生命的,是爱欲之情。诸本能之中对我们的生命最危险而同时又最重要的,是性的本能"②。二人所论角度虽然有异,但都强调了这样两点:首先,人的本能欲望是一种"力",而且是一种强力,"渴望完全的潜能",从这一意义上说,人的生命虽是从动物进化来的,但不复是机械式的繁衍递增,而蕴含着一种向上的冲动力与竞争力。这亦如周作人所说身体生发出的力量是"惟一的生命"。其次,这种本能欲望之力又是会朝相反方向生发的,有时甚至是危险的,它并不必然地和自动地导向人生理想的崇高境界,所以鲁迅在分析了离心力与求心力之后还强调,只有当离心力大于求心力,生命才会"淳然兴作,会为大潮"。而对于作家来说,只有"生命力弥漫"者方能生出"力"的艺术来。③ 对于中国的启蒙主义来说,这样两个方面的理解既标示了它在生命哲学上所达到的深度,同时也是其特色之所在。至此,中国的近现代启蒙主义思想探讨终于找到原动力。马克思在批判"关于禁欲主义的科学"时曾精辟地指出,其根本原则即在于"自制,对生活和一切人的需要的摒弃",在其所造成的异化状态之下,"人不仅失去了人的需要,甚至失去了动物的需要"。④从这个意义上说,中国启蒙主义的原动力思想正是通过恢复"动物的需要"而实现"人的需要"。

　　如果说中国的启蒙家从"立人"这一目的追溯到人的原动力经过了一番深刻而复杂的探讨历程,且有一种强烈的思辨力量与严密的逻辑理路包含于其

---

① 鲁迅:《鲁迅全集》第1卷,人民文学出版社1981年版,第11页。
② 郁达夫:《郁达夫全集》第5卷,浙江文艺出版社1992年版,第266页。
③ 鲁迅:《鲁迅全集》第10卷,人民文学出版社1981年版,第244页。
④ 马克思、恩格斯:《马克思恩格斯全集》第42卷,人民出版社1979年版,第134页。

中;那么在有些美学家那里,对这一过程的思考相对要"玄虚"、直观一些。如现代美学家向培良从艺术创造的角度来思考这一问题时,做了这样的推论:艺术创造的动力是什么?——就在于"创造生活的欲望"。"人类最特殊的也是最高尚最宝贵的生活就是创造的生活"。人类在创造中确定着自身的存在,同时"更创造一种范围极广大的存在,以为本身的精神之续";而艺术就是其中之一。因为艺术"最能不受环境拘束,最能自由发挥"。① 所以人类的创造欲望能最充分、最方便地表现于其中。在向培良看来,艺术品具有双重的身份:它既是艺术家创作欲望的体现,又是外物的美的凝固。在向培良这里,"创造"的生活——这种人类生活的最高境,直接就可以导源于创造生活的"欲望"。在另一位理论家项黎那里,"爱憎喜怒"等生命的原真状态具有同样的作用,不过,他使用的是"感性"一词。他说:"很显然的,企图在人生中降低感性的意义,甚至根本抹煞感性的作用,其实是完全湮没了真实生活的光彩,使生活既失掉了强大的向上向前的推动力,也失掉了其所追求着的实际的目标。……假如没有了爱憎喜怒,而只剩下是是非非的判断,只剩下逻辑的推理与命题的演绎,生活还有什么光彩?"他还说,哲人斯宾诺莎的名言是:"勿哭勿笑,而要理解",但我们的格言是要能哭能笑,并能理解。② 尽管向培良等人省略了启蒙理论建构中的一系列过渡性环节,但在根本点上却正与上述启蒙设计殊途同归。

作为客观唯心主义者的黑格尔其实也认为"欲望是人类一般活动的推动力",将人的物质自然属性——本能、欲望、生命等,视作同自我意识同等重要的存在规定。同时,他也指出"迫切的需要既然得到满足,人类便会转到普遍的和更高的方面去"。③ 前者是自然的规定性,后者是精神的规定性。不过,他强调的是"精神生活在其朴素的本能阶段,表现为无限天真和淳朴的信赖。但

---

① 胡经之编《中国现代美学丛编》,北京大学出版社 1987 年版,第 477、480 页。
② 项黎:《感性生活与理性生活》,《中原》创刊号 1943 年 6 月。
③ [德]黑格尔:《历史哲学》,王造时译,三联书店 1956 年版,第 126、124 页。

精神的本质在于扬弃这种自然朴素的状态,因为精神生活之所以异于自然生活,特别是异于禽兽生活,即在其不停留在它的自在存在阶段,而力求达到自为存在"。① 也就是说,他关注的是理性对本能或非理性的扬弃、超越,重心在理性的层次;而不是追求本能欲望向理性意志提升的必要性,以及二者的相互激荡。因此,他对"禽兽生活"极为反感,这与中国启蒙主义者所刻求的"兽性精神"显然恰恰相反,这也从一个侧面凸显出西方之理性精神与中国之人学精神的区别。

正如卡西勒论述启蒙哲学时所强调的:"启蒙思想的真正性质,从它的最纯粹、最鲜明的形式上是看不清楚的,因为在这种形式中,启蒙思想被归纳为种种特殊的学说、公理和定理。因此,只有着眼于它的发展过程,着眼于它的怀疑和追求、破坏和建设,才能搞清它的真正性质。"②本文考察中国启蒙实践中其理性与非理性、自由意志与本能欲望之间辩证的和动态的逻辑路径,探寻它们的先在来源与前趋方向,即力图由此思考中国化启蒙的"真正性质"及特征。而造成这些特征的根源无疑是多方面的。从普适价值上来说,西方从文艺复兴到启蒙运动先后解决了人性的发现、个体的建构、人权的追求三个层面的命题,而以"五四"为发端的中国现代启蒙没有经过文艺复兴的长期洗礼和思想积累,在短时期内把西方依次完成的三个层面共时性地压缩在一起。如果将其置于西方的理论视野之下,就难免表现出明显的食而不化或顾此失彼的特点。另一方面,中国现代启蒙运动缺乏来自本土的自然神论与理性主义这两个方面的宗教支撑与哲学推动,更多的是通过借鉴西方理论并以"人学"为核心,如此也造成了其启蒙实践的内在逻辑与西方的不同取向。

① ［德］黑格尔:《小逻辑》,贺麟译,商务印书馆1980年版,第89页。
② ［德］卡西勒:《启蒙哲学》,顾伟铭译,山东人民出版社1996年版,第5页。

区域文化视野与南京百年文学史写作

——《南京百年文学史》绪言

一、南京的诗学地理

南京历史悠久，是中国著名的古都，坐拥"六朝古都""十朝都会"之桂冠，亦有"博爱之都""文学之都"之美誉。谢朓名句"江南佳丽地，金陵帝王州"（《入朝曲》）极尽她的富饶和美丽。杜牧诗句"南朝四百八十寺，多少楼台烟雨中"（《江南春》）传神地勾勒出她幽深的文化神韵。在现代文人朱自清眼里，南京这座城市连"贩夫走卒皆有六朝烟水气"，而"逛南京像逛古董铺子"（《南京》），一俟走进这个时空，古老的文脉气息总是迎面扑来。

把脉南京百年文学史，挖掘南京的地理诗学特质，既离不开对南京区域文化传统与审美气质的发掘，也要注重对百年来南京文化与审美精神现代性转型过程的追踪。从大的地域文化传统来看，南京属于江南文化的范畴，但严格说来，这只是笼统之论。广义上的江南文化范畴较大，不足以概括南京文化传统的精髓和实质。相对而言，"金陵文化"这一概念更具有针对性和有效性。学术界对金陵文化的界定已基本达成共识，它是指以今南京为中心，辐射周边地区所形成的文化圈，是中华汉文明的重要组成部分。南京作为钟阜龙蟠、石城虎踞之地，处于中华大地南北交汇点上，地理面积并不很大。在中国种种区域文化中，以南京这样较小的地域形成金陵文化这样一个源远流长、底蕴深厚、影响广泛且气质鲜明、内涵完整、自成体系者，并不多见。并非每一个独立而完整的区域，就一定有完整而系统的区域文学史；也不是每一个地理与气候特征相似的地域，就必然有属于自身别具一格的地域文学史。而南京，无论从哪一个角度来说，都有理由、有资格拥有自成体系的文学史。

许多评论家都打过这样的比方，要论团体赛，江苏作家群是全国各省区的第一名，是当代文学界团体赛的冠军。这并非溢美之词。当然，江苏作家并不等同于南京作家，南京作为省会城市，大多数优秀的作家集中在南京却也是不争的事实，团体赛冠军的比喻用在南京身上确也不算太过分。2017 年 5 月，"文学多样性与城市可持续发展"国际高峰论坛在宁举行，在这次会上，南京提出将向联合国教科文组织申报世界"文学之都"，以填补中国和东亚地区"文学之都"的空白。南京成为国内首个申报"文学之都"的城市，这既源于审美文化传统的历史必然性，也是这座文学魅力四射的现代都市顺势而为的结果。这一切，都可以说为我们梳理南京百年文学史提供了必要的底气和动力。

二、南京城是一座"文学之都"

南京是一座历史悠久、文脉昌盛的文学之城。南京是中国文学开始走向独立和自觉的起步之城，中国历史上第一个"文学馆"即设立于此。中国第一篇文学理论文章《文赋》、第一部诗论专著《诗品》、第一部系统的文学理论和批评专著《文心雕龙》、第一部儿童启蒙读物《千字文》、现存最早的诗文总集《昭明文选》等均诞生在南京。中国民歌的标志性作品《茉莉花》起源于南京六合民间传唱百年的《鲜花调》。南京文脉持续绵延长达 1800 年，是中华文明史上的璀璨明珠。作为当时中国的文化中心，南京素有"天下文枢"之美誉。

南京是一座名家荟萃、名著频出的创作之城。据统计，在中国数千年文化史上，有超过 1 万部文学作品创作于南京或者与南京有关，数量位居全国之首。世界规模最大的百科全书《永乐大典》在南京编撰成书,中国昆曲最重要的代表作《桃花扇》在南京创作并演出。著名诗人李白,就为南京创作了100余首诗歌。《红楼梦》《本草纲目》《儒林外史》等中华传世之作都与南京密不可分。南京还是中国山水文学、声律、宫体文学、宋词等的孕育地。近现代以来,南京始终拥有对中国文坛的领导力和重要影响力。文学大师鲁迅、巴金等在南京走上文学道路。朱自清、俞平伯、张恨水、张爱玲等文坛巨匠也都与南京有着千丝万缕的联系。美国作家赛珍珠获得诺贝尔文学奖的代表作《大地》就是在南京创作完成的。

南京是一座全民爱书、读书成风的阅读之城。自古以来,南京就是一个痴心不改的"阅读者"。南京文化传统鲜明的特点在于南北交汇、兼容并蓄、开放包容、审美气息浓郁。崇尚文学、酷爱读书成为南京人最鲜明的精神气质。近代作家吴敬梓曾在其代表作《儒林外史》中,就对南京有"真乃菜佣酒保,都有六朝烟水气"的评价。著名外交家、中国驻法国大使吴建民在一次接受采访时强调,他对故乡南京的最大印象就是整个氛围是"崇尚读书"。当代著名作家叶兆言一言以蔽之:"从历史上看,似乎没有什么地方比南京更适合作为作家的摇篮。"(《南京人》)现在南京活跃着数以千计的文学社团和协会组织,仅民间自发形成的读书会就有450多家。

文学因南京而辉煌,南京因文学而永恒。文学始终是南京社会文化生活的内在血脉,也成为南京城市发展的重要推动力。南京城就是这样的一座"文学之都"。

三、城市性格与文化气质

南京自越王勾践建越城以来,历经东吴、东晋、宋、齐、梁、陈、南唐、明、民国等历史变迁,经过魏晋以来的民族大迁移和南北经济、文化的融合,积淀成独具一格的金陵文化。文人墨客汇聚于此,诗词歌赋层出不穷,既有六朝烟水气,又有南唐悲世音,既有骈文辞赋的规制之作,又有《文心雕龙》之划时代理论创见,以及《儒林外史》之革命性的小说突破,可谓历久弥新,连绵不绝。"五四新文化运动"以来,南京文学一面连接传统文脉,一面经历欧风美雨,形成了古典与现代交融并存的特色。南京政治地位的变化也导致了文学形态的多元转换,构成民国时期最独特和复杂的地域文学面貌。1949 年后,南京文学在经过政治意识形态的建构与市场化改革之后,重新以独立的姿态走向文化与人性的深处,小说、诗歌、散文、戏剧、文学理论与批评等各个领域杰作频出,蔚为大观,影响深远,南京文学作为重要一极伫立于中国的文学版图上。

南京作为极具典范性的文化符号一直存在于历代文人的视野之中,其独特的城市性格、文化气质、审美意蕴与艺术风格吸引着各地作家驻足于此、创作于此,从而构成南京文学的历史链条。

同时,随着魏晋以来的北方士族与居民的大规模南迁,南京原本具有的吴越文化特点的民风、民俗与从北方迁移过来的中原居民的文化态度与生活方式不断碰撞,厚重、质朴的伦理文化与精致、灵动的诗性文化在此融为一体,形成了开放性的文化格局与兼容并包的城市性格。这种城市性格对文艺的自由发展与个性化的追求是极重要的,在古代产生了代表中国古典文艺自觉的六朝文学,在当代也构成了推动文学转型发展的新思潮和新的文学形态。此外,这种城市性格还塑造了南京文学的多元结构。长期以来,作为政治的枢纽地位和贸易的集散地,使得南京的政治文化和市民文化异常发达,古时太学、国子学和江南贡院为代表的科举文化塑造了南京的士大夫文化形态,与以"十里秦淮"为代表的市井文化交相辉映,南京的士大夫阶层与市民阶层长期并存,上层文人的金陵怀古、秦淮情结与下层市民的风月想象、里巷心理相互连接,相互影响。时至今日,南京作家游走于庙堂和民间,出入于典雅与俚俗,构成了南京文学雅俗共赏的审美面貌。

四、文化传统与文学精神

从时空转换的角度看,南京兼容并包的城市性格同时形成新旧杂糅的都市文化气质。这里的"新"与"旧"既指先进与保守的区别,也指坚持创新与坚守传统的区别。在前一种意义上,南京文化体现出复杂的斑驳面貌,这在二十世纪二十至四十年代的文学中表现得较为突出,新文学的不断生长与国民政府官方提倡的三民主义文学、民族主义文学运动构成鲜明的对比。在后一种意义上,南京文化守成主义的影响极为明显,以"学衡派"为代表的知识群体与新文化运动中的先锋人物的论战就是这种传统文化本位与西方文化本位的冲突。

一方面,南京政治与文化中心的长期存在,文人士大夫的不断艺术建构,积淀成了南京文学一以贯之的文学意象、文化心理与精神指向。所形成的金陵文化对南京文人具有深远的文化渗透力,并使其产生强烈的精神认同感。另一方面,南京历史上不断遭受战火兵灾,城市几度灰飞烟灭,文化血脉几经中断,艰难新生,近代以来的西方新思想、新方法、新艺术也对古典文化造成巨大的冲击,带来了都市文化的更新。悠久的文化积淀和历史变迁过程中的文化嬗变相互作用,形成了南京新旧杂糅的文学气质。民国时期南京各个大学出现的老一辈作家创办的诗词团体(如潜社、如社、上巳社、梅社、石城诗社等)推动了古典诗词的繁荣,而新一代的知识青年致力于创作白话新诗、话剧作品,推动了南京新文学的兴起,是这一时期南京文学新旧并存的最佳写照。当代南京文坛在对新的文学思潮进行探寻,推动了"探求者小说""第四种剧本""第三代诗歌""新写实小说""新状态文学""断裂文学"及重估当代诗歌等思潮的兴起,在全国范围内产生重大影响。南京文坛在求新求变的同时,也没有在艺术形式和文化心理的变革道路上走得太远,而是坚持创作的文化导向、人性审视意识和现实关怀,作品的文人气质、精致的语言和抒发性灵的特点是和南京古典文学传统一脉相承的。来自各地的作家群体汇聚在南京,受到南京传统文化的熏染,造成内在的心理认同,使其努力在坚守传统士人风范与开拓现代视野之间寻找适当的平衡点,构成中和式的文学面貌,这也是和南京新旧杂糅、多元融通的文化气质相一致的。

五、文化意蕴与审美风格

朱偰在《金陵古迹图考》中曾指出南京"其地居全国东南,当长江下游,北控中原,南制闽越,西扼巴蜀,东临吴越;居长江流域之沃野,控沿海七省之腰膂;所谓'龙蟠虎踞''负山带江'是也"。由于独特的地理位置,南京历来为兵家必争之地,各方势力争斗不已,历史上屡遭战火,伴随而来的是城毁人亡、荒草遍地、民生凋敝。近现代以来,太平天国灭城惨剧与南京大屠杀的人类浩劫,更是将长期积累的文化遗存毁于一旦。历代文人有感于南京循环不已的悲剧性命运与文化断裂现象,往往发思古之幽情,叹沧桑之巨变,"怀古伤今"也就成为南京文学的精神母题与审美意蕴。金陵的繁华易逝与人事已非是怀古诗与山水诗的重要寄寓之处。文人目睹物换星移与人世变幻,感受着凄风苦雨与断壁残垣的空无,生发出人生无常的无奈感与念天地之悠悠的时空感,"怀古伤今"的审美意蕴也由此生发出南京独有的"悲情文化"。南京文学尤其是诗词、散文中经常出现的对历史古迹的探寻、山水城林的驻足、人物典故的挖掘与政治变故的追问,大多不脱这种今昔对比的慨叹之情与悲情意绪,久而久之,南京就形成了许多悲情文化的经典符号,所谓"六朝烟雨""南朝旧事""金陵春梦""秦淮风月"等文学意象就是此种文化现象的鲜明表达。这种悲情意识是南京文学的底色,潜藏在南京文人的心灵深处,形成了牢固的文化心理结构,后世作家虽接受现代文明的洗礼,文化结构渐趋多元,但现当代作品中大量出现的对王朝旧事的追怀和对逝去的文化记忆的书写,仍然与这种潜藏的怀古伤今的心理、意绪存在着千丝万缕的联系。

　　与这种怀古伤今的审美意蕴相伴随的是南京文人的隐逸心态。南京作家往往更容易感受到历史、政治的无情与命运的无常,对脱离政治的漩涡有着强烈的渴望,形成偏安隐逸的文化心理。现代以来,南京作家大多数都试图摆脱政治权力的控制和官方意识形态的束缚,以独立姿态沉浸于古典文化和新文学的研究与创作之中,接续了这种怀古伤今的创作路数与隐逸悲情的精神取向,在对南京地理、景观、风物的描摹和事件的叙事中建立起其与历史的连接,融入南京文学的文化脉络之中。这一时期出现的南京文坛对新的文学潮流的倡导,一方面是南京文化的多元与自由的品格所推动的;另一方面这种创新不是从中心位置往外扩展的,而是往往以边缘姿态、非主流心态为出发点去试图建构文学的新局,"断裂"事件、"诗歌排行榜"事件就是这一文化心理的生动体现。

　　在独具特质且系统完整的金陵文化的浸染下,南京百年文学表现出既多姿多彩、气象万千又自成一格、气质鲜明的审美风貌。南京兼收并蓄的城市性格,使得不同地域的作家都能在此找到安身立命之所,而新与旧、古典与现代、创新与坚守的文化心态的并存为作家创作提供了多种可能性,形成了南京文学开放多元的艺术风格。许多作家经过多年探索和不断积累,逐渐形成自身独特的艺术世界和文学系列,如苏童的"香椿树街"系列、叶兆言的"秦淮"系列、毕飞宇的"王家庄"系列、赵本夫的"黄河故道"系列等。在题材内容上,既有以历史记忆与想象为中心的作品和以现实生活体验为中心的作品,也有以儿童成长、教育为中心的作品,以文学想象力展开的青春小说以及奇幻、武侠小说等。南京文学既有对才子佳人、爱怨情仇等传统的江南文化主题的接续,也有对城市欲望扭曲人性的审视,对人性尊严的坚守和对城市文明病的反拨等。在继承南京质朴与典雅并存的文化气质的基础上,南京现当代作家形成了自己的语言风格,如苏童的细腻与灵动,叶兆言的洒脱与纯正,毕飞宇的精致与温婉,韩东的内敛与沉稳,朱文的自然与质朴等,从而形成了精彩纷呈的文学风貌。

六、从古典走向现代的南京文学史

通过以上的简要梳理,我们可以了解地域文化与南京文学的紧密联系,并随着时代变迁与文化转型,南京文学从古典走向现代。从时间上说,百年南京文学可大略分为六个阶段,1912—1927 年为第一阶段,是从古典到现代的过渡期。新文化运动带来的启蒙思潮与文化守成主义思潮并存,催生了南京新旧两种文学形态。古典文人致力于风物古籍的考订吟咏,在古体诗词曲赋创作方面颇有成绩,有明清士人清奇悠然的风骨,作品集中对南京自然风貌、历史古迹、四季景物的描摹,大多借物抒情、追忆前朝、感怀身世,充满悲切苍凉的历史感。新青年作家则致力于白话新诗、现代散文的创作,传播个人主义、人道主义的新思想,鲁迅、朱自清、陆志韦、卢前等人都在这一时期的南京文坛留下足迹。1927—1937 年是第二阶段,是南京文学的分化与生长期。国民政府定都南京,政治文化对文学产生重大影响。官方的三民主义文学、民族主义文学运动、左翼作家的激进的革命文学实践与新月派的"新格律诗""新人文主义"文学批评同时存在,构成复杂的文学面貌。1937—1949 年为第三阶段,又可细分为 1937—1945 年汪伪时期和 1945—1949 年的国民政府还都时期,是南京现代文学史上的黑暗期与反抗期。抗战文学风起云涌,反映首都沦亡的报告文学与回忆散文催人泪下,其后汪伪戏剧为代表的汉奸文艺甚嚣尘上,陈白尘的讽刺剧独树一帜,战争、讽刺、乡土、情爱小说等亦精彩纷呈。

1949—1976 年为第四阶段,又可细分为 1949—1966 年(简称"十七年时期")和 1966—1976 年两个时段,是南京文学的曲折探索期。十七年时期,南京文学一方面被纳入社会主义的文学体制,成为国家政治意识形态建构的一部分;另　方面,南京作家秉持传统的创造与探索意识,在南京相对宽松的创作氛围下,寻找现实主义文学的多种可能性,出现了许多有价值的、引起全国反响的小说、戏剧作品和理论批评,延续了南京文学长期形成的创新传统。

1966 年后,南京文坛相对宽松的创作氛围被破坏,原来保有的一定程度的文学自主性丧失,文苑一片荒芜,只有几个作家创作了几部反映路线斗争的作品,其余则是革命样板戏、大字报、政治口号和民间戏曲等的天下。1976—1992 年为第五阶段,是南京文学的恢复发展期(简称"新时期")。这个阶段又可细分为 1976—1985 年和 1985—1992 年两个时段。在前一个时段,南京文坛出现了许多反映历史创伤、反思人性灾难的优秀作品,成为当时伤痕文学、反思文学、人道主义文学思潮中的典型代表。在后一个时段,南京青年作家崛起,开始了针对历史、革命与现实生活的先锋性的创新实验,出现了一批重要作品,南京文坛还引领了第三代诗歌和先锋文学、新写实小说创作新潮,在全国范围内产生了重大影响。1992—2017 年为第六阶段,是南京文学的多元发展期。南京作家一方面受到市场经济和文化工业的影响,开始了现代性的转化;另一方面又坚守自己的人文关怀传统,商业气息并不浓厚,逐渐形成了自身多元发展与个性化突出并存的创作格局。

七、"入史"标准与概念框定

任何一部区域文学史或地方文学史都不可避免地涉及哪些作家、哪些作品以及哪些作家的哪些创作应该"入史"或者可以"入史"的问题。近代以来,中国社会长期处于动荡与变革之中,作家的流动性与作家身份的多元性大大增强。二十世纪末以来,互联网的普及,地球村的出现,全球化理论的诞生,信息化时代的到来,这一切都使得区域文学变得尤其复杂和不稳定。但全球本土化的新思潮让人们坚信,越是民族的越是世界的,越是地方的越是人类的。区域文学史的价值不仅不会因全球化而消弭,反而愈发凸显出它弥足珍贵的当代价值。

在这样的背景下,对百年以来与南京有关的作家与文学创作如何进行取舍,如何界定南京百年文学史的叙述范畴,从而赋予南京百年文学史以科学而严谨的学术内涵,就显得特别关键。对于这个仁者见仁、智者见智的问题,我们采取了如下的思路。先把相关的作家分为四种类型,然后对每一种类型作家的文学创作采取相应的叙述策略。

第一种是典型的南京作家。这又分为两种情况,其一是出生在南京并长期在南京生活与写作的作家。如胡小石、叶兆言等。其二是虽然不在南京出生,但有较长期的在南京生活和写作的经历。如赵本夫、毕飞宇等。这类典型的南京作家是南京文学史的核心部分,他们的所有创作都要纳入南京文学史的叙述范畴。

第二种是准南京作家。这一类型是指无论作家是否出生于南京,但在南京生活过一段时间,并且其创作以南京为书写对象,或者具有较鲜明的南京气质,或者在较大程度上受到南京文化的影响。比如有的作家在南京生活的时期正处于写作起步阶段或者写作风格形成阶段,后来由于各种原因长期离开南京。这些作家虽然不属于典型的南京作家,但与南京这座城市有着不可分割的联系。像赛珍珠、李龙云等作家可属此列。准南京作家也是南京文学史的重要一脉,是不可分割的部分。但对于他们的创作,不宜悉数纳入南京文学史的框架之内。他们的文学创作中凡是与南京关系比较密切的部分,比如写于南京,或者创作题材、审美风格等与南京相关,都属南京文学史叙述的题中应有之义。

第三种是南京籍作家。这一类型的作家,其祖籍不一定是南京,但出生于南京,或者在南京有过成长的经历,只是因各种原因离开南京,长期不在南京工作和生活。其文学创作与南京仅有部分的联系。比如张贤亮、王朔等。从区域文学中的角度来说,张贤亮更多地是"宁夏作家",而王朔则被视为典型的"北京作家"。当然,现当代区域文学史写作必然要面对作家叙述的交叉和作家资源的"共享"问题,显然不能将他们排除在"南京作家"之外。他们属于广义范畴上的南京作家。对于这批作家的创作,我们以较少的篇幅稍加介绍评点,不做过多论述。

　　第四种是非南京作家的南京写作。还有一些作家既不是出生于南京，也没有在南京生活或工作过一定时期，只是短暂地到南京造访、讲学或者旅行过，自然不宜以"南京作家"冠之。但是他们的部分创作以南京为题材背景，或者像雁过留痕般在南京挥毫成篇。比如胡适1920年暑假曾在南京高等师范学校讲学，二十世纪二三十年代多次赴南京访友、参加政府会议及学术会议等，因此他的有些创作中都留下了南京的身影。再如四十年代张爱玲数次来访，小说《半生缘》的故事就有重要的南京背景。这些创作可称之为"南京写作"，我们有充分的理由将其纳入视野。

　　为充分发掘南京百年文学史叙述的文学资源，我们对上述四种类型的作家进行了尽可能全面的搜集工作，以作家年表的形式整理出来，共计240余位，以"附录一"的形式列入书后。表中作家按出生年份的顺序排列，"备注"一栏包括对该南京作家的简介，重点关注其与南京文学史的关系。另外，为更直观地显示南京文学在整个中国现当代文学史上的独特地位和重要贡献，我们还搜集整理了百年来在南京创办的文学报刊年表，共计230余种，以附录二的形式列入书后。该年表按创办时间排序，并对其出版周期、编辑或主办者等信息加以汇集。该年表中包括十余种有一定影响的民间刊物，从中也可以看出当代南京文化积淀之深厚和文学气质之浓郁。

是"底层的人",还是"人在底层"

——二十一世纪文学"底层叙事"的问题反思与价值重构

一、问题的缘起

二十一世纪经济的飞速发展与社会产业结构的变革与调整,使人们从思想到生活发生着历史性变化,中国形象、个体生存体验与心理架构呈现出不同以往的新鲜气质,而其中关于都市日常生活的叙述、想象与审美则成为这一全新中国经验表达的核心领域之一。这既迎合着欣欣向荣的经济发展脉络与大众阅读期待心理,又符合当下不少中国作家已经或者正在追梦中产化的社会现实。在青春主题、都市文学、消费叙事畅行的二十一世纪文坛,贾平凹、刘庆邦、陈应松、谈歌、刘醒龙、尤凤伟、胡学文、曹征路、罗伟章、孙惠芬等人将目光投向了灯火辉煌、眼花缭乱的巨型发展景观背后地下室、群租房、矿井煤窑、车间工棚中进城打工农民与基层工人的生活轨迹及喜怒悲欢。这一底层创作思潮在 2004 年形成较大规模,代表作品如曹征路的《那儿》《问苍茫》、贾平凹的《高兴》《极花》、孙惠芬的《民工》《吉宽的马车》、罗伟章的《大嫂谣》《变脸》、尤凤伟的《泥鳅》、陈应松的《太平狗》等脱离了"乡土文学""工人写作"的传统套路,将笔墨突向当下生活,以现实主义的勇气直面被时尚风光遮蔽的苦寒、低微的人与事,对社会矛盾问题进行反思与追问,丰富和拓展了二十一世纪生活的审美表达层次与领域，呈现出文学面对泥沙俱下、复杂多变的社会现实的焦虑、尊严与担当。

学界、评论界也围绕着这一创作潮流的本质特征、思想内涵、社会意义等进行了热烈讨论。何为底层？这问题在十几年前提出，至今众人仍未从政治经济学意义上对之进行明确的定义与定位。不过批评界在话语表达层面做了个大概认定，所谓底层，是指这样的群体，由于他们在经济、文化、组织等方面资源或缺、普遍缺乏话语权，因此"尚不具备完整表达自身要求的能力，暂时需要他人代言"①。由此引出关于底层写作叙事立场的深层思考。此外，不少专家学者对其思想资源、叙事形态、问题意识等也进行了较深入的探讨。随着时间的推移，城乡与区域发展的不平衡性以及土地城市化与人的现代化之间的不同步性成为我国近年来社会矛盾的焦点，底层写作面对这一新的发展趋势进行分析、把握、反映的全新挑战，加之网络新媒体、世俗意识、大众文化对文学的合力冲击，底层叙事在以下几种主要矛盾的纠缠中陷入瓶颈：对现实主义创作方法的倚重与当下问题把握不足、挖掘不深之间的矛盾；文学艺术的超越性本质与过度渲染生活表象而无意或无力追问精神意义之间的矛盾；关于底层的机械化、平面化、概念化认识及对阶层固化现实的体认与变动不居的阶层流动之间的矛盾；底层作为"想象的共同体"与复杂立体的现代个体本质之间的矛盾；等等。已经有人提出"乡土文学终结观"了，那么"底层文学终结"的提出离我们还远吗？它会走向何方？我们也不能不进一步思考，在社会发展复杂多元的今天，文学应该怎样通过探索人的具体生活照亮世界？作家应该怎样切入现实内核，突破自我，重启先锋探索精神？

---

① 王晓华：《当代文学如何表述底层——从底层写作的立场之争说起》，《文艺争鸣》2006 年第 4 期。

二、叙事策略:物质优位的视角与底层现实主义的异化

作为二十一世纪主要的创作潮流之一,底层叙事因反映现实矛盾和民生疾苦而获得了瞩目与尊重,其对现实主义创作理念与方法的倚重也是有目共睹的。新时期以来,现实主义思潮受到审美现代性、后现代以及商业经济大潮的多重冲击。在这种混融多变的文学审美格局中,曹征路、陈应松、尤凤伟等作家将笔墨倾注于转型期社会文化的病灶、病源、病理的大胆揭示与评判,显示出文学作为"社会良心"的功用。当然,我们也不能忽视汹涌而至的商业大众文化侵袭一切的"伟大"力量,文学艺术被打上商业化、复制生产的烙印,物质优位——一切从物质需要出发,物质决定一切——在某种程度上成为消费意识形态衡量一切、表达一切的出发点。

2017年10月底,在某娱乐综艺节目制作播放的开场白中,为了强调其不同于其他形形色色的选秀、文化类综艺节目的纯艺术性立场而宣称:这里只有演员和演员之间的切磋,"没有年龄的鸿沟,没有主角和配角的厚此薄彼,没有明星与普通人之间的尊卑之别"。这堂而皇之的宣告令人惊异:明星"尊"在何处?普通人因何而"卑"?打着"纯艺术"的旗号却内隐着经济决定尊卑的论调,这样的思想现实确实发人深思。如果仔细推敲的话,当下越来越多的文艺作品深隐着这种由绝对的物质优位视角决定的新型叙事伦理,在其视域内,描摹中产者的日常情态以及成为一名合格消费者的逐梦之旅的都市文学、青春文学如上所述成为文坛主潮,触目所及的人物形象多为留洋博士、金融或IT精英、名企或网店老板、N线明星或网红……他们泡吧、卖文、博彩、赛马、游戏、直播、开网店、环游世界……总之过着令人羡慕的同质化生活,展现人人向往的时尚体验,不但不厌其烦、事无巨细地炫耀成功者内心情绪与外在状态的边边角角、莺莺燕燕,而且在小人物的奋斗史中消解了情感与理性矛盾冲突的火花。青春靓丽的女孩子如琳达(陈丹燕《吧女琳达》)和眉宇(邱华栋《生活之

恶》)甚至心甘情愿以身体换取物质享受。

物质优位视角对底层写作的影响也不容忽视，甚至更为深隐而复杂。虽然不少作家着意书写社会现实问题，意愿为底层民众代言，可是熟悉底层生活的作家日少，正如韩少功所说，"现在的作家都开始中产阶级化，过着美轮美奂的小日子，而且都是住在都市"，"没有办法和他想表现的对象真正心意相通"①。加之消费大众文化思潮对传统文化、启蒙、政治等思想资源的解构，使得很多作家面对当前新的发展态势感到迷茫和无力把握，比如贾平凹就曾慨叹："我所目睹的农村情况太复杂，不知道如何处理，确实无能为力，也很痛苦。实际上我并非不想找出理念来提升，但实在寻找不到。"②底层人物形象的精神支撑、生活意义、心灵波澜被远远抛开，物质资源的占有情况及其影响后果成为书写个体的最有效角度，展示穷苦获得眼球经济红利有意无意地成了一种叙事潮流。我们看到，与都市文学的成功神话建构相对，不少作品在小人物形象塑造及其不幸命运描写上渐渐显示了某种模式化倾向：生活表现形式单一，结局多为失败，基本情绪为无奈。

具体言之，其叙述框架往往设置为：男性干最脏最累的活计（拾荒、清洁、下煤窑等）出卖力气，比如陈应松的《太平狗》、尤凤伟的《泥鳅》、孙惠芬的《民工》、邓一光的《怀念一个没有去过的地方》、贾平凹的《高兴》等作品中的人物，挣扎在苦累的第一线但个个结局悲惨；女性则大多主动或被动地出卖身体，林白的《去往银角》《红艳见闻录》、阿宁的《米粒儿的城市》、季栋梁的《燃烧的红裙子》等均演绎着新时代沦落风尘的女性悲情故事。从农村走出来的兄弟姐妹因文化水平较低又缺乏就业技能与机会，为了维持生计而从事基础性岗位甚至走上歪路，这一现象毋庸讳言的确是存在的，贾平凹就提到这样的现实："村镇外出打工的几十人，男的一半在铜川下煤窑，在潼关背金矿，一半在省城里拉煤，捡破烂；女的谁知道在外面干什么，她们从来不说，回来都花枝招展。

---

① 韩少功：《作家的创作个性正在湮没》，《探索与争鸣》2006 年第 8 期。
② 贾平凹、郜元宝：《关于〈秦腔〉和乡土文学的对谈》，《河北日报》2005 年 4 月 29 日。

但打工伤亡的不下十个，都是在白木棺材上缚一只白公鸡送了回来，多的赔偿一万元，少的不足两千，又全是为了这些赔偿，婆媳打闹，纠纷不绝。"①这绝不是社会现实的全部，却在底层叙述中得到了几乎绝对化的反映：有人说女人们"在城里从事的工作就是当'鸡'，她们或主动或被动地走上了用身体换钱的不归路"（叶炜《后土》），其结局多为堕落、迷茫、疾病乃至死亡。怀揣着"个人奋斗"梦想的贵州乡下女孩柳叶叶和其他几个姐妹一起来到城里打拼，结果毛妹因工伤自杀，香香、小青、桃花则相继堕落，柳叶叶虽然历经磨难成为一名社会工作者，但也前途渺茫（曹征路《问苍茫》）。《郎情妾意》（叶弥）中的范秋绵、《钱币的正反两面》（叶弥）中的单身下岗母亲梅丽、失业出卖肉体的倪红梅（曹征路《霓虹》）、从经营"发廊业"堕落为妓女的方圆（吴玄《发廊》）等，也都没有逃脱卖身的结局。

　　近年来随着经济飞速发展、劳动力市场需求日渐提升，网店、外卖、快递、装修、保洁、出租车、专车、家政等城市就业渠道多元化，职业教育也是日新月异，人们可以较方便地通过网络课程、培训机构等进行自修或者接受再教育。更值得关注的是，城镇化进程加速已经成为我国二十一世纪经济发展的一个重要现象，据《国家新型城镇化规划（2014—2020 年）》显示，1978—2013 年，我国城镇常住人口从 1.7 亿人增至 7.3 亿人，城镇化率从 17.9% 提升到 53.7%，城市数量由 193 个增至 658 个，建制镇数量从 2173 个增至 20113 个。② 土地现代化取得了历史性成就且引发了许多新的社会现象、矛盾和冲突，然而积极主动地反映乡民市民化、现代化心路历程的佳作却不多见。面对二十一世纪中国乡民现代化的必经之路，如何突破传统乡土叙事的艺术观念与手法，描摹城镇发展的新风貌、新矛盾，既是作家不可回避的责任，也是其拥抱生活、反映现实、塑造时代典型人物的必要功课。

---

① 　贾平凹：《秦腔·后记》，作家出版社 2005 年版。
② 　国务院发展研究中心等：《中国：推进高效、包容和可持续的城市化》，中国发展出版社 2014 年版，第 9—15 页。

从九十年代至今,林斤澜"矮凳桥风情系列"、孙方友"陈州笔记"、何申"热河系列"、范小青"杨湾系列"、薛舒"刘湾镇系列"、鲁敏"东坝系列"等乡镇叙事丰富了文坛成果,这些作品在把乡土当作诗意远方和内心深处永恒的风景的同时,也以敏锐的眼光和老练的手笔对乡镇这一独特的中国经济文化现代性发展空间进行了描摹。但不可否认,二十一世纪以来乡镇叙事数量较少且对土地现代化和乡民现代化的不均衡等当下性矛盾的揭示把握得还远远不够。莫言便直言"对于我们五十年代出生的这批作家来说,想写出反映现在农村的作品已经不可能"①。立志书写农民"走出土地后的城里生活的"贾平凹在《高兴·后记》中慨叹:"为什么中国会出现打工者这么一个阶层呢?这是国家在改革过程中的无奈之举、权宜之计,还是长远的战略政策?这个阶层谁来组织谁来管理,他们能被城市接纳融合吗?进城打工真的就能使农民富裕吗?没有了劳动力的农村又如何建设呢?城市与乡村是逐渐一体化,还是更加拉大了人群的贫富差距?我不是政府决策人,不懂得治国之道,也不是经济学家有指导社会之术,但作为一个作家,虽也明白写作不能滞止于就事论事,可我无法摆脱一种生来具有的忧患,使作品写得苦涩沉重。"②

这慨叹不可谓不真诚,也引发我们的深思。外面的世界正精彩,可是思想资源、生活体验的匮乏使得有些作家对把握和反映现实感到无力。面对日新月异的社会现状,如果没有深邃的思想透视力,仅凭感知、推测、模仿难以打破固化的思维与僵化的叙事模式,更难以分辨什么东西是一地鸡毛,什么则是具有质的规定性。正如李洱所说:"你很难说作家对生活有什么样的理解。很多东西都是碎片式的,无法用一种东西去涵盖。我们写的时候不知道什么重要,什么不重要,只有一锅端。比如贾平凹写《秦腔》也只能七荤八素地端上来,无法表明他对生活的一种理解,当然它可能有情感,但整体的印象是不存在

---

①　田志凌、孙骁骥:《新乡土文学:文学离今日乡土有多远?》,《南方都市报》2007年1月22日。

②　贾平凹:《高兴·后记》,作家出版社2007年版。

的。"①。贾平凹自己也慨叹"旧的东西稀里哗啦地没了，像泼出去的水，新的东西迟迟没再来，来了也抓不住"，"故乡是以父母的存在而存在的，现在的故乡对于我越来越成为一种概念"②，对于反映这种状况和突破这种概念化的认知，他感到矛盾、忧虑、无可奈何、前途迷茫，自然不可能塑造出丰富生动、令人印象深刻的人物形象。难怪有作家说，读了一些表现底层的作品后，"有一点假惺惺的感觉，就是他的人民底层的感觉是从概念出发的，不是真正亲身投入进去的，那种细腻强烈的东西没有"，"他们可能想了解人民，想了解底层，但他们没有办法去真正了解，有很多很多的障碍"③。作家们一边慨叹着外面的世界很无奈，一边向十几年前甚至二三十年前的农村记忆讨生活，勉为其难地倾尽儿时少时的乡村体验或者想象，极力描写小人物穷苦潦倒的日常生活，渲染没有最惨、只有更惨的悲剧，其笔下的生活细节难免浮虚失真。比如生活在二十一世纪的小镇人不认识火腿肠、旋转门、洒水车（贾平凹《高兴》）；出身农村的大学生上大学前没有刷过牙，上大学后不会调节酒店浴室水管的冷暖阀门而打电话向舍友求助（方方《涂自强的个人悲伤》）。如果底层写作过度依靠这样浮夸的细节，自然无法实践当下现实主义的美学目标，令读者产生不真实的阅读体验。

作为传统城乡、贫富二元对立观在消费时代的复杂升级变异版，物质优位视角对物质对人的发展的支配性作用及阶层固化现实的体认与极端强调，对文学的超越性本质造成了侵害。虽然某些作品也不乏对传统文化或现代人性异化的一些反思，但作家往往更着意于展现底层不幸的生活现状、肮脏落后的生存环境以及粗俗、愚笨、麻木乃至不可救药的人物性格，消弭了哀其不幸、怒其不争的呐喊与希冀。换言之，越来越多的作品过度地、绝对化地描摹、想象小人物悲惨的生活情状和失败的命运这一叙事倾向，不但没有产生审视当下、

---

① 田志凌、孙骁骥：《新乡土文学：文学离今日乡土有多远？》，《南方都市报》2007 年 1 月 22 日。
② 贾平凹：《秦腔·后记》，作家出版社 2005 年版。
③ 韩少功：《作家的创作个性正在湮没》，《探索与争鸣》2006 年第 8 期。

舒缓社会焦虑、提升精神需求的审美力量，反而从某种程度上渲染了"因为贫穷，所以不幸、扭曲、堕落""无力抗争，争也无用""金钱决定一切"的机械化生活观与社会观。乡下、城市底层角落被看作藏污纳垢之地，"除了妓女、民工、小贩、刚毕业的大学生，在这栋楼上还住着更多隐秘的人群，逃亡的杀人犯，刚出监狱的犯人，都在这里稍作休养"（孙频《菩提阱》）。因手头紧张不得不租住在贫民区的康萍路，"每次看着楼下那些妓女、嫖客、赌徒的时候她都会像个烈士一样凛然地想，我是个做着正经工作的人，我起码是在写字楼里上班的，我起码是个正常的人。想到这里，她觉得自己简直是开在这栋楼房阴影里的一朵莲花，出淤泥而不染，连上楼的时候都是大义凛然的，近于悲壮"。（孙频《菩提阱》）这与自认天生不该是乡下人的刘高兴被赞美为"泥塘里长出来的一枝莲"（《高兴》）可谓异曲同工。贾平凹在《高兴·后记》总结主人公的人格定位就是"在肮脏的地方干净地活着，这就是刘高兴"①。令人慨叹的是，刘高兴虽然享受着出淤泥而不染的赞美，更被赋予了底层人物中少见的异类性格，但他注定还是无法摆脱底层生活肮脏的泥潭。叙事者安排有一定文化、不安分的刘高兴卖肾来到城里，他从衣着、谈吐、消费等方面注意向城市人看齐，甚至为了爱情可以无私付出，在叙事者看来，他简直比一般的城里人更有趣、更浪漫、更有见识。可是在读者眼中，小说中由拾荒者和妓女之间发生的这种缺乏现实性的爱情描写无疑是令人质疑的，这不是说底层人民不能有纯真的爱情，而是叙事者对刘高兴爱情至上的描写更多是权宜之计，或者说是爱情之外找不到当下底层人物的其他人生意义和精神支撑的无奈之举，于是这种奇异的爱情成了小说的救命稻草，被过度赋予了结构故事、塑造人物的功能，却并不能真正打动人心，叙事者宣扬的比城里人更浪漫有趣，又有见识的性格特征也仿佛是海市蜃楼。即使如此，他最终还是被城市无情拒绝了，只好背着同为失败者的老乡的尸体悲愤撤离。在笔者看来，仅仅用刘高兴没有技能无法融入都

---

① 贾平凹：《高兴·后记》，作家出版社 2007 年版。

市这样的理由，说服力并不强。这一人物形象是作家试图向城市文明转型的努力，可是在试图进入城市而不得的叙事中，我们似乎看到了物质意识形态对现实的强大控制力。

三、底层形象："想象的共同体"的建构与解体

由上可见，二十一世纪文学的底层叙事策略总体上建构了一种可称为"底层的人"的审美镜像，而这种"底层的人"所构成的审美镜像其实质是一种"想象的共同体"。这正如作家刘继明所说："也许每个人都有他自己所理解的底层，只不过各自选取的认识路径不同而已，永远不可能有一个绝对真实的'底层'向我们现形。"[①]文学是人学，文学叙事的根本目标是写人，通过个体在时代社会中的遭遇及其心理历程靠近并揭示时代生活的本真。恩格斯指出："现实主义的意思是，除细节的真实外，还要真实地再现典型环境中的典型人物。"[②]真实的细节、典型人物、典型环境之间辩证互动的内在关联达成现实主义的审美效果，做到这一点自然要依赖于作家主观能动性的发挥。正是依靠作家独特的观察力、审美力、思想力、表达力，文学叙事才被赋予独特的艺术魅力。因此，关于底层的想象不应该缺少从现实出发且升华到精神层面的人文气质与情怀，有了它的支撑，底层才成为丰富立体、复杂流动的叙事体：既是由环境，风俗，民生，时代精神、风貌等因素混融生成典型人物性格的多元的叙事空间，也是我们考察人物，环境，风俗，民生，时代精神、风貌等因素的窗口与渠道。可是当这种精神被抽空且被标写着"贫穷"两个大字的幕布完全遮蔽之后，底层仿佛变成了隔绝于时代发展、无力变动、固化僵硬的一个特殊存在体，它表征着没有交流、没有生机、没有成长、没有升华的悲剧命运，而点缀于中的人、物、风土民情等，都变成了演绎贫穷、诉说不幸的标本。这样的环境怎么能够

---

① 刘继明：《我们怎样叙述底层》，《天涯》2005 年第 5 期。

② 恩格斯：《致玛·哈克奈斯》，《马克思恩格斯选集》第 4 卷，人民出版社 1972 年版，第 462 页。

塑造出反映时代风貌的典型人格？我们的阅读体验则是：越来越多的底层形象呈现出扁平化、傀儡化、概念化乃至空心化的特点，不但丧失了主体的丰富性，而且也丧失了个体本质乃至人类本质。

（一）丧失了主体丰富性的命运傀儡

在传统现实主义创作中，工作、生活、爱情、亲情往往与奋斗、责任、追求、理想等密切相连。八十年代改革开放的号角吹响，《人生》《平凡的世界》等作品为我们奉献了出身寒微的小人物与命运抗争奋斗的多重面影，人物性格复杂饱满，各具特色。比如孙家的两兄弟（《平凡的世界》），他们继承了祖辈踏实勤劳的美好品质，又具有新时代青年积极进取的精神气质，并且走出了不同的人生道路，呈现出丰富独立的主体意识。相比之下，哥哥少安更多地受到儒家文化影响，所谓长子如父，为了奶奶父母兄弟姐妹甘愿放弃学业，以大山一样的肩膀挑起家庭的重担；而门当户对的思想意识则令他不敢接受润叶的爱情，深深伤害了对方；屡经挫折成长为农民企业家之后，也有过投资影视出人头地的想法，又显示出其内心根深蒂固的小农意识的牵绊。而同样热爱家人的弟弟少平则选择外出打工，勇敢追求梦想和爱情，更具有现代青年勇于实现自我理想的个性意识。和孙家兄弟一样，晓霞、润叶、红梅、金波、金秀、高加林、巧珍等年轻人都在他们的爱恨、反抗、舍离、追求中，发出各自青春的呐喊与回响。在当下底层写作中，那些比孙家兄弟晚出生二三十年的农村青年形象，反而大多在随波逐流的无奈中丧失了为爱奉献或勇于追梦的道德理想主义情怀。读者很少看到人物努力进取以期改变命运的主体意志和心路历程，只看到一个个被命运压垮的模糊的背影。知识改变命运、奋斗改变人生的主题曲跑调了。《发廊》（吴玄）中的"我"虽然考上大学当了教师，可是面对妹妹的堕落也只是发出"我这么没用，能帮方圆什么忙"的叹息，甚至觉得她们出卖自己的身体，"纯属个人行为，跟道德有什么关系"。再说老家"什么资源也没有，除了出卖身体，还有什么可卖？"

　　《涂自强的个人悲伤》（方方）中同名主人公出身贫寒，短短一生历经劫难，其生活的悲惨程度令人触目惊心：姐姐失踪，两个哥哥非正常死亡，父亲去世，家中一贫如洗，生活中唯一的亮点是考上大学（如果不是为了反映底层青年大学毕业也难进入城市这一主题，估计这一亮点也会被抹去），靠着在餐馆打工、洗车等各种杂活一路来到学校报到，求学四年冷暖自知，毕业后租住在脏乱差的城中村，被老板欺骗压榨，最后积劳成疾而死，老母亲只能孤苦无依地寄身于寺庙之中。作为这一人间悲剧的主角，他却如老禅师一般心静如水、安分守命，没有悲愤，没有反抗，平静地接受一切，包容一切，只有在对老母亲表示出真情实感的关切时，才像一个有温度、知酸疼的人，其他事情很难激起其内心深刻的情感波澜，比如自己喜欢的女生傍大款，那点伤心很快被一份喜悦所代替了，"就像跟采药分手一样，涂自强没有太多的难过。或许是他还没有来得及爱上这女生。也或许，他爱上她的同时亦知道得到她的爱并非易事。更或许是，生活中另一份欣喜转移了他心里的伤感。这份欣喜是同寝室的赵同学带给他的"，赵同学开学不久将淘汰下来的台式电脑送给涂自强，就是这份物质的欣喜远远超过了爱的苦痛。与孙少安与润叶刻骨铭心的分手相比，爱情的得失对涂自强而言显得多么无足轻重。高加林为追梦理想，而不得不放弃真爱的痛苦也早已烟消云散。

　　是什么力量让涂自强这个本该血气方刚、精神饱满的当下青年人这般冷漠、淡然、被动？既无力承担责任，更无力主动追求，将精神生活完全压抑在物质能量之下？控制着涂自强的身心，如此不容违抗，比古希腊叙事中的神还要强大的命运到底是什么呢？答案就藏在初恋女友采药的分手诗里，"不同的路/是给不同的脚走的/不同的脚/走的是不同的人生/从此我们就是/各自路上的行者/不必责怪命运/这只是我的个人悲伤"。正是底层叙事多方位渲染的"出身卑微、物质贫寒便等于失败"的社会现实，令两个青梅竹马的年轻人分手分得如此天经地义。作为穷人，作为"穷二代""穷三代"，他们不反抗，更不责怪命运的根本原因在于这命运太强大，反抗、责怪有什么用？正如涂自强自己所想的那样,"如果真能骂得长江倒流,他也骂了。关键骂也白骂呀,长江它只按自己的方向流哩"。

这样一个农村好青年被城市拒绝的悲剧,无疑比骆驼祥子的故事更令人感慨:主人公自身性格、能力、教养没有问题,遇到的在他看来大都是好人,"他想,书上常说人心险恶,人生艰难,是我没遇到还是书上太夸张了?""大家对我这么好,我反而觉得上天待我不薄"。他的要求也是每一个年轻人的基本生存要求。老话常说,可怜之人必有可恨之处,即指某个人的不幸有其客观原因,也往往有其个体的主观原因。可是涂自强如此不幸,从他身上我们却看不到他有什么可恨之处。人的主观因素被剔除干净了,我们不得不追问,这不幸真的只是个人悲伤吗?

主人公徒然自强、安分守命、"从未松懈却也从未得到"的绝对失败的生命轨迹,无疑是对"贫穷即罪"这一社会现实及导致这一社会现实的原因的指认和控诉。作品引发强烈的关注与讨论,在于作家敏锐地捕捉到经济大潮冲击下个体在都市生存过程中产生的渺小、脆弱、无奈的情绪体验,小说对"个人悲伤"概念的不断强调,引发了这个带有某种普遍性的情结,而社会阶层固化带来的奋斗无用的阅读效果又点燃了人们长期积压的不公平的情绪。换言之,小说对农村青年的基本生存梦想无辜破灭的悲剧命运的同情,对现代个体在实践自我价值过程中的悲伤情绪、不公平心态的关注和体认,引发了读者的共鸣。可是说到底,这种成功是以抹平人物血肉饱满的主体意识为代价的,也就是说,涂自强更多是当下某种普遍性的社会悲伤情绪的载体。如果不是这种流行一时的悲伤情绪的衬托,这种并非凭借人物的性格逻辑发展而结构的故事便会丧失其存在的客观基础。何况更多的底层叙事,达不到方方这种敏锐把握某种时代情绪并推向至极的功力。一个涂自强让我们悲伤,千百个涂自强却会令人遗忘,好似小说中的"赵同学""马同学""厨师""老师"等没有名字的人物一样,当文学形象成为身份的附庸,底层叙事就变成了一个比一个惨的故事情节的累积,而看不到活泼复杂的形象和鲜明的主体意识,看不到人物内心的挣扎和心理逻辑的发展脉络。

越来越多的作品从概念出发，以同质化细节重复演绎共同而单一的底层性格：无知、迷茫、愚昧，具有强烈的小农意识而缺乏精神追求的激情与动力，永远徘徊在命运的谷底而无力逃脱其魔爪，看不到出路也没有出路，更不会拥有反映时代精神风貌和人物性格的个体本质特征，没有丰沛的精神生活和生活情趣，反之则被视为另类，比如《阿霞》（葛亮）中的餐馆女服务员阿霞。小说叙述的切入点很巧妙，细节也很有深意。大学生毛果去一家餐馆实习，其他人对毛果身份和诉求心知肚明，配合默契，走走过场戏。只有阿霞对他和别人一视同仁、要求一致，因此被嘲讽为"一根筋"、不开窍。可是在结尾处，阿霞嬉笑怒骂的个性还是被现实抹平了。

经济大潮中有人溺水，也有跳龙门的弄潮儿。由于种种原因，个体从较高社会地位坠落者不乏其例，出身寒微但努力追求自我价值实现的有志之士更是不胜枚举。仅就文坛而言，不少"50、60、70"后的成名作家就是从农村打拼出来，通过奋斗衣食无忧，享受着现代文明带来的福利。而"打工文学""打工诗歌"的兴起也引起广泛关注，有评论家就认为底层文学分为"写底层"与"底层写"，"写底层"内含着精英代言的视角，而"底层写"在力量日益壮大的同时，也面临这样的追问，像柳冬妩这样"曾经是'打工诗人'"的诗人，"现在他是否还是一个打工者的身份"？[①] 暂不探讨由打工者到打工诗人这一身份转变导致的创作立场、表现角度变化等深层问题，这一现象起码可以说明底层并非铁板一块，而是变动不居的。

更值得关注的是，来自底层的作者往往以新鲜生动的描述令人耳目一新，比如《我是范雨素》的作者打工之余书写亲身经历的现实生活图景和心路历程，其细腻、真实的艺术魅力从下面这一小小的细节描写中可见一斑："维稳的年轻人是有良心的，没有推她，只是拽着胳膊，把母亲拉开了，母亲的胳膊被拽

①　张清华：《"底层生存写作"与我们时代的写作伦理》，《文艺争鸣》2005年第3期。

脱臼了。"这种心酸又淡然认命、被生活磨炼得隐忍通达的复杂情韵是无法纯靠想象营造出来的。无独有偶，农村老太太姜淑梅 60 岁开始认字，75 岁开始写作，现在已经被吸收为中国作家协会会员，其故事来自她的亲身经历和乡野传说，新作《长脖子女人》被誉为白话版"聊斋"、中国版"格林童话"。老人喜欢看山东老乡莫言的小说，看完之后说："这个我也能写。"①在某种程度上，这正是基于强烈的主体意识、由深厚阅历及对叙事的热爱而生发的自信。

　　可是类似现实生活中的这种富有主体意识、通过奋斗实现自我理想的文学角色在当下底层写作中却很少见。如上所述，我们在底层叙事中更多看到的是在都市阴影笼罩下的丧失了主体丰富性的面容模糊的傀儡形象。主体意识的缺失导致人物形象塑造的被动化。与不知出路的迷茫情绪和必然失败的命运相呼应，底层的人还多被塑造成完全受欲望控制的人。与前面提到的很多进城打工的女性为生存所迫出卖自身不同，还有不少底层人物形象呈现为一种欲望本位主义状态。当然，欲望本位主义描写有着较为复杂的根源，与乡土想象枯涩、思想力不足有关，也与作家受到新人本主义、消费意识形态的影响有关。二十一世纪以来，全球性消费主义思潮的喷涌加剧，"在前现代文化语境中一直遭受传统文化深层逻辑遮蔽和渗透的物欲、情欲等描写像脱缰的野马呈现狂欢性、模式化等特质"②。

　　在都市文学中借以炫耀个性彻底解放的欲望，在底层叙述中也常常一跃成为支配人的力量。与物质大山的压迫一脉相承，不少作品对性欲对人的控制以及人的性麻木或性放纵状态过于推崇和热衷。《画十字的地方》(鬼金)中偷铁的女人被钢铁厂保卫处捉到后，没有任何反抗地献出身体。被誉为"新乡土中国三部曲"的《福地》《富矿》《后土》(叶炜)以丰厚的乡村体验，对自己熟悉的苏北鲁南的民俗风情与乡土现代化进程进行了别具风味的审美书写。不过

---

①　蔡震：《传奇奶奶姜淑梅又"上货"，〈长脖子女人〉受热捧》，《扬子晚报》2016 年 1 月 16 日。
②　马航飞：《遮蔽与突围：欲望叙事由古典向现代的转型轨迹》，《常州大学学报》(社会科学版) 2017 年第 1 期。

作品对当下乡村镇矿等地存在的偷情、乱情、纵欲等给予了过度关注和同情的理解，"那个以煤矿为中心建立起来的初具规模的小城镇里，每天都发生着许多男人和女人的故事"（《富矿》），"现在麻庄的小媳妇都不老实"，女人们因男人不在身边或者去世"鼓躁得慌"而偷情，有权有势的人更是过着"'天天夜里当新郎，到处都有丈母娘'的神仙日子"（《后土》）。贾平凹近年来对欲望的描写也仍旧延续着不够克制的叙事风格。《极花》揭露了拐卖妇女这一触目惊心的社会现象，对蝴蝶的心路历程进行了细腻的描摹，其结局则出人意料：被解救后的蝴蝶由于不再适应以前的生活而回到被抢的村子，和儿子、丈夫生活在一起。从作家的角度，这种对落后乡村单身男子婚恋无着的同情或许是一种人道主义情怀；从文学的角度，这种同情则是廉价的，爱情自由、婚恋自由是现代个体的精神诉求。对现实中某些不明缘由的极端个例顶礼膜拜，不去探求其中反自由的精神质素，反而引出对落后山村男性的同情，这无疑是一种思想的后退，不但不尊重女性，也不尊重男性：把他们当作不可能凭借自我主体意识追求到幸福且为了本能不顾一切的人。

（二）丧失了人类本质的空心人

与上述丧失了主体精神丰富性的傀儡形象相比，丧失了人类本质的空心人的出现则是当下底层叙事更令人关注的现象。在一些作品中，因为没钱，所以无义，底层人不再属于"正常的人"（孙频《菩提阱》）。陈应松笔下将重病妈妈（《母亲》）亲手"搞死"的几位子女便是这样的空心人典型。一生任劳任怨、疼儿护女，既当娘又当爹的山村母亲，中风后成为儿女们的累赘，在老人可以帮衬他们时原本还算是有情有义的孩子们——面对医药费叫苦连天，继而麻木不仁，老母亲在医院里疼得呼叫连连，他们却不肯给予基本的柔情安慰，连当教师的女儿也觉得人家太过分，妈妈的境遇连一头猪也不如，就是猪叫成这样也应该凑前看看。她还联想到父亲去世后曾经想和母亲一起过的老韩，"如果妈现在有个老伴儿，有个拿工资的老伴儿，她会这么惨吗？……妈因为没有老伴,妈病了,重病在身,妈一下子就势单力薄了,没有任何给她支撑的东西,像一匹老兽,被它的兽群抛弃了。没有一个人支援她啊,她的晚年竟是这样的,她的生命的最后竟是这样的!世界完全不回应她了,对她撕心裂肺的叫唤,像没听见一样的"。没有工资,没有钱,生病后的母亲丧失了人的资格,她的孩子们也自愿不再做人,现出野兽的原形,联手毒死了这头"老兽",并且问心无愧:"妈,可您活不了了,他们不叫您活了,没有钱来治您,谁叫咱们是农村人咧……"穷人不是人也当不了人,外力压迫下丢弃灵魂也是没有办法的事情。无独有偶,刘庆邦《卧底》中的周水明为了向上爬,而前往小煤矿卧底调查。当他被囚禁在井下时,无论李正东还是老毕都对他毫不关心乃至落井下石,缺乏基本的人性人情。其根本原因也让人想到穷人非人,穷人不再是道德的人,也不是主体的人,对他们而言,有没有道德、有没有文化、有没有梦想并无差别,而人们也就不要用道德理想文化的标准来要求他们,哪怕他们见死不救乃至亲手杀死自己的母亲。这样的人不但丧失了主体的丰富性,更丧失了人类的本质。

面对这种创作现状和问题,有些作家表现出自觉的反思意识,比如徐则臣指出"恰恰少了人"已经成为乡土叙述同样也是底层叙述的通病,认为叙事者"不能老把自己的想法强加给他们"[①]。这让人联想到恩格斯所警惕的,"为了观念的东西而忘掉现实主义的东西"[②]。的确,人在底层,心灵可以在远方。只有写活生生的人,写人在底层的喜怒悲欢,才能打动人。同样是以女性堕落为题材,刘继明《我们夫妇之间》以细腻的日常生活描写和内心情绪的脉动突出一对下岗职工不得不卖身求生的痛苦心路历程,读之令人心碎。刘涛《最后的细致》从不幸患癌的男主人公对衣橱挂钩、高压锅盖、百叶窗滑道的耐心修补中挖出一条照耀生存深渊的爱的光影。孙惠芬《吉宽的马车》从心灵角度切入进城农民工的生活轨道,以个体的心理秘密、情绪转化来结构故事进程,从一

① 田志凌、孙骁骥:《新乡土文学:文学离今日乡土有多远?》,《南方都市报》2007 年 1 月 22 日。
② 恩格斯:《致斐·拉萨尔》,《马克思恩格斯选集》第 4 卷,人民出版社 1972 年版,第 345 页。

个大众眼中的"懒汉"的精神镜面彰显人人追求进步的时代中"虚无"境界的特殊诗意。迟子建《世界上所有的夜晚》则深切描画了矿区小镇女性复杂缠结的精神图景。吴克敬《尖叫》以豆芽儿的几次尖叫透视人物内心世界的崩塌。范小青《父亲还在渔隐街》则可看作留守儿童精神焦虑的续写,和自从父亲进城打工就只以钱联系,再也不露面的女孩娟子一样,这些孩子即使长大进城后都无法找到父亲,"父亲"变成了每月的生活费。父亲的陪伴重要,还是生活费重要?就精神层面而言,答案不言而喻,可是现实中有些时候钱比父亲的陪伴更重要。"失父"是一个隐喻,我们每个人都在成长中为了某个现实的目的而不得不以精神层面的牺牲为代价。

上述底层叙述突破了"底层的人"的共同性、绝对性命定,凭借鲜活、真实的生活体验,以在场的个人记忆与认知挖掘深印生活纹理的人性褶皱、情感波澜和精神状态,书写"人在底层"的精神风貌,反映底层个体的喜怒悲欢,发出灵动的人的声音,才创作出打动人心的作品。如果不能在对独立的、千差万别的个体生存经验进行虚构的基础上建构独立自主的主体意识,只是重复摹写同质性的底层生存状态,必然会丧失文学关照心灵的本质意义,造成人道主义精神的虚化。

四、底层叙事的"终结":从"底层的人"到"人在底层"

在谈到小说的本质性意义时,米兰·昆德拉说,"从现代的初期开始,小说就一直忠诚地陪伴着人类。它也受到'认知激情'的驱使,去探索人的具体生活,保护这一具体生活逃过'对存在的遗忘'","让小说永恒地照亮'生活世界'"。[①] 观察、体验、探索人的具体生活,对当前底层叙述尤为重要,也殊为不易。在此基础上,如何不断突破自我,昂扬先锋探索精神,弘扬文学的超越性

① [捷克]米兰·昆德拉:《小说的艺术》,董强译,上海译文出版社2004年版,第6页。

气质,赋予小说以烛照"生活世界"的穿透力,也是所有坚持审美自由的作家们一直努力的方向。

二十世纪八十年代中后期以来,"纯文学""向内转"诉求日盛,以非理性对抗理性,以形式解构意义,渲染"过渡、短暂、偶然"等非理性化的"心灵状态"及深渊性体验的现代性乃至后现代性叙事,在先锋小说、实验戏剧、童年回忆乃至乡土想象等潮流或主题、题材中蔓延。① 传统现实主义思潮则与时代话语格格不入,丧失了社会历史描摹的核心地位,显得累赘而过时。作为传统现实主义创作的重镇,关于乡土的叙事在八十年代中后期以后渐渐偏离鲁迅代表的"乡土文学"表现巷道,《罂粟之家》《飞越我的枫杨树故乡》《一九三四年的逃亡》(苏童)、《坚硬如水》(阎连科)、《檀香刑》《生死疲劳》(莫言)、《故乡天下黄花》《故乡相处流传》《故乡面和花朵》(刘震云)等代表着文坛重要收获的作品均呈现出魔幻化、欲望化和寓言化的现代审美气质。

随着全球化大工业的步步突进、城市化进程的加剧和消费社会的逐渐成熟,相对于八十年代后期,当下个体对现代、后现代语境的感受、体验无疑更深刻,自我主体遭到异化、物化及以人的观念为中心的理性精神的破灭感,也正在更深切地内化为审美现代性乃至后现代意识的滋生土壤。在这片土壤的孕育下,反讽、戏谑、狂欢、戏说、复调、荒诞、黑色幽默等文体形态,与亡灵、傻子、疯癫等另类视角联手,成为当前文坛流行的一大景观,也成为当下底层叙事的主要表现手法。面对多元变化的现实,魔幻现实主义和寓言化手法的确具有揭示表象背后规律与真相的魔力。不可否认,如果没有真切的生活体验和深邃的思想认知,又想占据底层叙述的资源,一味变换魔幻寓言等手法来弥补经验、想象的不足,则最终会磨损文学的本质意义,我们遗憾地在当下底层叙述中发现了这样的倾向。马尔克斯在谈到《百年孤独》时就认为没有什么魔幻,他只是书写了拉美的现实,"我相信现实生活的魔幻。我认为卡彭铁尔就是把

---

①　参见张光芒、马航飞:《现代性与近代性的多元对抗——论中国新文学思潮的内在矛盾及其演变轨迹》,《福建论坛》2002 年第 4 期。

那种神奇的事物称为'魔幻现实主义'的，这就是现实生活，而且正是一般所说的我们拉丁美洲的现实生活……它是魔幻式的"①。在马尔克斯这里是以魔幻书写现实，而不是以魔幻代替现实，更不是现代主义哲学隐喻的堆积场。

值得注意的是，当前还有一种流行写作趋势是不必要地以古今中外文化知识的堆积展览填充叙事，把文学当作展示知识考古学、智性审美趣味的舞台。在这些流行趋势之外，新闻因素的强行加入也成为当前叙事的一种新的冲击外力，越来越多作家创作的灵感来自新闻报道，比如背着老乡尸体千里返乡、灾害瞒报、拐卖妇女、矿井谋杀等社会热点新闻便是《高兴》《带灯》《极花》《神木》等小说创作的重要叙述动源。农村孩子一路打工步行到武汉来上大学，用零钞交学费的新闻报道则是《涂自强的个人悲伤》的素材。在余华的近作《第七天》中，新闻报道明晃晃的身影也让我们感受到文学叙事的无力与无奈。二十一世纪初以来在场主义散文、非虚构写作等创作潮流毫无疑问是对疏离现实、闭门造车、想象枯竭等不良倾向的反驳。在《出梁庄记》中，梁鸿以"在场"的切实担当记录"当代中国的细节与观察"，遍及大半个中国的村镇城郊，工笔勾勒出当下中国的城乡精神地图。林白《妇女闲聊录》真实记录了当代中国农村女性的隐秘内心世界，消解了代言与自我言说的鸿沟。但是我们也不得不担忧，新闻和文学的互相渗透，会不会对文学叙事想象、虚构、表现等功能造成影响，使文学变成新闻的附属？

对比之下，近年不断涌现出的"70后""80后"乃至"90后"年轻作家，如徐则臣、曹寇、付秀莹、孙频、鬼金等则以新鲜的乡村及都市打拼体验引起文坛关注，他们凭借各具特色的叙事视角、意境营构、思想气质追逐心灵的微光，突破了五十年代作家已经渐渐衰微的乡土记忆，以富有活力、得天独厚的新一代成长记忆和灵活生动的语言及现代文化教养，将乡土文化和现代心灵融合在一起，显示出新的美学风貌。比如前面提到的叶炜《福地》《富矿》《后土》等小说，

---

① ［哥伦比亚］加西亚·马尔克斯：《两百年的孤独》，朱景冬等译，云南人民出版社1997年版，第169页。

以节气、民俗作为故事延展的链条,以人物的性格命运作为叙述的精神内核,在传统与现代的审美精神撞击间流露出浓郁的现代乡人的独特精神气质,将苏北鲁南地区一个叫"麻庄"的小村庄打造成新版文学地图上一个引人关注的精神角落。被赞誉为"荷花淀派传人"的付秀莹则淡化了城市逼仄的巨大阴影,以阡陌纵横的乡间小路和个人记忆与当下体验交织的清丽文笔,串联起性灵盎然的"芳村风俗人情画",显示出作家切入现实的功力与超拔的审美气质的完美结合。其他年轻作家笔下"城中村""出租屋"等城市底层经验叙述也由于充盈着丰沛的生活体验和生存思考而令人印象深刻。如孙频《同体》在描摹山区走出来的小人物城市底层生活的经验的同时,对其复杂微妙的心理状态进行了细腻揭示。庄青《劈木头的女孩》讲述了城市女孩和乡村女孩之间隔膜又试图走向彼此的故事,简单的对话,利落的白描,从一个细小但深邃的视角为城乡的相互想象提供了新鲜的隐喻经验。从底层人的同质性摹写,到人在底层的个体境遇、精神世界的探索,年轻作家笔下的"城中村""新乡土"超越了"底层"叙事所设置的社会分层和价值判断边界,成为"新中国故事"的普遍性、丰富性的表征。

  城里人过的是时间,与乡人近的是日子。乡人和庄稼一起走过四季,与其说是心灵风景和新民俗景观,不如说是庄稼人的新时代日常,因此付秀莹《陌上》等呈现给我们的不再是传统底层的文学样式,里面有心酸、有血汗,更有中国乡土风的审美情怀和现代性反思的有机融合。鬼金、曹寇等贫民叙述也已经在很大程度上呈现出新的美学气质。他们虽然写小人物的喜怒悲欢,实际上却已经溢出底层叙述的航道,对被称为底层叙事也并不全然认同,比如曹寇曾被《南方日报》记者问道:"为什么会把写作重点放在底层人物身上呢?是想引起社会对这个群体的关注吗?"他回答说:"不是。我自己根本没意识到我写什么底层人物。我只写我熟悉的人物。我承认自己是底层人物行了吧?"①曹

---

① 陈祥蕉:《曹寇只写自己熟悉的人和事》,《南方日报》2012 年 4 月 8 日。

寇的几乎出自本能的回答也说明了，对很多作家来说，他眼中所见，根本没有什么"层"，只有一个个"人"在摸爬滚打。在底层叙事领域个性十分鲜明的孙频，在其小说集《松林夜宴图》封面上印有这样一句话，"这个时代里所有的人都在变成分母"。这是一个意味深长的绝妙取譬。一方面，"底层"其实就是一个大分母，许多人自以为已跻身于更高层级的"分子"，其实只是一厢情愿的幻象。比如有的人靠"小资情调"维持自身的优雅，却掩盖不住捉襟见肘的困扰；晋级于"中产"阶层的人即使躲过朝夕之间的破产，内心的窘迫亦如影随形。另一方面，身处底层的人成为"暴发户"，一旦在经济上翻了身，难道就永远告别了"底层"？可以说，那些"奇怪的不安""可怕的平静""黑暗的尊严"无处不在。层与层之间的界限早已暧昧不清，以"层"来划分群像，进行个体归类，越来越陷入审美与救赎的无效状态。

　　模式化、欲望化、知识化、哲学化、新闻化等问题的日趋明显值得我们反思，即使是前面提到的年轻作家，虽然他们在一定程度上避免了闭门造车、远离生活的弊端，但是也要时刻警惕消费意识形态和一味魔幻化、寓言化、新闻化以及知识考古学的审美陷阱。与此同时，新的美学原则也正在逐渐彰显，而这种新的原则对底层叙事也是一种挑战，从底层的人到人在底层，其实就是对任何单一性叙事视角——物质优化视角如此，漠视人的社会生活基础，单一地限于哲学玄思或者文化知识的炫耀，也是如此——的超越。说到底，底层既关涉现实存在的群体，更关涉生活在其中的个体。底层文学在最初倡导时是对宏大叙事的对抗，它让我们看到了另一个世界，另一种人生。然而随着社会发展及创作的延展，也许"底层叙事"这一概念已经完成了其历史使命。文学照亮生活，更应该照亮心灵。解构"底层人的"概念化写作，是时代发出的反驳个体物质、精神、心理割裂状态的新诉求，是对文学本质的回归和人性价值的呵护。换言之，作为一种思潮性的概念，以"底层的人"为核心症结的"底层叙事"已经走向终结，而以"人在底层"进行价值重构的新的叙事美学必将崛起。

当下文艺创作的"流俗化"现象反思

一、从世俗化到流俗化——以文艺与生活的关系为方向

随着改革开放的推进和社会经济文化的新发展,如何增强文学叙事的当下性,对日新月异的社会生活进行审美地分析、把握与描绘,是作家们面临的全新挑战。而更多的读者和观众在新的文化语境下,也对当下的创作产生了更高更新的阅读期待。人们期待着,有更多的作品能够深刻细腻地反映新的社会生活矛盾与文化结构,有更多的作品能够将现代性的审美体验、现代人文主义的浓厚情怀与现实主义的思想深刻性结合起来,有更多的作品能够给人以思想启悟和价值导引,从而对置身其中的当下生活及生命的意义产生新的认识和理解。但是,总体上说,当下文艺创作并没有有效地回应生活的挑战,也没有满足人们的期待视野。

这的确是值得人们深刻反思的问题,近年来也的确出现了大量的批评反思当下创作症结的研究成果。不过,在我看来,许多文章的批评路向和反思方式本身就成问题。人们在反思当代文学创作缺陷的时候,常常有这样一个特别重要的理由,即缺乏思想。我们的文学史或文学教材也一直习惯于首先讨论文学创作的思想主题是什么。可以说,我们太急于看到作家在作品中反映出的思想是什么,太想知道文学作品到底提出了怎样的思想和主题。但对于

文艺创作来说,这样的追问方向和检验方式是非常成问题的,甚至有些胶柱鼓瑟的意味。当讨论当代文学的思想在哪里的时候,我们首先追问的应该是作家创作是怎样写生活的,它在审美世界中为我们展示了怎样的生活。只有在它给我们提供的文学与生活的独特关系中,我们才能感悟到它隐藏了怎样的思想。

这也就是说,我们不应该直接向作家作品要思想。其实,当代文学有不少创作存在的问题不在于它有没有思想,也不是艺术技巧高明不高明,而在于它远离了生活的本质,甚至出现了"文学低于生活"的现象。我们从不少当下的文化热点或写作现象中可以看到端倪。比如,当下的非虚构写作非常发达,较之以虚构为特质的文艺创作更受读者的欢迎和追捧。像"爸爸去哪儿"节目长期热播,"非诚勿扰"节目影响巨大,各种"真人秀"深受追捧。比如,人们现在更多的是从各种新闻热点、网络事件中了解社会、体验自我与他人的关系,反而从文艺作品中感受不到更多的教益和启示。比如,越来越多的活跃于文坛的作家开始意识到,生活比文学更具有戏剧性,更像文学。也有作家自我解围和慨叹道,现在,文学跟不上生活的步伐,是因为生活的变化太迅疾了,太复杂了。似乎文学落后于时代,是因为生活,而不是因为作家。

因此,当我说我们不应该直接向作品要思想的时候,同时也就意味着,我们应该向作家要的首先是生活,是故事。社会生活的审美表现作为一种结构从来都不是单一的和平面化的,它总是立体的,是深层结构与表层结构的复杂图式。作家创作的最高成就,即用文本发现并审美地反映出生活本质的真实。所以,这里"向作家要生活"的说法,更准确地说,是向作家作品要生活背后的生活,故事背后的故事,如果只是表面的生活摹写,那反而是没有生活,反而是虚假的。

进一步说,我们反思当下文艺创作的时候,回到文学与生活的关系本身是必经之途。在当下生活日益复杂化、多元化的语境下,这显得尤其必要。就此而言,真正能够满足当下读者接受期待的文艺创作也许应该是这样的:一方面，作家笔下的故事吸引着你去读，去品味，去反复咀嚼，这时候，作家笔下的故事使你对真实的世界面貌不得不进行反观。你突然发现，我看到的或者我感觉到的生活原来是虚假的表相或虚幻的镜像。原来我们置身其中的生活是这个样子，原来这个世界上曾经或者在某一个时空内有着这样的生活。另一方面，你也突然感觉到，人性原来并没有你想象的那么简单，无论是人性之善还是人性之恶，都有你想象不到的更大幅度，更极限的状态。也就是说，在社会与生活、人生与人性两种维度和两个层面上，你都有了全新的认识、反思和启迪。在此前提之下，那些思想深度，那些哲理内涵等，才能够油然而生，也才能有文艺的高下优劣之辨。

在中外文艺发展史上，伴随着人性觉醒和思想解放运动的进程，伴随着对宗教的祛魅，文艺创作与世俗生活之间的关系日益紧密。但是，在商品经济大潮的冲击下，文艺的世俗化长驱直入，一俟走向极端，便会造成不良的后果，走向现代性的反面。这也就是本文所谓"流俗化"的由来。"世俗化"本是偏于褒义的一个概念，或者呈现为中性色彩的一种现象。"流俗化"却主要显示出贬义的内涵。简单说，流俗化即流于世俗，就是流于世俗生活的表层面相。"流俗化"这一说法，也暗含了文艺创作中以世俗化为旗帜、以人性解放为幌子的欺骗性和虚伪性，有时候也会与体现普遍价值需求的世俗化复杂地纠结在一起，这需要人们仔细去辨析和诊断。庸俗、恶俗、低俗等说法，相对显得过于简单和武断，而用"流俗化"就可以比较切合当下文艺的复杂面相及其某些重要本质。

沿此思路，我们看到当前文艺创作中，消费主义描写盛行，都市文学、青春文学成为文坛主潮；在不少底层写作、打工文学中仍旧渗透着城乡二元对立的模式化叙事要素；近几年霸屏的宫斗剧内隐着职场伦理硝烟的同时，又在某种程度上化身婆媳、家庭矛盾剧的翻版，各种过度理想化的"大女主戏"轮番上阵……上述种种在很大程度上呈现出"流俗化"倾向。这里，将从社会生活的表相化、道德生活的虚无化、个体生活的欲望化三个层面展开分析。

二、社会生活的表相化

消费主义、网络文化追求感官刺激和时尚梦幻,在这个求新求异的快餐文化时代,图像对文字,表层对深层自然造成极大冲击。不少作家作品急于发言,抢占先机,热衷于搜集漂浮在社会表层的流行一时的炫目碎片,只求瞬间的热闹、好看、有趣;或者只为追求某一阶段盛行的话题热度,比如团圆、励志、生二胎、养老等,完成某一宏大叙事目标,却不做深入调查把握,不管情节、结构的设置是不是合乎人物性格或者社会文化逻辑,更不致力于反映探析深层矛盾,对社会生活的把握呈现出表相化特点。

这一点在近年的影视作品中表现尤为明显。比如2015年播放的一部获得"电视制片业十佳优秀电视剧奖"的作品《下一站婚姻》,本意是讲述离婚男女点燃爱的希望、步入新的婚姻的故事,这也是当下都市人关注的热点现象之一。可是编剧显然并不想对其中的社会、文化、心理现象进行探讨,而只采取类似"过关游戏"的通俗创作方式,单纯表现中年离异男女跨过种种障碍进入婚姻的过程。作为影视作品呈现老百姓喜闻乐见的话题内容,本无可厚非。可是过度追求过关、励志这一正确目标,无疑对人物性格及其逻辑造成了冲击和干扰。

比如,年仅三岁的儿子由于家长的疏忽眼睁睁被拐卖,五年后方被解救。这样的悲剧故事在任何年代都无疑是影响一个母亲乃至整个家庭、家族的深刻的心理事件。可是在该作品中,围绕女主人公这一不幸遭遇的剧情表现却远远让位于她再婚再恋进度的推进。或者说,孩子被拐卖根本上只是为表现后者而设置的障碍之一。孩子被当面抢走之后,作为硕士毕业生的女主人公连打电话报警的细节都被忽略,反而是当时达不相识的男主人公在事件发生时有一个飞身追踪抢夺孩子车辆的长镜头与大特写,同时他又在此时恰巧接到妻子要求离婚的电话。这一情节也只是为两人日后的关系发展埋下伏笔。

接下来镜头一转就是五年之后,男女主人公机缘巧合相亲结识,在男主人公的联系下警察把被拐五年的孩子送到女主人公的面前。其间的解救过程也是被忽略的,孩子的心理问题的揭示与表现也让位于男女主人公迈入婚姻的障碍性设置的需要。人们对这样一个曾经遭遇大不幸的孩子的同情,因其不断偷东西、当街要饭、撒谎等行为而流逝得无影无踪。而男主人公则在女主人公面对这样的孩子手足无措的情况下成功俘获她的芳心。

社会生活中非常重要的精神性事件,包括离异再婚、拐卖儿童、亲子关系、再就业等,在剧作中被消减了深度,只是作为"一定可以化解"的偶然性障碍,其艺术感染力与说服力大大减弱,人物像是只为完成核心任务而存在的提线木偶,呈现为卡通化、无厘头的特点,社会现象的描写更是浮光掠影,一地鸡毛。获奖剧尚且如此经不起推敲,大量更肤浅地反映鸡零狗碎的生活闹剧的作品,其艺术性则更令人怀疑。

创作中社会生活表相化的另一种表现,就是与真正的现实生活多有隔膜,视域狭窄,无力观照生活全相,致使当下性、多样性缺失,弱化为一种模式化、概念化的写作。我国已经进入经济文化发展的新时代,城乡与区域发展的不平衡性以及土地城市化与人的现代化之间的不同步性成为我国近年来社会矛盾的焦点。二十一世纪以来城镇化进程的加速推进,提出了新乡镇中国经验表达的历史使命。据《国家新型城镇化规划(2014—2020 年)》显示,1978—2013 年,我国城镇常住人口从 1.7 亿人增至 7.3 亿人,城镇化率从 17.9% 提升到表相 53.7%,城市数量由 193 个增至 658 个,建制镇数量从表相 2173 个增至 20113 个。[①] 土地现代化取得了历史性成就,偌大的新中国乡土与乡民构成了无数的新风景,也带来了无数的新问题,然而他们在现代化路途中的风貌、品格、气质、心路历程等远未得到应有的文学艺术表现。

除了前面提到的消费主义意识形态、大众文化流行的影响,造成这一现象

---

① 国务院发展研究中心等:《中国:推进高效、包容和可持续的城市化》,中国发展出版社 2014 年版,第 9—15 页。

的一个直接原因即作家缺乏深入生活与真实矛盾的意志,艺术触角未能抵达生活旋涡中的急流暗礁。当前活跃文坛的作家既有"50后""60后""70后",也不乏"80后""90后"乃至"00后",可谓六代同堂,蔚然壮观。笼统而言,80以后的年轻作家更多倾向于都市化、新媒体写作,其主题往往离不开青春、校园、爱情等,一时间满屏都是《与青春有关的日子》《我们无处安放的青春》《致我们终将逝去的青春》《我的青春谁做主》等表相的"青春旋律"(《青春旋律》)。而前三代中,不少作家在尝试先锋写作后转向现实主义,他们大部分不甘于做消费主义的裙下之臣,仍旧倾向于书写乡土民间。然而此时此地的乡土不再是鲁迅笔下的乡土,也不复是八九十年代的乡土。许多进入中产阶级行列的成名作家,熟悉的依然是自己十几年乃至几十年之前未成名时的乡土生活,最擅长者不过是时空错位的现实。

作为"50后"的代表性作家,莫言便直言"对于我们五十年代出生的这批作家来说,想写出反映现在农村的作品已经不可能"。① 贾平凹也慨叹"旧的东西稀里哗啦地没了,像泼去的水,新的东西迟迟没再来,来了也抓不住","故乡是以父母的存在而存在的,现在的故乡对于我越来越成为一种概念"。② 其小说《高兴》立志书写农民"走出土地后的城里生活",可是和大多数描写外来务工人员的底层写作一样,他笔下的农民形象在城里大多只能拾荒、干苦力,根本无法融入真正的市民生活。陈应松《太平狗》、尤凤伟《泥鳅》、孙惠芬《民工》、邓一光《怀念一个没有去过的地方》等作品中,农民工形象也带有这样的"概念"的影子。

这样一种绝对化的认知在作品中的大规模呈现无疑对火热的乡镇生活,以及二十一世纪农民现代化历程的鲜活细微的情态造成了遮蔽。换言之,这虽然也是当下农民工的生存状态之一,却得到了同一化的表现。审美表达能力较强且有志向反映时代精神风貌的大作家尚且如此,何况那些或随波逐流、

---

① 田志凌、孙骁骥:《新乡土文学:文学离今日乡土有多远?》,《南方都市报》2007年1月22日。
② 贾平凹:《秦腔·后记》,作家出版社2005年版。

追求眼球经济,或眼高手低、将一地鸡毛的生活表象当作现实本质的写作者?个体在现代化路途中经历的酸甜苦辛、曲折跌宕等偶然性际遇遭到绝对化不幸命运的弱化,俨然成为后者的客观、单一的官方说明书,悲剧审美性丧失,沦落为失败流水线的终止符。

有学者指出,当下值得期待的是令人"震惊"的"文学现实"。"忠于生活并不等于亦步亦趋地忠于日常表象。它也可能意味着拆解表象。"他借用伊格尔顿的这一观点分析道,许多作家"并非不了解现实",他们的小说"也并没有歪曲现实",他们笔下的现实确实是"中国式"的,"是改革中国时代的浮世绘"。真正的问题在于,"作家由于峻急的主题表述和过于显豁的批判指向,而使这种'现实'成了主题演绎的某种道具、布景"①。但在我看来,这样的"现实"表现,不仅是因为作家急于表达主题,同时更因为作家本来就不了解真正的现实,或者说,作家了解的是表相化的现实。

三、道德生活的虚无化

人与人之间、人与自我之间的伦理关系和道德关联,从来都是与人的生命存在须臾不可离的生活层面。与社会生活表相化的创作倾向密切相关,当代文艺也正在遭受另一个层面的流俗化的重创,那就是道德生活的虚无化。这样一种倾向的内在根源基于现代精神生活的虚无化。正如越来越多的专家学者所深切意识到的,现代精神生活遭到了来自虚无主义的极大困扰与挑战。虚无主义依托现代价值哲学,排斥一切社会生活原则,将价值化的人生观作为现代性精神生活的核心,正如尼采所言,"虚无主义是迄今为止对生命价值解释的结果"②。"虚无主义不外是这样一种历史,在其中关键的问题是价值的确立、价值的废黜、价值的重估,是价值的重新设定,最后且根本上,是对一切价

---

① 沈杏培:《期待令人"震惊"的文学现实》,《长篇小说选刊》2018 年第 5 期。
② 尼采:《权力意志——重估一切价值的尝试》,商务印书馆 1996 年版,第 199 页。

值设定之原则所做的不同的评价性设定。最高的目的、存在者的根据和原则、理想和超感性领域、上帝和诸神——所有这一切被先行把握为价值了。"①

在现代价值哲学的规训下,生活的普遍性意义被价值取代,致使道德生活陷入相对主义乃至虚无主义的泥沼之中,有用无用、经济利益、个人关切等成为最高生活准则,天然带有适用范围的价值对普遍性意义的消解最终使得美丑、好坏、有无也消弭了区分的意义。

这种价值唯上的道德相对主义、虚无主义对文艺创作叙事伦理的侵害是显而易见的。如前所述,改革开放以来我国社会经济文化经历历史性变革,取得辉煌成就,人们的生活、思维方式也经历着深刻变化。作为这场伟大变革的参与者,现代个体感到荣耀的同时也会有迷茫、焦虑的困惑。在一味追逐名利的消费主义迷梦之外,根本性生活意义的缺席、思想资源的匮乏和信仰的缺失,造成道德相对主义、实用主义盛行。

在严歌苓的小说《芳华》中,刘峰是大家公认的好人,是人们心目中真正的"道德标兵",还得到了"雷又峰"这样的美誉度极高的绰号。但久而久之,别人将他的无私和奉献视为当然,甚至会将本不属于他的不幸转嫁给他。这正是道德实用主义的社会化弥漫现象。每个人都不想因为自己行使道德行为而利益受损,像"小悦悦事件"中人们因躲避灾难而选择见死不救的冷漠,像人们热衷于讨论的老太太跌倒了要不要扶的问题。

另一方面,人们又希望也需要别人有不计利害的道德行为发生,因为由此可以从中受益。一个不讲道德的人在讲道德的人那里会收获意想不到的利益。这时候,道德被利用,也被劫持。当每个人都这样想、这样做的时候,道德就会远离人群,这时候,人与人之间的关系就会发生道德的缺席,造成社会道德生活的虚无化。

阎真在反映知识分子精神堕落历程的长篇小说《沧浪之水》中,借助"将过

---

① 海德格尔:《林中路》,上海译文出版社2004年版,第240页。

去的自己杀死"的主人公池大为在父亲墓前的一段话,吐露了自己被迫成为虚无主义者的心声。在现实利益面前"随波逐流",缴械投降,这是绝大多数实用主义者的必然选择。吴玄小说《发廊》中的大学教师"我"面对妹妹出卖身体的行为更是觉得天经地义,"纯属个人行为,跟道德有什么关系"。道德又算什么?从实用主义到虚无主义,从被迫虚无到主动虚无,文艺创作的道德航标日益倾斜。

与上述比较明显、公开化的"好人无用""道德无用"的叙事伦理相比,另外一种较隐性的道德虚无主义倾向则更加具有迷惑性,在这里,道德原则被物质或者其他价值原则悄然转换并解构,道德评判缺席。

这里不妨以陈应松引发热烈讨论的中篇小说《母亲》为例,加以重点分析。《母亲》叙述了一个偏瘫病重的母亲被亲生子女们"搞死"的故事。母亲历尽艰辛,忍辱负重地把子女抚养成人,当自己因病成为子女们的拖累的时候,却死在他们的手里。这篇小说应该说有着一定的生活真实性,对于底层苦难有着震撼人心的现实主义揭示。但是,从小说的叙事伦理来看,却隐含着较大的"流俗化"的问题。这是一个关于苦难的故事,但同时更是一个残酷的人伦悲剧。小说的叙述将这一悲剧的根源主要指向乡村的贫穷及恶劣的医疗环境,而漠视对伦理道德层面的开掘,或者说在基本价值层面上默认了故事中表现出的道德虚无性,对于这种"寒意袭人"的伦理趋势流露出不得不接受的无奈感。

说到乡村的医疗,小说叙述的批判色彩十分明显,比如,"钱一下子就花完了,针打不了了,就征询医生的意见。医生觉得再榨不出他们多少油水来,干脆地说,那就办出院手续"。比如,写"眼睛像奸商一样"的医生见"引诱不了这几个农民进 CT 室",就敷衍一下,离开了"这鬼一样叫唤的简陋病房,去寻安静去了"。有一天,二哥对着护士的背影说:"我好想把医院炸了,把医生捅几刀,还有护士。"对医生、护士等的用词和描写,显示出小说叙事先在的倾向性。涉及乡村干部,二哥说出的话是:"没看到他们一个个肥头大耳跟乡干部一样了么？你看他那个肚子，不要几十万才能吃出来；他那口黑牙齿，该要好多烟熏出来，——他抽的精黄鹤楼，十几块钱一包啊，还不是吃的病人的！"这更是先天就存在的强烈的对立和愤怒的情绪。给母亲治病，五个子女尽管把"盐罐子都涮干净了"，仍然无能为力。如果妈再不死，"青香可能就会拖死，大哥可能就会累死"，每家都会"家破人亡"。穷途末路之下，他们痛苦地合谋让母亲得以解脱。小说的叙事表明，经济击败了人伦，贫穷压垮了孝道，贫穷和弱势是悲剧发生的基本根源。在苦难叙事的主线之下，小说虽然仍然保留着一点道德叙事的色彩，但是极言子女们那强烈的负罪感，极言他们是真的已经"尽了孝道"了。

　　对于《母亲》这样的小说叙事，甚至有些评论家也赞赏其"震撼人心"的现实主义效果，而无视其道德相对主义和虚无主义的可怕倾向。可见，这种倾向在当下文艺领域弥漫之广之深。在"谋杀"，而且是"谋杀母亲"这一事实面前，小说表现出的道德辩解显得苍白至极。从本质上说，任何辩解都是反道德的。不杀人，是人之所以为人的最基本的道德准则。恪守这一道德律令，是无条件的，是不分时空的，与具体的社会、历史、民族、文化亦无涉。文艺创作当然应该反映社会矛盾，批判社会不公，当然应该以人道主义的视野反映老百姓的苦难，设身处地倾听和诉说弱势群体的心声。但，这绝不意味着可以认同贫穷击败人道的逻辑，更不能违反道德上的绝对价值。

　　这是一种基本的现代性叙事伦理，如果文艺创作中缺乏这种基本的伦理意识，可以称为"道德判断的缺席"现象。刘国欣的中篇小说《夜茫茫》叙述了一个叫海燕的妇女被丈夫抛弃后，去城里给一位很有身份的老人做保姆的故事。这位有权力又有威严的老人不但要求海燕完全按照他的生活习惯转换角色，后来又要求海燕陪睡。海燕想的是，这么一个死了妻子的可怜人，这么一个受人尊重的人，他应该得到他的满足。如果不去满足他，而是反抗他，那反抗有什么好处呢？海燕继续衣不遮体、食不果腹地回到在农村的房子里，刨着黄土给儿女攒钱上学？或者再换一家当保姆？等待新的人的调戏？即使换了，也未必比得上这里。甚至，海燕还心甘情愿地想到，"即使一开始他让海燕陪床，海燕也不会反抗。他也会料到海燕不会反抗吧。男人找个做饭的，无异于找个老伴，虽然相差三十多岁，但一个三四十岁生过三个孩子的农村女人，能有什么选择？海燕愿意的"。

其实，这位体面的老人从来没有真正尊重过海燕，也没有设身处地为海燕的一生考虑过，他只是需要这样一个女人。但海燕仍然感激他，甚至在他突然死了，他的儿女们赶走她的时候，她"第一次有了患难夫妻的感觉"，独自一人为这个男人落泪伤感。这部小说独到地揭示了海燕所经历的苦难和不幸，也挖掘了她所受的屈辱和伤感，就是没有写出一个底层女性基本自尊心的坚守。任何一个女人在任何地位之中都可能会保持的基本的道德感，就这样随着生活的无奈而烟消云散了。

可以说，这样的创作在极言生活本身力量的同时，也人为地夸大了以道德感为核心的人的主体性的消弭。显然，我说的"道德判断的缺席"现象，并不是指一部文艺作品没有流露出道德上的倾向性，而是强调一种"真正的道德判断"的缺失。缺乏真正的道德判断的自觉意识，不仅造成虚无性的道德解构主义倾向，甚至也会流露出对非道德倾向、反道德本质的道德认同。

更需要关注的是，这一倾向除了对文艺作品叙事伦理影响甚巨，大众接受、评价体系也出现种种善恶颠倒、是非不分的乱象，严重影响了文艺创作的生态环境。在物质主义和虚无主义的狂欢中，一己得失、审美品性与好恶等又成为文艺评判的唯一准则。如此一来，有创作者一味追求点击率、收视率或者热衷于表达非道德、反道德观点，而受众则粉丝化、主观化、绝对化，这两种现象成了文艺园地的两朵"恶之花"。在这两朵"恶之花"的侵袭下，种种罔顾叙事道德、创作道德、传播道德、评价道德，以丑为美，劣币驱逐良币的怪相、恶相屡见不鲜，甚至令人瞠目结舌。

据媒体报道，一位小学生的母亲在今年不幸遭遇车祸，奄奄一息，孩子却在抖音"直播死妈求赞"。还有一个小学生偷偷在家直播，其母亲在不知情的情况下沐浴后全裸入镜,被网络大肆宣传,造成恶劣影响。另有男子为求高点播率将滚烫火锅汤水直接泼在无辜者头上,将他人烫伤,最后自己锒铛入狱。具体到文艺创作领域,种种违背创作道德的抄袭、抠图、过度替身、摆拍、收视率造假、票房造假等现象也早已成为艺坛痼疾。

著名导演郭靖宇在 2018 年 9 月便实名曝光"收视率造假"内幕。与此对应,评价体系也在所谓粉丝、"黑子"的二元对立生死搏斗中上演出一幕幕吃瓜路人应接不暇的滑稽剧。据人民网报道,"新年伊始,《紫光阁》杂志官方微博批评某歌手教唆青少年吸毒和侮辱妇女。几天后,'紫光阁地沟油'话题登上新浪微博实时热搜榜,随之曝光的截图显示,疑似该歌手粉丝想报复,却误以为紫光阁是饭店,闹出了'紫光阁地沟油'的笑话"①。这位参加某综艺节目爆红的歌手因不良歌词引起各界讨论评判,但是其部分粉丝却无视其中疑似吸毒、放浪形骸、侮辱女性等内容,仍旧为其摇旗呐喊,冲锋陷阵,从而引发上述笑话。

这种"顺我眼昌,逆我心亡"的粉丝评价体系已经不再将作品的思想艺术审美品格作为评判的第一标准。对于某些极端化粉丝而言,偶像的一言一行都让其趋之若鹜,只要偶像参与创作的作品,无论好坏都全盘接受。而对所谓"对家"则是无情打压,誓死追击。偶像崇拜蕴含大量的经济利益,因此不少制作公司通过种种包装、人设、设置 CP 等,将力气花费在吸引粉丝、固化粉丝上,而不再追求作品的原创性、艺术性。这说明,道德生活的虚无化不仅是文艺创作流俗化的表现,它也弥漫于文艺生产、文艺消费和读者接受等各个环节,不同环节之间的恶性循环将导致道德虚无主义更加积重难返。

四、个体生活的欲望化

道德生活虚无化倾向在本质上是对个体社会属性的一种背离,相反地,个

---

① 李思辉:《不可低估"紫光阁地沟油"揭开的"黑白莫辨"》,2018 年 1 月 19 日。

体自然属性的地位必然日益凸显。个人试图摆脱社会、国家、民族等话语体系，成为命运、际遇的主体。而现代性打出怀疑一切、质疑一切的旗帜，在解构神权、道德、政治、历史等意识形态之后，则又将理性、自律弃如敝屣。加之文学对此前被各种宏大叙事束缚的反驳，当前文艺创作出现了一种明显的个体化倾向。个体化倾向的过度发展又在某种程度上导致欲望化描写泛滥，本能、物欲、情欲等大张旗鼓地登上文艺舞台，摇曳着霸占 C 位的荣耀。这可以称之为创作中个体生活的欲望化现象。

美国学者凯特·米利特曾指出："交媾从来不在真空中进行；尽管它本身是一种生物的和肉体的行为，却植根于人类活动大环境的最深处。"[1]然而在虚无主义和价值哲学的纵容下，现代个体却认为自己可以脱离人类活动的大环境，他可以自由处置自己的身体，就像前面提到的"我"所追问的，身体买卖自由，关道德何事？（吴玄《发廊》）当然也与历史、文化和社会无关。放眼当下，无论是在都市文学还是底层写作中，偷情、乱情、纵欲、性麻木等描写触目皆是。如果说，二十世纪九十年代的欲望叙事还附带着对宏大叙事和感性压抑的反驳，对冷冰冰的理性主义的声讨，当下它早已经跃升为性意识形态，成为个性的代言人，拥有至高无上、毋庸置疑的绝对权威。

曾几何时，人们还在"何不潇洒走一回"的旋律中自我安慰，在"你总是心太软"的歌声中哀怨自恋，转眼间，二十一世纪响起了"来呀，快活呀"的呻吟："来啊 快活啊 反正有大把时光/来啊 爱情啊 反正有大把愚妄/来啊 流浪啊 反正有大把方向/来啊 造作啊 反正有大把风光/啊……痒/大大方方爱上爱的表象/迂迂回回迷上梦的孟浪/越慌越想越慌 越痒越搔越痒/……"仔细推敲，这首由孟楠作词，传唱四野、红遍线上线下的歌曲《痒》，寓意颇深，正是当下无所顾忌放纵自我，甚至懒得放纵还要对方加以诱惑的欲望态度的写照。

从渴望性解放到公开宣扬、大声吆喝，从种种禁忌束缚、扭扭捏捏，到"大

---

① 凯特·米利特：《性的政治》，钟良明译，社会科学文献出版社 1999 年版，第 36 页。

大方方爱上爱的表象",欲望是这般的放肆、慵懒、狂荡,呈现出一种放马南山、刀枪入库的悠闲轻佻。窥一斑而知全豹,在这种"越痒越搔越痒"的精神状态的泛滥中,一些美其名曰向外国文化学习的嘻哈歌曲中公然出现诸如"白天睡觉晚上吼,纯白色的粉末在板上走""BITCH 都来我的家里住,全部撅起屁股 COS 圣诞小麋鹿,就骑在她肩上把燃料抽精光"等歌词。在"来啊,快活啊"的类似招揽生意却被看作追求自由幻象的叫卖中,花样繁多、层出不穷的性欲描写自然不难理解。与此同时,物欲和权欲等描写也是大行其道,不遑多让。

在别尔嘉耶夫看来,色欲对道德、理想、精神信仰的疯狂侵袭"并不利于个性的原则,表相不利于精神自由,表相而可能成为更精制的奴役"。[1] 同样,物欲、权欲的过度膨胀也成为个性发展的枷锁。在现代性视野中,成为一个自由而成熟的个体是我们的成长目标。在艺术虚构的领域内,我们期待血肉丰满、性格各异的人物及其际遇为我们诉说心灵的秘密,在生存的深渊处点燃温暖的篝火。然而道德信仰和责任伦理的缺失使得个人生活窄化为欲望实践的平台,形形色色的欲望表演犹如遍地毒草败坏了文艺百花园的生态和大地的和谐。

泛滥的欲望描写为我们呈现了各色各样物化、异化的标本,他们已经失掉人的尊严,在性欲、物欲、权欲的叠加追逐中堕落为商品、钱奴、官人。在他们眼中,"到处都是商品,表相都是交易"(邱华栋《白昼的躁动》),"表相金钱就是法则,表相成功就是一切"(晋原平《大欲壑》),"现在是孔方兄的社会,孔方兄主宰一切,离开它你就寸步难行啊!"(田东照《买官》)很多打着反腐名义的作品却或明或暗地隐藏着对权力、金钱的渴望与崇拜,"钱做不到的事还是有的,而权力做不到的事就没有了"(阎真《沧浪之水》)。

我们不由要追问,在这满眼的异化、变态、非人丛生的欲望的渊薮中,即使有大把金钱、大把时光、大把乌纱帽,人们真的能快乐起来吗?难怪当下很多

---

① 尼古拉·别尔嘉耶夫:《论人的奴役与自由》,张百春译,中国城市出版社 2002 年版,第 273 页。

年轻人失去生活的目标和奋斗的热情,在"葛优躺""废柴"的流行、自嘲中,在丧文化表情包的泛滥中焦虑迷茫,荒废大好青春年华。

综上所述,社会生活表相化、道德生活虚无化、个人生活欲望化等种种倾向对文艺创作造成的负面影响已经日益显现。像前面提到的为博眼球经济、罔顾道德的种种抄袭、抠图、过度替身、摆拍、收视率或票房造假、粉丝控评等恶现象已经引起有识之士的极大关注,而只为利益、不求创新的重复、模仿、模式化等不良现象也让观众、读者大呼无趣。以近年大量 IP 剧的流行为例,一种样式的成功会引来无数的模仿者。就像一位记者在调查研究此类现象后发现的:"几年前的《宫》《步步惊心》《甄嬛传》《武媚娘传奇》《芈月传》……到今年已经播出的《龙珠传奇》《大唐荣耀》《秦时丽人明月心》《三生三世十里桃花》《楚乔传》《醉玲珑》……到尚在制作中的《如懿传》《独步天下》《独孤天下》《赢天下》《凰权·弈天下》《凤求凰》《凤凰无双》《将军在上》《帝王业》《独孤皇后》《扶摇皇后》……国产'大女主'戏终于从'玛丽苏'进化到了'玛丽苏、苏、苏'。"这不禁让人追问:"国产剧'玛丽苏'都晋级到 3.0 了,你看腻了吗?"①

"玛丽苏"女主人见人爱,花见花开,这种过度理想化、意淫化的创作模式,表面上反映帝王将相推动历史风云的强大意志、女性奋斗成长的励志过程与忠贞不渝的爱情信仰,实际则以其神圣的"主角光环"将历史、人性、道德的力量一一消解,大多数作品因循重复,观点庸俗,逻辑混乱,情节老套,以迎合观众尤其女性观众一时的观赏心理为能事,抢夺资源,以次充好,最终将造成劣币驱逐良币的恶果。当然,在这一流行模式之外,上述种种"流俗化"倾向均无益于文学艺术的多元化、深度化发展。

苏童在谈到自己的创作理想时曾说,"最优秀的作家无须回避什么,因为他从不宣扬什么,他所关心的仍然只是人的困境"②。他认为,文学艺术不做各种意识形态的传声筒,却也不能忘记关注个体生存困境的使命。的确,作家应

---

① 余亚莲:《国产剧"玛丽苏"晋级教程》,《南方都市报》2017 年 8 月 27 日。
② 苏童:《短篇小说,一些元素》,《读书》1999 年第 7 期。

当张扬自由的审美风帆，记录并穿越生命际遇的种种激流险滩。然而纵观二十一世纪文坛，我们发现越来越多的作品只将目光扫过社会生活的表层，复制浮光掠影的表象；只将同情的理解投向自身，罔顾道德评判的缺席；只讲经济的价值、癫狂的欲望，却不能沉潜于生存的深渊，书写那些个人与时代共鸣的悲欢和眼泪。

文学最大的敌人是"彻底丧失现实感"。如果说"流俗化"现象是当下文艺创作最严重的沉疴，那么它最根本的症结就存在于文艺与生活的关系中。重构文艺与生活的关系，将是别无选择的救赎之路。我们期待在越来越多有识之士的共同努力下，二十一世纪文学能挽道德虚无化于既倒，扶艺术流俗化于将倾，穿越表象，祛除偏见，打破成见，在对新时代世俗、风情、人物的深刻摹画书写中，彰显社会生活和现代个体的真实精神风貌。

追索道德之光

——对张炜小说经典价值的一种解读

经典的文本,总是能够敏锐地揭示社会历史现实;伟大的作品,总能在自我建构中渗透生命意识和人性的反思;优秀的文学,总是在字里行间显影时代文化逻辑的隐形脉络。大作家通过作品进行人性反思、社会评判和文化考察的角度则又是千差万别的。作为当代文坛最具持续创造力和独特风格的作家之一,从二十世纪八十年代至今,从《古船》《九月寓言》《家族》《柏慧》《外省书》到《你在高原》《独药师》,张炜的笔触始终游走在探寻知识分子与思想者精神隐秘的历史现实文化腹地,从道德反思的角度对二十世纪纷繁复杂的社会生活的现实逻辑和文化本质进行深刻而独特的揭示。尤其自二十世纪九十年代以来,社会经济文化和思想意识的转型加剧,消费意识形态对传统伦理道德观构成猛烈冲击,美即是真,以审美取代道德的观念正在内化成为现代人的思维模式,这无疑对文学的写作传播方式、叙事伦理以及阅读评价标准产生了巨大而广泛的影响。

身处实用功利主义和消费审美意识形态双重挤压的文化背景中,张炜仍旧坚持其"抵挡整个文学潮流的雄心"[①]和建构"道德高原"的初心,将"谁来救救我,谁来救救人?"的世纪追问(《古船》)继续推进为"对自己大声的质询"和

---

① 张炜:《纯文学的当代境遇——在山东理工大学的讲演》,《在半岛上游走》,作家出版社 2009 年版,第 107 页。

对摆脱种种束缚抵达"羽化成仙"（自由）境界的深切追问：你在哪里跌进了深渊？"父亲到底犯了什么错"？到底有没有拯救世道人道、建构完美道德人格、抵达自由境界的"独药"？（《独药师》）它在哪里？在葡萄园，在野地，在高原，还是在阁楼？它到底是什么？是养生，是启蒙，是爱情，还是革命？

一、道德之光，照亮通往高原之途

在当代作家群落中，张炜是最有道德感的小说家，没有之一。这样说，也许有些突兀，甚至不无武断之嫌，不过仔细想来，要想抓住张炜创作的特色，他最具个性的叙事伦理，除了道德感，还真没有更准确的关键词。道德感与道德主题、道德题材不同，应该说，每一个作家的创作都或多或少涉及道德的主题，也永远离不开和道德有关的文化场域；但是道德感不同，当一个小说家在审美世界自由驰骋的时候，当他在进行着精神的高蹈的时候，他是可以远离道德感的。也就是说，即使一个小说家笔下建构的是道德叙事，他也不一定就是具有道德感的叙述者，对于持有一定程度的道德相对主义或者后现代主义思想观念的作家来说，尤其如此。而对于道德感非常强烈的作家来说，他无论叙述的是什么内容，哪怕表面看来是不具备道德伦理色彩的故事，其叙事动因、评判标准、价值指向却莫不弥漫着强烈的道德气质。张炜便是这样的一个作家。

张炜创作的道德感首先表现在他始终秉持着从道德出发观察社会、反思历史、探索人性的创作初衷，关注着知识分子与思想者的精神家园，坚守"知识分子写作"的主体意识和审美立场，有意识地继承以鲁迅为代表的中国几代知识分子写作传统，在现实和历史、精神和存在、民族文化和西方思想资源的碰撞交接中梳理知识分子和思想者的"精神图谱"，为新时期中国文学画廊奉献了一系列新型知识分子形象：表面身份是"农民"，却有强烈救世情怀和罪感意识的"启蒙型"思想者隋抱朴（《古船》）；具有强烈责任感和道义感，敢于直面人生又怀揣行吟梦想融入野地的"皈依型"知识分子史珂（《外省书》）；反思社会、渴望实现人生理想的"思索型"知识分子桤明（《能不忆蜀葵》）、"我"（《柏慧》）；以宁周义、曲予和宁珂等为代表的忧国忧民，具有较浓郁的"侧身庙堂"思想意识的"为民众"的知识分子；以及季昨非这样身处古今中外文化碰撞的暴风口，在养生、革命、爱欲之间不断纠结却又孜孜以求建构有尊严、自律的现代道德人格的"追问型"知识分子。

此外，张炜道德叙事的独特审美气质更在于其创作始终充盈着建构具有象征意蕴的"高原"意识的冲动，试图为知识分子写作敞开新的审美维度和精神路向。这种高原意识在本质上是一种道德理想主义的精神诉求，在历史理性与价值理性、传统与现代、精神与存在等种种矛盾中具有先验的评判性。这片有着新农场、圈养和野生动物、大海和小河、被太阳晒得黢黑的身躯，以及在风中摇动、漫山遍野开满的金色的菊芋花的高地，在张炜的叙事中被视为知识分子的精神家园，是"无边的游荡"结束后知识分子的心灵寄托之处（《你在高原》第十卷），呈现出浓郁的人文情怀。

知识分子精神图谱和高原意识的梳理、建构经历了去芜存菁、上下求索的艰辛过程，也是作家从道德出发，追问、质疑、抵挡种种时代思潮诱惑，辛苦耕耘的精神成果。"知识分子写作"不等同于描写知识分子形象和选择知识分子题材。乡村、大地是张炜作品的核心审美意象，我们不难理解其作品中不时呈现出农民文化审美意蕴，但是这些作品的浓郁的人文情怀和道德追问更呈现出"知识分子写作"的精神气质，在张炜笔下，即使人物形象是农民，那也是知识分子心中的农民，何况隋抱朴这样的思想者本质上就是知识分子。早期农村题材作品可以看作张炜道德叙事的精神源头，也是他开启独立思考与表达的第一步，自然也离不开启蒙精神的关照。以现代性诉求为指归重构新文化价值框架的百年路途之中，启蒙主义以其坚定的理论力量与创作业绩表现出整合新文学的理性倾向与功能，成为"五四"以降颇受瞩目的新型研究范式与批评术语。但是，在新民主主义革命与民族革命的大背景下，随着文学与社会学的对应关系日益明晰，乡土文学一方面感时应运，在新文学的河床上冲刷出鲜明而阔大的民间审美景观；另一方面也以其模式化的阶级对立结构、政治中心情结与大众审美追求将这种宏大叙事推到极致，启蒙渐渐疏离了启发理性的真正目的。

新时期伊始，随着时代主潮由政治、革命、民族、国家置换为科学、知识、进步、自由等新型文化语符，启蒙者、启蒙实践与被启蒙者贫困、落后的真实存在之间形成了有意或无意的隔膜与误读。此期不少作品(比如《乡场上》)呈现出用经济发展作为人的发展衡量指标的倾向。而张炜早期作品《老碾》《猎伴》则突出经济宏达叙事的幻象，显现出用道德理想主义激情拯救苦难委顿的农村现实的企图，《达达媳妇》对"好人好事"的梳理与记录，《黄烟地》将大公无私与自私保守这一尖锐矛盾置插于父子之间的艺术匠心，以及其所标举的美好幸福的愿景，等等，虽然稍显幼稚空泛，但其叙事的道德感已经穿透当时流行的经济社会学模式。在《一潭清水》、"秋天系列"中，传统道德和现代理性之间的审美张力已更趋明显，老六哥对传统仁义观念的反驳和对个体利益的坚持，和隋不召(《古船》)在精神气质上一脉相承，《古船》更是直接提出了富有代表性的知识分子命题：怎样才能使民族文化这条古老的破船驶出港湾，走向世界？科技理性、资本主义生产方式、封建宗法主义、国民性格、世俗化倾向等，哪些推动民族文化的博兴，哪些阻碍民族文化范围内人性的解放？这也是张炜道德思考的核心问题之一。《古船》在当时引发受众强烈、深刻、新异的审美感受正缘于此。约450万言的《你在高原》更是作者殚精竭虑、上下求索，试图为百年知识分子写作建构"高原"的精神之旅。

二、道德之光，锻铸批判的利剑

"高原在远方"，平原则在脚下。在这样一个迅猛发展、多元纷杂的时代，不少人慨叹现实远比小说精彩离奇得多，作家似乎丧失了描摹、揭示社会现实的能力，文学对现实的揭示、想象似乎落后于生活，对当下道德人性的探索似乎也不够深入。在这种状态下，张炜的道德叙事显得尤为可贵，从《九月寓言》《家族》《柏慧》《外省书》《能不忆蜀葵》《丑行或浪漫》到《刺猬歌》《秋天的愤怒》《蘑菇七种》，甚至在《野地与行吟》《怀念与追忆》《风姿绰约的年代》《绿色的遥思》等各类作品里，张炜都在建构高原意识的同时，以"融入野地"的决然姿态对种种名义遮蔽下的"暴力"以及庸俗主义、功利主义等进行了深刻的揭示和批判。

道德高原意识的建构热情赋予了张炜孜孜不倦的追索动力，他始终最奋力地抵制种种妨害作家创作纯洁度的时代性"喧嚣"，以把"这个时期思想和创作界的一切喧心和嚣作为腐殖，全面地营养自己，从中孕育和培植独立的生长"①的勇气，砥砺反思封建宗法主义、追梦政治革命理性、现代科技理性、启蒙理想主义、世俗化等思想文化浪潮的诱惑，深刻揭示了被各种宏大叙事遮蔽的现实。其早期作品《一个人的战争》写了一个"英雄"扰民的故事，这个获得"英雄"称号的人没有消灭过一个敌人，没有为人民做过一件实事，只敢远离敌人炮楼子对着天放空枪。《九月寓言》是关于自然、生命的寓言，作者天然倾向于童心、大地的浪漫诗人气质在这部作品中尽情显露，自然在这里不仅是人类生活的背景，也是和人类休戚与共的生灵，它有自己的喜好和个性，既创造了露筋、金祥这样鲜活灵动的生命，也有戏弄、扼杀人类的山野恶煞。在"家族"叙事中，张炜也以精神上的纯洁与污浊的对立突破了传统血缘家族概念，创造出"神圣精神家族"的形象画廊，对沉沦于现实而日益失语的李咪、吴敏、涓子、梅子、娄萌、宁缬等非理想性知识分子（《你在高原》），还有瓷眼等假知识分子也进行了毫不留情的批判。

对现代科技理性的话语霸权进行反思，深刻揭露现代文明语境中道德失范的社会现实，是张炜揭示社会现实文化内在逻辑的一个重要方面。在《古船》中，作为民族苦难与家庭苦难的沉重的承受者与清醒的反思者，隋抱朴一

---

①　张炜：《精神的背景——消费时代的写作和出版》，《上海文学》2005 年第 1 期。

遍遍咀嚼、钻研《共产党宣言》《天问》，将自己的道义付诸实践，试图去拯救粉丝厂、拯救洼狸镇、拯救人类，从自我解放追梦人类解放，在彰显民间精神批判与审美的双重张力的同时，也展现出追梦现代科技文明的理想。进入九十年代后，作家则逐渐看到了现代理性泛滥造成的人性异化，唯利是图的庸俗实用主义和拜金主义引发了作者的愤怒："在通往现代化的道路上缺乏坚定的战士，而只依靠一帮唯利是图的家伙，那个'现代化'真的能够来到，又真的那么可爱吗？有时我甚至想，与其这样，还不如再贫穷一点，那样大家也不会被坏蛋气成这样。大家都没有安全感，拥挤、掠夺、盗窃，坏人横行无阻……大多数人被欺负得奄奄一息的那一天，'现代化'来了也白来，我可不愿这样等待。"①在不满"诗人为什么不愤怒"的同时，《柏慧》的叙述者发出了"我决不宽容"的誓言，"不是嫉，不是怨，而只是仇恨。永远也不忘记，不告饶，不妥协，不后退"。在张炜看来，虽然"在一定的时期内，信守真理、拒绝盲从、思想的纯洁与坚定，都可能被视为保守。但我们知道，这种保守对于今天有多么重要。历史多次证明：往往是千辛万苦、耗费了几代人的血汗换来的经验成果，在不经意间就被抛弃和打碎了。社会就这样进入了全面毁坏和倒退的历史"②。在很多作品中，作者痛心疾首于唯利是图、拜金主义对传统道德文明的破坏，"现在不断有人怂恿人民去经历金钱的冒险体验，去消受可能来临的豪华和富丽，其实这是虚幻的泡沫。大地会惩罚这种种罪孽。那些没有根基的楼堂、华丽的宫殿都会倒塌，那些刺耳的音乐也会中断。一个民族如果迷入了不幸的狂欢是非常可怕的"③。

此外，张炜对打着个性解放的性道德沦丧的现状也进行了猛烈抨击。他通过人物之口，对现代主义进行了犀利反讽："真正的现代主义"写作"应该有精液、屁、各种秽物，再掺几片玫瑰；特别是精液……"如在《外省书》的叙述者

---

① 张炜：《仍然生长的树》，《忧愤的归途》，华艺出版社1995年版，第103页。
② 张炜：《儒学与变革》，《纯美的注视》，上海远东出版社1996年版，第76页。
③ 张炜：《可怕的狂欢》，《齐鲁安泰》，上海书店出版社1998年版，第3页。

看来,现代文明对传统道德文化从形式(语言)到内容的"冲撞"和"颠倒"直接造成了人性的堕落,更有甚者打着"追求革命""个性解放"的旗号无限放纵,"人工海水浴场的大玻璃房子里的妓女"无疑是人性堕落最触目的景观。张炜虽然在鲈鱼身上刻意隐藏了自己思想锋芒之所指,然而如果对文本进行仔细的解读,我们便会发现,表面上看,鲈鱼是一个投身火热的革命战争、具有高度革命信仰,同时又真诚地缔造并迎接一次次革命恋爱的"革命的情种"。他热爱革命,也热爱革命中的女人,他因为革命而不期然遭遇了种种革命爱情。虽然他的行为有些出格,也因之受到批评,可是正如一位妇女主任所说的那样,对这样一个热爱革命,又没有爱人照料的小伙子,还能要求他怎样呢? 鲈鱼对如此知己的妇女主任由衷感激,他热烈地赞美妇女主任:"你多么优秀! 你身上全是咱老区的传统! 我怀念呢!"早已热血沸腾的妇女主任终于忍不住了:"我这个人是个直性子,干脆说明了吧,你想干什么?""他心头热胀,伏上她的耳边说了,她一拍大腿,'就是啊,都是自己人,说出来怕什么?'"这一段描写可谓寓意丰厚。与其说是志同道合的激情使这对革命男女情不自禁产生了性爱的冲动,不如说是打着革命的旗号为性的放纵提供了冠冕堂皇的理由,以至于他结婚之后仍保持着裸露着巨大的身躯在床上寻找革命女伴的习惯,他身上的伤疤到了和平时期仍旧是其获得女性崇拜的最重要的因由。另一方面,史珂被派游历美国,其纯正典雅的人性、宁静古朴的性格,尤其是高洁的性道德观在乌七八糟的现代文明语境中的必然遭遇,无疑是叙述者精心安排批判泛滥的科技文明的有力实践,其间的碰撞、焦虑、难堪、愤怒越甚,其批判的力度也越强。

　　愤怒的诗人"只剩下了拒绝",拒绝道德堕落,拒绝不加约束的泛滥的现代科技理性对人性的侵蚀,他们渴望"融入野地",追求一个"简单的真实":"城市是一片被肆意修饰过的野地,我最终要告别它,我想寻找一个原来,一个真实。"于是,乡野生活洋溢着"田园诗"般的淳朴与清新鲜活起来,干活、吃煎饼、打老婆、在野地里奔跑,心甘情愿"老老实实地、一辈子做个土人"。(《九月寓言》)在温馨的土地上和美丽的葡萄园里,张炜"寻找什么的愿望很强烈","假使真有不少作家在一直向前看,在不断地为新生事物叫好,那么就留下我来寻找我们前进的道路上疏漏和遗落了的东西吧!"①这疏漏和遗忘的,应该就是日益被消费大众文化遗忘的道德的身影。

三、道德之光,导引自由之境的完成

从道德出发建构高原意识的激情始终是支撑着张炜小说叙事的动力大厦。一方面,作家对现实道德文化的揭示日益犀利老到,且有强烈的前瞻性、预言性,以"融入野地"的激情对一切非道德的因素进行控诉;另一方面,浓郁的人文情怀和生命意识也在推动他进一步用手中的笔延续着这样的"天问":"人为什么生活? 人的最终出路在哪里?"(《古船》)纯粹此在的、经验的、世俗的生活是否足够温暖人的灵魂? 换言之,作为一种精神的动物,人类是否能够拒绝超验精神的指引? 对人类终极意义的追问是张炜试图剥离一切宏大叙事所加于人类灵魂的此在束缚、还原道德主义先验本质的动力和表征。

随着年龄的增长和思考的深入,张炜不屈抗争、勇敢求索的道德叙事在悲愤、激昂之外增添了沉潜、内敛的多元化审美气质,这也得益于他继续深入挖掘传统文化精髓和探求西方道德文化资源的努力。前者在其相继出版的《也说李白与杜甫》和《陶渊明的遗产》等专著中可见一斑。尤其通过对陶渊明文化人格的解读,张炜在突破了以往公认的陶氏隐士品格认知的同时,彰显了对尊严、健康、积极、自由的生命态度和状态的赞美,这一观点也得益于张炜对康德思想的研究,康德说:个体应当理性的、自律的和有尊严的活着。唯一绝对的、最高贵的东西是人格的价值和尊严,"在我的人格中,道德法则向我启示一种独立的生命,一种独立于动物性,甚至独立于全部感性世界之外的生命"。②

---

① 张炜:《美妙雨夜》,上海文艺出版社1991年版,第420页。
② [德]康德:《康德文集》,改革出版社1997年版,第307页。

这一经典的哲学观念对张炜影响之深,已经不止于理性的思考和接纳,更渗透至其文学创作的字里行间。张炜在对陶渊明的解读或者说是心灵的对话中,便充分地体现出对生命的最高境界与道德完成之间的独到思想。在张炜看来,陶渊明绝非人们通常认为的那种"隐士",他恰恰是在"逃离"中"完成了自己,秉持了文明的力量"。陶渊明无时无刻不在"法则"的笼罩下做出"个人的思索、个人的判断;他的幽思,他的行为,他的动作幅度"都"表现了生命的不屈、强悍以及抵抗到底的强韧精神。这非常了不起"。所以说,"在血腥的对手面前,他逃离了;在韧忍的坚持中,他完成了"。①

此外,网络时代的现代个体身心俱疲的亚健康状态也日益引发作家关注,出生于山东龙口的张炜深受家乡源远流长的养生文化的影响,蓬莱、黄县、掖县一带有很多关于长生不老的传说,他认为养生即养心,两者是一枚硬币的两面。长期以来,张炜一直想就这一话题展开新的叙事探索,渴望通过对身体的关注寻求通向精神自由和道德完善的新的途径。《古船》中就出现过一个很关注养生的人物形象,四爷爷。2016年,张炜推出的新作《独药师》更是得偿夙愿,以山东半岛养生秘术文化为背景,讲述了身处十九世纪末、二十世纪初这一"数千年未有之变局"的第六代独药师传人季昨非在养生、革命、爱欲的纠缠之中苦闷又彷徨的心路历程。养生术天然具有神秘的色彩,加上将任务放置于古今中外冲突碰撞的文化语境,这部作品的确像某些评论家所言呈现出某种转型的气质。

小说由楔子、正文和附录构成,楔子写叙事者大学毕业后在图书馆老库房里发现一个晚清时流传下来的小手提箱,里面有不同颜色的纸张,深深浅浅布满由毛笔或钢笔写成的字迹,间或还夹杂着些英文。笔记的作者是半岛首屈一指的实业家,也是第五代独药师传人季践的独生子——第六代传人季昨非,他花了二十多年的时间将季昨非的笔记做了整理,这也就是小说的正文部分,

---

① 张炜:《陶渊明:在魏晋这片丛林》,《钟山·2016长篇小说》A卷。

这一部分则与"附录"即"季家管家笔记"构成互文关系。小说的叙事节奏、叙事重点较以前的作品发生了变化，收敛了批判激情，题材上虽然如前所述涉及不少新鲜的话题：革命、爱情、养生，但是整体上并不追求戏剧化情节。革命、爱情、养生等各方面代表人物的行为也多通过季昨非视野展示，杀人、起义等重大事件的发生也多为侧面描写，主要作为季昨非思考人生、人性、人格的契机。

作为小说的主线，季昨非的人生之思其实延续的是其父亲的思考。换句话说，季践的亲子（养生术传人季昨非）和养子（革命者徐竟）分别是季践所思考的养生与革命这两个层面的实践者。父亲晚年陷入迷茫：养生的意义何在？支持革命者的行为导致和其他养生家分道扬镳是否应该？由南洋迁移到东方长生术发源地的半岛的季家，历经几代传人，其祖上一位独药师的秘制方药海内外闻名，到第五代季践，实业发达但养生术走向末路。他的早逝（74岁去世）更令人难堪，成为引发季昨非思考的导火线，他不停追问这样的问题：父亲犯了什么错？到底什么是错？我们不能犯什么错？养生术的最高境界是永生，"不犯错"而羽化成仙，这是养生者的终极目标，但是由于种种原因，人总是无法避免犯错，导致这一境界远未实现。从某种意义上说，这也是人不可避免的宿命。可是，无论是临终前仍旧大声宣传革命理念的徐竟，还是主张启发民智的改良派革命者王保鹤；无论是试图从养生术和自律中寻找通往自由之境的季昨非，还是深受西方基督文化影响的季昨非的恋人陶文贝，他们都不愿自我放纵、沉沦，而是倔强地追求着、思考着建构自我完美人格的途径和意义。

回首张炜的创作我们不难发现，虽然作家有着对自然诗意的向往和传统文化精粹的无限怀念，但其作品的道德感不是单调的理念复述。面对众生喧哗的世相，张炜对凌空高蹈或亲地绵延的纯洁诗意情有独钟；在烦琐嘈杂的人生旅途上，张炜更青睐于灵魂深处、彼岸世界的公平正义的道德求索；在忙忙碌碌于以解构、建构的叙事游戏把玩先锋、新写实、新历史主义的庞大文人圈外,张炜好似剑光泠森、孤傲绝尘的侠客,扛着人文主义的旗帜,将"纯美的注视"投至悬遥飘逸的道德精神领域,以朴实的语言拓展出一条仅属于高傲的内心世界的通联之路,如荆棘鸟义无反顾地在历史与现实、理想与世俗之间咳血吟唱。作家追求的终极价值之所在,也许已经凝聚在"你在高原"四个字之中了,那是一种召唤,呼唤着你、我、他,呼唤着所有的人,攀登道德的高原!

以文学整理世界与人心

——苏童新论

  当代作家探索人性、考察历史、反讽现实文化逻辑的叙事方法与风格各不相同。苏童一贯秉持个体意识浓烈的审美情结和叙事风格,以抒情的文笔、回忆的视角与超越性的立场,在对残酷青春和成年男女浮世绘的虚构中凸显人心的彻骨幽暗及其悲剧宿命。二十世纪八十年代至今,从《飞越我的枫杨树故乡》《一九三四年的逃亡》《罂粟之家》《妻妾成群》《米》《红粉》到《我的帝王生涯》《刺青时代》《蛇为什么会飞》《碧奴》《河岸》《黄雀记》等,苏童用近三百万文字构筑了庞大的纸上王国。这些大多打着"枫杨树""香椿树""城北地带"精神烙印的短篇、中篇或者长篇小说,与其《河流的秘密》等散文创作一起,千姿百态、穷形尽相地点染演绎、烘托勾连、放大整理着叙事者内心世界的吉光片羽、喜怒悲欢,讲述着发生在潮湿阴暗、青苔和藤状植物过度繁茂、河水载着欲望的污垢流来流去的"堕落的南方"的故事,故事中那些真实又变形,既有血有肉,又有某种抽象特质,既有个性,相互之间又有着某种内在同一性,甚至是叙事者的某一个精神分身的少男少女,以及其成年后在各种社会文化历史关系中呈现的非理性糜烂化形象,通过叙事者穿透意识形态各种神话"绳索"的虚构镜头展现在我们面前的时候,他们被侮辱损害或者侮辱损害他人或者自我放逐、相互隔膜的身形在跳跃挣扎间仿佛穿越了时空幕布,试图挣脱束在身上的牵绳,宛如嵌在某种叙事原型中渴望摆脱悲剧宿命的皮影,时而聒噪、时而无语地演绎着重复叠加个体的欲望、痛苦与恐惧，在对现实和历史的本质性因素进行深刻揭示的同时，更呈现出深切的象征意义和独特的审美意蕴；既为读者还原了个体和历史混沌蒙昧延展的生存情状，又在自由建构南方叙事的精神求索中展现出写作的终极意义。

一、"刺青时代"：铭刻疼痛与恐惧

逝者如斯，生如朝露，时间的流水奔涌不息。对现代个体而言，从依附性的存在到精神性自我的确立，其间必然经历的伤痕累累、不堪回首的打磨过程往往被"三成"（成人、成长、成功）现实文化逻辑和理性话语忽略、压抑、转换，所谓"往事不要再提，人生已多风雨"，哪怕万千思绪在过去、现在、将来之间回旋、纠缠、流淌。苏童的审美目光却总是穿过权力话语的藩篱，固执地投向旭日初升的人生之晨，寻找、描摹、敞开那喜欢站在城北地带河边桥头的少年的自由梦想、萌动情欲及其破灭或被毁灭的情状。他们和天上的飞鸟、河里的游鱼、地上的草木一样，一茬茬从香椿树街上顽强鲜活地冒出来，他们是"我"的兄弟姐妹，和"我"一样热血奔涌、渴望出头、充满幻梦。然而在满目喧嚣的自然丛林和滚滚奔腾的历史车轮碾压的时光之路上，在以个体精神对抗承袭着历史基因的强大文化逻辑的人生路途中，他们对爱、性、权力、暴力等的诉求虽然蠢蠢欲动不可抑止，却又极为脆弱、不堪一击，更不值一提，像一朵朵被挤压、染色、玷污又渴望在空中飞行的棉花："水里的棉花在风中发出了类似呜咽的声音"，"它们湿漉漉地堆在箩筐里，在波动中不断改变形状，远看就像一些垂死的牲灵"，"在午后的阳光中呈现出一种淡淡的红色"。这是血的颜色。棉花是最洁白、"最柔软"的物质，也最易被污染、变形，宛如那个沿着铁路一路向南，渴望"到达世界上最好的地方，到达一个像天堂一样的地方"的逃灾少年书来临死前被火车撞飞的身体（《我的棉花，我的家园》）。瞬间芳华、转眼飘零，珠珠、涵丽、豁子、李蛮、毛头、丹玉、蕾……这些曾经和"我"同呼共吸香椿树街潮湿空气乃至点燃我青春迷梦的年轻生命,仿佛书来眼中的棉花,又似"我"眼中"长在朽木的根部"迅速衰老肥胖的"蘑菇"(《杂货店》),眼见它盛开,眼见它飘零,眼见它腐烂。他们和他们的故事,与透过临街或者傍河的窗子便可以窥见的香椿树街"家家户户挂在檐下的腊肉、晾晒的衣服"(《舒家兄弟》),以及河水中飘荡的枯败的水草落叶一样,融进了南方日常生活的底色。

作为现代个体生存空间的演绎舞台,香椿树街的日常生活在欲望/理性、个人/社会、男性/女性、自我/他者等多维对立纠缠的矛盾中展开。从小失去母亲又不得父亲疼爱的小拐,在和哥哥天平等人玩铁路"钉铜"的游戏时断了一条腿,一瘸一拐的他渴望被关爱,更幻想报仇,试图用刺青的痛感和"野猪帮"的野蛮武力宣告对这个世界的统领权,却被别人在额头刺上了"孬种"二字,从而郁郁寡欢,成为一个"孤僻而古怪的幽居者"(《刺青时代》)。作为小拐唯一的朋友,"我"和多数男孩一样崇拜着好汉,想剃一个像好汉豁子那样的板刷头,可恰在剃头时发现豁子轻而易举就被屹立在桥头的挑战者刺中掉到河里。走在路上也才知道,剃头匠给"我"剃的也不是板刷头,而是光头(《午后故事》)。除了当好汉,"我"小时候还渴望上台跳舞,段老师让"我"和李小果竞争,眼看好梦成真时老师却突然死了,"我这辈子尝到的第一回失落感就是这时候","我"哭了。其实想想上台又怎样呢?清新脱俗的小女孩赵文燕因为紧张还是犯了老毛病,在台上当众尿了裤子(《伤心的舞蹈》)。和赵文燕一样,小媛和"珠珠"也是别人眼中"天使般美丽"的女孩,经常肩并肩走过香椿树街。春暖花开的某一天这友谊轻而易举就被打破了,小媛成了别人口中有狐臭的女人,珠珠的母亲是妓女的秘密也被挖出。后来小媛去了遥远的北方农场插队,再回香椿树街已经是五年以后的事了,从前那个"又细又高,眉目温婉清秀"的小媛好似换了一个人,"她的以洁白如雪著称的脸在五年以后变得黝黑而粗糙,走起路来像男人一样摇晃着肩膀"。久别重逢的两个女人在故乡的桥上狭路相逢,珠珠主动示好,小媛则淡淡地笑着摸了摸她的腋下说,"我有狐臭,而你像天使一样美丽。你知道吗?你现在又白又丰满,你像天使一样美丽"(《像天使一样美丽》)。还有比这看似赞美的咒语更灵验的,那就是香椿树街红旗小学的袁老师的目光,她透过天生丽质、高雅大方的外表,一眼认定新来的美丽的倪老师是狐狸,后来她真的看见倪老师被带走的那晚,一只白狐穿越了学校(《狐狸》)。

春风绿江南,春江绿如天。但香椿树街的春天却是残忍冷漠的,它毫不留情地在小媛们身上"留下一道又一道擦痕,那些擦痕难以磨灭,人生人死大凡与此相关"(《一无所获》)。在正午刺眼的太阳升起之前,在风丝雨帘摇曳、鸟叼虫抓兽咬或者自我放纵堕落之前,相较于成人世界,萌芽时期的个体梦想之光格外晶莹、格外热情,亦格外纯粹。因之他们的创伤和毁灭也格外深切,格外脆弱:七岁的女孩小珠跟着男孩子在铁路上玩游戏,转眼被疾驰而来的火车撞飞:"她的声音在一刹那间就被庞大坚硬的火车撞碎了。"(《沿铁路行走一公里》)小年轻毛头和自己喜欢的女孩丹玉恋爱了,不久便双双殉情(《桑园留念》);香椿树街的花朵"蕾"美艳一时,匆匆嫁人怀孕后迅速衰老肥胖,出轨后被丈夫砍杀(《杂货店》)。

这冷漠残忍的香椿树街的春天怎不令人恐惧?"像天使一样美丽"的小媛听到疯子的赞美"不由打了一个寒噤,欣喜和甜蜜的心情很快被一种恍惚所替代","她觉得很害怕,却说不出到底害怕什么"(《像天使一样美丽》);喜欢在火车道边游荡的剑面对妹妹和鸟的死亡,以及扳道工老严的失误感到"莫名的紧张和恐惧",将手中的鸟笼扔了出去,他再也不会沿着铁路提着鸟笼做关于飞翔和远行的梦了(《沿铁路行走一公里》);公然出轨的母亲躺进王木匠打的棺材里,榆没有等来父亲,却发现这一天香椿树街头出现的是"又一个陌生的木匠","我怕","榆就是这时候发出了凄厉的尖叫。他推开人群在公路上狂奔起来,榆头戴白色孝布在公路上狂奔起来,远看很像一匹白鬃烈马"(《狂奔》)。这些"处于青春发育期的南方少年",这些"在潮湿的空气中发芽溃烂的年轻生命"和他们"徘徊在青石板路上的扭曲的灵魂……"[1]为我们保存了"60后"独

---

① 苏童:《少年血·自序》,江苏文艺出版社 1993 年版。

有的在政治神话笼罩下民间伦理与少年自由梦想互生互文的独特文化景观，更揭示出人性内在本质和历史文化的共时性因素：个体的脆弱、疼痛、恐惧乃至毁灭的必然宿命，这是我们每个人都无法回避的本质性现实。经由《少年血》叙事的次次冲洗、曝光、显影，熟视无睹的日常生活背后荒诞的生存深渊在我们面前裂现。逃亡与返乡，追梦与堕落，欲望与死亡，苏童通过对现代生命由激情到萎靡到枯竭的个体化境遇的书写，深刻展示了黑暗人性与悲剧宿命的主题。

二、"如何与世界开玩笑"：打开"人性幻想主义"之门

香椿树街少年的宿命本质上即现代个体的生存真相，我们每个人都在这无边黑洞中挣扎、徘徊、堕落，成为飘荡在生命河流上相互纠缠又彼此格格不入的孤独的灵魂，就像怀有"与生俱来的恐惧"，"站在一块孤岛上"的沉草一样飘零无着，无所归依（《罂粟之家》）。孩童视角、家族结构、故乡情结、南方情怀，苏童用这些叙事要素和充盈着古典韵味的文笔，对身处历史重大转折或者普通日常生活中的人及其所处的现实历史关系进行了最大限度地开掘与虚构，这种叙事策略为其审美世界建构了独特的艺术魅力。

作为真实人性和作家审美情怀的显影板，香椿树街、枫杨树故乡及其表征的南方在苏童的文字世界里被赋予了文化生存空间的功能，"他上承莫言的'红高粱家族'一类寓言性作品，同时又更加虚化了地域的特征——所谓'枫杨树故乡'是比'红高粱家族'更加虚远的概念"[1]，在对现实文化精神进行时空性标记的过程中，呈现出深切的现代意识与浓郁的审美情怀。从文学与社会生活的关系来看，真正能够反映中国当下生活本质的并非那些止于表象的现实主义创作，恰恰是那种带有魔幻现实主义或者荒诞现实主义色彩的描摹中国

---

[1] 张清华：《天堂的哀歌——苏童论》，《钟山》2001年第1期。

乡土或者城镇生活的文本，才能触及本质的真实。"其根本的原因恐怕与此不无关联：当下的现实生活本身已经充满了太多的荒诞和魔幻色彩，只是更多的荒诞和魔幻性被表面上的正常或者和谐掩盖着，不易被发现而已。遗憾的是，当代作家越来越缺乏这样一种自觉意识。"①余华、莫言、张炜等是具有这种自觉意识并将之实践至文学创作的代表性作家。相比之下，苏童的小说不太渲染奇幻的事物，也不太着意于叙事迷宫和先锋实验，他受惠于中国文化和中国古典的小说传统，擅长白描，叙事线索明晰，多以人物延展故事的情节脉络，加之着我之色的景观描写、流动性意象诗学、回忆性的抒情视角，形成了较强烈的中国叙事审美风韵。深入其境又会发现，苏童不惮以最坏的恶意和最恶心的细节来打造他"心中的现实"：父亲在儿子的身边与人偷情(《舒家兄弟》)；女儿被亲生父亲搞大了肚子(《南方的堕落》)；脸部轮廓还留着细小绒毛的十四岁孙女被奶奶用一元钱出卖隐私(《西窗》)；女人打架当众抽出月经带，脏血飞溅，过后不久她便因出轨而被丈夫砍杀(《另一种妇女生活》)；五龙将米塞进女人的下体(《米》)……真是令人触目惊心！为什么这样写？作者说，"因为这是我对于人性在用小说的方式做出一种推测，我把所有的东西都做到极致"，"五龙也好，织云绮云姐妹也好，让他们在我这里淹死"，"我实际上是在写不存在于我的生活印象当中的人性世界，从某种意义上来说是一种人性幻想主义小说"。②虽然某些特殊的人性表现并不存在于作家的生活中，可是凭借高超的想象力和敏锐的洞察力，这种极致的东西反而强烈地揭示出本质的真实。

这种人性幻想主义和古典审美情趣的碰撞，使得苏童叙事在诗与思之间产生显著的反差，并由此形成强大的审美张力场，营构了独特的苏氏写作特点。有情的文笔往往为暴力、血腥添加一层纱衣。书来被火车撞飞了，小说这样写道："有时候起风了，棉花会随风飘起来，沿着铁路缓缓飞行"，这是许多许多个"书来"仍旧在追梦的路途中生死未卜，执着前行；而在千里之外洪水泛滥

①　张光芒：《高尚是卑鄙者的通行证，卑鄙是高尚者的墓志铭》，《东吴学术》2010年第2期。
②　苏童、张学昕：《回忆·想象·叙述·写作的发生》，《当代作家评论》2005年第6期。

的家乡，"无数已经被鲜血染红的棉花仍然在大水之上漂浮"（《我的棉花，我的家园》），这些已然凋零的生命之花，和"层层叠叠，气韵非凡，如一片莽莽苍苍的红波浪鼓荡着偏僻的乡村，鼓荡着我的乡亲们生生死死呼出的血腥气息"的罂粟花（《飞越我的枫杨树故乡》）一起，书写着背井离乡的游子对历史风潮冲击下人性崩坏、灾难频仍的故乡的最后凝望。颂莲以极端卑劣的方式逼死雁儿之后，作者转笔写她的梦境："下雪了，世界就剩下一半了。另一半看不见了，它被静静地抹去，也许这就是一场不彻底的死亡。颂莲想我为什么死到一半又停止了呢？真让人奇怪，另外的一半在哪里？"（《妻妾成群》）这些渗透着无助、绝望、乡愁等浓郁情绪的描写为叙事敞开的残忍黑暗的历史现实本质投上了一束具有疏离遮蔽效果的光影，涤荡了读者的恐惧，却加深了象征意义。

然而这层光影的面纱并不能遮蔽一切，尤其当作者揭示生存真相的主观意识强烈迸发的时候，一股浓烈的糜烂、恶俗的味道便会扑面而来。如在《离婚指南》《妇女生活》《已婚男人》《另一种妇女生活》《园艺》等婚姻即景类文本中，背离理性、超越道德文化规范的潜意识、无意识、本能欲望和人性堕落以及灾难化命运得到了充分描摹，仿佛现代魔镜一般为我们展现了森气逼人的地狱生存景观：孔家夫妇为门廊种植爬山虎还是茑萝这样的琐事发生矛盾，妻子一气之下把丈夫关在门外。几个年轻人看到深夜徘徊在街头的孔先生手上的金表起了邪念，没想到三拳两脚就把人打死了，只好就近将尸体藏在一家虚掩小门的院子里，而这正是孔先生家的院子，爬山虎吸着男主人的血气越长越旺（《园艺》）；《另一种妇女生活》运用了对照式叙事，将一对年龄加起来有一百岁的老处女姐妹和三个充斥着酱油气味的女店员安排在楼上楼下：楼上的简家姐妹，尤其是姐姐对婚姻生活和异性怀有病态的恐惧，妹妹则一直受到姐姐的精神控制。后来妹妹被楼下庸俗化的生活招安，姐姐简少贞自杀抗议，"她用无数绣花针扎破了动脉血管，坐在一张已被磨出白光的红木椅上等待血液流光，直至安静地死去"。宛如一直以来作威作福却根本抵挡不住溃败命运，从而恼羞成怒的历史老人的真身。楼下的三个女同事各怀心事，首鼠两端，挑拨离间,相互窥视、厮打直至闹出命案(《另一种妇女生活》)。已婚生子的杨泊却无法被平淡的生活招安,与妻子摩擦不断,孩子的哭闹让他更加绝望,感到"整个世界无理可说",他只有一个办法回避这哭声,于是在中午十二点一刻纵身一跃,轻飘飘离开了世界,而妻子正买了水果准备回家,眼看着一个人坠楼,很像杨泊,"那个人就是杨泊"(《已婚男人》)。横亘在生死之间的这道门,打开也好,关闭也罢,在人性幻想主义叙事中变得格外轻松,结局却又总是令人猜不透,就像毛头女人家那道用作谜面却迎来错位谜底的门。毛头的女人对邻居老史有好感,虚掩着门扉渴望得到关爱,谁料半夜小偷进门,女人失望自杀。老史根本不知道她的心思;然而患有性无能的老史即使知道她的心意又能怎样?(《门》)这真是孤独、绝望、隔膜、无助的现代男女生存寓言的绝佳隐喻。

　　人性幻想主义打通了生死之门,人物形象不但可以在一部作品中死而复生,往往还穿梭在其不同作品中,比如香椿树街的"我"、丹玉、毛头、珠珠、小媛等。与其说是人物自动选择命运,不如说是叙事者设置的游戏,人物的生老病死均呈现出一种后现代性的游戏特质。香椿树街的人们就这样在虚构者设置的追逐、逃脱、躲避、毁灭的种种情境游戏中,不由自主、前仆后继地受伤、自伤,又伤害着别人。无边幽暗的人心人性、破碎的记忆、压抑的童年,通过虚构的幻影反射、重组又不断重复,在香椿树街、枫杨树老家演绎为传奇:端庄典雅的女老师变成了狐狸(《狐狸》);好汉变成孬种(《刺青时代》);男孩子舒农发现自己越来越像一只猫,"被黑暗中又腥又涩的气息所迷惑"(《舒家兄弟》);陈茂觉得自己像一条任沉草驱使的狗,八爷像狼,刘素子似猪……(《罂粟之家》)投河自尽的李蛮变成了一个无比纯净的婴孩(《一无所获》);"像天使一样美丽"的女孩,母亲是妓女,自己有狐臭(《像天使一样美丽》),在舞台上当众失禁(《伤心的舞蹈》);滑轮高手偏偏滑到汽车肚子里(《乘滑轮车远去》)。我们就这样以生死、灾难、痛苦为赌注"与世界开着玩笑"①。

---

① 苏童:《如何与世界开玩笑》,《小说选刊》2003 年第 8 期。

三、"河流的秘密"：表象背后的混沌与动能根基的还原

强烈的幻想式主观意识的融入，从根本上说源于作者对用自己心中的事实与历史"写好香椿树这条街"这种个人情结和审美诉求的坚执。他说"陷在这里能写多少有价值的东西"是"一个非常大的命题，几乎是我的哲学问题"，"对于一个作家而言，怎么看待现实很重要，对我来说，现实不是一种，也不是两种，而是很多种"。现实"不只社会学一个判断标准"，"作家有自己心中的现实"。① 而不可回避的灭顶之灾，瞬间碎裂的理性，不可把握、循环往复的代际女性悲剧（《妇女生活》），以及个体之间爱、理解、沟通能力的极端缺失和本能的自私泛滥，这些遮蔽在生活流之下的触目惊心的黑暗真实，在苏童历史小说创作中表现得更为充分。苏童的历史小说创作摆脱了强调历史潮流与整体走向、忽视个体声音的传统历史创作手法，不刻意追求历史的客观真实性；也不同于当下流行的某些"只见树木，不见森林"的纯粹民间野史欲望化呈现的新历史主义写作，"而是着意于表现文化、人性与生存范畴中的历史"，用西方学者的话就是"用一种文化系统的共时性文本来代替一种独立存在的历时性文本"，用苏童自己的话就是"历史勾兑法"②。本着这种深受人类学观念和结构、后结构主义观念影响的历史观和创作理念，在其《妻妾成群》《红粉》《我的帝王生涯》《碧奴》《黄雀记》《河岸》等作品中，作家用"随意搭建的宫廷""按照自己的方式勾兑的历史故事"总是处于不详状态的年代、似真似幻的各类人物等③，拨开政治、历史、理性、启蒙、科技等神话叙事表象的迷雾，将文化与生存的本质要素、逻辑内核加以具象化显现，对被欲望裹挟碾压的蒙昧迷茫的史前情状进行鲜活淋漓地描摹与还原，呈现出混沌的美学效果。

---

① 苏童、张学昕：《回忆·想象·叙述·写作的发生》，《当代作家评论》2005年第6期。
② 张清华：《天堂的哀歌——苏童论》，《钟山》2001年第1期。
③ 苏童：《后宫·自序》，江苏文艺出版社1994年版。

　　作为苏童接受度最广的文本之一,《妻妾成群》通过因父亲自杀而选择做陈府四姨太的十九岁女大学生颂莲的亲身经历这样看似平常的传统故事模版,为读者展现了"女人"这一概念的历史、现实文化分类:渴望得到丈夫宠爱的女人;失宠的女人;出轨的女人;驯服的女人。并形象化地展示了女性藤蔓般的既定宿命:女人只能靠男人,但是男人又不可靠。女人只能为争夺泥土和太阳而你死我活,结局不外乎发疯、被杀、心甘情愿做奴隶或者死在成为奴隶的路上。和苏童其他作品一样,小说并不着意刻画颂莲这一人物形象血肉丰满的纵深感,而是更着力于展现人物的命运根本承担不起"出淤泥而不染"的梦呓和新女性神话这样的事实,她对陈府姨太太的身份承认得多么痛快,刚进门就吩咐雁儿干这干那。可是年轻清秀、聪明又认命的颂莲,还是不由自主眼睁睁失宠,避免不了井中女人警示的悲剧。因此正如作者所说的,《妻妾成群》写的是"女人在三十年代",而不是"三十年代的女性"。① 男人也有自己的苦恼,有钱便想要更多的女人,但应付不过来,疲于奔命,自己或者下一代还得了害怕女人的病。这也正是不可控制的非理性和本能对人的捉弄。

　　而以"五月的一个早晨,从营队里开来的一辆越野车停在翠云坊的巷口"开篇的《红粉》,像《妻妾成群》有意塑造启蒙教育与女性宿命的对立一样,在妓女改造的历史使命和身心飘零悲剧的对照中,前者也遭到了后者强烈的质疑,小萼在劳改营只关心每天能否缝完 30 条麻袋,根本不关心"什么是改造",也并不觉得当妓女丢人,反而认为妓院的日子过得很安逸。苏童说,《红粉》的写作意图就是"小心地把'人'的面貌从时代和社会标签的覆盖下剥离出来","讲'人'的故事",开拓"人性空间"。② 从劳改营出去的小萼结婚后由于骄奢淫逸的本性不改,害老浦挪用公款被判死刑。而从卡车上逃跑的秋仪被老浦妈妈赶出家门后摇身变成尼姑,她常想如果当初不从卡车上跳下,也许日子会不一样;如果她脾气不犟,如果和老浦结婚的是自己,如果小萼不骄奢淫逸……然

---

　　① 　苏童、张学昕:《回忆·想象·叙述·写作的发生》,《当代作家评论》2005 年第 6 期。
　　② 　周新民、苏童:《打开人性的皱折——苏童访谈录》,《小说评论》2004 年第 2 期。

而生活没有如果。有些评论家认为苏童在作品中对女性充满同情和悲悯,比如季红真在《苏童:窥视人性的奥秘》中写到,苏童小说的女性大多是乖张的,脆弱的,但是"他又是如此地依恋和恋爱女人"①。笔者则认为,苏童对待笔下女性恰恰是最无情的,他不肯赋予人物自由的生命意志和创新努力的精神追求,而是让她们深陷在历史命运的深潭中自溺。与其说作者在展示人物令人同情的悲惨命运,不如说他更在意展示人物在悲惨命运泥淖中的痛苦与恐惧。相较于男性,女性的生存更具有戏剧性,由于女性的感性意识更加混沌且不可捉摸,她们的毁灭便更为彻底。当她们觉得自己可以把握命运的时候,命运的刀斧反而更快地落到她们的脖颈上,就像《狂奔》中那个孩子榆的母亲,丈夫是木匠常年在外,她公然以为婆婆打棺材为名招来异性,可是谁也没想到她自己先躺进了情人打造的棺材之中;三太太梅姗想哭就哭,想唱就唱,活得自在逍遥,以为倾国倾城的美貌对付男人绰绰有余,却因为出轨之事败露而被无情地半夜投井(《妻妾成群》)。蕾率性嫁人,率性出轨,无知无觉中被丈夫砍杀(《杂货店》)。螳螂捕蝉,黄雀在后,惘惘的阴影谁能逃掉?《黄雀记》中的仙女先是被强暴,后沉沦人世,变成了白小姐,她越来越漂亮,这就说明她越来越值钱,离仙女越来越远。碧奴由于先验的出身而获得了自我追求、勇敢求索的理性精神和行动力,这在苏童作品中是少见的福利,可是由于作者坚执书写神话的使命而对人物所处的社会文化现实,以及人物之间的社会关系的本质要素的提炼过于虚化而说服力不强;《蛇为什么会飞》试图对转型时代的社会现实给予较纵深的反映,但由于作者对当下城市生活精神的把握不够到位,对女主人公及其所处的社会关系的变化情态描摹不够精准,导致了艺术感染力的降低,令人惋惜。不过近作《河岸》在历史腹地探索和人性真实显影之间找到了新的平衡点,虽然汇集了不少此前作品常见的题材,"但是他对人物情景的铺排有了以往少见的纵深"②,也仍旧保持着对人性探索的热情。小说中的慧仙,凭着

---

① 季红真:《苏童:窥视人性的奥秘》,《芒种》1995年第10期。
② 王德威:《河与岸——苏童的〈河岸〉》,《当代作家评论》2010年第1期。

革命的需要仿佛可以逃脱灾难,然而就像库氏父子一朝失去神圣的光环就无所依从一样,脱下戏服她就从"李铁梅"被打回原形。

苏童在《河流的秘密》中写道,"岸是河流的桎梏,岸对河流的霸权使它不屑于了解或者洞悉河流的内心",但是"河流的心灵漂浮在水中,无论你编织出什么样的网,也无法打捞河水的心灵,这是关于河水最大的秘密"。每个飘荡在南方水上的灵魂,能否凭借各种政治经济话语、道德规范、科技理性等被打捞上岸? 苏童的叙事者表示怀疑,比如"万用表"所表征的城市文明和先进技术试图打捞小康上岸,可是他却变成了别人口中的"坏表哥",而他面对陌生的世界则彻底失语了(《万用表》)。香椿树街每个人都认为梅家茶馆的末代子孙金文恺是精神病患者,他们从历史、社会、家庭、自身等各方面分析了他得病的原因,"但是我对这些故作深刻的总结嗤之以鼻","很久以前我信奉一种悲观哲学。人活着没有意思,人死了也没有意思,而那些不死不活、不合时宜的隐居者有可能是时代的哲人"。在"我"看来金文恺就是这种哲人,他早已经看破人生种种把戏,任由自己的灵魂在无根的水上飘零,这原本就是人的无可逃避的结局。他唯一能做的就是拒绝和外界的交流,拒绝对某种神话的信任。(《南方的堕落》)

作为苏童最经典的文本之一,《罂粟之家》则从红色的革命前进故事向后退。沉草像一颗无法把握自己命运的草籽,出生就带有罪恶低贱的标志,他是长工和姨太太通奸的结果。他是用强硬的阶级利刃,也无法分开的地主和雇农的混合物。界限鲜明的阶级对立话语在乱伦、通奸、杀父等叙事洪流的强力冲刷下呈现出错综复杂、无论是非、你中有我、我中有你的混沌胶着状态,贯穿于历史、文化、生存又往往遭遇遮蔽的那个最朴素的东西——"欲望"的原始情状和动能穿透概念的坚硬外衣得到了还原。福柯通过对话语深层模式的考察,给我们这样的启示:"在任何一个社会里,人体都受到极其严厉的权力的控制,权力对话语的渗透、规定与遮蔽营构着叙事的基本风貌。"①《罂粟之家》则

---

① 马航飞:《遮蔽与突围:欲望叙事由古典向现代的转型轨迹》,《常州大学学报》(社会科学版)2007 年第 1 期。

突破了权力话语的坚硬外壳,将浑融懵懂又蠢蠢欲动的欲望植入历史动力叙事的内核,对读者产生了强烈而新鲜的美学冲击。有学者认为,好的作家往往能"用作品打破现代知识体系的禁锢,让小说呈现了如此多的不可理喻"①。苏童也说,自己很喜欢说不清的故事,就余华作品而言,相对于《活着》,他更喜欢《许三观卖血记》,因为后者的思想内涵不能用几句话就讲清楚,"那种无可言说的小说质地是我想要的"②。在笔者看来,苏童本人的《黄雀记》等较前期作品可以说更符合这种气质。小说情节并不复杂,却令人回味无穷。什么是对,什么是错? 什么是真,什么是假? 什么是恶,什么是善? 螳螂捕蝉,黄雀在后,黄雀后边又是什么? 悲剧的原因何在? 我们能否在所谓糟粕和精华中自由选择? 我们用绳子捆绑别人,也被别人用这样那样的绳子捆绑着,自我的面影渐渐模糊,可是我们能否用绳子绑住历史、过去而弃如敝屣? 在那张全家福中,只有祖父幸存,他的笑容真是意味深长,生来残缺的后代躺进老爷爷怀里就安稳了。无论钢铁还是纳米,无论飞奔的高铁还是无处不在的互联网,谁能逃避历史、过去的因袭? 从某种意义上说,我们的过去就是现在,现在也是未来,谁因谁果谁说得清?

四、"虚构的热情":以自由的审美整理世界

源于对"原始的""非常朴素的东西"的迷恋③和人性幻想主义的叙事热情,苏童小说始终充盈着还原史前蒙昧混沌的情态和现实错综复杂的内在关系的探索热情。在其作品中,我们看到了在历史洪流涤荡中曾被忽视的个体的尴尬、失望、迷茫、孤独:和李小果竞争失败"我哭了","那是我少年英雄史上最丢

①　陈若谷:《边界的偏移与固守——新世纪长篇小说的文体形式研究》,《山东师范大学学报》2016 年第 5 期。

②　苏童、张学昕:《回忆·想象·叙述·写作的发生》,《当代作家评论》2005 年第 6 期。

③　苏童、张学昕:《回忆·想象·叙述·写作的发生》,《当代作家评论》2005 年第 6 期。

脸的记录"。可是上台又怎样呢？不止赵文燕当众尿了裤子,李小果后来也从脚手架上摔下来,"摔断了双腿","悲剧命运就是你一辈子只跳过一次舞,但是你的腿却摔断了,就这么回事"。(《伤心的舞蹈》)目睹心中的好汉豁子面对挑战者毫无还手之力,自己却连理个好汉发型的愿望也落空后,"我"感到强烈的羞愤:"那天下午我永生难忘,那天下午是我一生最丑陋的时光,我希望谁也别看我,希望全世界谁也别看我的丑模样。"《午后故事》中"我"对堕落的南方失望至极,当"我"走过和尚桥桥头,听到香椿树街已故茶馆的主人金文恺说,"孩子,快跑","于是我真的跑起来了"。(《南方的堕落》)

可是"我"要跑向哪里？逃往何方？何处可以安放我们的灵魂？故乡已经破败,"收割后的罂粟地里枯枝横陈,沟壑涸辙仿佛斑马纹路刻在那里了。原野在风中无比枯寂,风像千人之手从四面出击摇撼我的枫杨树乡村"(《罂粟之家》),不可逆转的变幻浪潮让故乡无所适从、不知福祸,割不断过去也无法预料将来,那就"朝南走,一路向南",《我的帝王生涯》《我的棉花,我的家园》《南方的堕落》等作品中多次出现这样的箴言,仿佛为我们指明逃亡或者前进的方向。但是向着南方进军的先行者,不是像书来那样被火车撞飞,就是根本不知道南方在哪里,"世界充满了欺骗和谎言","只有指南针是永远真实可靠的",指南针成为治愈伤痛的幻梦。

然而沉痛的事实告诉他们,连指南针也是假的(《被玷污的草》)。更何况南方早已经不是我们梦想的天堂,美好、纯洁,充满诗意的江南只留在早已过去的抒情年代,"我们的房子傍河建立,黑黝黝地密布河的两岸。河床很窄,岸坝上的石头长满了青苔和藤状植物","河水不复清澄,它乌黑发臭,仿佛城市的天然下水道,水面上漂浮着烂菜叶、死猫死鼠、工业油污和一只又一只避孕套"。(《舒家兄弟》)这是怎样令人厌倦又恐惧的南方啊！相较于"二十四桥明月夜""春江花月夜"所表征的生命自由的审美之地,相较于千古文人精神乡愁与诗意向往的江南,苏童笔下的南方是多么陌生而丑陋。这个含义不明的地理概念所建构的心理文化神话是一个无边的诱惑,更是一个无耻的谎言,连叙事者都忍不住一次次慨叹："这就是南方景色。为什么有人在河岸边歌唱？为什么有人在这儿看见了高挂桅灯的夜行船呢？香椿树街不知道，河岸边的香椿树街一点也不知道。"（《舒家兄弟》）

　　苏童建构了南方叙事，又亲手拆解了南方意象的现实意义。有评论家对苏童用叙事解构一切，却没有提供精神出路提出了质疑。比如有学者指出苏童和他的同代作家一样"被他们所描绘的黑暗与糜烂所同化"，"只能以黑暗描绘黑暗"，却"不知精神的出路在哪里"。① 要求作者指出光明的方向，这种心情可以理解，可是在苏童看来，或许只有放弃治疗的渴望，不再仰望天空，才能治愈被太阳灼伤的眼睛（《被玷污的草》），"最优秀的作家无须回避什么，因为他从不宣扬什么，他所关心的仍然只是人的困境"②，其创作的动力和意义不在于提供人生航标和精神出路，而在于勇敢面对残酷的真实，以虚构和想象张扬自由的审美精神，以对残酷人性和悲剧宿命的刻画去整理世界与人心。在这个意义上他不放弃南方，他听到南方的呼唤其实也是文学的呼喊，当"我真的跑起来了"，当我要逃离故乡，逃离香椿树街，"我听见整个南方发出熟悉的喧哗紧紧地追着我，犹如一个冤屈的灵魂，紧紧追着我，向我倾诉它的眼泪和不幸"（《南方的堕落》）。我们毕竟不能人人都像李蛮那样"自然的迷路"（《一无所获》），至多像金文恺那样在没有意义的生死之间活着，而把这活着的最本真的情态，最原始、最本质的内在关联用小说的方式呈现出来，用不受束缚、不被诱惑的叙事整理感情，用最自由的审美呈现最无聊、最黑暗的人生，用南方的虚构来展示南方的真实，这也许就是苏童为我们穿越黑暗高高挂起的夜行船的桅灯，"我一直觉得创作的魅力很大程度上是叙述的魅力"③，小说家应该能让人们"顺从地被他们所牵引，常常忘记牵引我们的是一种个人的创造力，我们

---

① 摩罗、侍春生：《逃遁与陷落——苏童论》，《当代作家评论》1998 年第 2 期。

② 苏童：《短篇小说，一些元素》，《读书》1999 年第 7 期。

③ 张学昕、苏童：《感受自己在小说世界里的目光——关于短篇小说的对话》，《当代作家评论》2008 年第 6 期。

进入的其实是一个虚构的天地,世界在这里处于营造和模拟之间,亦真亦幻,人类的家园和归宿在曙色熹微之间,同样亦真亦幻。我们就是这样被牵引,就这样一个人瞬间的独语成为别人生活的经典,一个人原本孤立无援的精神世界通过文字覆盖了成千上万个心灵。这就是虚构的魅力,说到底,这也是小说的魅力"[①]。这也是苏童用近 300 万文字建构的中国叙事诗学的本质意义。他把夜行船的桅灯挂在了文学的船头,用近两百篇精心书写的短篇小说和中篇、长篇创作一起,承担着叙事的重任。南方的真相令人恐惧,作家永远充盈着创新激情的南方虚构则覆盖着我们每一个孤立无援的心灵。

---

① 苏童:《虚构的热情》,《小说选刊》1998 年第 11 期。

发现生活就是发现思想

——罗望子小说印象

一、探讨生活的可能性与生命之根的复杂关联

罗望子笔下的现实题材、都市题材、婚姻爱情题材等涉及生活领域很广泛,而且他的小说叙事特别善于营构、发掘人物存在的多种可能性,比如长篇小说《群芳》就写了当下生活中五个女性主人公的不同命运与不同的选择。《人人都想坠入爱河》则极力想象爱情的无穷可能性走向,爱情对人的整体命运的莫大作用。罗望子对生活可能性的想象性书写非常契合二十一世纪生活的碎片化特质,带有"时代交响曲"的美学特点。比如他新的中篇小说《碧连天》写离婚独居的"我"一方面与前妻并没有反目成仇,仍保持着一点暧昧,但另一方面还是与邻居小七发生了一夜情。中篇小说《福禄考》中的王小蜗很爱自己的男友,但仍然会莫名其妙地与自己的闺蜜发生同性恋式的一夜情。

《群芳》里的美女小资叶小碗的生活方式让人更加惊讶,她在理性上就能够清醒地把自己的世界分为三个层面:精神世界、感官世界、世俗世界。副市长燕青是她的精神世界,在她与燕青的关系中,暧昧与理性共在,浪漫与秩序并存。小偷安子是她的感官世界,在她与安子的同居中,可以随性而至,顺性而为。在这一感官世界中,她有不依附他人、不归属他人、保持自我的新奇感

觉。神秘男子则是她的世俗世界,在与这位神秘男子的关系中,她可以获得必要的金钱。

更重要的是,叶小碗竟然能够在这种一分为三的世界里穿梭自如,游刃有余,让人更惊讶的是,这个美女没有过多的分裂人格的困扰纠结,可以视为罗望子小说中发现的一种生活的新常态。

在罗望子笔下,生活的可能性无论怎样挑战读者接受的极限,但都不是来自无根的想象或者干脆天马行空的。我发现罗望子特别重视去挖掘生活之无限可能性背后的东西,即那种导致不同人物形象之不同可能性的生命之根、内在动因等。中篇小说《连理枝》里的张小洗,在凶险莫测的生意场中沉浮,对自己的未来毫无安全感,心底充满着无数的不确定性。她这种生活的状态不仅源自生活本身的复杂性,实际上更多地基于生命之根的强烈影响。像父母一直喜欢她妹妹,不喜欢她,孤独的童年,爱情的失落与打击,这些因素潜在地决定了她后来的选择。再如中篇小说《福禄考》,这是一部近似曹禺《雷雨》式的家庭伦理剧。与后者一样,也是一明一暗两条叙事线索相互交织。许彦与王小蜗的婚恋与同居生活是故事中的"现代进行时",这个明线故事的发展则是由另一条线索,即暗线决定的。"过去的故事"推动着"现在的故事"的发展走向。

这一特点使罗望子小说表现出自己独特的历史文化意蕴与生命哲学意味,同时也传达出作家主体独具特质的叙事伦理,即对人性的恒常与人性的畸变的双重关注。

二、对人性的恒常与人性的畸变的双重关注

对新的生活多种可能性的探索,必然伴随着对道德堕落、伦理嬗变等层面问题的关注,但罗望子小说并不将新的都市生活乱象一味地归结为社会的改变、外在环境的改变、社会价值观的改变等,而将描写的重心落脚于人性的逻

辑走向与逻辑轨迹的来龙去脉，并有意识地悬置价值判断。

罗望子小说甚至特别关注人性中不变的东西与人性的自我修复的能力。如在《福禄考》中，许彦的亲生父亲雷光辉像曹禺笔下的周朴园一般，当年因为私欲膨胀，造成了伦理悲剧，但雷光辉的忏悔与自责，说明他究竟保留了一丝人性的光辉。王小蜗深深地爱着许彦，生怕这个男人不娶自己，何况二人同居已经几年了。但当她知道许彦十几年不见自己的母亲，连母亲的死讯都不知道时，她突然想要离开这个男人。这一突转描写，充满着对人性良善根柢的呵护，对人的爱的价值的重新思考。

《碧连天》中的小七爱上了一个当官的有家室的男人，并且为他生了女儿。为了自己的社会形象与前途，这个男人虽然对自己的妻子与有智力障碍的儿子没有多少感情，但也不离婚，并且费尽心机地让小七保持在秘密状态之中。他为小七安排工作，买了房子，在不能离婚的前提下又不想对小七放手，对小七过于霸道，占有欲与嫉妒心极强，甚至想暗中控制她。在这个男人身上，人性畸变的体现还远不止于此。突然有一天，他找到小七说他决定了，马上就可以离婚并且娶小七。惊讶之余，小七打听到他的孩子刚刚死了。小七坚信正是这个男人害死了孩子。正是在这关乎人性底线的环节上，小七这一形象与这个男人形成了鲜明的对比。在此之前，小七明知男人有家室，但还是离不开他。既知自己只能做男人的小三，又不甘心于这种不明不白的生活状态。这使得她的性格中充满了玩世不恭与不失憧憬、风风火火与忧郁伤感的矛盾性。小说中几乎整个故事都在为读者强化对小七的这样一种庸常小三形象的印象。直到在小说的结尾处，我们才发现，小七性格中的本质远非如此。她在怀疑男人害死了孩子之后，不再考虑自己的着落，而是为那被害死的孩子痛哭不已，并且果敢地"要闹他个天翻地覆，闹得满城风雨"。这一笔描写，在由"我"、做官的男人、老毛、小比熊等组成的灰色人生图景上涂上了一缕耀眼的人性光辉。

三、小说叙事的独到视角与对比艺术

罗望子小说把握生活状态的敏锐感与触摸人性的深广度,离不开对叙事艺术的独到追求。英国小说理论家路伯克在《小说技巧》中曾指出:"小说技巧中整个错综复杂的方法问题,我认为都要受观察点问题——叙述者所占位置对故事的关系问题——支配。"支配罗望子小说的观察点问题也正是值得读者反复回味的美学特质,这包括成长的视角与移动的视线,形象塑造的对比艺术与透射艺术,等等。

在罗望子小说创作较大的比重中,主人公往往是第三人称,但叙述者则常常是第一人称,这种由第一人称叙述带动第三人称故事的结构方式,是罗望子极突出的一大特点。尤富特色的是,在小说叙述者"我"与主人公的关系上,"我"往往既非纯粹的或者冷静的旁观者,也不与主人公在美学层面上占据平等的位置。"我"既与主人公或者其他人物形象之间总是存在着或发生着各种各样的联系,但又相对独立。"我"既在某种程度上参与了故事的进程,但又在一定程度上跳出人物关系网络,成为人物与事件的精神分析者。作为故事的叙述者,"我"既是讲述故事的边缘人,也是从未超脱形象身份定位、从未居高临下进行外在判断的剧中人。因此,罗望子这批小说对生活的反映是内聚焦式的,并且是动态的和流动的,这可以最大限度地拉近读者的心灵,让人们在真实的审美体验中感受思想的震撼与心灵的洗涤。

像上面提到的《碧连天》,就是以离婚独居的"我"为视角,生动地塑造了小七的"永远健步如飞的"父亲、有过一夜情的小七、"我"的前妻、"我"的儿子、宠物狗等。中篇小说《我们这些苏北人》,更是从一个后辈"我"的视角描写了叔叔、爸爸等这些平凡的人及其并非平庸的生命历程。短篇小说《蔡先生》,则以"我"为视角写了邻居蔡先生平庸而慌乱的一生。这些小说中的"我"对生活貌似没有进行必要的解释,对人性貌似没有进行价值上的分析,但一切感人的启迪都深深地隐藏于其视角的选取、故事讲述的方式以及"我"对生活本身的惶惑之中。

中篇小说《怎样活得好好的》是一部成长视角、移动视线与对比艺术相交融的典范之作,它以"我"为视角塑造了吴能这一典型形象。从孩提时代写起,一直写到成年之后在社会上的现实种种。吴能"不是无能,而是无所不能",敢作敢当,不安现状。虽说从小学习成绩优异,但因厌烦按部就班的程式化学校生活,竟然早早地就退学到社会上闯荡。当上大老板以后,他反而深深地为"人们天天围着我转,吴总吴总地喊我"而不舒服,出人意料地将自己的企业拱手送人。后来又先后做叫花子和当水手,"漂流在汪洋大海上了"。他的理想到底是什么呢?——"他以一种不容置疑的口吻一字一句地说,我的理想就是以我能想到的最好的方式,活在现在"。"在他那个世界里,他不断地放弃他拥有的一切,却从来没有放弃过他的理想"。"我"则具有随遇而安的个性,而且天资平平,无论在学习工作,还是在婚姻交友等方面常常是逆来顺受、"不咸不淡"的。在叙述者的视线流动及其与主人公形象的对比中,我们不得不慨叹当下人们的一种"活在别处"的尴尬状态,一种人生与心灵相撕裂的无尽忧伤。

四、关于《羡慕秋葵》

就像《怎样活得好好的》中"我"永远都羡慕着吴能一样,《羡慕秋葵》照例采取了作家擅长的叙事模式,以"我"为什么羡慕秋葵为线索结构全篇。不同的是,这篇小说中的"我"与秋葵之间的关系,在审美层面上较之以前的小说更加纠缠不清,甚至可以说,"我"已经成为小说中的另一个主人公。老朱("我")与秋葵的形象对比的过程,同时也是叙述者老朱将唯一的老朋友秋葵作为一面镜子反观自我的过程。在这一过程中，"我"经历了认为"我"与秋葵是完全不同的两种人，到发现"我"与秋葵其实是一类人，再到发现"我"与秋葵究竟还是两种人。

起初，"我"羡慕秋葵，是因为他有的恰恰都是我缺少的。比如他爱家，爱老婆，爱孩子，爱生活；而"我"除了一身臭毛病，就剩两条狗。更不同的是，他在一家教育培训机构教国学。另外，他还教授器乐，因为他会弹奏古琴。"更没天理的是，实在无聊了，他会写写小说，所以秋葵就没闲下来的时候。"而"我"有时当个架线工，有时也卖卖水果、服装、皮带什么的。更多的时候，则是"啥也不做，不是在家待着，就是到处晃悠"。

但是在"我"知悉秋葵偷偷地买了脸盲果吃以后，"我"突然有了新的发现，原来秋葵其实与"我"没什么两样。脸盲有两种，一种是看不清别人的脸，一种是对别人的脸型失去辨认力。不管怎样，他也走上了逃避生活的极端之路。尤其在经历了荔枝的按摩手和快餐店里的小芍药之后，"我"更加明白了："我"的所为和所不为，不过都是在逃避现实，不给自己找麻烦；而秋葵吃脸盲果，追求六根清净，不过是逃避的另一种途径。

再到后来，与"我"彼此颇有好感的荔枝在跟秋葵学琴的过程中爱上了秋葵，这时"我"才再度发现秋葵究竟与"我"不同。虽然"我"为荔枝爱上他不无痛苦，但同时这又给"我"带来某种解脱和欣慰，"正是他的出现，让荔枝迅速拾起了信心"，这正是"我"所缺乏的能力。为此，"我"不仅再度羡慕秋葵，而且应该感谢秋葵！

从羡慕秋葵到不羡慕秋葵、再到羡慕秋葵这一过程，其实是小说的表层叙事结构。在深层叙事结构上，小说真实而深刻地表现了"我"从漠视生活到发现生活、从自我迷失到发现自我的过程。最终"我不再觉得我的生活很无聊、没有意义了。我的生活，荔枝的生活，秋葵的生活，芍药的生活，二姐的生活，别人的生活，都是生活"。现代都市人对于情爱、婚姻和性的理解沾染着道德虚无主义的色彩，无论是逃避社会网络，还是对自我的失落，都是因为失去了爱与被爱的能力，失去了生活的激情。"我"对于自我的重新发现，也正是对于生活的重新发现，而这一发现将给现代都市人带来灵魂的救赎。从这一意义上说，作为叙述者的"我"成为小说真正意义上的主人公。这也是我通过《羡慕秋葵》对罗望子小说最新的阅读感受。

人性的畸变与自我的救赎

——马原近期长篇新作读札

一、一场"重新开始"的战斗

读罢马原新作《纠缠》和《荒唐》,英国思想家阿伦·布洛克那一句话突然浮现在我脑海中,他说人类解放自身的运动"没有最后一幕:如果人类的思想要解放的话,这是一场世世代代都要重新开始的战斗"①。显然,作家写小说也是一场战斗,这场战斗的对象就是作家置身其中的生活,而战斗的成败取决于小说是否抓住了生活,取决于作家审美主体是否克服了生活的挑战。二十年前,马原不会纠缠于生活本身,而只会借其先锋意识纠缠于叙事的圈套。但二十年来的社会变迁与人性嬗递,使生活本身变成了一种重重叠叠难以名状的圈套,它让任何基于先锋姿态的形而上的求索或者灵魂的高蹈都难以下手、无从击中。如果一个知识分子连他在场的生活都捉摸不透,何谈个性的解放和思想的自由? 如果一个小说家只能在历史题材中寻找灵感以回避当下的问题,或者只能徘徊于现实的表象世界而不触及生活的本质,又有多少审美创造性可言? 的确如人们注意到的,最近两年,生活"倒逼"作家采取"正面强攻"的

---

① [英]阿伦·布洛克:《西方人文主义传统》,董乐山译,生活·读书·新知三联书店1997年版,第127页。

姿态，重新调整文学与当下的关系。一批二十世纪八十年代成名的重要作家，如贾平凹、余华等，自觉地承担起重新定义小说与重新定义世界的双重使命。

在这一潮流中，重返文坛的马原"重新开始的战斗"意识可以说既突出又独特。与余华《第七天》极言生活之荒诞不同，马原笔下的荒唐有更多悲喜剧相交织的意味；与贾平凹《带灯》尖锐的批判性不同，马原小说似乎不急于从生活中超脱出来，其叙事立场和叙事伦理更多地纠缠于对生活真相的展示之中。马原的重新开始包括以下几个方面：其一，与近年流行的底层写作或者官场叙事不同，他是回归自身深有体验最熟悉的以中产阶级为主体的生活领域，这样也同时有利于与上至官场下至底层的生活相交集纠缠；其二，与呼声相对较高的魔幻现实主义或者象征性写作不同，《纠缠》和《荒唐》的叙事回归原始的讲故事方式，这样也便于调动笔墨以最大限度地聚焦于生活真相的揭示；其三，更重要的是，小说叙述者卸下了对世界的先验观念和对人生的价值设定，一切都在人与社会、人与人的关系纠缠中展开和流露，有关善与恶、美与丑的纠缠也不复是先入为主的或者想当然的道德判断，而是更多地交给人物去感受体验，更多地带有伦理探索的色彩。

缘于这样的写作意识，《纠缠》与《荒唐》展现出来的审美世界，对于作家主体来说是一种生活的"进行时"，对于读者来说是一种敞开了的生活，而对于生活本身来说，则表现为深入社会文化深层结构之中的人生形态。在我看来，无论是"纠缠"，还是"荒唐"，这两个意象均非单向度地指涉社会生活的某个侧面，而是包含了对社会与人生、人性与存在的综合性的反映。

二、人心的纠缠与生存的真相

当归来的马原将审美的光圈聚焦于以姚明与姚亮、黄棠与洪锦江为核心的中产阶级家庭及其生活时，这个选择本身便透露出作家与众不同的个性旨趣与创作动因。这两个家庭既有官员、教授、老板、高级经理人、富二代、官二代等这样常常被媒体妖魔化的人物形象，也有违法飙车、跨国资本、超生移民、奢侈品戴安娜款手袋等诸如此类遭人痛骂的社会元素。唯其如此，当下写作中凡是涉及这一阶层的生活描写往往处于两种极端。一种中产阶级写作以欣赏的姿态描写成功人士的成功伦理，表现中产阶级趣味与中产阶级景观；另一种则持批判性的立场，对这一阶层进行简单化的想象与以偏概全的道德抨击。前者以"80后"作家的都市写作居多，后者则每每出自以民间立场自居的作家之手。甚至在有些作家看来，对于当下社会的反思和批判功能唯有"底层叙事"堪以担当，因此常常以弱势群体为关注重心，但有时候因为生活体验的不足，难免陷入为底层代言的身份尴尬之中。

其实这些倾向都带有很大程度的偏见。正如西方现代社会理论所认为的，作为一个不稳定的、不断向上下两极分化的阶级，中产阶级是促进社会发展、对社会结构具有稳定功能的社会主体力量。马原的小说告诉我们，如何定义中产阶层这一概念并不重要，关键是这样一个阶层或者群体在现实生活中，已经成为整体社会结构的重要部分，也是包含了各种复杂情状的一个大群体。他们的职业精神与文化品位，他们的思想脉络与情感倾向，乃至他们的焦虑与挣扎、痛苦与无奈，这些都集中反映了当下生活许多典型性的和本质性的层面，更非简单化的或者妖魔化的想象可以概括。

于是我们看到，从中产阶层的生活本身出发构成了马原新作进入生活肌理，从而揭示生存真相的唯一路径。《纠缠》一开始就让大学教授姚亮遇到了两个"特别特别闹心"的麻烦。一个是大麻烦，来自前妻的电话，话题事关他在上海的那套大房子的权益归属。另一个是小麻烦：已经鳏居三年的87岁的老父亲仙逝，需要赶赴深圳奔丧并处理父亲遗嘱、遗产问题。大麻烦难以解决，只能先全力以赴去面对这个小麻烦。令人意想不到的是，尽管这只能算得上是个小麻烦，却依然让姚亮与姐姐姚明陷入了接踵而至的无穷无止的纠缠之中。

应该说，《纠缠》绝无意于通过一些离奇的情节以制造矛盾冲突。这两个麻烦是任何一个有一定地位和财富积累的中年人都有可能面对的问题。这两个麻烦一方面涉及人与物、人与财产的关系，另一方面又涉及人与社会、人与体制的关系问题，而这两个层面又都纠缠于人与人的关系之中。与过去无财产时代或私有化水平较低的时代迥异，在商品经济之下，金钱欲望的膨胀、物质的发达、制度的延展与细化，这些方面在给人带来满足的同时也反过来形成禁锢人们的枷锁，就像韦伯在《新教伦理与资本主义精神》中指出的，"一个牢不可破的铁笼"包围了人们。小说结尾处，就在姚家姐弟历经重重困苦，感觉总算可以完成父亲遗愿的时候，突然又出现了一个老太太，她带了全套的身份证明，自称是他们的母亲褚克勤的女儿，是褚克勤参加革命之前在老家生的女儿。看来，一场新的麻烦又不得不接着上演了。这一情节设计便强化了这样一种让人深陷牢笼的无奈之感。一个知名度颇高的教授不得不深陷于这种毫无意义的牢笼中无法自拔，而姚明这位拥有万贯家私在商界如鱼得水的女强人，竟也因此中风失忆，差点葬送了性命。

有一种看不见的秩序一直存在着，严密地禁锢着你。但看得见的秩序却又似乎一直在变，有时甚至让人感到这个世界没有了秩序。用一个比喻来说，制度像是一张网，当这张网被织得越来越细密的时候，那么也正是空隙和漏洞的数量越来越多的时候，这是一个容易让你陷入困境甚至会一败涂地的时候，但也正是提供无数机会让人充分张扬欲望、一赌成功的时候。《荒唐》中就写到了"国五条"的出台竟然在机关引发了包括离婚潮在内的各种各样连锁反应。另一处，静棋说道："我早看透了，这个世界上所有的人都在做同一件事，就是在卖。"不是卖这个就是卖那个，不是买进来就是卖出去。而所谓白领，不过就是"帮公司卖货品，帮自己卖萌邀宠"。静棋之所以做底薪只有1500元的售楼小姐，唯一的动力便是"自己一次性卖掉"，即寻找机会在高档楼盘里钓到金龟婿。作家借小说人物之口慨叹曰："我真想找一桩不必去卖的事情，可是找来找去发现根本就没这样的事情。"

三、荒唐的逻辑与人性的畸变

如果仅仅是描写物与物化制度对人的束缚，那也只是批判了霍克海默、阿多诺在《启蒙辩证法》中所揭示的那种"冷冰冰的社会机器"，尚不足以透射当下中国生存真相的人心文化层面。《纠缠》也好，《荒唐》也罢，进一步揭示出的是人心异化与人性畸变的纠缠。物与欲望对人的异化及其所带来的人性的畸变，是看不见摸不着的社会文化潜流，它潜在地影响着乃至决定着社会潮流之所向。姚亮与儿子姚良相之间本来有着父子情深的前提基础，姚亮与前妻范柏之间本无必要恶语相向，是房产证上的名字激发了物欲，异化了人伦情感。

细读《纠缠》会发现，一条条荒唐的逻辑线清晰地展现在面前。姚明的父亲姚清涧立遗嘱，在他死后属于他与先他而去的老伴的全部遗产捐献给他的母校。但因他在生前不愿接受老伴已死的事实未及时申报，结果在死后被社保中心告上了法庭，被指控的罪名是隐匿死亡事实，以冒名领取养老金来达到恶意侵吞国家财产的罪恶目的。因父亲已死，第一继承人便成为被告。姚明、姚亮二人，不抱私心，一心只想及时将遗产变现，然后全部捐赠以完成父亲遗愿，却遇到了重重的波折和阻挠。拟接受数百万捐赠的檀溪小学校长覃湘，在法定程序尚未走到他的时候，便急不可耐地去找姚明抢夺遗产处置权。正是这位不速之客的嘴脸，强烈刺激了姚明，使她突发脑出血。小说逼真地描写了她的心理感受：姚明忽然间觉得全身的骨头缝都在疼，忽然一切都崩塌了。父亲的美好意愿，她和姚亮对父亲的全力支持，许久以来她为此付出的全部热情和努力，忽然都崩塌了。

《荒唐》的故事伊始，洪锦江便遭遇碰瓷并引起了一场连锁反应。碰瓷的麻烦也正源于权欲带来的人性之堕落。官场之险恶无非人心之异化的表现形式。尤其重要的是，《荒唐》进一步揭示出生存状态背后的荒唐的生存逻辑，以及这种荒唐逻辑诞生的必然性。作为一名较清廉自律的官员，洪锦江始终小心翼翼,但仍然遭到污蔑毁害,在遭设计被碰瓷后,有人要通过网络置他于死地。他本来坚信"我不怕谁查,身正不怕影子斜"。然而在现实面前,他终于认识到,网络微博这个可怕的东西,有无风起浪、无事生非之奇效,它"会让身正不怕影子斜这样的民间智慧也相形见绌"。面对这样的难题困境,他竟然束手无策;反倒是在他看来不成器、不上进的十七岁儿子洪开元信心十足。他迅速地利用网络和各种手段调查对方的违法证据,救父亲于危难。对此,黄棠看得非常明白:"别说他是个坏人,他即使不是坏人,为官这么多年,要查出他违纪枉法的事情,肯定也一查一个准你信不信?"让人听来不禁齿冷。这种奇特的逻辑一旦成为规律和常态,那就表明这个世界的整个运转系统发生了问题。

在飙车案事发、面临监禁之刑罚的关口,洪开元依然不按常规出牌,以攻为守,设计以滥用职权的罪名反告交警大队,最终逃脱了惩罚,让人不得不佩服他逢凶化吉、遇难成祥的大哥大本事。再加上黄棠的公关功夫深厚,终将一场潜在的大危机化于无形。如果说前者还算是以恶抗恶,那么后者只能说视法律如儿戏,但是只要抓住了社会运行的文化逻辑,再荒唐的事情也会成为现实。而只要荒唐的逻辑大行其道,人性的畸变必会像决堤的河水疯狂泛滥,并反过来进一步强化和凝固荒唐的现实逻辑。

四、当代人的自我救赎

在更多的时候,揭示生存的真相总是比试图通过"头疼医头、脚疼医脚"式的方法解决现实问题更重要。当年鲁迅之所以秉承"揭出病苦,以引起疗救的注意"的创作思想,盖因在当时整个知识界并不能看清楚国民性的真面目,想从根本上解决社会问题不啻是一种妄谈,此时,对病状与病根的诊断不仅是基础性的工作,更是时代性的大课题。对于小说与当下生活的关系来说,尤其如此。当马原的小说在人心的纠缠与人性的荒唐这样不同的层面发现问题的症结时,叙述者其实已经为人们预示了疗救的方向,那就是无我之爱的灌注、打通人心沟通的路径以及恢复人性的尊严。

马原审视现实的笔触虽然不无冷峻之气，但与此同时他并未忘记以善意和温暖的眼光去打量中产阶层身上所保有的那些爱与美的元素，触摸人心最柔软的那些部分。在《纠缠》中，姚亮与姚良相父子俩长期的对立情绪，儿子对父亲多年的冷暴力，最终得以解决，正是源自父亲对儿子深藏不露的爱，也源自儿子既发现了父爱的无私，也发现了人性的尊严和价值之所在。在《荒唐》中，罹患脑瘫达一年之久的黄棠竟突然痊愈苏醒，亦源自丈夫的无我之爱。没有人要求洪锦江在百忙之中坚持每天晚上都要看老婆，也没有人承诺这会带来怎样的效果，甚至可能得不到老婆的一点回应，但是"他去看她是他自己的事，与她无关"。这正是康德哲学意义上对爱的信仰，是一种为爱而爱的形而上境界。

在《纠缠》中，姚明与姚亮在处理遗产的过程中，自称是他们同胞大哥的吴姚的出现一度引起重重波折，彼此之间产生了严重的冲突和敌意，这一切都是欲望导致的诚信缺失现状，以及人与人之间的隔膜所致，其实一刹那的沟通与信任，便可使重重误解迷障烟消云散。深有意味的是，僵局的打破归功于突发脑出血后一直神志不清的姚明。也许，当人类卸下所有的物欲，面临生死的终极关口，才是最富有人性也是最具有人心力量的时刻。当姚明重新站了起来，我们发现——爱、信任、沟通与人性的恢复，不仅是对抗一切禁锢的最坚定的力量源泉，也正是现代人的自我救赎之途。

正是在这样的意义上，当人们判断归来的马原是从形而上走到形而下的时候，我认为这话只说对了一半，另一半也许应该这样说：纠缠于荒唐的形而下，恰恰是为了打通当代人自我救赎的形而上之途。

人欲·人心·人性

——杨小凡小说创作论

杨小凡是一个与生活同呼吸与当下共命运的作家，他小说所展现的审美世界，极全面地诠释了一种重新定义文学与生活之关系的自觉精神。二十世纪末、二十一世纪初以来，社会文化的瞬息万变与急剧转型给文学创作造成了极大的挑战，在这种有力的挑战之下，人们甚至觉得读小说不如读新闻更新鲜刺激，看戏还不如看周围人的表演更有文学感。这似乎说明，在某种程度上，文学所赖以存在的那双想象力的翅膀，还不如生活本身那双看不见的翅膀飞得更高更远、更微妙更神奇。要应对这种挑战，就必须有一种与生活赛跑的强烈冲动，通过文学的叙述直刺当代人的内心，唤醒那些或麻木或只知追逐表相的灵魂。杨小凡十余年来的小说创作，便显示出这种可贵的跋涉足迹。

杨小凡小说几无例外地取材于转型期以来的当下生活，其叙事视野涉及乡村与城市、官场与情场、企业与商业、医院与机关等诸多领域，也有盗墓、医托、绑架、性交易、媒体炒作等社会百相，尤其在酒业题材、官场题材、底层叙事、房地产业等方面表现出娴熟而高超的驾驭能力。在重构文学与生活的审美关系的自觉努力中，作家有意识地克服着"见事不见人、见情节不见心灵"的叙事浮泛化倾向，极力以入乎其内又出乎其外的超越姿态，迈向一种文学史与灵魂史的深层对应结构。可以说，杨小凡小说叙事紧紧把握住的是变动中的"人"这一核心主体，而围绕这一核心充分展开的则是从人欲到人心、从人心到人性这样一种动态的和交互作用的审美流程。

一

之所以使用人欲、人心与人性这三个关键词来解读杨小凡小说，并不是因为笔者认为这是三个新颖的理论角度，而是因为他的小说赋予这三个层面以其独特的叙事伦理趋向，充分展现了此三者的不同运动形式与互动结构，以及把转型期的"人"如何加以撕裂或者如何进行修补的。杨小凡曾在一篇创作谈中这样写道："精神的、道德的、物质的、法律的种种沦陷表象，通过发达的资讯涌向这个时代，纠结着当下每一个人；但我们每一个人又都或多或少地在加剧着方方面面大大小小的'沦陷'。人人几乎都在沦陷着，被围裹着。"城乡之间的裂变便是一场大的沦陷。"一方面，乡村趋向于枯萎、狭隘、粗鄙；另一方面，城市凸显欲望、虚浮、冷酷。人们都在欲望的牵引下急于改变自己、改变自己周围的事物，也许变得太快，来不及思索、厘清，焦躁、纠缠、混乱、迷惘便四处横流。"①沦陷的根源到底是什么呢？在我看来，作家以小说的形式叩问的时候，指向了一个综合性的概念，那就是人欲。在这里，之所以用"人欲"这个说法，而不用其他有关欲望的说法，是因为对杨小凡小说创作的基本叙事伦理指向来说，"欲望"太中性，"物欲"太单一，"淫欲"太极端，"权欲"太狭隘，"兽欲"太绝对。而人欲不同，它是杨小凡小说叙事的独创性贡献。尽管杨小凡小说叙述中对上述一系列"欲望家族"均有涉及和揭示，但他真正关注的是一个个综合性的源自现实生活本身的"人"的存在之欲，欲的各种形式、无数动因，像力的平行四边形，即以合力的形式构成人欲的动态和立体结构。

在《望花台》这部以题材取胜的中篇小说中，便上演了一出人欲推动下的"沦陷"大戏。这里面充满了转型期乡村社会混乱与愚昧相交织、生命本能与

---

①　杨小凡：《我们的"沦陷"》，《中篇小说月报》2012 年第 7 期。

欲望扩张相纠缠的种种生存面相。小说也涉及非法集资、盗墓犯罪、通奸等阴暗地带。城父要建成旅游城的梦想一下子打开了老老少少美妙的憧憬,也打开了每个人压抑心中的欲望,就这样,愚昧无知的村民被打开的潘多拉盒子牵着鼻子,终至血本无归,走向了黑暗的深渊。因巨额集资被骗无法向村民交代的殿文则吊死在望花台,先人张良辞朝返乡修建的望花台,到如今竟成了他后人的断头台。

福爷与纪祖这一对父子的矛盾代表了乡村基本伦理与道德沦丧的冲突。父子冲突曾经是现代文学史上极重要的表现领域。巴金《家》中高老太爷与觉慧一代的冲突是老少冲突的一种典型模式,代表的是封建文化的罪恶载体与追求光明的觉醒一代之间的冲突,二者之间象征了落后与进步、过去与未来、黑暗与光明、死亡与新生的冲突。《家》的父子冲突模式让人感到尽管遥远,但未来属于光明;而《望花台》的冲突则导向相反的方向,道德的守成已变得极为艰难,并且在人欲的冲击下正在走向消失殆尽,未来似乎在向着不可逆转的方向沦陷下去。

在《大米的耳朵》中,进城打工的大米与耳朵也被这样一场"沦陷"紧紧围裹着。大米没有多少文化知识,也没有多大的欲望,更没有什么大志,她只想拥有一份朴实简单的爱,只想凭着诚实与努力换取一定的信任和报酬,可以说她全部的愿望被压缩到最基本的人性要求的范畴之内,与世无争,亦与人无害,然而这并不能给她带来安全、平静和满足。她的道德底线无辜受到警察郝春的不断冲击,她无意中看到胥总的行贿之事而差点招致杀身之祸。朴实简单的耳朵受到强烈的刺激之后灵魂被严重扭曲,盲目而疯狂地报复城里人,最后为救大米被火烧伤,奄奄一息。大米多么想逃离这个不属于他们的地方,快快回到虽贫穷却属于他们自己的家的龙湾。正如小说题名所暗示的,"大米的耳朵"本来是倾听鸟鸣和流泉的天籁的,可是进城以后,她的耳朵是因污染而基因突变,还是因噪音的充斥而失聪、荒乱和麻木?在欲望泛滥与道德沦丧的强力冲击下,还有什么美好的东西可以保持吗?这真是一个可疑的现实世界。

在无孔不入的人欲横流构成的沦陷之中，人的本性、人的主体性是否就无以逃遁，彻底消弭，是否真的就覆巢之下，安有完卵？这正是杨小凡小说要面对和进一步解决的叙事问题。许多可称为"欲望叙事"的小说创作往往扩大了欲望的操纵性和决定性。与那些物质化的欲望叙事不同，杨小凡小说叙事中的人欲则只是关于人的存在链条上动态的一环，经由它敞开的是一个更阔大的内心世界。就像尼布尔在《道德的人与不道德的社会》中所揭示的著名的"尼布尔悖论"指出的：群体的道德反而低于个体的道德。同样，我们也可以说，社会普遍的道德沦丧无论力量多么强大，也并非意味着每一个个体道德感都将丧失殆尽。对于小说家来说，发现这一问题绝非可有可无。

像中篇小说《春风度》既深入玄机重重的官场，又涉足诡秘万象的房地产业，更展示出官商之间错综复杂的微妙关系。但小说的叙述非常节制，无意于通过紧张曲折的戏剧情节以渲染其中的矛盾冲突。虽然官场争斗、利益博弈均由人欲而起，但如果刻意夸大了膨胀的欲望在文化结构中起到的决定性作用，如果只是把人物描写成欲望的化身，也是不符合生活实际的。在小说审美世界之中，置身其中的每一个人更多地呈现为马克思所说的那种"一切社会关系的总和"。作家正是从人欲开始深入人心层面的挖掘来接近生活并通往人的本质。以主人公冯兴国为代表的一批形象，他们有着普通人的自我算计，也有着不同于普通人的价值理念；有着源于世俗欲望的冲动，也有着来自精神领域的理想追求。无论多么复杂的社会关系与事物表象，在它们所呈现的故事形态结构上总是有限的，也必然会遮蔽更多的内在本质与真实的复杂性，只有深入于人心文化结构之中，方得以窥见更多的时代真相。在人与人之间的网络结构中，他们的言语、行为既有主动为之的一面，更有被动无奈的一面，内心里潜伏着牵一发而动全身的考量。

秘书出身的冯兴国显然有着更复杂的内心动作。小说一开始就用较长的篇幅描写了他为见上级厅长而焦虑烦躁、心神不宁的情状及其复杂的心理活动。他既要本着事业心做出利国得民的大事，又不能不遵从置身其中的游戏规则,以免被官场的潜规则卡住;既要不断与各色人等周旋着,以调动力量往理想的方向发展,又要力避"常在河边走,哪有不湿鞋"的谶语成真。一位市长的奋斗史就这样成为一种在内心世界中纠结挣扎和自我突破的心史。

在小说结尾处,也有意味深长的一笔描写。曾被冯兴国换了位置而使仕途遭到挫败的住建委主任锁秋清,给冯兴国搜罗了十大罪状,写成举报信。但在寄信之前,他突然从内心产生了犯罪感。"夹带着寒意的春风,吹在锁秋清的脸上,他突然打了一个寒颤。"他觉得自己很矮小,很龌龊。"于是,他蹲了下来,打着火机,一封一封地开始烧信。春风吹动,火苗蹿上来。"读到这里,我们才仿佛理解了小说取名"春风度"的缘由,也仿佛理解了作家写作的最终价值指向之所在。其实,在冯兴国背后做他活儿的人大有人在,并不是每个背后准备给冯捅刀子的人都会像锁秋清这样幡然醒悟,自我制止。也许更多人的内心是由私欲完全填充,只有戾气、伪善与狡黠,也许锁秋清不过是一个特殊的例外,也许读者还会觉得小说在结尾处这样写好像是加上了一个与故事不和谐的音符,完全是多余的,而且根本于事无补。但这些质疑都不重要,重要的在于小说的人心叙事由此打开了一个偌大的审美空间,借此方可深入转型期社会人生的内在真相及其复杂性。现实可疑,但人心却可以是真实的。

如果说《春风度》是以官场为核心,在官商交织的叙事结构中透视人心,那么《开盘》则将描写重心直接转移到房地产业,在更直接的欲望与人心的纠缠中勘探人性的走向及其可能性。《开盘》里的几位主人公都是美女,有新加坡背景的大华置业投资公司老总胥梅,副总裁兼财务总监杜影,再就是销售经理蓝雪,她们不仅体面有身份,而且聪明机智果断干练,后两者都是不可多得的中产白领、管理精英。故事伊始,杜影向蓝雪如此面授机宜:"在房地产业,没有什么是不可能的。这一点你必须清楚和坚信!你要完全改变过去的操盘模式,以全新的思维来应对。那就是要换脑,甚至包括你的生活方式、道德观、价值观、人生观,等等。"作为第一主人公,可以说蓝雪一开始就被置于一种对人性的无底线的挑战面前,只是她不可能一开始就估计到这种挑战的强度,只有在人心的殊死搏斗中,一个人才会越来越清醒地意识到自我存在的真相。故事是商品房的"开盘",又何尝不是人心世界的"开盘"呢?

小说颇完整地展现了一段蓝雪心理变化的轨迹。第一步是信心十足的阶段,起初她是被胥总完全地征服了,何况还有丰厚的报酬在等着她,她决心完成这个楼盘的销售任务。第二步是全身心投入的阶段。对于胥梅的完全拜服,以及对于自身理想蓝图的憧憬,促使蓝雪完全投入"创造性"的操盘推销之中。蓝雪的朋友左枫"对蓝雪这样的职业操盘手是了解一些的,他们的目标只有一个,那就是完成任务,拿到自己应该得到的收益。现在,几乎所有的房产销售代理公司莫不如此。可他不能忍受的是,他们根本不考虑买房者的死活,成了开发商提高房价的帮凶"。这种劝诫没有起作用。这时的蓝雪认定,我们没有杀人放火,现在市场经济就是这样残酷,要么入世,要么出世,但人得生存,当下做什么工作能让人心安理得呢?现在的人,只要不干违法的事儿,就是最高的底线了。

第三步则是开始犹豫和怀疑的阶段。等蓝雪被授意不得不操作假按揭空转的伎俩时,"她心里突然感觉有些怕,感觉自己已被杜影牵着,在一步步向下滑,越走离自己原来的想法越远"。但此时她仍然是奉命行事,勉强为之。第四步是反抗、拒绝和逃离的阶段。也就是当蓝雪发现胥总要她交的房在面积上欺骗了消费者时,再也无法合作了,这一点触碰了她"良心不忍"的底线,她甘愿放弃即将到手的报酬,甚至冒着生命危险,去揭露真相。

这样一个过程,其实是带有普遍价值的心理转换命题,一个人从追求自我实现开始,通过自我发现的过程,最终重新进行自我定义。这一过程是艰难的,艰难不仅来自外力的推动,即推你到相反的方向,而且也来自置身其中之后,内在的自我反思与自我发现很少能发生在缺乏底线的人身上。唯其艰难,蓝雪的心理变化轨迹具有极大的自我救赎的象征意义。

二

当现实变得令人怀疑之后，重构小说与生活的深层次对应关系，就必须借助一个更加真实丰富的中介——人心的动向。这也正是杨小凡小说着力于"人心叙事"的动因之所在。"一个有责任感的写作者必须对当代生活有所作为，那就是在当今急剧变化的时代不能思考缺席，不能失语，不能没有自己的文字。否则就不是真正的作家，就将被边缘化，就远离了读者和社会。"①实际上，这番话也道出了当下文学被边缘化的内在根源之所在：并不是读者不需要文学，社会不需要文学，文学在今天的边缘化亦非时代本身的病症，真正成问题的是许多文学创作首先失去了生活之根和思想的锋芒，而只能以虚华浮泛的表象和煽动情欲的噱头吸引眼球，这样在抓住一次性消费市场的同时，也一并很快地被读者和社会所抛弃。当然，杨小凡同时也意识到，要真正对所处的时代进行有效的思考和诊断，是一个异常艰难的选择。而且这艰难的程度不亚于一个当代人在欲望与诱惑的挣扎中选择的复杂过程，稍不小心或者稍有妥协，你就会沦陷下去，再无力奋击。

这就涉及一个如何通过艺术形式的建构实现与生活的内在形式同构化的问题。在这一个层面上，杨小凡有着极其独特的观察体验，也有着与众不同的观点与自觉意识，在写作长篇小说《酒殇》的时候，他明确意识到：当下国有企业的负责人在与政府的互动游戏中，在欲望和诱惑的挣扎中，他们对自己扮演的角色，对你来我往的较量，他们"内心深处的自我判断"是复杂的。这种内心判断之复杂，"有自我欣赏，也有自我厌恶，有对私欲的拒绝，也有被诱惑的危险，有被逼还对手以颜色，也有设局主动施出狠手"。总之，这是一场人心的较量，既有微妙尖锐的人心的自我纠缠，也有人心与人心之间瞬息万变的复杂

---

① 杨小凡：《酒殇·后记》，十月文艺出版社 2008 年版，第 332 页。

交锋。

正是具备这样的原因和自觉意识，我们发现，《酒殇》在人物形象塑造上，的确没有落入官商形象类型化或符号化的窠臼，忠与奸之间，清与贪之间，好与坏之间，并没有截然可分的界限，或者说，小说在展示人物形象的时候并没有先验地从道德上定义一种角色倾向，而是从人心的动作开始的。小说起始借戚志强母亲的丧事将两位主人公推上前台，同时也揭开了两位隐形对头的斗争线索。市长施天桐在下跪磕头流泪，并动情地说"你母亲就是我母亲"之后，便以关心的口吻表示要为戚志强的一泉集团派一个副手。戚志强心里说的是"你这个无赖！"脱口而出的则是"感谢市长大人的关心！"戚志强是天泉集团董事长、总经理，并且兼任该市副市长，施天桐派心腹去做总经理则是别有用心的。在现实生活中每天发生的故事，其实本来就对应着两个世界。一个是人们的言语、行动以及人与人之间的表面关系组成的社会关系结构，这是看得见的一个世界；另一个则是由"人心"推动的用肉眼看不见的世界，它像一个动态的、多向度、多层面的黑洞。只有在这个看不见的世界里，才存在许多本质性的东西。由是，在小说所展现的国有企业的掌门人与政府的互动游戏中，心理的动作与人心的较量成为最主要的描写重心。

显然，施天桐与戚志强二人，所做的所有表面文章都属于那个看得见的世界，也都符合社会的要求，甚至无不冠冕堂皇，而其动机与手段则充满了步步惊心的算计，夹杂着私心私欲与利弊的权衡。由这个阴暗的心理角落所网罗起来的逻辑，往往扑朔迷离，不着痕迹，《酒殇》叙事的过人之处即在于从暗处入手，追寻端倪。施天桐为了情人肖馨的腐败之事不致败露而派王莫平去天泉集团任总经理，但他这样做的表面文章是整合企业，彰显改革成绩，这让戚志强几乎难以招架。甚至为了达到目的，施天桐派人调查戚志强，一旦查出点什么来，就好摆布了。

戚志强很清楚，一旦施天桐派来王莫平任总经理的打算实现，王莫平便会用行政的手法管理企业，他们便可以得到想要的稳定、想要的政绩和想要的升迁。可是企业要的效益和发展，将被彻底击垮，戚志强要把天泉做成酒业王国的理想必将付诸东流。表面看起来只是官商之间的一点小小的调整，背后则充满了重重玄机和强大的内心波澜。对于这种可以预料的结果，对抗或者正常的请求、谈判，都是无济于事的。于是，为了天泉，为了自己，戚志强不得不施展权谋，与市长周旋起来。你用权力压我，我也走上层路线，请出更大的权力压你；你敲诈我的助手在日本嫖娼，我就要去给你与情人生的儿子喝满月酒。在这场看不见硝烟的心理角逐中，你很难说清正邪之分，只见你来我往的刀光剑影，合纵与连横般的刚柔相济，诡计与阳谋交替的博弈。

在作家看来，长篇的根本问题是世界观问题，就是你怎么看世界，怎么想象世界，因之"长篇不是一个字数问题，长篇涉及一套对世界的假设"。他自谓："我们深信，世界和人生是以其不易被晓知的内在联系构成的，我相信所有的事物和人生都自有其意义，而且在一个行动与时间的结构中展现出来；我相信自己是在讲述一个重大的关乎人性的故事，我相信这里边有命运、有英雄和受难者、有诉诸所有人的重要情感和困境。否则，我就不会费那么大劲去写她了。"①正是得力于对世界和人生之内在联系的挖掘，小说于复杂交织的博弈中流露出有关人性走向的价值指向。

显然，作家在塑造戚志强这一人物形象时赋予了较浓厚的理想主义热情，但这种理想主义并非出于伪浪漫主义的想象，亦非刻意放大了理想人物身上的光环，而是在动态复杂的纠缠中，坚定地流露出理性理念与人性价值的终极意义。小说结尾，施天桐突然被宣布"双规"，戚志强则历尽艰险先后实现了天泉上市、天泉重组、天泉改制等重大的企业转型。不过，戚志强并没有成功者的欢乐，几十年的恋人抱着痛哭："你好自私啊，你好自私啊！"更有许多人对戚志强充满了误解和怨怼。

如果仅凭官场与商场的博弈，仅凭钩心斗角的力量偏移本身，戚志强与施

---

① 杨小凡：《就长篇小说〈酒殇〉答记者问》，2008 年 4 月 17 日，见 http://book.sina.com.cn/nzt/novel/lit/jiushang/1.shtml。

天桐之间根本是难分胜负的,甚至占据优势位置的施天桐有着更大的胜算。那么到底是什么使得戚志强终于迈过一条凶坎儿,成就了一番事业? 在这貌似出现叙事裂隙的夹缝中,叙事者融入了发人深省的思考。就在被"双规"前夕,施天桐还在洋洋得意地宣扬他的斗争哲学,他说他最喜欢这句话,"与天斗其乐无穷,与地斗其乐无穷,与人斗其乐无穷"。不过,他更得意的是自己又加上了一句,"与政府斗后患无穷"。他把斗争哲学当成自己的成功之道,甚至当成自己的目的,把斗倒别人当成自己的胜利。以小说中的说法,"在他的价值判断里,没有对与错,只有对做官是否有利这一个标准"。戚志强则完全不同,他是一个有着敢于冒险和敢于担当精神的人,这使他既不愿在仕途上失去个性,也不愿在位子上明哲保身。他很清楚他的斗争只是手段,只是过程,他真正要达到的目的也很明确,就是以天泉为舞台成就一番事业,实现自己的人生价值。

小说借人物的感悟表达了对人生的思考:"蓝天似禅,高邈得无道可攀。佛的真谛究竟是什么? 他不是外化的教化功能,而是首先从思想上、精神上承担、清算自己的责任,是来自自身的理性、自尊和人格力量。"作为一个企业人,他有着自己的终极追求;作为经营企业的人,所创造的小财富属于自己,中财富属于别人,大财富将是世界的。也许没有多少人能够理解,一个为社会创造价值的企业人和他的终极追求,但这并不影响生活的本质走向。可以说,小说一方面全面细致地为转型期酒业集团进行改制和发展的过程,留下了百科全书式的现实主义叙述;另一方面,更重要的则在于揭示出一个酒业王国的兴衰凝结的是人心文化结构与人性嬗变的真相。从这个意义上说,杨小凡的小说在价值指向上深刻地嵌入人性的维度,而这一维度将是世界得以前行的必然逻辑。

三

人欲是物质化的和引人堕落的，人心是广阔无边的和复杂多变的，人性才是最有力量和最富决定意义的指向。杨小凡小说以人欲的纠缠结构叙事的动因，以人心的博弈构建叙事的流程，而始终作为叙事伦理指向的则是人性问题。人的本性和自然性何在？人的主体性在现实潮流的裹挟之下，还有多大的力量和空间？人的欲望与人心的矛盾到底怎样影响着人性的嬗变？人的自我救赎在生活中会怎样发生和以什么样的形式发生作用？这些环环相扣的问题无不纠结于杨小凡小说的字里行间。

人性的思考路向在杨小凡小说中，可以分为两个基本叙事类型：一是悲剧；二是喜剧。正如鲁迅所说，悲剧是将人生有价值的毁灭给人看，中篇小说《喜洋洋》和《节外生枝》便属于人性之美和人性之善在社会中遭遇体无完肤的失败命运的悲剧。杨小凡笔下不少故事有一个共同的结构模式，即在结尾处让主人公返回乡村田园。当然，这种"回返"或者出于被迫或者出于主动的选择，或者因为逃避沦陷或者缘于自我意识的苏醒。然而，乡野僻壤就一定是灵魂的家园吗？作家对此没有做简单化的处理，而是有着极复杂的叙事探索。

在《喜洋洋》中，当年吃百家饭的孤儿赵大嘴，十八年后回到屯子。十八年前，因为他与恩人家的寡妇好上了，结果被打出了村子。现在的他虽已是几千万资产的大款，但他的最大愿望是做两件事：一是无偿为村里建一座敬老院并出钱负责敬老院的运转；二是搞一个中药材种植合作社，帮乡人致富。还有一个心愿，则是为当年的荒唐当面赔罪。这么一个充满真善美、毫无私欲的愿望，想必会皆大欢喜，在家乡心想事成。让人意想不到的是，重返家乡、几乎散尽家财的赵大嘴却遭遇了重重阻力和失望。起初，他只是"感觉到屯子里的人，包括马六指和马热闹都与自己有一种说不出的隔膜，他们的热情后面似乎还藏着点什么"。随着故事的进展，他遭遇的挫折也越来越难以克服，甚至诋毁和陷害接踵而至。一个喜洋洋敬老院办起来要盖一百多个戳儿，建好并运行的敬老院因护士们的斤斤计较和老人们的挑剔几乎难以为继。赵大嘴费心找到了当年相好的菱子，想帮她脱离贫困，但菱子已有家有小，只想"平静地过下去就行了"，连面也不想见。更甚者，大嘴因婉拒了镇里彭书记的投资要求，被书记暗中派警察以喜洋洋敬老院容留妇女卖淫为由，把他关在派出所一夜，这让大嘴心凉不已。赵大嘴不得不慨叹：都说上天是公平的，人在做天在看，但这几十年所见所闻、所经历的事儿，让赵大嘴很无奈。他甚至怀疑"好人得好报"这句话是骗人的，最多也就是受苦人的一种希望罢了。赵大嘴所表现出的人性中那些美好的"有价值的东西"，就这样被一点点地毁灭了，而这个人物也成为当代文坛上一个文化内涵十分丰富的独创性典型形象。

与《喜洋洋》相比，《节外生枝》的悲剧性意味更让人挥之不去。在市机关上班的许明自从见到十七岁的鱼儿后，就被她单纯的美所吸引，所沉醉。而鱼儿只是一个按摩女，她自从受同学蛊惑卖处，接着又被骗后，便甘心做起了这种行当。许明本来就对乡下小姐充满了悲悯之情，很想有朝一日做出英雄救美的壮举，当他知晓她的现状后，焕发出了身上所有的潜在勇气："他认定这女子是上帝为他送来，他有义务把她从那个地方弄出来，让她回到她应安身的地方。也就是说，这是一朵专为他开的玫瑰，他不能就这样让她在那个地方任别人去蹂躏。"小说写道，许明知道鱼儿的遭遇后义愤填膺地喊道："我要救你出去！"一种大丈夫仗剑南山的英雄气概油然而生。

然而，令许明始料未及的是，他的英雄壮举遇到了一连串意料不到的困难乃至悲剧。先是鱼儿根本就不相信他并拒绝他，鱼儿之拒绝不仅因为她认为许明不过是与他人一样的伪君子，而且她已经习惯了这种生活，她说"你以为我们很苦吗？现在可不是万恶的旧社会呀，我们姐妹们认为这样是很好的，天底下对于女人来说，还有比这更好的事可做吗？"在她的感觉中，父母是杀羊的，整日间血肉满身，膻味打脑子，她本来就难以忍受父母那种小市民的做法，市侩、狡猾、欺骗、斤斤计较，而且性格变化无常。自己学习又差，家里无权无钱，做这个就不错了，有钱花，还有玩儿的。但鱼儿的拒绝和堕落并没有击退许明的决心，在强大的责任感之下，他总会找到通往善的路途。他先是通过举报电话使鱼儿那一批小姐被抓进公安局，然后又通过公安局的朋友把鱼儿领了出来。鱼儿坚决不回到那个令她讨厌的家。许明便出钱租房并出学费让她读电脑培训班，并许诺学完后帮她找一个自食其力的工作。既然决心把鱼儿变成一个好姑娘，就少不了经常的谈心、教育、开导。

　　尽管许明始终想把这份独特的感情限定在兄妹之情的范围之内，但妻子认定是他变心包了二奶，并且离了婚，儿子骂他是大坏蛋，朋友们则认为鱼儿与他只不过是妓女与嫖客的关系。再后来，许明送鱼儿回老家，竟然被鱼儿父母当成大骗子，招致打骂并被扣押下来，并且后来不断地向他的单位领导举报，致使许明受到领导的盘查，甚至面临着官司和被开除的命运。小说的结尾尤其意味深长，在经历了这么多的不懈努力和风风雨雨之后，许明突然得知，鱼儿从家乡逃回后终又重操旧业，被抓进治安队。小说不仅揭示出一个"好人难做、好人不能做"的现象，而且折射出一个更令人震惊的现实伦理困境，所有的艰难困苦与向善的努力，不只是没有结果，甚至最终都化为无意义的虚空。

　　与悲剧的毁灭感不同，杨小凡笔下的喜剧则从另一个向度切入人性领域，展开更深微的思索，并从叙事中透出一点人性的救赎之光。我们从《工头儿》的主人公杨老四和《欢乐》的主人公贾欢乐身上不难看到人性的自我修复主题。杨老四是一个包工头，干这活儿的处在一个特殊位置上，一边得在工地上与周围的工人们混爬摸打，一边得与老板、大老板费神周旋；一边对下高高举起手中鞭子，一边对上点头哈腰、装孙子、献媚讨好；一边得让上上下下都能赚到可以接受的数额，一边又得拼着命地多为自己捞一点，一边要保证一定程度的工程质量与进度，一边又要尽最大可能地节省成本。但是，偷工减料到什么程度是个界限，道德的沦丧与做人的底线之间哪里是分界线？这一切在杨老四身上并非可有可无的问题。杨小凡笔下的杨老四既不是什么正人君子，但亦非唯利是图、见钱眼开的恶棍，当欲望无限扩张与人生悲剧的必然因果关系展现在他面前，他的人性本能终被唤醒，并越来越起到决定性的生命作用。他眼看着开发公司的胡总被"双规"，工程总包栾正杰在刀刃上行走，自己奋力地挨了下来而且还挣到了过去不敢想的数目，"老四一时弄不明白这世界到底是怎么了，咋变化这么快呢"。"有了钱，经的事多了，心里却空落落的。他想不明白下一步还要做什么，有人找他做工程，他没了心思。他又在商城待了一段。安排好妻子和女儿，就回到了龙湾"。当他"迎着树隙间漏下的金色阳光，向树林的深处走着"，由是，他的人性也全部苏醒了。

《欢乐》主人公贾欢乐与《工头儿》里的杨老四同属一个形象家族，是个更小点儿的包工头。他虽然粗俗鲁莽，但比普通村人活络，是村里有名的"活泛人"，到哪里都比别人能多挣点钱。不过，他有一个"反正咱不能做亏心事"的底线。在给他母亲治病的过程中，他接受医院主任卫方的利用，以收贿和医疗事故为由，扳倒了另一位主任张青，使卫方除掉了最有力的竞争者，顺利当上了副院长。经过这次事件，欢乐被安排为在医院看管太平间的临时工。对此，欢乐并没有获得欢乐，因为他感觉自己落井下石，趁机敲诈，做了昧良心的事。

《欢乐》在情节设计上颇具匠心，先是透过一个包工头的眼睛，展现医院里的重重内幕，后又透过这个太平间临时工的独特视角，揭示出医院上层盘根错节的种种腐败。显然，独具匠心的叙述并非来自作家对戏剧冲突的凭空想象，而植根于对生活深层结构进行挖掘之后的发现。欢乐夫妇作为医院里不被人注意的小角色，恰恰成为许多医生可以利用的人物，替他们卖购物卡洗钱，挂号做黄牛，甚至为院长秘密租房养小三等事，都找到了他们，而他们由此也得到了难以想象的诸般好处。也正是在这个过程中，欢乐有机会发现了医生私开诊所，倒卖尸体，卖孩子，卖胎盘，甚至包括院长们的腐败行为。这使欢乐越来越感到不解和恐惧，他恐惧的倒不是自己会犯什么事，而是自己会不会再次突破底线，不明不白地做伤天害理的小人、恶人。欢乐可以做些卖力气或者不好不坏的小事，但真正昧良心的事情他绝难接受。这种心理矛盾在故事冲突发展到戏剧性十足的环节时，被推向了高潮。像以前他被利用扳倒张青，立了功劳一样,后来纪委找他调查院长的腐败行为时,他再也不能糊里糊涂地过下去了。经过痛苦的内心斗争,他决定做一个"明白人",把自己所知道的事情向纪委的人一一交代。院长"双规"之后,新的医院领导宣布,要奖赏他,准备把他转为正式工。这本是他的梦想,可当这梦想就要变成现实的时候,欢乐坚定地拒绝了,他要返乡种庄稼了。

因欲望而产生腐败,因腐败而倒下,另一方面,搞倒腐败者的人又会再度陷入欲望—腐败—倒下的循环,小说没有写欢乐是否意识到这一哈姆雷特之问式的恶性循环,但在人性本能的复苏之下,他已经有了从此可以欢乐面对人生的觉醒。

在美感上,悲剧与喜剧导向不同的阅读体验,但在叙事伦理上,杨小凡笔下的悲剧与喜剧仍然导向人性探索的同一个价值终极。在喜剧形式中,我们已经看到人性自我救赎的光芒。在悲剧中,除了道德的无奈和毁灭感之外,则同时会有一种人性的崇高感油然而生,《节外生枝》让读者引发出这样的思考:没有私欲推动的真和善,还是不是人性的内在结构?没有邪念附着的善和美,还是不是一种社会存在?连许明都对此发生了怀疑,甚至感到自己只是做了一场噩梦。然而,小说最后却写到,当一个深夜许明突然听朋友说鱼儿再度被扫黄治安队抓起来的时候,他"合上手机,一骨碌从床上坐起来。他飞快地穿上衣服,出了门,向夜色里冲去……"这是颇富意味的一个结尾,它让人们深深地感到,人性对人生的决定性作用是不可扼制的。在所有的人欲的磨难与混杂人心所造成的厄运面前,人性最终战胜了一切。从这个意义上,我们可以发现,杨小凡小说的人性话语建立起了属于自身的独具特质的审美逻辑系统。

精神寻根的新路向与新立场

——评刘醒龙长篇新作《黄冈秘卷》

一、内聚焦视角下的"精神寻根"

作为当代新乡土小说和现实主义的代表性作家,刘醒龙的创作历来以厚重大气、个性突出、冲击力强享誉文坛。对于鄂楚乡土文化的价值重构,对于现当代历史动荡的独特叙述,对于道德嬗递与人性变迁的深度表达,这些都是刘醒龙美学世界中极其醒目的风貌特色,同时也构成了人们对刘醒龙创作的审美期待和考察视野。但是,当我阅读刘醒龙的长篇新作《黄冈秘卷》之后,却不时体验到一种阅读期待之外的审美锋芒,也深深感受到一种暗暗发力的思想转型。

如果说《凤凰琴》《天行者》《圣天门口》等以扣人心弦的情节结构和意象显著的审美机制见长,那么《黄冈秘卷》则更多地表现为密不透风的心理叙述和语言节奏。从某种程度上说,《黄冈秘卷》有意识地放弃了小说叙述外在的吸引力和明晰的矛盾结构,而专注于一种内在的思想沉潜和深层次的审美追逐。显然,它更加难读。或者说,你无法一口气读下去,而需要仔细品味,需要反复咀嚼,需要参与故事,重新整合小说的叙事进程。

《黄冈秘卷》的叙述头绪繁杂,线索纠缠在一起。小说开始不久,许多线索便以悬念的形式牵扯出来。让高中生经受百般折磨的《黄冈秘卷》背后的操盘手到底是谁？"我"与少川的关系为什么那么特殊，并由此引出少川的身份之谜；老十哥与老十一长达半个世纪的恩怨最终结果如何？在老十八的奔波下，《刘氏家志》与《组织史》的矛盾能够解决吗？我们的父亲与海棠的情缘还有没有机会给后人一个答案？这些或隐或显的线索，彼此之间常常主次不分、关系暧昧，全凭故事叙述者"我"的内聚焦视角进行推动。

刘醒龙在谈到《黄冈秘卷》的创作动因时曾多次强调，这要追溯到小时候爷爷的一句话。爷爷"挖古"时，常常随口说，"黄冈人当不了奸臣，自古至今黄冈一带从没有出过奸臣"。这话当年听来有些神秘古怪，后来随着作家年纪渐长，历经二十世纪八十年代的"寻根"、九十年代的"写实"，随着自己也年过半百，这时候再想到这句话，突然"石破天惊"一般，让人豁然开窍："当我们说故乡时，实际上是在用最普通的方式，为内心世界营造一种品格。"可以说，《黄冈秘卷》是作家本人与故乡、与父辈的一场精神对话。但故乡不是他者，它是"我们"的精神来源；故乡也不是可以随便议论的客体，它是鲜活的和神圣的。正如作家在《黄冈秘卷·后记》中说的，写作这部小说，不需要太多的设计，"处处随着直觉的性子就行"，而这直觉分明是作家"对以黄州为中心的家乡原野的又一场害羞"。

正是在这直觉推动下的写作、害羞的神圣感与复杂情绪，使《黄冈秘卷》的小说结构自成一个有机体。如果说小说中的《黄冈秘卷》隐喻的是现实社会和当下生活，那么《刘氏家志》与《组织史》则分别象征了家族史与革命史的叙事脉络。多重视野下的人与事，在叙事者小心翼翼、心怀虔敬的内在视角下展现出来时，表面上似乎千头万绪，但实质上又无不井然有序，牵一发而动全身，形成一种前后勾连、多方照应又致密流畅的话语流程。"长篇小说有着完善的生长体系，在这个能够游离于时代生活的体系中，笨拙的人也有足够宽阔的天地，让他创造出适合自身的文学经验。"①可以说，这个自成生态的有机体以内

---

① 刘醒龙：《贤良方正即是》，《长篇小说选刊》2018年第4期。

聚焦视角下的精神寻根为核心,而构成小说内在结构主线的便是"我们的父亲"的心灵演绎史,是老十哥的"精神现象学"。

二、"心灵的传说"与精神寻根的新路向

早在二十世纪八十年代中期,刘醒龙即以《返祖》《老寨》《人之魂》等"大别山之谜"系列小说参与了寻根文学的建构。此后,文化寻根的潮流仍然在一定程度上延续下来。应该说,以挖掘传统意识与民族文化心理为标志的寻根文学创作在反拨社会政治层面优先的文学叙事方面取得了毋庸置疑的成就,但它自身往往也容易从政治的宏大叙事走向文化上的宏大叙事,同样会造成对个体经验与精神创造性的缺失。深受民间传说和地方文化传统影响的刘醒龙就较早地意识到,这种"完全靠想象力支撑"的创作,必然"对艺术、人生缺乏具体、深入的思考",于是转向对"个人精神状态的探讨和表达"。① 像《凤凰琴》对人的精神与利益对峙问题的探讨,《圣天门口》所触及的人的救赎与神性救赎的重大主题等。这些创作标志着刘醒龙在他不断探索的路向上达到了一个属于他自身的文学高峰。

《黄冈秘卷》在寻根与精神深度结合的层面上,则具有一种整合审美经验"重新出发"的意味。此前,让作家深陷困惑或者纠结不已的问题,在精神寻根的意义上终于有了明确的坚定的新路向。近几年文坛上先后出现了两部影响巨大的"返乡"之作,即格非的《望春风》与刘醒龙的《黄冈秘卷》。二者都充满了对乡土的浓厚眷恋,但前者是对乡村整体生态的一种无限的乡愁,而后者是对乡贤精神层面上的一种深刻的寻根。格非的创作代表了更多的乡土文学作家思想追求的指向,相对而言,牵引刘醒龙精神寻根的价值指向则要少见得多,也更能凸显出其独特的当代价值。

---

① 周新民、刘醒龙:《和谐:当代文学的精神再造——刘醒龙访谈录》,《小说评论》2007 年第 1 期。

精神寻根的新向度首先指向晚近的、身边的、流淌着的或者活着的传统，而非远古的或者虚无缥缈的或者想象出来的根。从精神动作上说，所谓"寻根"本来就应该有一个省略的主语，一个发生动作的主体，那就是"我"作为主体存在者的精神源泉何在。《黄冈秘卷》的字里行间莫不灌注着这样一种强烈的精神血脉意念。在小说叙述者看来，"人与人之间，有些事情看起来荒诞不经，荒唐可笑，本质上并非毫无逻辑，只不过这种逻辑潜藏在人所看不见的血脉与灵魂之中"。

其次，精神寻根的主体动作还应有一个具体的宾语，即这血脉相连的根是什么？在哪里？《黄冈秘卷》告诉我们，精神寻根就是向"人"寻根，向人的性格寻根，向活着的和完整的人性寻根。在这里，宏大叙事的文化寻根已经显得太虚妄，源远流长的传统意识亦不无抽象的色彩。

在这种精神寻根的逻辑之下，遥远的民间传说不再重要，祖父本身就是一种"心灵的传说"，"这种传说可以鄙视一切庸俗的私利与卑劣的嫉恨。它其实无须对别人诉说，只要能够永远流传在老人家的长孙的心中就行"。也许现在的幼童已经对自身的孙子角色很陌生了，如此"我"对祖父的怀想应该比别的传说更有价值，更真实，也更富有人情味！

1972 年发生了一场空前的水灾，父亲以"组织上很困难，得帮一把"为理由，将夫妻二人两个月的工资交给了组织。而实际上，我们一家人无论如何也度不过少了两个月工资的日子。母亲果断地决定让大姐、"我"和弟弟辍学开始自食其力。只是由于祖父的坚决阻止，才保住了"我"和弟弟的学业。作为"我们家的思想家"，祖父的话无法反驳。他对父亲母亲说，当年他自己读书的时候，那种苦才叫苦，曾祖母还是坚持让他启蒙读书。轮到我们的父亲时，祖父也没有丝毫含糊，一定要让自己的孩子知书达礼。如果今天因为这个不让孩子读书，他留在这里也没有意义了。"我的孙子哪天不上学，我就哪天动身回黄冈，回刘家大垸陪别人的孩子读书去。或者……"——这几乎是"我"听过的最动听的"家庭语言"！

　　是祖父，引领着"我"，让"我"站在他心里装着的那片故土上，领略弥漫祖先气息的庄严和温情。是祖父，在"我"最早的那些有关大别山神秘的故事里化作一个长者在字里行间点化"我"。是祖父，是祖父的存在本身，给了"我"无尽的精神滋养：四十岁上就失去妻子的孤单；胸口那碗大的被日本人毒打留下的伤疤；在林家大垸卖工织布的传奇式的天才；八十岁上被水牛撞碎胯骨却能够重新站立起来；还有那因长年累月趴在织布机上，而导致脖子后面长出的那只碗口大小的散发着"荣光"的肉球。就是这样一个不是传说但胜过传说的独特的"祖父"，对"我"来说，"比任何教养都重要"，乃至在他死后被追认为"我"的"文学启蒙者"。

三、祖父形象串起的人性链条

　　祖父这一形象在小说的精神寻根中之所以具有举足轻重的地位，既因为他处在曾祖父曾祖母一辈与我们的父亲一辈之间，起着不可取代的血肉纽带作用，也与祖父死前伴随了"我"整个成长过程有关。祖父的长孙，即"我"这一形象显然带有作家本人的影子。但在小说所建构的审美世界中，"我"依然是按照小说叙述的虚构原则建立起来的一个成名作家的形象，是一个"生命能够吮吸三江四水八面来风变得如此浩荡"的黄冈后人形象。

　　当"我"追溯那"脊骨一样重要的文学精神"何以来自祖父之时，"祖母的慈祥、父亲的威严和母亲的柔蜜亲情"等都集结于一身。可以说，祖父串起的是一条地域文化滋养下家族血脉传承的现实人性链。

　　在"我"的理性思考和生命觉悟中，故乡是一部不可"冒犯"的大书，是一座在具体的历史条件下充分展开的人性的大厦，具有"海枯石烂也难改变的品格与风范"[①]。刘家大垸所信奉的真理是那么朴素，但又至刚至坚，"魔鬼做鬼事

---

① 刘醒龙：《贤良方正即是》，《长篇小说选刊》2018年第4期。

时也要讲鬼道理"。"看似由于执拗而百无禁忌的黄冈人,一旦认准某件事,哪怕用上美国佬攻打伊位克的钻地炸弹,也无法撬开一条缝隙,给别有用心的人以可乘之机"。由此,一般所谓的文化传统、民族心理等概念,在这里被赋予了新的内涵,它具体而完整地承载为那种叫"黄冈人"的、有着"自己的执念和信念"的人性血脉。

"骨子里排挤某些东西"的坚执,"带着困苦的执拗",是黄冈人的基本秉性。甚至可以说,"不执拗到只剩下一根筋的男人就不是黄冈男人"。苏东坡的执拗只相当于半根筋,所以只能算是"半个黄冈人"。有两句诗始终处于"我"个体记忆的第一位,那就是苏东坡的"三江自此分南北,谁向中流是主人"。体察个中根由,正是"黄冈血统造就的执拗脾气",正是因为"我""过于喜欢这两句诗的气质与内涵"了。在性格的塑造和人性的熏染的意义上,故乡在小说的审美世界中活了起来,而一种人性的链条展现出它越来越强大的生命力。

生命的智慧和人的尊严,丝毫不与"带着困苦的执拗"相抵牾。曾祖母这一形象在这里起到关键的作用。在祖父小的时候及以前,他们家是刘家大垸最苦最穷的人家,曾祖母是以刘家大垸为中心、方圆三十里人所共知的"苦婆"。但就是这样一个小脚寡妇,她可以忍受任何的屈辱,自己可以放弃所有的自尊,却绝不容许家里的孩子"在别人面前低三下四,为一斗米折腰"。为了培养孩子的自尊,她将外出流浪得到的施舍全部带回家,"放到灶上重新炒煮一遍,再像模像样地端出来,摆在桌上",这样可以使孩子们认为这是自己家本来就有的。

曾祖父是"黄冈当地赫赫有名的织布师",但早早地因摆弄木制织布机出意外死去,而祖父少年时就无师自通地表现出对织布机构造的谙熟和天才的织布技术,很快就成为与当年的曾祖父齐名的织布师。这也使得刘家苦尽甘来,成为受乡亲们尊重的家族。"在黄冈一带,能用织布机织布的男人就像现在在银行当经理、在大学里当教授一样让人羡慕"。尽管如此,祖父却认真地声明，自己的那点智慧与曾祖母比起来，就像"麻雀与鹦鹉相比"。直到八十岁生日时，祖父还在强调，与将父亲叫作"伯"的风俗习惯相比，曾祖母想出"刘声志"和"刘声智"这两个名字，简直就是神来之笔，将五十、六十年之后要发生的事，提前算计到了。

四、"人的基本"与精神寻根的新立场

在这条令人肃然起敬的人性链条上，当"我"深情地强调祖父所强调的曾祖母充满大智慧的"神来之笔"时，当"我"含蓄地把"刘声志"和"刘声智"这两个名字视为此后历史和现实的预言时，小说精神寻根的基本立场随即浮现出来。寻根文学的传统路向总是指引着一种宏大而不无笼统的立场文化：挖掘历史文化精髓，重构民族文化性格，复兴传统文化精神，等等。《黄冈秘卷》的乡土叙事与家族叙事在基本立场上则更多地触及迫近现实需要的时代命题：在"往后看"的路向上追踪人性的逻辑，难道不正是为了"往前看"？难道不正是为了检视当下的人性状况，重铸我们时代的精神存在？过去我们更多看到的是刘醒龙的乡土想象及其民间立场，是对精神家园的守望，而相对忽视作家与当下的对话，忽视其文学精神与精神现状的搏击。从《黄冈秘卷》这里，我们更应看到它对当下问题的深刻思考，对原创命题的锐意建构。

正如法国思想家勒庞所说，"决定着各民族命运的是它们的性格"[①]，而不是什么别的制度、政府、口号、理论等。《黄冈秘卷》对人物性格进行着锐意打造，并以性格为核心往外扩展独特的黄冈气质，往里深刻挖掘内在的人性底蕴。应该说，身处当下，刘醒龙是清醒地意识到一个作家应有的精神寻根与精神建构的迫切使命的。往大处说，性格决定着民族的命运，往小处说，性格决定着家族的命运，往深处说，性格必将决定着一个人的命运。他认为："生活中

---

① ［法］古斯塔夫·勒庞:《乌合之众——大众心理研究》,冯克利译,中央编译出版社 1998 年版,第 68 页。

的一切，都不是孤立的，都有可能与同一生活空间，甚至是不同生活空间的其他事物发生联系。一切与黄冈有关的东西，都会在不知不觉中影响着黄冈万物。"①独特的历史、地理与文化传统，"将黄冈这块土地打造成壮心与诗意并存的贤良辈出所在"。而"一个小小村落中人的壮心与贤良"，正是这部小说的筋骨之所在。

在小说中，受父之命，作为刘家新一代代表人物的作家"我"为续修《刘氏家志》撰写了序言，序言是一气呵成的，自然也隐含了小说叙述者的立场。追踪家族史，将一代代的生命血缘用文字记载下来，正是为了"给我们和我们往下的久远的后来者，提供一条清晰的脉络，然后就有可能在心里模拟自己生命出现之前的可能的状态与意义"。家志有文字记载以来四百多个年头中，让人堪以自豪的是"没有贪官污吏给家族抹黑，没有强豪劣绅让家族蒙羞，多好！假如摊上一个'某桧'，入土之后还要改谥号为丑，我们的血脉还能如此干净吗？"由此而言，"光宗耀祖，在家是家事，在国是国事，在世界则是做人的基本……"

正是对"做人的基本"的追寻和建构，小说切中要害地触及当下问题。在小说的叙述中，也为这一寻根立场的选择埋下了伏笔。少川的女儿北童对"我"说过，"你们的苦难是一般的饥饿，是物质层面上的苦难；而我们的苦难是精神层面上的苦难，不是用食物可以解决的"。由此"我"发现，"一个时代的价值观与价值判断如果一成不变地应用到另一个时代，是行不通的，也是格格不入的"。这就意味着，在一个欲望泛滥、道德堕落的时代，如果仅仅是硬性地灌输人生理想，表面化地推行某种价值观念，都无异于"头痛医头，脚痛医脚"，也许不过是一厢情愿的乡愿而已。价值观的重建必须从"人的根本"上生长出来，然后方能够长成精神的参天大树。由之，唯有人的根基的重建才是精神寻根的最终价值之所在。

---

① 徐颖：《刘醒龙和〈黄冈秘卷〉》，《楚天都市报》2018 年 7 月 22 日。

五、"我们的父亲"：一座个性与品格的雕像

无论是精神寻根的新路向，还是精神寻根的新立场，《黄冈秘卷》得以成功的最大秘密在于"我们的父亲"老十哥这一形象的出色塑造。也可以说，《黄冈秘卷》对当代文坛最大的贡献就在于塑造了"我们的父亲"老十哥这一性格鲜明、内涵丰富的人物形象，这一形象同时也是当代文学史上少见的审美典型。

读者也许已经注意到，小说的叙述者更多的是情不自禁地慨叹"没有祖父，谁能再造他的长孙！"似乎祖父才是小说的第一主人公形象。但事实远非如此，或者说这只是小说叙述者给读者营造的一种假象。

一方面，故事的叙述者"我"尚属于小说中的角色之一，它不会把隐含的叙述者，即隐含作者的叙事倾向全部表达出来；他也不必代表隐含作者的完整的叙事立场。

另一方面，对于隐含的叙事者来说，父亲这一形象离我们较之祖父形象更近，对父亲这一形象也最重视。在小说的审美流程中，对于越重视的形象就越小心翼翼，越不宜轻易发出评判之声。刘醒龙自谓，对于父亲，"越是用心去写，越是发现父亲他们这一代，看上去平凡普通，貌不惊人，但在他们所面对的一百年里，其心其意，其行其为，远比通常所见的那些肤浅文字来得深刻和高尚"。刘醒龙在给自己的父亲守灵的时候，曾经流着泪写了一篇散文《抱着父亲回故乡》，里面深情地说："我只在乎，父亲轻轻离去的那一刻，自己有没有放肆，有没有轻浮，有没有无情，有没有乱了方寸。"他请求"这是我第一次描写父亲"，"请多包涵"。"就像小时候，我总是原谅小路中间的那堆牛粪"。父亲是一座神秘的高山，是一尊人格的雕像，是一个人性的丰碑，儿子何曾遍览那神奇，又岂能穿透那厚重？在作家眼里，无论用什么样的文字"来言说父亲这辈子"，都是远远不够的。实际上，《黄冈秘卷》用在"我们的父亲"身上的文字依然是最多的，只是作家加之于父亲的笔墨更加含蓄和充满敬畏。比如小说写

道："至于海棠是不是老十哥亲自奉献给自己理想的一份祭品，我们没有资格说三道四。"敬畏之情溢于言表，也给读者留下了更大的思索空间。

老十哥的典型性格中既先天地承传着黄冈人的气质，也在其独特的生活道路和革命历程中，锤炼出独具特质的个性。曾祖母在老十哥读书之前，就给了老十哥"耳提面命的十年光阴"，这比老十哥在书本上得到的东西多得多。尤其是最贫穷与最大的尊严集于一身，深刻地影响并塑造着老十哥的坚强心性。另一个启蒙者，是当年在牢房里遇到的国教授。这位教授双腿都被打断，但仍然向老十哥开导社会与人生真理。比如，"什么叫革命？革命就是让这些坐轿车的人也和大家一样用两条腿走路！"国教授牺牲前将写有《诀别书》的白手绢交给老十哥并指引他去黄州找组织的暗语。来自国教授的政治理念与《诀别书》以个人服从天下，社会才能真正进步的豪迈情怀，为老十哥提供了丰富的精神资源，为其一生的所作所为打下了坚实的基础。

首先，在老十哥"一根筋"的执拗性格中，带有十足的坦荡耿直、疾恶如仇、风骨铮铮、贤良端方的底气。离休后，因愤慨于县里主官的腐败行为，另一位伯伯与我们的父亲联手，拦下主官潜规则来的红旗轿车，翻出数十瓶高档酒，迫使主官被免职调离。对于有损人民利益的行为，在父亲眼中是被当成战争年代敌人的碉堡务求攻克的。再如，父亲小时候曾经冲着姑奶奶做的新鞋发誓，将来一定要买一双世上最贵的鞋来报答姑奶奶。一句儿时的誓言，在父亲的晚年突然去坚定地践行，姑奶奶穿上这双鞋"满足地"离开人间。

其次，在老十哥勇敢无私、果断刚强、敢于担当的行事风格中，蕴含着高度的个体责任感和为天下先的人文情怀。虽然我们的父亲是刘家大垸几百年来头一个做官的人，是"唯一骄傲"，但他同时也让刘家大垸的人"扼腕嗟叹"。这是因为父亲始终在科级位置上转，平级转了几十年，从第一区到第八区，他干过每个区的区长，但总是提不到副县长。个中原因，竟然是因为他将森林工作做得太好，一棵树也没烧。那出了火灾事故的，反而成了救火英雄得到提拔。明白人叹息"我们的父亲是好人，好人最难改正的错误是执迷不悟"。不过，这从来也不影响父亲对工作的热情和高度的责任感。

第三,也是最重要的,老十哥以组织为信仰,不掺杂一丁点沙子;忠诚于信仰,不附带丝毫条件和个人要求。可以说,我们的父亲是以一颗赤子之心和全部的生命维护着信仰的纯粹性。父亲始终如一地坚信"组织上更需要我",家里的任何事都不能耽误组织上安排的任务。他也从来不向组织上提要求,家里遇到无论多大的困难都不行。二十世纪五十年代初,家里老鼠泛滥成灾,以至于能够活活把猫累死。有意思的是,事后"我们"才知道,这些老鼠竟然是"一家三口的保护神"。后来从"敌情通报"中得知,至少有两波歹徒尚未摸进门,便遭到大群老鼠劈头盖脸的袭击,惊慌错乱之下落荒而逃。这还真是不幸中的万幸。对于因老鼠而产生的可怕梦魇使得"我"和大姐长大后还偶尔与父亲争论,既然组织需要一位年轻母亲带着两个孩子,孤单地守护集体财产,就不应当对那么多的老鼠视而不见。我们的父亲从来都是那句话,"组织上决定的事,容不得我们讨价还价"。

更让人难忘的可怕梦魇,是几年后暴风雨之夜房子坍塌的历险。要不是刘家老十八及时赶到救命,后果不堪设想。实际上,就在暴风雨袭击一家老小的时候,父亲正在姜家冲水库防洪水,因为跳入水中拉起出故障的闸门差点送了命。当别处的水库再有类似的险情时,总有人火速找我们的父亲前去救难。而父亲照例二话不说,责无旁贷。像第一次那种九死一生的可怕冒险,后来至少又经历了近十次。《组织史》对父亲的简短的个人介绍中,特意写有"擅游泳"三个字。每次父亲换到别的区做区长,总是在下着大雨的时候。而他将去上任的那里,水利工程隐患一定是非常严重的。这需要一个既敢负责任,又有能力的人独当一面。

父亲常说自己"是百分之百相信组织的,也是百分之百不会背叛组织的"。可是谁也没有想到,1997年开始,父亲的离休工资竟然因财政问题陷入困局发不出来了。家人们只好密谋凑钱,谎称是父亲的工资。我们深知,"在政治上,一旦发现连组织都不能百分之百信任,我们的父亲从精神到灵魂,几十年的建构恐怕免不了要倒塌"，那种摧残将比任何绝症都更令人痛不欲生。

对于父亲来说，"组织"是依靠，更是纯粹的信仰。唯有无条件地、无杂质地信奉，才能对得起组织的神圣，哪怕掺一点杂质都不可。直到七十多岁的时候，他依然不折不扣地坚持着这样的信念："我是上了《组织史》的人，不可以再进什么《刘氏家志》！哪怕在《刘氏家志》里写进一个有关我的字，也是对组织的背叛。"

出于对信仰之纯粹性的呵护，使得父亲有时显示出极其无情或者顽固的一面。1970 年，曾有很长一段时间，我们五个孩子整日遭受饥饿的摧残，父亲坚决让母亲在单位吃饭，从餐桌上与孩子们分离，原因只有一个，那就是担心母亲因为不忍心看着孩子们挨饿的样子而"出现怀疑组织的念头"。当然，父亲自己也因为受欺侮，饿出严重的胃病。要不是老十八带人捆了父亲把他抢回刘家大垸，在政治风波中，父亲必死无疑。因为他坚持"组织没叫我离开，我绝对不会离开"。

六、老十哥的变化与小说的人性探索

"我们的父亲"投身革命，但没有被革命异化；虽是小小的区长，也算身在官场，但从未沾染官场习气。小说由此为人们刻画出一座个性与品格的雕像。然而，这仍然并未完成一个作为完整的人性存在的立体形象的塑造，有待于人性的丰富性和复杂性的挖掘。

故事的初始阶段已经埋下了这样的伏笔。美丽的海棠铁了心要嫁给老十哥，老十哥也常常爱着海棠，但强大的阻力硬生生拆散了这对爱人。组织上不但否决了他的结婚请求，而且命令老十哥逮捕了海棠的父亲，并加以处决。可怜的海棠被迫远嫁。在有关个人幸福的爱情婚姻问题上，老十哥的被动、让步、痛苦和隐忍，让人唏嘘不已。老十哥对组织的"忠诚的开篇"就是这样以"深刻忘掉"海棠作为代价的。

　　在小说第一人称的限制视角之下，老十哥心灵的深处到底掀起多大的波澜，此后又有多少深刻的内心矛盾，并没有被直接描写出来。但老十哥小心翼翼地保存着"小福特"发卡，想法子照顾哑巴海若，为海若立碑，并保存下钢笔和笔记本。这些描写在老十哥"一根筋"地献身于信仰的生涯中似乎不那么协调，但它们既是艺术悬念的需要，也是借以透视老十哥心灵世界的美学道具。

　　直到1996年的一天，我们突然发现，"从不在乎个人得失"的老十哥一反常态，竟在意起他在《组织史》上的"籍贯"来了。细心的母亲则告诉我们，父亲"心里有点虚"。这是什么变化？或者说这种变化包含何种意味？也是从这时候开始，我们有机会重新认识父亲，有机会还原一个完整的父亲形象。

　　真正的变化在1999年，发生在他74岁的时候。这一年他突然知道了海棠的下落，亲眼看到了她的后人，由此许多谜团迎刃而解。二人通了电话。虽然只是短短的几句话，但足足等了五十年；对话只是自然而然的日常内容，却对老十哥产生了从未有过的影响力。当海棠说老十哥终于回到刘家大垸是"叶落归根"的时候，老十哥答道："我只是顺路看一眼，过几天就走，我们这辈子生是组织的人，死是组织的鬼，过不惯没有组织的日子。"其实，深究一下，老十哥这样回答除了符合他一贯坚持的原则与话语逻辑以外，还有一层潜意识的根源：当年他坚决拒绝了海棠的爱，是因为他把这一生交给了组织，不是因为无情。这也意味着另一层含义：如果哪一天，老十哥突然回到家乡过起普通人的日子，那么就无法正常解释当年他拒绝海棠的原因。从这一意义上说，"组织"是老十哥尚能够面对海棠的唯一的理由。但是海棠从来就没有把老十哥当成完全依附于组织的冷冰冰的机器，她要是"记仇"，当年老十哥早就没命了。海棠的表姐海若要是记仇，老十哥后来也会死于非命。

　　聪慧的海棠早就看透了老十哥内心深处有情有义的底色，始终坚持认为那是一个"知冷知热的好男人"。所以海棠说："我说老十哥，为了跟上组织，连爱你的海棠姑娘都可以说不理就不理，现在老了，老缠着组织可不太好，就不要给组织添麻烦了！"这一句话表面看来轻松自然，不无幽默，但对老十哥而言却有千钧之力。一方面,豁达的海棠亲口说出了自己对老十哥的理解;另一方面也以老十哥能够接受的方式,劝说他适时地回归亲情和找到自我。当然,海棠并没有看错老十哥。待到"小福特"发卡、钢笔和笔记本各得其所,老十哥终于"有一种解脱的感觉"。

1999年的这一契机既使老十哥实现了潜意识中本我层面上的一种自我回归,同时也是对自我个体与组织关系的一次深刻的调整。正如"我"所说,我们的父亲从当年离开故乡至"真正的回来"用了整整五十年。回归之下,父亲献出了深藏多年的《刘氏家志》,从坚决拒绝一变而为支持重修《刘氏家志》。这样的回归也正是人性层面上的自我回归,偶然之中蕴寓着必然性。与其说是海棠的出现让老十哥发生了改变,毋宁说是老十哥一直在等着这样一个机会。

小说在还原老十哥"执迷不悟"的另一面的过程中,老十一与老十八这两个形象起到了重要的审美互补和推动作用。

老十一是与老十哥对应的"另一类人","他在活着另一种活法"。他将自己名字中那个"智"字,运用到极致。少年时期,他就通过出卖老十哥以保护自己,后不断通过娶亲解决自己的各种需求,避免可能到来的灾难。五十年代就会倒腾外币,六十年代就会倒卖粮票,1966年通过揭发我们的父亲以自保。再后来,他自称"穷得只剩下钱了"的时候,已是成功的大老板了。他坚信"钱不是万能的,但没有钱是万万不能的"时代真理。

然而,老十一并非就是黄冈人的反例,亦非黄冈人气质的彻底的反面形象。人至晚年,即使王伯伯与我们的父亲也看到了,"同为黄冈人,一向不受欢迎的老十一,也还记得为人做事的底线,没有一味向前看,也不是彻头彻尾地将钱当成一切"。我们的母亲的见识亦非一般,她劝说我们的父亲与王闓道:"世界上有两样东西是真的,一个性命,一个金钱,你们二位让人尊敬是因为敢于搏命,老十一愿意为别人撒钱,也不能太轻视人家。"

老十八则是小说中非常特殊的一个形象,他可以说是介于老十哥与老十一之间的一种类型。他既不单纯相信什么主义,也不唯利是图,性格直爽豪迈,贤良方正之外,又有一些机巧和灵活。虽仅仅是一介农民,却热衷于家族传承事业,怀抱朴素的人道情怀,在关键的时候敢作敢当。经历一系列变故后,他对老十哥说:"岳飞宁肯死在风波亭也要精忠报国,但岳飞从没有对母亲说一个不字。《组织史》包含着远大理想,《刘氏家志》可以用着追根溯源。"这时的老十哥虽然嘴上不说什么,恐怕心里已经对老十八不无敬佩之意了。这一形象因身负续修家志的使命,数十年来辗转奔走于老十哥与老十一之间,在艺术结构上起到不可或缺的穿针引线的审美作用,同时也是一个推动情节发展作用的"推手"形象。

有记者曾问刘醒龙,文中两个重要的主人公,"老十哥"刘声志、"老十一"刘声智,一个"志"、一个"智",从名字到行事风格,完全是两种不同的格局,这是否也隐喻了当代社会的两种类型的人? 刘醒龙解释说,一般人都会这么想。一个智者,一个志士,但这其实是对小说的误读。因为在刘醒龙看来,"志"与"智",只要做对了,二者本不会有问题,也不会产生根本冲突。"贤良方正作为小说的重要内核,同时包括了志与智。""没有智慧成就不了志气,没有志气的智慧,会沦落为蝇营狗苟的小聪明,小狡猾。"[1]只是在现实人生中,通过人为操弄,常使二者处在对冲状态。可见,"志"与"智"并非截然不同,更非互相否定的两种品性。由此可见,作家在《黄冈秘卷》精神寻根的深层结构中倾注了多么沉重而理性的思考。

对照当下,作为一种品格,作为一种个体性的存在,老十哥就像是一种濒临灭绝的珍稀动物一样,一方面坚定有力地和暗暗地支撑着一脉精神的薪火承传,另一方面又如摇曳的烛火随时迎风而灭。毕竟,"我们的父亲"已走向暮年,哪一天他也会离我们先去。"我们"何去何从? 也可能是"他们的父亲"的"我们""现在应该怎样做父亲"(鲁迅语)? 这才是《黄冈秘卷》留待读者咂摸不尽的问题。

---

① 徐颖:《刘醒龙和〈黄冈秘卷〉》,《楚天都市报》2018 年 7 月 22 日。

话语的解放与潜能的释放

——评王蒙长篇小说《闷与狂》

一、话语的解放

王蒙的《闷与狂》曾提到这样一个细节：打字的时候，请猜猜，伤口与什么词重码？太天才了！仓颉也有王永民。根据五笔字型输入法，"伤口"等同于"作品"，它们具有同样的输入码：WTKK。王蒙还提到另一个类似的细节，即在电脑上打"受想行识"中的"受"字的时候，一不小心把"受"打成了"爱"（"受"字少打一笔就是"爱"），于是，"受想行识"奇迹般也似乎命定地变成了"爱想行识"。用五笔字型打字的人看到这些肯定会会心一笑，不使用五笔字型输入法的人不可能出现这种笔误、手误，也不可能有这种发现。不过，王蒙饶有兴趣地讲述这些，却不是对这种输入法的调侃，而是出于对错误的词语在冥冥之中却更准确地表达了小说叙事伦理的一种感喟。更重要的是，这显示出王蒙对于字与词、词与物的超常敏感。也许，对话语的迷恋、爱与敏感，永远是一个作家最后的写作动因。正确的字并不能全面蕴含作家叙述的意蕴，这使作家感到了"闷"，偶然的错误的字却被发现有出奇的妙用，这尤其能激发作家叙述的激情，于是产生了"狂"。

《闷与狂》的叙述者始终充满着对话语本身的特殊感觉，小说中有这样一段话:"你生活在一个语言的网子里,你感到了暴力语言的割体之痛,你又必须懂得暴力语言的滑稽虚弱与到时候屁随风散。风一吹,根本不算数。"语言的暴力,背后有着秩序的支撑,"你还知道体制也是活跃的智慧与从未停止过的权衡的产物,你对它同样要保持理解保持评估保持智性保持客观与全面,……"正如福柯在《话语的秩序》所言,话语即权力。话语在本质上是一种资源,而且是言说者也就是话语权的行使者所独享的资源,貌似公平合理的话语在其背后潜隐着话语权力行使者强大的价值诉求和欲望指向。这一话语理论揭示出:"话语乃权力的产物,在话语的实践中潜藏着权力的运作,因此,话语蕴含着权力,话语显现、释放并行使着权力,话语即权力。话语的争夺实质上即权力的争夺,话语的拥有意味着对权力的实现。"①文学创作作为一种话语行为尤其如此。实际上,我们已经处在一种话语被权力绑架的时代。如何最大限度地从话语权力的诱惑中超脱出来,使话语在最高程度上恢复其自由的和审美的性能,是任何大作家都要面对的问题。王蒙的《闷与狂》出版后,人们都注意到其所谓的"反小说"、"心灵化"、语言的狂欢等特点,在我看来,这些特点仍然只是一种表象的堆积,《闷与狂》更大的一个意义即在于它通过这些能指表象积聚的冲击力,实现冲破作为暴力的"语言的网子",进而实现话语的解放。

正如权力的力量常常趋向于无限大一样,作为权力的话语其控制力与渗透力也是全方位的和无孔不入的,小到对生命的一种细微感觉,大到对社会政治的价值判断,在其背后都会体现出权力的秩序和谱系。比如"冷"作为一种感觉,如果你写的是"我感觉很冷",那么在这种话语表达的感觉中既有对冷的感性经验也有对冷的理性判断,也就是说既包含了感性主体也包含了理性主体,蕴藏着对冷的理性权力的介入。但小说中这样写:"晚上一觉睡下去,清晨醒来,头一天没有倒净的洗脚水已经冻成一大块冰疙瘩。"这就只剩下感性主体的活动了。再如,关于"贫穷"的认识和判断,小说中说,"我的宠物就是贫

---

① 董志强:《话语权力与权力话语》,《人文杂志》1999 年第 4 期。

穷"。"贫穷就是等不到吃饭时间到来已经饿得头晕眼花","贫穷就是吃上一口窝头已经幸福得流泪"。当作为叙述者的"我"的叙述主体叙述"冷"的时候，另一个小小的生成中的主体之"我"也活了起来。显然，对于贫穷的感觉，如果有了理性主体权力的主导，其含义与伦理指向必然是单向度的，也必然会带上社会与时代的附加因素。在它恢复到感性主体的视野之中，贫穷反而变成一种饥饿与幸福相交织的更复杂微妙的生命体验。这时候，两个主体之间是平等的、平行的对话的关系。话语由此得到了解放。

袖珍熊、刺猬、星星、蚊子、蜜蜂、麻雀等，关于它们都成为"我"童年的悬案。"我"不理解也不想理解"为什么童年时代我们的城市里有那么多蜗牛"，"我"只知道"现在的人们知道蜗居却不知道蜗牛"是多么悲哀的事。"啊，童年，你是糊涂的精灵，你是半睡的猫狗，你是飞飞停停的麻雀，你是东张西望的小虫。"当叙述者试图脱离权力的场域完全回归小我与本我的过去时光，一切都变得那么新鲜而多姿多彩。

小说对于小时候的"贫穷"有大段大段的抒写，但抒发完了后，作家写道："其实已经无法判断'贫穷'一词二字是从什么时候开始的。起初，其实很难说懂得了什么叫贫穷。"虽然知道饥饿与寒冷的滋味，但并未有贫穷的理性认知，没有关于贫穷的概念。"当没有贫穷两个字的命名的时候贫穷其实不是贫穷，其实贫穷也就是富有，贫穷也就是寂寞……"存在与自我的诞生同步，但不与理性的主体共生，是概念诞生以后才有了贫穷，才有了关于贫穷的理论，也才有了理性的主体。然而这也就有了一个新的问题，童年本没有"贫穷"这两个字，叙述者也明白这一道理，但叙述者却不得不使用"贫穷"这一话语来追述那碎片般的时光，于是叙述者在叙述话语的运用上，既堆积着"贫穷"这一符码，又时时剥离着这一能指所凝结的先验内蕴。小说《闷与狂》在叙述上给人以辞藻堆砌、饶舌奔泻之感，可以说即由此而来。

奔放的话语流程既使当年的"我"成为小说真正的主角，也使现在的"我"成为一个潜在的对话者，甚至像窥视者一样睁大眼睛跟踪着观察对象的一举一动。《青春赋》一章开始就说："你无法回忆你是怎样成长与变化的。"像贫穷一样，成长与青春也同样如此，都是后天形成的概念。在成长与青春过程中，成长与青春的理性主体是变动不居的，也是会不时缺席的，于是我们看到，"青春是一吹就着的烈火，也是一泡尿就浇灭的火苗"。"我"只知道，当"我"愿意变成一个馒头，由着电影中的那个少妇来"揉捏挤压"的时候，当"我愿意变成笼屉，请小娘子任意摆放充填加封"的时候，青春真的来了。

与青春紧密相连的革命话语，这时自然也不可避免地成为小说叙述的重心。在叙述者主体意识中，革命过早地到来了："现在回过头来要告诉大家，我没有过早地躺倒在甘甜的女人怀中，但是我太早地接触到了革命的道理。"但是叙述者不会对此做出判断，而是极力展现彼时此刻的心理真实："没有比认识到自己苦大仇深又认识到翻身的日子快要到了已经到了更令人兴奋的了。没有比认识到天堂的美景就在眼前而为了这一切的好先需要自己的好，需要自己没有一点不好更好好好的了。"其结果就是："一个小孩子，一个小小孩子，他已经雄心壮志冲云天，你已经宁愿做地下党员，做革命的主家，做烈士的候补，做新时代的开路先锋。"当叙述者感受到话语权力控制之下的压力并因此自觉冲掘这种控制解放话语流程时，恰恰也看到了当年之"我"是如何与话语权力同步建构的。

二、内在主体间性的开放

小说第 139 页有这样一小段话，它对理解整部小说非常重要。"我常常陷入一种胡思乱想或者准梦境：我跑得上气不接下气，追逐一个影子。两个影子拼命地追赶我。或者是他们锲而不舍地追逐我，以为我是阴影。"如果说这里的"我"是现在的我，或者直接就是叙述者，那么影子就是不同时段、不同侧面的我。问题在于谁追着谁却是说不清的，这也就是说，谁在掌握着谁的存在，谁决定着谁的本质，并没有确定。这是自我主体的不同侧面，在现代哲学中也可以称之为内在主体间性。

在另一处，作者自问自答：什么是回忆？回忆就"好像梦到了自己，梦中的自己正在做梦，梦的仍然是又一个自己，下一个，无数个越来越小越模糊的自己"。"更多的时候是在梦里迷了路"。"或许，回忆是人生资源的新纪元，再发现，再品尝，再消化，是铺陈与重组，是体贴与哄慰，是掂量与思恋，是爱抚与痛惜，是人生的重新挖掘，再加工与再蒙受，回忆是人生经验的最大化与最优化。"其实从小说中，我们也会发现，叙述中的主人公有时是"我"，有时是"你"，有时又是"他"，即便是"我"也有那时的"我"、现在的"我"、中间某个时期的"我"之分。小说把一个主人公的自我打碎，分裂成数个自我。

话语的解放正是建立在解构传统主体性的立场上，也是基于对传统意义上的"自我"的彻底怀疑。正如福柯等哲学家所强调的，人的自我是被发明出来的，而不是被发现出来的。发现是去找到一个已经存在的东西，而发明却完全可以无中生有。更重要的是，等待被发现的自我只能是一个连续的统一的被理性充分整合了的自我，而等待被发明的自我却是变动不居的更复杂的许多个自我。

正是因为自我是有待发明的，小说中的每个自我主体之间构成了对话关系，而且这是唯一重要的对话关系。在传统主体性的建构中，主体需要在自我与时代、人与人之间的对话中建立，而在这里，真正的对话只发生在自我内部，真正的矛盾也发生在自我内部。在传统主体性中，内在主体间性是封闭的、缺席的。即使在近些年，人们关注到主体间性的问题，但也着重于讨论个体主体与历史主体的关系，不同个体互为主体性的关系问题，个体内部的主体间性仍然没有得到充分的重视。在这里，内在主体间性是敞开的，是动态的。

小说中，人的最初自我就是一个偶然性与生成性相结合的过程。"为什么是两只猫？"四枚黑亮黑亮的黑眼珠，"此生第一次照亮了我的意识，渐渐地走入一个孩子的灵魂"。"我看到的是漆黑，我看到的是差不多什么都没有看到。区别在于也许有亮的黑与黑的黑，还有暗的黑，还有淡淡的黑"。"与世界的关系是从黑到渐亮到白到各种颜色，原色与复合色，带着些微的恐惧和无力"。不要探问自我是什么，传统意义上对问题的追问方式本身就是可疑的，因为它没有答案。如果有答案的话，那么也许会在悖谬的路途上走得更远，陷得更深。因此我们看到，"不要问我从哪里来，因为我已经来到。不要问为什么与我相伴，因为我们已经互为伴侣，谁也摆脱不了谁。什么是世间？什么是人生？什么是梨园与厅堂，什么是故乡与异域，我那时不知道，我后来说不清，我不在意谜团或者非谜团"。"你不可能解清这些，从无到有，从混沌到自知，从没有记忆到有了记忆，你不知道这记忆这黑猫是从哪里来"。

在关于爱情与自我的章节中，小说写道："在你看到了你所爱的人以后，你方才看到了你自己！"显然，这新一个自己正是爱情创造和发明出来的。并不是说，有爱情发生之前有一个这样的自己，等爱情到来了才看到那个自己，不是的，本来的自己本就不是现在的自己，你看到的新的自己是从未有过的。爱情在小说中几乎是唯一让所有自我的主体共同服膺的。"你相信爱情，爱情便惠眷了你。你相信伴侣，伴侣便陪伴了你。"叙述者不失时机地慨叹："忠贞的人常常遇见忠贞，就像自私的人遇到的人都自私，阴沉的家伙动辄遇到阴沉。阴沉遇到了阳光，以为是遇到了杀手，阳光依旧阳光，更证明了阳光是阴谋与毒辣的克星死敌。""我们的爱情来自十八岁的华年，它延续到了八十岁你的离世。"十八岁的爱情接下来的是十九岁的阅读、听音乐，"十九岁的阅读经验强于做爱"，在书本中能闻到女人的体香。那时"不但有十九岁的激情，而且也有七十九岁的烦闷与创造的勇敢的躁动"。于是，十九岁成为"我的基点，一个基本点"。"呕心沥血与硬是杀不出的重围，一本书，又一本书，一切都是从十九岁的那个深夜开始。"在这里，"十九岁"成为真正的主角，哪怕已经七十九岁的叙述者也只能仰视那个十九岁的我。这也充分说明了，内在主体间性之复杂性与互动性。

经历了世事沧桑与自我多变，叙述者越来越深感主体分裂彻骨的痛楚，我存在于我不存在之处，"你给自己的家打一个电话，接电话的不是别人，正是你的另一个心身，即另一个自己"。第二个你对第一个你说，我就是我，我就是你。我在里面，你在外边。我不在你身边，"我在你的早先的家里"。从二十年前开始，你无法再分清你还是不是你自己，你分不清现实与追求，回忆与遐思，分不清"本我与不无表演设计的今我"。这真是"一种缥缈的也是终极的困惑"。随着主体分裂的加重，内在主体间的冲突显然也越来越尖锐。

三、潜能的释放

《闷与狂》有这样一番意味深长的感慨："人生似乎不是一次赏心悦目的寻求，而只是一种咀嚼，一次尽责，一次注定了会一败涂地的抗争。一败涂地的春天可能成为很好的小说，而赏心悦目与心想事成却使人空虚，说不定还有疲惫。"也就是说带有目的性的心想事成反而使人归于虚无，而一败涂地的抗争却因自身的价值而被赋予了永恒的意义。话语的解放即与话语秩序相抗争，开放内在主体间性亦意味着对虚无主体与虚妄理性的抗争。抗争的最终目的不是以新的话语霸权取代旧的话语霸权，也不是以新的主体改造旧的主体。这正如有学者解读福柯思想时指出的："福柯为被压迫、被排斥、被控制的社会和思想因素抗辩，但是他不想也反对提出任何新的取代方案、新的重建模式。因为在他看来，任何社会都需要合理化、秩序、规范等，都必然是一种权力关系网络。任何替代秩序在本质上与旧秩序没有区别，只是形式上的变化。"因此，"他提倡人们应该随时随地进行反抗，但反抗的目的不是建立所谓理想王国，而只是'去中心''反规范''反权威'，解放人的潜在意志和欲望"。[①] 话语权力无论新与旧，主体建构无论多么推陈出新，其实质仍然是霸权，是虚妄。因此，对于王蒙来说，无论是致力于话语的"狂舞"，还是充分打开内在主体间性的审美空间，都是为了从这种抗争中获得抗争自身的价值，既使话语得到自由的解

---

① 刘北成：《福柯史学思想简论》，《史学理论研究》1996 年第 2 期。

放，又要让不同的内在的主体间性获得独立的存在意义，一句话，就是为了实现潜能的释放。

"我把内心最深处的那些东西，包括情感、记忆、印象、感受等，将这个'反应堆'点燃，之后它就会发生狂热的撞击，变成了能量的一种淋漓释放。"这种潜在的能量就是王蒙自谓的"闷"，正如他本人所说："我的年龄比较大了，生命里切肤的酸甜苦辣，堆在一块儿，这种潜在的能量就是'闷'；我把前前后后、左左右右的很多东西都组织进去，又变成了这么一大堆语言的狂舞。"①王蒙此前半个多世纪的创作生涯未能释放这些"闷"。如果说普鲁斯特的《追忆似水年华》的真正主人公是时间，那么《闷与狂》的真正主人公就是那些自我的潜能；如果说《追忆似水年华》开启了意识流小说的先河，二十世纪八十年代以王蒙《蝴蝶》等为代表的小说成功地尝试了意识流的现代派手法，那么也是出自有明确的理性主体和主体意识的意识流，而《闷与狂》的意识流已经取代了主人公，它自身就是小说真正意义上的叙述主体。

我们看到，不但小说中的那个"本我"恢复了人的自然本性，而且那个"不无表演设计的今我"也摘下了面具，拆掉了枷锁。不但感性的主体获得了充分独立的叙述权力，而且与理性的主体之间发生着平等自由的对话。本我的潜能、自我的潜能与超我的潜能都在不同的层面上得以释放。比如写到在文坛上一举成名继之被陷害的时候，这种内在的多声部对话就显示出偌大的审美张力："你自以为聪明，你实际上在反讽旁人的拙笨。你自觉智慧，你实际上是蔑视旁人的愚朴。你追求高远，你就是想贬低他人的鼠目寸光、鼠肚鸡肠。你秀你的善良，哪怕是真实无比的善良，其实也是意在反衬，无意间反衬了那位爷的变态与凶神恶煞。""他们怎么不能因你的登高跌重、噩运立马到来而通体舒泰，喝了美酒，吸了名烟，睡了美女？"

叙述者虽然已经看清害人者的真面目，但仍然以自我感受、自我反思的形

---

① 《王蒙不服老：若肯切成薄片就是青春》，《半岛晨报》2014 年 9 月 12 日。

式整合着话语流程："你应该正视灾祸、挫折、失误，因为这里有哲学的必然性与命运的终极性，还有，人生的悲剧性与你本人的永远的幼稚性。你又不能过分当真地对待它们，因为这里有性欲式的生物性荷尔蒙性肾上腺激素性与喜剧性，在一犬吠形、十犬吠声的起哄乐趣中，有盲目追随的弱者的凶恶性，甚至于嫉妒、自我庆幸、报仇雪恨之类的内心波澜，也是在他们趁机发泄了平日被压得抬不起头来的心头郁积以后，才些微地得到觉察与缓解的。""如果没有专门修理强者的灾祸连连，你可让事事不如人、处处不如人的弱者们怎么活！""你小小年纪已经具备了耐怒细胞的功能机制，即不为怒文化所撼动的'定子'。""奇祸就是此生的奇缘，更是明日的奇葩。"而当叙述者的批判性主体抬头之时，我们发现，小说干脆把主人公变成了第三者"他"："他自视过高，他太容易看出庸俗与愚蠢，贪婪与奸诈，为什么那么多的人鼠目寸光、蝇营狗苟？""他尤其最最不能容忍的是背后没完没了地说他人的坏话，一面是口头上的冠冕堂皇，原则路线，公理人情，天公地道，高入云端，又酸又臭，一面是叽叽嘀嘀，喊喊喳喳，嘟嘟嗳嗳，从舌头上永不停息地泄漏毒汁酸水，这是怎样下作、卑劣、低俗、狭隘、小气、令人作呕！"这种从"我"到"你"到"他"的转换，也正是为了在不同层面上充分地释放潜能。

"不要问我是谁，也别要求我一成不变。"①福柯如是说。在王蒙笔下，这种变动不居成为小说叙述的"新常态"。你"曾经空想多于践行，情感多于头脑，文学多于社会，幻梦多于地气，浪漫多于务实，敏锐多于稳健，一句话，你是何等地不老练啊"。经历一番"绷、扒、吊、拷"之后，于是，"你成为一个新人，不事夸张，不贪个人，不求显达，不在乎污水劈头盖脸，走到哪儿说到哪儿，随遇而安，随缘而办"。然而，谁是谁非？谁对谁错？谁好谁坏？哪个更像"我"？这些都成为不需要追问也无解的伪命题。

王蒙自言他的《闷与狂》的写作目的"并不在于评价时代，而在于抓住一个

---

① 王治河：《福柯》，湖南教育出版社1999年版，第1页。

人的生命轨迹"。这话也可以理解为，这部小说并不以理性的主体和既定的标准来评价时代，至于它表达了对时代的感觉，同时流露出对时代与社会的评价或倾向，那是另外的事情。当王蒙表示年近八十再动笔，不想重述往事，而是记录自己的感受的时候，其实也是对过去那种在个人与时代、自我与历史的关系中展开叙述、重构理性自我主体的自觉反动。从这一意义上说，小说《闷与狂》是对人的主体性与历史的主体性、理性主义与历史主义的双重反动。也正是在这种反动中，历史呈现出另外一种面貌。在潜能释放之后，我们看到了文学的无用之用乃为大用的真谛。

比如被称为第二次思想运动的二十世纪八十年代，在小说中被这样叙述出来："先是人人都贫下中农，几年后人人都有了高校文凭与欧美亲眷。""人人上山下乡之后，是人人出国留学、讲学、进修、参观学习。"1976 年作为思想解放时代的分水岭，在历来的文学叙述中有着天壤之别，可是在这里，我们却发现前后变异中许多荒唐本质的相通。"人人都检举反革命之后，是人人办公司，书记转眼成了董事长。"这一句更令人想起鲁迅在《阿 Q 正传》中所说的：辛亥革命之后，"知县大老爷还是原官"，不过改了个名目，而"带兵的也还是先前的老把总"。于是，叙述者用带有讽刺意味的笔触感慨道："谁能演变我们，我们自己的变易变异已经让世界头晕目眩，找不着北！"然后再过十年，又有了新的嬗变，"十年不见人人是博士书香"，"出国的，爱国的，都在抢话筒。做官的，作秀的，也都洒洒洋洋"。"过去痛恨养狗的资产阶级的我们正在纷纷养狗。没有养上能够咬死人的藏獒就算低人一等。"显然，小说字里行间自然而然流露出的这些似乎不是评价的评价较之于王蒙的"季节系列"，较之于他的三卷本《王蒙自传》，发生了许多本质的转型。在这里，那种"大块文章"的豪迈，那种宏大叙事的气势，难觅踪影。恰恰在这种变化中，我们看到了历史更复杂也更本质的某些面相，也看到了传统的主体性被流放之后，话语自身产生的更有活力的思想火焰。

文学回到人本身之后

——评储福金长篇新作《念头》

一、"念头叙事"对文学回到人本身问题的回应

改革开放四十年来,作家的创作理念从回到文学本身,进一步回到人本身,体现了文学发展的必然规律和作家创作内在诉求的觉醒。不过,正如丹尼尔·贝尔所说的那样,真正的问题都出现在"革命的第二天"。作为一场文学的内在变革,文学回到人本身,喊口号容易;从摆脱文学的他律控制来说,也相对容易。真正的问题在于回到人本身之后,文学上对于"人"的理解更加迷障重重。在当下小说创作中,无论是那种独语体的私人化写作,还是那些恪守着"社会人"理念的文学叙事,恰恰容易走上南辕北辙的人学之途。换句话说,真正的难题在于如何回到人本身。其探索性与挑战性越来越有力地考验着小说家的叙事。

储福金苦心孤诣推出的最新长篇小说《念头》,即对这一问题进行了独到的回应,进行了别开生面的叙事实践。听说《念头》的编辑一直有一个想让储福金改小说题目的念头,最终储福金的念头得到了坚持,而编辑的念头被打消。编辑改书名的念头完全可以理解,大凡名家名作,都有一个意象鲜明的名字,像《极花》《红高粱》《老人与海》等,带有抽象色彩的概念往往被忌讳使用。

但我更理解储福金的念头，因为在他的小说世界中，人的念头一点也不抽象，更与晦涩无关，它就是意象，就是人的存在状态，就是当代人与当代社会浑然一体的本真面目。

在回到人本身的问题上，有些作家在哲学层面上的理解本来就存在缺陷。从哲学分析方法或者理论阐释的角度谈人，长期形成了理性与非理性、逻辑与非逻辑、社会与个体乃至意识与潜意识的区分。但在小说叙述中，人本身是不能被分解的，从"理性的人"与"非理性的人"相对立的角度和视野去塑造人物形象是可疑的，套用意识与潜意识的层级化方法去讨论人，也容易肢解了人。

文学如何才能真正回到人本身，《念头》给人无尽的思索。一方面，念头很小，很琐碎，很不起眼，似乎毫无意义。所谓"夜里想了千条路，早上起来卖豆腐"，一个想改变命运的人，一夜之间就有一千个念头胎死腹中。另一方面，念头又很大，分量很重。"心怀利器，杀心顿起"的恶念可以引发大的悲剧，"勿以善小而不为"的良知闪现可以燃起人性救赎的希望之火。一方面，念头牵引着本能和欲望；另一方面，它又时而掺杂着逻辑性与社会理性。

主人公张晋中的念头，既混混沌沌，又确切清晰，如真似幻，回环往复，在立体性与流动性之间，形成了一个强有力的审美张力场。小说全文，"念头"这一话语出现多达 180 余次，构成了念念相续且前后交织的小说叙述。小说开辟了一条通往回归人本身的幽暗通道，从而让人回到社会与个体浑然相融、理性与非理性混沌一体、自我与本我和超我连续纠缠的人本身真实的状态。

二、混沌流动的念念相续与清晰谨严的叙事逻辑

恰如鲍曼所谓"流动的现代性"所预示的，《念头》流动的念头叙事所指在于当代人的现代性质态。它既非先锋作家以意识流叙事营造的现代主义情态，亦区别于后现代作家笔下的解构主义叙事对于一切意义的消解。围绕着"一串串的念头流来流去"的主人公张晋中，《念头》叙事的表层结构给人一种

心理叙述的绵密跳跃、头绪繁富之感，但从深层结构中去感受小说的语言流程，则会发现一条清晰谨严的文学逻辑隐身于复调式的小说叙事中。

把储福金的这部小说称为"念头叙事"，也许过于拗口，但确是作家在叙述学上的独创。小说是选取了张晋中从"经济人"到"文化人"、从物质生活到精神生活转换的转捩点展开叙述的。工地上发生意外事故，一块碎砖掉落在他脑壳上，他昏死过去，又被救了过来。在恢复意识之际，在生的念头与死的念头之间，他第一次对"空"有了深刻的感悟。"如生如死，如死如生。他感觉着从未有过的轻松，相比之下，以前负重的人生都太累了。"所谓"前念不灭，后念不生"，生念与死念的转换，前念与后念的断续，张晋中与"念头与念头之间"不期而遇。依佛法所云，念头与念头之间便是佛。当然，张晋中没有成佛，他还是人。如果储福金写张晋中最终皈依我佛，那反而让人大跌眼镜，也就不存在文学"回到人本身之后"的问题了。在"空"的顿悟之后，张晋中仍然念头丛生。但是，他的念头发生了极大的转向，他成了一个与以前不一样的人。

《念头》着力于张晋中心理现实的流动性和嬗变，匠心所指在于将五十余年的社会变迁与人的变化集结于个体存在的有机心理世界之中，将流动的时间与拓开的空间收缩在张晋中这位典型人物的心理现实之中。小说虽然容纳了非常开阔的当代历史内涵与诸多的社会问题，虽然也有对于改革开放前贫乏与困陋的批判，也有对于市场经济利益至上的反思，但那完全是当下的念头与过去的念头相碰撞后的负效应。

小说虽然也采用了倒叙手法，但不是那种成长小说的追溯式回忆，而是由张晋中新的念头带动起来的旧念头的再生。比如同一个张晋中，面对着同一个梁同德和他弯身做小小陶壶的同样的动作，那念头和感觉在十年前与现在也颇为不同。以前张晋中只是有种转瞬即逝的说不出的感觉，但现在他油然而生出"一种黑墨画或者梦影的感觉"。十年前的念头只是朦胧的萌芽，十年后它突然成长为一种关于文化生活又关乎艺术生命的强烈的念头。二者有着相通之处，否则张晋中也不会在十年之后突然冒出当年的情境。不过，他已经确信,前后的张晋中"仿佛不是一个张晋中"。

三、人生的自我定义与人性价值的自我实现

回到人本身还意味着对于自我定义的期许和对于完整的人性价值的实现。在我看来,储福金在小说最后以张晋中"我是实的……还是虚的?"这样一个自我怀疑的念头作结,不啻在当代人与当下人生价值的可疑性层面提供了一个开放的结尾。更重要的是,张晋中念头中不断涌现出的真实与虚幻的纠结困惑,与他对于完整自我的追寻恰恰是互为里表、互为因果的。

张晋中早年的念头源自冲动,也内含着初心。在生意场中打拼赚足了钱的张晋中,最大的感觉是倦怠了。这时,只是因为一个在电话中推销楼盘的女人的"声音好听"的念头,他便答应看房子了,而碰巧这个女人是他刚刚在旅行中发生过一夜情的女人,他就毫不犹豫地买下一个楼层的房子。再如故居对屋阁楼的老虎天窗,还有那天窗前探出身子相对而望的织毛衣女孩,这一意象,多次浮现在张晋中的念头中。后来,他在喜欢的姑娘面前讲自己小时候的故事时,竟讲述成织毛衣女孩对他似是无可奈何地笑了笑,就带他出了老虎天窗,明明窗子并不大,她却一下子把他带出了窗子飞上天空。这或许是一个隐喻,寓示着主人公从小就有的念头,带有真善美的影子和形而上的冲动。

也许有读者会质疑张晋中心路历程的陡转,过于戏剧性,也过多偶然性。但其实并非如此,对张晋中来说,工地事故不过是一个必然性发生的契机。在此之前,异样的念头已经不时袭击他的心理现实,他曾在底层努力与奋斗,获得金钱就是他的目的。通过炒股他获得了后来用于投资产业的第一桶金,"但他清楚那短线的热炒,具有毒药性质,长期并不适合他"。

人们心目中的人生赢家如张晋中,在人生阅历半百之后,已经"无法相信外在的一切",有一层相信便有一层疑惑接踵而来。更重要的是,他知道,此时"已无人可问,已无人可答"。小说写张晋中毅然决然地将自己所有的财产、资

金，再加上贷款，以倾家荡产式的投资方式划拨给在美国的梁青枝。从表面上看，这似乎是因为青枝怀了他的孩子，实际上更重要的原因在于，在无法相信一切，一切如真似幻的前提下，他发现自己竟然有一个信条，那就是相信青枝。"一切虚空，更想抓住一点实在的东西。"一旦有了这样的念头，他就要抓住，金钱不过是躺在银行里的数字，远离算计的念头如影随形。青枝怀上了孩子，只是提供了这样一个如释重负的契机。也许只有如此，他的"无心斋"才能名实相符，他的纯粹艺术式的文化生活方可脱离梦幻。

由此可见，无论是潜心于陶坊，还是流连于莲园，历险受伤后张晋中的念头，作为小说叙述的"现在进行时"，在照亮初心牵引"过去时"的同时，也暗含了他决然变革生活方式的内在逻辑和道德生活的必然逻辑。进言之，梁青枝是不是他"过河的舟"并不重要，最关键的是，经由这一过程，人的物质存在和人的社会性价值被压缩至最低限度，而一种自我定义的人生，一种自我实现的人性价值，一种道德生活的纯粹性，在张晋中的念头中呼之欲出了。

范小青《桂香街》的日常美学与"人心"艺术

　　当有些评论家把范小青的长篇小说《桂香街》视为当代"小巷文学""街道文学""基层写作""新市井小说"①的重要收获，或者是"第一部社区文学"的时候，我更倾向于从题材背后的写法上进入其审美世界。在我看来，"小巷""社区"等作为一种文化场域，几乎是每个当代都市人都脱离不开的语境，而且是生活化非常强的语境。从这个意义上说，作家之所以将以写人物为主的小说取名为"桂香街"正是为了强调一种日常生活化的审美空间。这样一个语境或者场域，对于小说《桂香街》来说，最重要的价值并不在题材层面上，而在于打开了一条切入当代生活深层结构的通道。如果把当下的社会生活比喻为一个庞大的有机体，那么范小青这部小说有渗透至毛细血管的强大能力，这种能力的获得来源于这样几个方面，即敏锐独到的叙事视角、错综独特的艺术空间和匠心独具的内在线索。

一

　　一种独特的审美视角的运用，不仅可以有效地调动作家主体择取的生活

---

①　参见《写出普通人的尊严与追求——范小青长篇小说〈桂香街〉研讨会发言摘要》(《文艺报》2017年4月24日)丁帆、栾梅健等的发言。

素材与人物形象，而且有利于社会矛盾的美学聚焦，达到大巧若拙的戏剧效果。《桂香街》中的居委会便是这样一个大璞不雕的敏锐独到的审美窗口。当主人公林又红奇怪地问道："像这种食品街的矛盾，到底应该是谁管呢？"居委会的余老师回答得好："管的可多啦，城管、卫生、防疫、公安、工商、税务，谁都可以管，谁都应该管，但事实是谁都不管，谁都管不了。"都管又都不管，背后其实更多的是充满了想不想管、该不该管、管得了还是管不了等复杂纠结的得失利害关系的考量，这是从管理者的角度来看的。从被管理者的视角来看，人们有了困难、抱怨、争斗、冤屈等，自然也随时随地地涌向这个窗口。这个时候，从有身份的政府官员、企业高管到小商小贩、车夫走卒、老幼妇婴甚至街头混混、地痞无赖等走上了审美世界的前台，成为真正的主角。于是，所有的大大小小的矛盾冲突都缠绕在这里。不断涌现的问题，容易解决的很少，可以摆平的不多，绝大多数则是难以妥善解决甚至就是没法解决的矛盾。

考验作家艺术功力的一个重要途径就在于他能否挖掘出普通人的传奇，能否发现日常生活的深层荒诞，同时反过来也必须成立，那就是传奇源于平凡，荒诞出自真实。这也是一个时代的文学创作无愧于时代的重要检验标准。应该说，《桂香街》在这方面显示出相当高超的美学水准。小说叙事围绕桂香街街道营造了一个错综独特、充满审美张力的艺术空间。这一方面表现为琐碎的写实主义与荒诞的文化本质的奇妙结合；另一方面则是对表相层面的社会矛盾与深层结构的文化矛盾之间巨大空间的探求。

在小说叙事结构的表层形式上，平凡的街道生活充满着一地鸡毛般的庸俗气息，而各色人等的言语行动也往往直白粗俗，流露着小人物固有的庸常色彩。如居委会小陈的懒惰骄纵和玩世不恭，如城管夏老三的凶恶粗俗而不失善良，如街道上的打架斗殴和地沟油。这使得小说在充满了接地气的写实主义色彩的同时，也容易让人误以为作者的写作目的会满足于揭示当下世情世态。但实际上，作家的真正审美意图远不止此。这些看起来无意纳入街道空间的琐碎的人与事莫不在叙事者的推动下编织着一张无形的网络，聚拢起庸常背后的荒诞逻辑。因民事纠纷而被拘留的小城管夏必全在给街道上的师傅们的信中这样写道:"为什么会闹到这一步呢? 肯定是哪里出了问题,肯定是什么地方不对头,你们和我都有责任,但最根本的责任我真的不知道在哪里。"他一直想保住自己手上的饭碗,"但是现在被敲碎了,谁敲的? 不是你们敲的,也不是我自己敲的,我不知道是谁敲的,总之是有一只我们都看不见的手,在敲我们的饭碗"。这只"看不见的手"不但制造着人们的生存危机,而且会让人在纠缠不清的矛盾漩涡中愈陷愈深。

看不见的手编织着无形的网,不但城管与小商小贩之间互相辱骂、斗法、陷害,构成了一条互害的恶劣的生态链;即使在本无利益冲突的市井小民之间也难以逃脱互害的天网,像丁大强的女儿吃了隔壁摊上的酱牛肉中毒,但他自己的烤肉却是臭的,也在毒害着无辜的他人,人与人之间的伤害就这样环环相扣,彼此渗透着。通过这两个方面的努力,《桂香街》既深刻地展现出当下社会生活的某些后现代本质,也尖锐地揭示出当下互害社会形成的文化逻辑。在正常与反常、庸常与荒诞的结合体的探求中,小说建构起了属于自己的日常美学大厦。

实际上,作家本人也并不回避自己对于日常美学发现的快乐和激情。范小青三十年前刚刚当上专业作家时,就曾经到苏州一个居委会深入体验生活。三十年后,她到常州市的几个居委会了解被誉为"最美小巷总理"的许巧珍的事迹。这时,"所到之处,所见所闻,无不令我感动、震撼。时光掠去三十年,我重新走进这个普通而又十分了不起的特殊群体,既感受到迎面扑来生活雨露的惊喜,又有一种全身心扑向大地的炽热情怀"①。正是"如此厚重、如此鲜活"的社会日常生活使作家由衷地产生了崇高的敬畏感和创作的使命感。

在《桂香街》所构建的这一日常美学大厦之中,小说匠心独具的内在线索显示出其叙事动力学意义上的高超技艺。在独特的审美空间之中,这部小说

① 范小青:《桂香街·后记》,江苏凤凰文艺出版社 2016 年版,第 416 页。

实际上探索了两种逻辑：一种是当下社会生活的运转逻辑；另一种则是当下国人的人心逻辑。前一个逻辑出了问题，后一个逻辑也出了问题。是前者造成了后者，还是后者导致了前者？二者之间是互为因果，还是有迹可循？也就是说，小说除了要建构上述日常美学，更要通过人心艺术的追求，追根溯源，层层深挖，使自己的审美世界在文化的深广度上达到新的境界。

二

对于很多小说创作来说，叙事的动力常常来源于人物关系的矛盾或者戏剧性冲突的缘起、发展、高潮和结局，但对于《桂香街》而言，故事的内在逻辑线索，是在"人心"层面上展开的。在小说的故事流程中，情节展开的动力，即叙事动力是人心。

抓住人物性格特质，细腻入微地刻画人物心理活动，本就是范小青小说叙述的一大特点。在这部小说中，作家仍然表现出审美创作上的一贯风格。比如在于老师和林又红的对话中，林又红反复推辞、坚决不做居委会主任，但于老师总是顺口就想喊"林主任"，情急之下又不好意思，于是出现了这样的对话："林主——林——主要，主要是居民不信任我。""主任"这一称呼刚吐出半截，发觉不妥，紧急打住，临时变成了"主要"。短短一句话，于老师求主任若渴的心思与微妙的心理转折跃然纸上，十分富有艺术的穿透力和感染力。再如，做杂粮糕的罗桂枝为自己没进低保人员名单找居委会闹事，在与居委会的人吵吵闹闹中说过这样一句话："我不等，要我等就等于要我饿死，你们政——你们居委会，不能看着群众饿死穷死吧。"本来她是想说"你们政府不能看着群众饿死穷死"的，但又想到小陈刚刚反复强调他们不是政府，是居委会，便紧急改口。寥寥一番对话，便将一位大嘴无心、没理也要争三分的女人的市井气传神地表现出来。

在某种程度上，主人公林又红的"人心"影响着情节的发展和走向。也许林又红的"文化心理"不能决定生活的走向,但在这部小说的审美时空之中,她的"人心"却对情节的起承转合起着一定意义上的决定作用。人们每天都生活在街道中,但其实大都不了解街道里到底纠结了些什么。人们置身于街道的时空中,人们的心又不在街道这一时空中。是想当然,还是熟视无睹?反正林又红在深度介入前后有一番鲜明的对比。从前联吉氏上上下下都知道,无论是"总办林主任"还是"林总",可是个"从不服输的主"。再从前,她学习过、工作过的任何地方,大家都知道,没人能让林又红"服软"。……"可是现在她服了,她认了。可奇怪的是,她并没有出什么差错呀,可是为什么现在轮到她认错服输呢"。林又红的百思不得其解和她终于甘愿做居委会主任,不仅缘于她正直爽快、乐于助人的性格特点,更多的则是源自她内心世界的包容和强大,她的善良品性和永恒的悲悯心。面对荒诞她可以"服软",但只要看清这荒诞的根源——人心的隔膜,她就决计不服软了。

小说通过大量的细节叙述显示出,解决问题的真正路径是了解人心、深入人心、改变人心。当然这一切还有一个必要前提,那就是自身主体的"人心"如何以及是否具有理解人心的能力。有些城管不能理解人心,许多商贩也不会去考量人心的分量,他们大多在浮躁焦虑的生活节奏中,只剩下生存的本能、近视的功利心、尖刻的抱怨心,从没有给"人心"与"人心"的勘探留下余暇空间。所以,更多的人都不知道问题出在了哪里,但林又红有这个心。小说写林又红做居委会主任是阴差阳错所致,这似乎使得这部拥抱生活的小说带上些离奇的色彩,但是这一写法实际上是作家的神来之笔。读完小说之后你会发现,不这样写这部小说还真是难以实现作家的创作动机。试想一下,如果主人公是一个按正常的程序产生的居委会主任,那反而难以形成一个具有人心凝聚力的居委会。

表面看来玩世不恭的"90后"小陈有时反而一语中的:"其实,林主任你应该知道的,重要的不是蒋主任,到底有没有蒋主任,到底是不是蒋主任,这都不重要,重要的是居民想要主任,居委会也想要主任,这才是最重要的。"实际上,即事实是什么不重要，真正重要的是人们"想要"的是什么。——"想要"的是什么？这个话说起来容易，但做起来常常比登天还难。像刘震云的小说《我不是潘金莲》，其悲剧性主题在于所有人都想阻止主人公的上访，而主人公上访的行为仅仅是为了想要一个公平的对待，一个温暖的理解。没有一个人知道她"想要"的是什么，也没有一个人想知道她"想要"的是什么。所以，越想千方百计地阻止她上访，反而距离她的内心所需更远，反而越刺激她非继续告状不可。试想一下，假如李雪莲遇到了林又红，事情会怎样呢？在某种程度上，范小青的《桂香街》就恰恰是为刘震云的《我不是潘金莲》提供了答案。《我不是潘金莲》的悲剧性结局正是《桂香街》喜剧主题的开始。比如面对前来闹事的罗桂枝，面对前来求全指责的老人，别人怎么也摆不平，只会越吵越僵；而林又红采取不厌其烦的"迂回战术"，和以心换心、将心比心的沟通艺术，终能化解纠葛与戾气于无形。林又红如何与人周旋，如何从对象主体的"人心"入手解决问题，在范小青笔下得到了淋漓尽致的描绘。这里面有一个根本的区别，即以人为目的，还是以事为目的。现代官僚机器最大的特点是冷冰冰的程序与所谓原则，鲜活偌大的人心世界在这部强大的社会机器面前常常被化为乌有。

　　所以，当李雪莲面对史县长等人的时候，实际上是一颗鲜活的人心在面对着一个机器，一个柔软而绝望的心脏在面对着一架操刀的车床。值得令人深思的是，假如李雪莲遇到林又红，一切就不同了。我们常说，时势造英雄，林又红这一形象不是那种把握历史潮头的英雄形象，但依然是社会转型期的时势所造就的形象，可以说，是世情出真人，这是一个未被现代机器同化、未被环境异化的真人形象，也可以说是平民英雄。范小青在"后记"中说，居委会就像是"一个兜底的筐，有一种兜底的功能"[①]。能不能把人心的"筐底"兜住，才是问题的根本之所在。对于一个作家来说，把笔下人物的人心的"筐底"兜住，又何尝不是杰作产生的根本前提呢？

---

　　①　范小青：《桂香街·后记》，江苏凤凰文艺出版社2016年版，第416页。

从欲望之路到理性之旅

——评王大进长篇新作《眺望》

王大进的最新长篇小说《眺望》以鲜活生动的细节,讲述了一位农村姑娘在城市打拼的故事,通过主人公汤小兰的心路历程,独到地呈现出当下中国的日常生活经验。《眺望》的故事架构很容易让人误以为它延续了多年来流行的"底层叙事"模式。但细读下来,我发现小说其实在勇敢地挑战读者的阅读期待,并跳出一个作家的"惯性写作",给以一种寓神奇于平凡、融理性于世俗的审美感受。

在王大进擅长的城乡叙事领域,《眺望》可视为作家从欲望之路到理性之旅的转型之作。我这里说的欲望和理性,并非针对作家笔下人物形象的性格特点或心理结构,而更多地指向小说塑造人物的美学视野以及作家深潜于社会与生活之中的思想深度。《天津文学》2018年第11期刚刊发了汪政题为《王大进的中年变法》的文章,就敏锐地注意到王大进新近创作的明显转型:"不再宏大叙事,不再向往主流,而是回归到日常生活,回归到平民,回归到朴实的话语。"当然,回归到日常和平民背后所充满的理性审美维度是更值得我们关注的话题。

从当代文学史的角度看,2000年王大进发表的《欲望之路》带有鲜明的时代性和文学潮头的色彩。在二十世纪九十年代末至二十一世纪初的一段时间内,也就是我们常说的世纪之交比较剧烈的转型期,在当时影响巨大的小说创作中,比例最大的是历史题材,包括现代史与改革开放前的当代史题材。以欲望叙事为核心来把握变动不居的现实生活的标志性长篇创作尚不多见,格非的《欲望的旗帜》与王大进的《欲望之路》是其中的佼佼者。前者取材于堕落而迷惘的知识分子生活,后者则聚焦于贫寒的农家子弟考上大学、跳出农门后,如何在城市拼命往上爬的典型轨迹,主人公邓一群以欲望作为自身奋斗的全部驱动力。

改革开放以来,土地现代化与人的现代性的矛盾始终是直面现实的长篇小说避无可避的问题,也是检验现实主义创作回应思想挑战的审美能力的重要依据。一方面,这种矛盾随着时空的推进会表现得越来越深微复杂,甚至多变和不可捉摸;另一方面,作家的生活体验和审美认知也需要不断地调整和深化,方可追逐社会表相与生活本身蕴含的深层逻辑的嬗变动向。应该说,从走出《欲望之路》到写出《眺望》,经过近二十年的观察思考和审美历练,王大进对人性与土地、社会与文学的关系都有了极深刻的认识上的变化,敏感而理性的强大审美张力灌注于《眺望》的字里行间。

如果说《欲望之路》生动而典型地展现了主人公如何走上欲望之路,又如何失败和走上不能重返人性本真状态的不归之路,揭示了人性异化的重要命题;那么《眺望》则理性地塑造了一个既具有传统美德,又勇于追求梦想和自我实现精神的当代女性形象。与邓一群表现出的欲望膨胀、灵魂扭曲、人格沦丧不同,汤小兰尽管也备尝成功与挫折、幸运与不幸、艰辛与无奈,但她始终保持了人格的完整。汤小兰高考失利,原因竟然是被人冒名顶替。这一打击并未打消她追求未来生活的理想,即使在知晓被人顶替的惊人内幕后,也不认同周美爱嫂子"一穷心就狠"的逻辑,并未丧失对生活的信心。汤小兰进城打工后,先后结识程蕊蕊、公司经理郎宇光和区长杜江民等,在无业、做小工与当白领间几经沉浮。她洁身自好,勇于追求,几经挫折,矢志不渝,坚守纯真的爱情和价值底线。

作家借村里一位八十多岁的老奶奶的话说,汤小兰"这孩子有一颗玲珑心", 见一次说一次, 长长地叹气。从中似乎可见作家对笔下主人公不无偏爱的成分, 但作家并未一味地强化汤小兰人性闪光的色彩和气质, 也写到了她性格中逆来顺受、软弱懵懂的一面。这使人物形象塑造得更独特而丰满, 有着更深刻的现实根据, 也更符合人物性格的发展逻辑。可以说,《眺望》最大的贡献就在于为近年文坛提供了一个少有的和鲜活的女性典型形象。

《眺望》的理性魅力还表现在它的故事叙述既破除了底层文学流行的审美模式, 也远离了城乡对立的思维方式, 以回归日常、扎根生活的审美理性, 表现出更深广的现实主义思想内涵。小说没有将人性的复杂和变异简单地归结为城市化进程的必然结果, 土地现代化给汤小兰的打击和机遇、幸运是并存的。在欲望的萌发与理性的觉醒之间, 汤小兰的性格中表现出极坚韧和底气十足的一面。这说明小说通过对汤小兰的成功塑造也深刻显示出, 在改革进入深水区的当下, 人的现代性正在缓慢地建立和展开。

创伤叙事与流动的成长记忆

——评修白长篇小说《金川河》

一、创伤与症候:《金川河》的叙事逻辑

在历史的长河中,二十世纪被称为创伤的世纪,这当然不仅是缘于它的多灾多难、它的战乱与内斗、它的流血和死亡,更因为它有时会从无所不在的方向给活下来的人制造难以弥合的创伤。对于从二十世纪走过来并且活跃于文坛的二十一世纪作家来说,创伤叙事具有独特的美学诱惑力。对于修白而言,这种诱惑显得尤其突出。像此前她的《产房里的少妇》写了女人的生理痛感,《缓慢的激情》表现了女人的精神暗伤。还有《迷途》所展示的母女间的残酷对峙,《剪刀手》那难以辩白的冤屈感,《证人》的主人公所经受的来自母亲那莫名的敌意,等等。而到了长篇小说《金川河》,一个更典型的创伤叙事文本建立起自身独具特质的叙事美学。

创伤叙事与伤痕叙事不同,在后者的叙事范畴中,外在的伤痛,可以治愈的伤痕占据了较大的比重。比如我们在卢新华《伤痕》的结尾就看到,主人公想到未来,"便觉得浑身的热血一下子都在往上沸涌",她甚至能够一身轻松地"朝着灯火通明的南京路大步走去"。在这里,即使那伤痕留下了永远的遗憾,但仍然可以弥补。而阅读《金川河》带来的创伤感恰如金川河的河水源源不

断、奔涌不绝、绵绵密密、隐痛丛生。如果说从创伤的承受载体而言,有国族创伤、家族创伤、群体创伤、个体创伤等,那么《金川河》流淌着的主要是远离了宏大叙事的个体创伤。如果说从创伤的性质来看,有生理创伤、文化创伤、心理创伤、精神创伤等,那么《金川河》着重灌注的是人性层面的心理创伤。如果说从创伤的来源来看,有家庭创伤、社会创伤、战争创伤、种族创伤等,那么《金川河》则承纳了这几乎所有的源头。

另一方面,对记忆中的人和事的回溯,构成了《金川河》的基本叙事流程,而且这些故事都发生在从童年到小少年再到姑娘的整个过程之中,因此也可以说这是一部有关成长的回忆。刚刚荣获诺贝尔文学奖的石黑一雄曾经特意强调,他喜欢回忆,"因为回忆是我们审视自己生活的过滤器"。更重要的是,"作为一个作家,我更关心的是人们告诉自己发生了什么,而不是实际发生了什么"①。对于小说家来说,回忆不等于历史生活的再现,也不是自叙传式的个体生活的重构,它甚至与真实无关,它主要是主人公自我发现的过程,是叙述者面对自我的诉说。

这样的写作让你无法按照通行的逻辑来理解《金川河》的故事何以如此连缀,让你无法从任何他人的经验主义视野中索解小说叙述的内在关联。主人公"我"从小就是少见的乖孩子、好学生,成人后更是著名的妇科专家,是备受尊敬的妙手大夫。然而,在小说整个叙事框架中,这些只是几乎不占什么分量的信息。我们在小说中首先读到的和看到的是一些叙事学意义上的症候,如果不能够潜入叙述者的精神肌理,也许面对着的只是弗洛伊德所说的那种"白日梦"般的呓语。

为什么故事所述涉及抗战前后祖父一代人的疲于奔命直到"我"的孩子出生之后,但小说的开头却固执地从第一次见到"大头皮鞋"和"查户口"开始?——"1970 年的夏天模糊而漫长,日光像白霜一样战栗。清晰的镜像是穿

---

① 石黑一雄:《远山淡影》,张晓意译,上海译文出版社 2011 年版,第 241—242 页。

大头皮鞋的户籍警来查户口。我和弟弟正在地上玩耍，……"为什么这"大头皮鞋"的意象在小说中多次出现？为什么"我"从小就不会哭？许多年之后当"我"做了母亲，为什么在"我"听来，小囡的啼哭不是生命降临的欣喜，而是那"嘹亮的哭声传遍大地"，为什么陌生的怀抱使她产生的惊惧、惶恐，持续而顽固？

这些问题必须从《金川河》的内聚焦叙事结构入手，方可索解其独特的审美逻辑。创伤记忆、成长历程与自我精神的隐曲表达之间，在这里构成了一个偌大的张力空间，供读者与叙事者一同上下求索。症候背后隐藏着人生与人性的巨大秘密。不仅是"我"如此，周围的人也常有此怪异的症候。比如，小说写到，很多年以后，"我"大姑妈家的盼表姐做了母亲以后，总是无端地猜测道路上的一场车祸主角是否会是她的儿子？每当天上黑云飞卷，她总是担心黑云会把弟弟带走。通过追索小说的细节，我们知道，原来盼表姐还有个未见过面的姐姐，当年因为发烧并且源于护士的一个失误活生生地死在母亲的怀里，那时候母亲肚子里正怀着盼表姐。难道是"大姑妈早年的阴影投生到这个尚未出世的孩子身上，她承接了母亲的惶恐并如影随形"？

对于修白来说，交杂着尖锐的疼痛与莫名的惶恐的成长记忆不再是那种梦魇一般每每想到便会惊叫的东西，而是从来不需要想起、想忘记也不得的生命的组成部分，那就是身体里流动的血液。

二、回忆与追索：个体生命的存在根据

金川河是母亲河，是时间的河流，也是历史的见证，但在作家笔下，金川河却是拉长了的生命机体，是内在灵魂的来龙去脉，是个体精神绵延不绝的喷涌，是本真人性源源不断的流淌。

修白自谓"她的记忆就像一把锋利的刀子，不时地要跑出刀鞘，挑衅她隐忍的力量。她的先辈们的生活史注定要越过时空，不断地跑出来和她约会。一些不甘寂寞的阅读、记忆、人物，总是纠缠不休地占据她现在的生活时空"。

《记忆的河流》)当修白进一步强调"人类最可怕的敌人也是最宝贵的财富便是记忆"的时候,她业已自觉地意识到回忆之于叙事的非线性关系,《金川河》的创伤记忆、成长回溯与当下自我之间由此产生了隐曲而偌大的张力空间。

万妈妈的二儿子,用脚下的大头皮鞋一次又一次地将"我"正在洗碗时用的铝盆踢翻,"我蹲在地上,不敢言语,低眉顺眼,期待他走远"。"无助的人,内心恐慌、愤怒,但我忍住了"。"那个时候的我不会哭",因为"哭是要有资本的",如果说哭是一种示弱,那么示弱,只会招致更大的恐惧降临。如果哭,表达的是委屈,那么,事实是没有人会理会这个瘦弱的小孩的委屈。既然没有这些资本,那么只能忘记眼泪,只能忍耐。

少不更事的顽劣孩子做的这些残忍的游戏,在同样少不更事的承受者那里造成了莫大的创伤,难道这仅仅是因为少不更事吗? 远非如此。在修白笔下,成人世界的顽劣、丑陋有过之而无不及。"我"读小学一年级时曾在表演中演李铁梅,因为"我"唱得好,将演唱李奶奶的老师何大胖子比了下去,结果被抢了风头的何大胖子恼火至极,竟然以毒打女儿闻鹃来发泄内心的不满。

"大头皮鞋"之类的"一个人的疯狂"已经让"我"惶恐至极,而接踵而来的"一群人的疯狂"更是让人无法直视、难以躲藏。在"我"幼小的记忆中,游行、械斗、追击、拷问,仿佛世界末日来临般的"一群人的疯狂"不断地上演。

来自外界的记忆中的血腥固然可怕至极,来自家族、亲人之间的摧残却令创伤更加漫无边际。威严的祖父从来不曾给过"我"一个眼神或一句对话,只有当祖父的肉身消失之后,在他的墓前,他的存在于"我"才有了贴近的意义。在这个大家族中,"我"是最微不足道的一粒尘埃,幽浮在世人的眼光之外。

母亲对"我"从来就充满着怀疑、敌视、厌恶、仇恨,张嘴就骂,抬手就打,常常"叫我死在一个她找不到的拐旮儿,免得她去给我收尸,黄土下面不分老少"。让人百思不得其解的,还有少女颉柏第一次来例假,惊恐之下,母亲非但不关心女儿的慌乱,反而捶胸顿足,伤心至极,跑到大姑妈那里哭闹,说自己没法活了,要死了,"我,一个红军的后代,嫁到你们家,真是瞎了眼啊"。对此,

"我"反复追问：母亲对"我"的成长竟然表现出"至深的憎恨"，这"一个女人对另一个女人成长起来的恐惧"里面"一定有不可告人的秘密，这秘密是什么？"

从少年世界的残忍，到成人世界的血腥，从一个人的疯狂，到一群人的疯狂，从外界欺身而来的身心践踏，到亲人之间无休止的精神摧残，修白在小说中完整地描画了那创伤来源的方方面面和不可避免。同时，小说通过对父亲的回忆、"我"不同阶段的回忆以及对当下生活的照应等穿插交织，将不同来源、不同层面、不同时期、不同人物的创伤加以追索杂糅，从而引人进入上穷碧落下黄泉的茫茫天地，欲说还休，欲罢不能。

修白在"创作谈"中这样表达自己对小说叙述的理解：生活的逻辑、人物必然而至的命运，当一切都没有"目的"，没有"刻意"，却是如此"真实"、细雨润物无声的时候，也许细流就这样汇成了河流的源头。我很理解修白的话所强调的文学真谛，抑或说修白所钟爱的小说美学就在于追寻当下生活与当下自我的精神源头。仰望星空也好，放眼未来也罢，若不找到那些涓涓细流所汇成的源头，一切都将是虚妄。这也正如修白在她的小说集《红披风》（中国书籍出版社 2014 年版）"后记"中所说："无论是一蹴而就的顺利，还是反复磨砺的挫折，都是一个讲故事的人的实验过程。如果没有这个过程，我注定不再是我。我是谁？我来到这世界干什么？我周围的人在干什么？我活着的理由是什么？"可以说，流动着的成长记忆，既是小说写作的理由，更是追索个体生命的存在根据。

三、至深的反抗：《金川河》的人性哲学

修白曾写过一篇散文，题为"至深的反抗"，这本身就是一个带有浓厚的人性学意味的哲学命题。她认为"河流的源头来自雪山、冰川、盆地、山麓、泉眼。人的反抗来自哪里？加缪的《鼠疫》揭示了纯粹、永恒的恐怖和人的存在的荒诞处境，但反抗的起因仅仅是荒诞吗？也许还有至深的根源"。然而，在《金川河》的故事中，我们其实很难看到反抗的影子。在《记忆的河流》中，修白进一

步追索，反抗"也许还有至深的根源"。她试图不断追问的问题——是什么使《金川河》里的主人公"年幼的心感受到自己是如此卑微。事件接踵而至，她却没有一点反抗的力量。是什么使她丧失了这种本能的自我保护？她内心的惶恐、战栗、喧闹不休。为什么她总是以隐忍和沉默的姿态面对"。

在解读修白小说中"至深的反抗"的意味时，有人认为那就是不反抗，达到隐士的境界；有人则认为与其说这是至深的反抗，不如说是至深的承受。我想这些说法也许还没有完全理解修白小说中所寓含的意蕴。反抗并不一定是正对着压迫力量的方向，它可以转移方向；反击也非一定意味着破坏性的力量的爆发，它也许可以表现为吸纳或者包容。

当许多年之后，"我"去学校给小女儿送食物的时候，在学校门口，"我把她抱在怀里，吻她，抚摸她柔软的头发"，"我"告诉她"妈咪有多么强大，像老虎一样能击败所有的鬼怪"。这时的叙述者其实已经把自己的女儿当成另一个自己，当成小时候的自己，"抱紧那个曾经怕黑的颉柏，抱紧那个不曾被怀抱过的颉柏"。——这是将自己曾经缺失的加倍偿还给另一个自己。其实这里还有一层更重要的叙事伦理指向，那就是自己曾经渴求而不得的东西，当有机会付出这个东西时，就一定要把它无条件地奉献出来，从而避免那种刻骨创伤由于自己的原因而在他人身上重演。我们几乎不能不替小说的叙述者感谢上帝！因为上帝让作为别人女儿的"我"也生了一个女儿，让"我"有机会亲手塑造女儿，让"我"终于有机会看到没有创伤的"另一个自己"，抑或说是"另一个自己"的复活。回溯故事，我们发现，小时候的"我"已经在等待，"等待那个会哭的自己来临，她会来吧，她会来吧"。联系至此，这难道不正是"至深的反抗"？

正如作家意识到的："反抗，是赋予生命以意义，最终成为生命得以伟大和崇高的根据。反抗的本质是捍卫人本身应该坚守的东西：人的尊严、人类的爱、社会正义、人格、良知、人性的力量。人对反抗的隐忍，从来就没有消失和断裂，它只是择机而行。"小说主人公从小就钟爱的巴尔扎克和莎士比亚、托尔斯泰和雨果，这些书"一本本在藩篱内种下小树，这些自由的树林有一条与外界连接的通道，通道的源头正迎接河流的到来"。可以说，这既是对人性的发现，也是对一种自我启蒙与人性成长方向的发现。

《金川河》除了塑造了"我"整个家族的诸多人物形象，对家族之外曾经的同伴、邻居等也有重点的刻画。比如对闻鹃姐姐这一形象，叙述者详细描写了她经历的诸种创伤。来自母亲天长日久的摧残和无休止、无底线的羞辱，使她难以忍受下去。她就是一个屈辱的存在。贫穷、苦难，无论多难的生活困苦对这位少女来说都不算什么，她向"我"说："颉柏，我想去死，不想活了，人活着没有意思……没有意思我也能活，就是太苦了……太苦，我也能活，就是屈辱，屈辱让我想死。"在某种程度上，闻鹃正是作为"我"的补充形象存在的。好在她遇到了一个真心喜欢她的男人余维，她义无反顾地逃离自己的家搬到余维的家，心甘情愿地退学并全心全意地承担起照顾对方瘫痪在床的母亲的重责。这番自我拯救之举固然让"我"欣慰，但"闻蝉死后留给闻鹃的仅有的资产，她悉数交给余维之后，我的潜意识里就把她和海丝特·白兰联系在一起了"。"这不是我想要的生活，我想要的是建立在平等之上的生活"。

闻鹃是一面镜子，映照出"我"的悲惨，也折射出"我"不一样的自我寻找之途。进言之，闻鹃的反抗更多地乃是受人类本能的驱使，而唯有"至深的反抗"方可确立人性的尊严。小说《金川河》的故事似乎没有结尾，最后一句话就是"我"的自言自语："我在混沌和焦灼中意识到，总有一天，我要去找她。"可见，闻鹃这面镜子在小说叙述中有着举足轻重的审美价值，它启示更多的人探寻烛照人性的自我发现之旅。

论韩国作家金周荣小说叙事的审美张力

作为当代韩国最富影响力的纯文学作家,金周荣小说无论在题材择取、主题开掘,还是在人物塑造、叙事方式等方面,都表现出鲜明的思想特色与艺术风格。品读他的文本,会强烈地感受到,在表面平静的语言风格之下,压抑着极富冲击力的不安和躁动,它最终将读者导入感性上炽热激越、理性上深刻有力的深层审美结构之中,给人以顿悟般的震撼和无限的启迪。我把这种充盈其间的审美张力概括为三个方面的特点,即最卑微的与最伟大的二者的碰撞,最自然的与最人性的二者的统一,最悲剧的与最喜剧的二者的结合。

一、最卑微的与最伟大的

金周荣小说故事大多取材于民间乡野,在人物塑造上则着力于民间人物与底层弱者,其笔下的儿童形象与妇女形象尤其引人瞩目。这十分接近中国大陆当代文学创作与海外华文文学创作中的"底层叙事""底层写作",其创作思想与价值指向也十分接近大陆评论界常常使用并刻意赞赏的"民间立场"以及人道主义情怀。所以在韩国,金周荣享有"韩国当代伟大的故事大家"之誉,而我们也可以称其为韩国当代专注于底层写作的伟大作家。例如,从金周荣的三部汉译长篇小说,即《洪鱼》《鳀鱼》《惊天雷声》来看,他笔下的主人公无一例外都是来自民间的弱者,要么是成长中的少年,要么是悲苦无助的妇女形象,可以说是地地道道的"底层写作"。

　　然而,这不是最重要的。尽管金周荣为文坛贡献了大量的"底层叙事",但对于真正理解金周荣而言,"底层"与"民间"却不是有效的分析范畴,这些范畴所蕴含的价值立场与精神指向,并不能构成有针对性的思想视野。因为在金周荣小说叙事所营构的审美世界里,底层与民间是一个永远都存在的生命场域,它自身并不指涉更多的价值判断。金周荣笔下的底层也完全不是阶级或阶层范畴内的底层,也许在他看来,任何把价值附着于忽视哪怕最微小的个体之外的群像叙述都是可疑的。贫穷与寒冷、疾病与混乱,以及麻木与恐惧、困惑与挣扎,这些几乎构成了小说人物与生俱来的主、客观因素。它们远远不是作家关注的重心,小说叙事着力追踪的是在这样一种氛围之下,每一个卑微个体的与众不同的存在方式。《洪鱼》里的少年形象,父亲是缺席的;《鳀鱼》里的男孩子,母亲是离场的;《惊天雷声》中的女主人公,虽怀抱着自己生育的孩子,却无休止地纠缠在与三个男人的孽缘之中,连自己的娘家也难以容身。这残缺不全的家庭即使在最普通、最底层的人们中间也是不正常的。而且,当人们以"成长小说"来解读《洪鱼》《鳀鱼》的时候,也不难发现关乎"成长"的那些要素在这里大都付之阙如,因之用"成长"文学也远远不能涵盖小说叙事诸多旁逸斜出的精神状貌。可以说,金周荣小说所着力塑造的和挖掘的,是民间中的民间,底层中的底层,弱者中的弱者。

　　当我们把民间与底层作为一种概念使用的时候,常常是在民间/庙堂、底层/上层的对立框架中赋予其整体性内涵的,这时候民间与底层成为相对完整、独立的一种想象的共同体。在这种共同体的视野下,个体与个体的差异、人的独特的精神价值,都趋向于消弭。实际上,民间本身即丰富复杂的存在,在其自身场域中,亦存在主流与非主流的区别,大众与小众的对立,群体与个体的冲突。对于"底层"而言,同样如此。如同小说的名字《鳀鱼》所预示的,故事讲述的是像鳀鱼一样那种最微不足道的人的故事。不但未成年的叙事者——少年"我"(大燮)是这样一个被视若无物的不起眼的存在,而且作为成年人的"我"的舅舅达九也是这样一个形象。作家在为中文版抒写的序中,写道:"在日常生活中,我们不难发现许多如最小单位的硬币失去货币功能那样,实际上已经失去自身功能的东西。因此,人们通常认为无视它们的价值以及尊严,或者忘却它们,甚至藐视它们也是极其自然的事情。"①被村民视为怪胎和废物的达九,就是这样一块被鄙弃的硬币,像极了他的绰号"狸子"的习性,舅舅一年四季大部分时间里,独自一人不离江边的窝棚,要么就是在江边出没活动。这也正如《惊天雷声》里对黄点介的描述,他"一直受到歧视,在人们的眼里就跟脚趾缝里的污垢没什么两样"。达九被爸爸所鄙视,是一个连见面、对话的资格都不具备的渺小角色。村民的这番对话充分反映出达九在人们心目中那卑微至极的地位:"那个人,就是那个达九,到底吃啥过日子啊?""有人说是吃山羊粪蛋嘛……只是听说。知道他吃啥过日子的人,估计整个大韩民国也找不到一个。"相反,在"我"眼中,蛮横冷酷的爸爸"却永远都是最为尊贵的象征"。

可以说,金周荣善于从底层中寻找那些最卑微的人与最卑贱的生命形式,并以此结构小说叙事的审美重心,从而形成了底层写作的基本形态。不过与一般的底层写作的作家主体往往流露出居高临下的代言者姿态迥然不同,在金周荣小说叙事中,"最卑微的"人生却总是潜藏着"最伟大的"东西。作家曾自言小说《鳀鱼》的创作目的即在于"反省一直以来人们冷眼对待那些渺小的、不起眼的事物的做法"②,鳀鱼般的人"微不足道,然,亦能散发耀眼的光芒"。而且,"最伟大的"品质并非创作主体刻意外加进去,亦非单凭主观想象而来,而是最卑微者自身蕴涵并自然散发出来的。金周荣小说在这一方面具有无与伦比的洞察力与审美表现能力。

在《鳀鱼》中,少年大燮是作家着力塑造的一个特殊形象。母亲因父亲的暴力与外遇愤而离家出走,杳无音信。父亲热衷于赌博和女人,对儿子毫无父

---

① 金周荣:《鳀鱼·作者中文版序》,权赫律译,吉林大学出版社 2010 年版。
② 金周荣:《鳀鱼·作者中文版序》,权赫律译,吉林大学出版社 2010 年版。

爱可言。在大人们为少年提供的这样一个残缺压抑、天伦缺席的环境里，微不足道的大燮却有着细腻良善、丰富复杂的心理世界。他反过来无条件地尊崇关怀着父亲，甚至为了能让那个女人离开父亲，让父亲摘掉"大忽悠猎手"的帽子，让母亲回来团聚，利用谎言、费尽心机，终于成功地让爸爸与舅舅合作了一次追杀野猪的壮举。而达九似乎对所有人都不理不睬，对大燮却充满了爱。特别是在狩猎野猪的行动中，是达九在无人看见的危机情形下拼死搏杀了野猪，而非爸爸公然射出的子弹。当人们为爸爸终于恢复了光荣的英雄名声而庆祝，为盛大的野猪宴而狂欢的时候，达九却消失得无影无踪。

在《洪鱼》中，父亲带情人出走的六年，母亲始终爱着想念着自己的丈夫，并为丈夫的归来做着精心的准备，甚至毫无怨言地接受丈夫与别人生的婴儿。但这个男人被隆重地迎进家门的第二天清晨，母亲却悄然离去，雪地上留下的那一串伪装的颠倒的脚印表明了她决然出走永不回头的态度。母亲的坚韧，母亲的爱，母亲远离邻居、拒绝怜悯的自尊与高贵，这些都是这位默默无闻的女人身上掩藏着的伟大的秉性。

不过最伟大的还不止于此，这些伟大的品质都是通往一个更伟大的东西的前提。苦苦守候六年的母亲一朝之间的突变，仅仅缘于父亲的一句话。小说这样叙述道，爸爸拿起餐桌上的银筷子，用下巴指着跪在炕尾的"我"，突然扔下一句话："世永那斜眼还没治好啊。"这句寡廉鲜耻的抱怨，让母亲"突然明白了珍藏在心底六年之久的对爸爸的幻想不过是个虚像"。"妈妈纯真的自尊，反而换来了屈辱，她终于明白了在悲伤中精心培育的爱情的果实，说到底不过是摸不着的虚像"。此前，母亲将自己的生命价值捆绑在家族、家庭与丈夫身上，为此甘愿忍受无限的孤寂与莫大的苦难，甘愿牺牲个人的一切自由与欢乐。这在许多以母亲与女性为主题的小说创作中，母亲的伟大即在于此，人们习惯歌颂的就是这种伟大的爱与牺牲精神。然而，在《洪鱼》的叙事中，伟大的母亲形象在既定道路上陡然反转，毅然放弃了苦苦祈盼的团聚，将埋藏在心底的自我与激情寻找了回来。这正如作家对鳀鱼的由衷赞赏："它是一个完美的隐循者","鳗鱼的形象俨然比鲸鱼更加高大,更加超脱"。① 有论者将《洪鱼》视为"一个寻找自我的故事","《洪鱼》既是刚刚步入青春期的'我'寻找自我的过程,又是备受封建观念折磨,为家庭和丈夫牺牲了大半辈子的妈妈寻找自我的故事"。② 这显然也颇有道理。失去"自我"的愚者之爱其实也是一种变形的软弱与堕落,唯有将自我屹立起来的人生才有伟大的现代性意义。在金周荣的小说叙事中,最卑微的与最伟大的就这样发生了奇妙的碰撞,撞击出震撼人心的审美力量。

二、最自然的与最人性的

金周荣小说叙事充满着自然主义的气息。《洪鱼》中那漫天飞舞、几乎要压塌房屋的大雪,《鳗鱼》中那被描述得惟妙惟肖的云雀的习性,《惊天雷声》中那响彻人寰的电闪雷鸣,这些都给读者留下无比深刻的印象。你不能不为叙事者对山水草木、飞禽走兽、各色鱼种那惊人的熟悉乃至相知的程度所折服。《鳗鱼》一开始不惜数千字的篇幅描述舅舅带"我"与云雀周旋的过程和乐趣。《洪鱼》中的雪则贯穿于整部小说的叙事流程。小说开始的那场大雪不但封住房门,边屋顶都要被压垮,由此营构了一个严寒、宁静而恐惧的压抑的叙事情调,不无神秘之感的故事亦由此展开。故事中间,世永之所以能够碰见三礼,"就是因为那天夜里下的那场雪",在大雪飘落的院子里,他看到了她撒尿的整个过程,"涌动在我心口的热辣辣的冲动"使少年世永将美丽的雪、豪放不羁的三礼与朦胧的性爱憧憬纠结在了一起。在三礼到南方后,世永几乎"夜夜在雪地里瞎窜",追寻那"被投射到雪地上的月光照着",亦如"白雪般熠熠闪光"的三礼的胴体。小说结尾处与故事的开端一样,同是清晨,同是铺天盖地的飘雪,唯一不同的是那个经年珍藏的对爸爸的幻想终于成为虚像,一朝之间被掩

---

① 金周荣:《鳗鱼·作者中文版序》,权赫律译,吉林大学出版社 2010 年版。
② 金周荣:《洪鱼·译后记》,金莲兰译,上海译文出版社 2008 年版,第 219 页。

埋在了大雪底下。

在金周荣这里,这些叙述不仅是对自然景物的描摹,也不仅是文艺理论中所谓的环境描写,而是与人物形象不可分割的有机组成部分。动物植物与自然现象完全成为主人公成长或者人物心理世界之波澜起伏不可缺少的表现因素,也成为推动小说情节发展的重要的叙事动因。例如,《鳀鱼》中有这样的描写:"不一会儿,舅舅的窝棚就像正在被橡皮擦去的图案,一点一点地消失在黑暗之中。"这样的话语,既是对舅舅栖息之所的描写,也自然地象征了舅舅那被蔑视、被小看的社会地位。

因此,金周荣小说一方面对大自然有着超常的感受,另一方面则对人物的心理世界中那些最内在的层面充满了强烈的探索冲动。小说叙事对人物成长过程中最细微的本能冲动和心理波澜颇为关注,对那些微妙复杂的感受、细腻入微的惊悸和恐慌、好奇心与喜悦感等,拿捏得尤其动人,正如同叙述者对自然界之瞬息万变的准确把握。在某种程度上,大自然成为金周荣小说叙述作为一种有机体的血液乃至灵魂。

在《鳀鱼》中,大燮为避祸不得不与舅舅达九在窝棚共同生活了一段时光,这段与大自然亲融无间的时光,在大燮的成长轨迹中起着极其关键的作用,"我们如同钥匙和锁头一样,好像分开了就要变成废物,紧紧地连在一起"。在我看来,这一比喻既是形容二人的特殊关系,同时也包含着另一层更深刻的意味。如果"我"是锁头,那么舅舅就是钥匙,是舅舅开启了"我"的心智,是舅舅的一切启蒙了"我"的感性世界与理性能力,使"我"在那种非正常的家庭环境下,完成了一段特殊的成长里程。绰号叫"狸子"的舅舅,正是最有资格作为大自然的一部分而被塑造的一个形象。因之,也可以说是自然启迪了"我",使"我"回归了人的自然本性。实际上,也是家庭的残缺使"我"有机会并有可能获得这种成长的途径。以爸爸和大多数村民所构成的成人世界,带给少年的只能是蛮横、自私和虚伪。《鳀鱼》最后对大燮潜入蓄水池的叙述,可以视为大燮成长的自我完成仪式。这时,他终于看清了那个主流世界的虚伪面目,也在心灵上完全投入达九的怀抱之中。从这个意义上说,小说达到了最自然的与最人性的二者的统一。

三、最悲剧的与最喜剧的

我认为,金周荣小说叙事实现了最悲剧的与最喜剧的二者的结合,这里所说的悲剧、喜剧不是艺术技巧或者审美风格层面上的概念,主要指小说叙事伦理层面上的创作意识与精神旨趣。正如鲁迅所说:"不过在戏台上罢了,悲剧将人生的有价值的东西毁灭给人看,喜剧将那无价值的撕破给人看。讥讽又不过是喜剧的变简的一支流。"①这里的喜剧与悲剧之别导源于对人生价值的叙事方式与审美态度,即人生中什么是有价值的,什么是无价值的,以及对这种价值判断所进行的叙事怎样选择,这些方面共同构成了作家主体潜在的叙事伦理指向。金周荣小说叙事中充满着对人生价值的"有"和"无"的思考,同时更着力于对有价值的和无价值的进行发人深省的叙事转换。

在《洪鱼》中,母亲的六年守候几乎在整个叙事流程中,都似乎是充满了价值的选择,这种价值感也成为母亲在超常的苦难中活下去的唯一理由。但是,当母亲在最后的叙事中突然离家出走,这也就意味着此前所有的价值一朝之间遭到了毁灭。当大团圆的结局即将出现时,叙述者突然将人生无价值的"撕破给人看"。在有价值的被毁灭的同时,无价值的也被撕破。最悲剧的与最喜剧的就这样交织在一起,实现了叙事伦理的奇妙结合。

金周荣小说通过在价值的有无之间进行转换以实现喜剧与悲剧相交织的叙事建构中,还特别善于将价值的本质与表象加以颠倒,将价值的真相与假象加以混淆,当主人公在一刹那之间发现真相的时候,一切已经过去,空余无尽的悲伤。他有一部短篇小说,题为《请走好,妈妈》。小说采取了倒叙的形式,

---

① 鲁迅:《再论雷峰塔的倒掉》,《鲁迅全集》第一卷,人民文学出版社 2005 年版,第 203 页。

一开始写同母异父的弟弟告诉"我"母亲去世的消息,而"我"却并不以为意,甚至像往常一样去上班,拖延到第二天才去参加母亲的葬礼。原来,从记忆起一直到现在,"我"始终埋怨着妈妈。她带给"我"的全部都可以用贫穷、孤独和耻辱来形容,母爱是"我"永远如饥似渴而不得的奢侈品。直到参加了母亲的葬礼,追溯了童年生活的足迹,并了解了许多以前所不知情的事情之后,"我"才突然发现原来母亲一直深深地爱着"我",那是一种真正的母爱,只是"我"没有感觉到而已。原来,"我"深以为憾的东西恰恰是"我"始终拥有的东西,但"我"把那最有价值的爱当成最无价值的东西弃如敝屣。

如果说《请走好,妈妈》以其戏剧性的转换更多地触及人生的悲剧性主题,那么他的小说《窃贼实习》则直接以反讽的叙事形式,道尽了人间的悲喜剧本质。亲生父亲弃家而去之后,继父成了"我"与母亲的唯一依靠。"我"先是跟着继父当窃贼,并学习着独立做此营生,以免继父年老后生活更难以为继。当"我"第一次成功地偷了人家的东西后,得到了继父由衷的夸赞。在这个过程中,"我"手中的铁棍成了一种象征,它像保护神一样,能让"我"成功盗窃,也象征着权力,能让护士不得不来家里治疗继父的病。在这个底层世界中,道德已经无价值了,能让一家人生存下去的办法才是唯一有价值的东西。

金周荣始终坚执着这样的创作理念:"那些不停迁徙的游牧民,总是随身携带着自己全部的家当。绸缎与香水,种子与盐,还有尿盆与遗骨,甚至连痛苦与憎恨也随身携带,如影相随。当激情澎湃的生活耗尽这一切的时候,在那荒凉的草原上将会多出一个坟冢。作家亦如此。"[①]显然,小说的写作正是作家耗尽生活中所有的悲欢离合,也耗尽生命的产物。只有待坟冢堆起来的时候,蓦然回首,才会真切地发现价值的有无,方能辨识悲喜剧的分野。从这种意义上说,金周荣小说表现出的最悲剧的与最喜剧的二者的结合,其最深刻的意味即在于对最有价值的与最无价值的二者进行彻底的反思与重构。

---

① 金周荣:《洪鱼·题记》,金莲兰译,上海译文出版社 2008 年版,第 219 页。

突入生活·开拓叙事·深掘人性

——2013年江苏长篇小说综评

作为全国范围内的文学大省,江苏长篇小说创作在近年来取得了突飞猛进的发展,不仅在总体创作数量上非常突出,质量上乘、备受瞩目的厚重之作也越来越多。2013年便是江苏长篇小说创作的一个丰收年。据笔者初步统计,这一年江苏作家出版或发表的长篇小说达近百部之多。整体来看,他们无论在题材故事的择取和探索上,还是在思想主题的大胆开掘方面,无论在结构形式的积极创新,还是在人物塑造等艺术技巧的提升和突破方面,都有着可圈可点、特色鲜明的不俗表现。

一、历史题材丰富多元,主题内涵深微厚重

长篇小说得益于其文体特点,在反映生活的深广度及表现重大思想主题方面有着无与伦比的优势,而如何通过不懈的写作努力体现这一优势,也就能够在某种程度上反映出一定时期文学的整体风貌与审美水平。通观2013年江苏长篇小说创作,我们会发现它们在选材布局上,几乎形成了一个从古代至当下、由历史到现实的不无连续性的题材谱系,充分显示出江苏作家视界之开阔与立意之高远。

江南之地,历史传统与审美文化源远流长,江苏作家以吐故纳新的气魄重

述历史,汇聚成一个集缅想与创新于一体的审美空间。如高仲泰在继《阖闾王朝》之后,又出版了长篇历史小说《夫差王朝》。小说把笔触追溯到公元前的春秋时期,在吴越争霸的历史大背景下,将吴国从强盛跌入衰落的过程全面细腻地展现出来。小说的叙述既尊重历史的基本事实,又融入了大胆的合理想象,使这段脍炙人口的历史故事以新的面貌跃然纸上,甚至在一定程度上被赋予了现代悲剧的基调。陆永基的长篇历史小说《重臣》则着力于塑造历史人物,将先后辅佐过四位帝皇的汉代大司马霍光之复杂的性格特征展现出来。位高权重、功绩显赫的重臣终因私欲的膨胀而覆灭,这不能不让人深思腐败的老虎产生的逻辑和历史的轮回。

如果按照由古至今的历史叙事加以推演,清代以降的历史题材小说越来越多,也越来越强烈地牵引着作家主体的审美导向。其中,王资鑫的长篇历史小说《大清盐商》,颇显大气磅礴的史诗性气魄。在这部洋洋近 70 万言的作品中,有清一代两淮盐商由盛及衰的故事得到了全方位的演绎。一个曾经富可敌国的群体,一个一度呼风唤雨的行业,怎样推动了城市和商业文明的发展,如何建立了鼎盛的盐商文化与经营之道,它们有着怎样的先天不足和历史局限,又如何在风云变幻的历史动荡中最终走向衰败,这里面积纳了多少海水一般的苦涩,这一切都可以从小说叙述中得到独到的答案。小说所述时间跨度久远,刻画人物众多,有名有姓的人物形象就有近 80 位之多,尤为值得关注的是,作家的追求并不止步于历史的走向和盛衰,而是特别注意探讨人性之美丑的纠缠,挖掘人物内在的心理嬗变轨迹,使作品流露出鲜明的人文色彩和现代性价值。

当然,历史故事不仅是王朝更替,历史人物也远远不只是王公大臣,在新历史主义视野中,野史稗史、民间琐事蕴涵着更丰富的历史本质和审美文化价值。在中国古代,“稗史”一度与“小说”同义。从这个意义上说,仓慧林的《剑棋缘》与周浩晖的《斗宴》都是历史审美化的成功尝试。前者以“棋圣”黄龙士与徐星友化干戈为玉帛进而合作创制绝妙棋谱的故事为主干,在快意恩仇的叙事中洒脱地展现了姜堰的历史风俗和人文特色。后者则寓传奇与风俗画于一体，在对乾隆御封之经典名菜的追叙中，挖掘了人文扬州所特有的文化魅力。

自晚清开始，中国进入了多灾多难、战争频仍的历史时期，发生了无数可歌可泣的故事。由之，近现代历史也成为当代历史小说挖掘不尽的题材宝藏。2013 年的江苏小说家在这一领域表现突出，成绩可观。其中，徐风的《国壶》与张新科的《远东来信》等创作在读书界与文化界引发了极大的轰动性效应。吴翼民的《风雨浴德池》与周国汉的《花牌楼》两部厚重的长篇小说，不约而同地聚焦于二十世纪三四十年代的复杂历史，且均取材于这一特殊时期的商业领域。前者描写了江南的澡堂行业由各派之间钩心斗角转向一致对外、共同对付日寇这一过程，趣味性与地域风情十足；后者通过对当时四大商行三代人之间的恩怨情仇的描写，展现了民族工商业艰辛成长的历程。

同样是民国题材，章彦文的《泥泞》以二十世纪二三十年代的苏北平原为背景，成功地塑造了沭阳首富掌门人程濂泉这一性格鲜明的人物形象。与一般为富不仁的土豪劣绅大相迥异，程濂泉深受西方现代进步思想的影响，不惜偏离承继家业的祖训，践履民主和博爱的信仰。他倾其所有千方百计地为赈灾而进行着孤独者的斗争，但终究难以与盘根错节的种种势力相抗衡，终至失败入狱，家毁人亡。故事在悲剧氛围中强烈地灌注了一种久违的主体性的自由意志，凸显出崇高感在当下小说中的复活。刘志庆的《血战塘马》首次以小说的形式，全面展现了粟裕指挥下的塘马战役。因作者对新四军塘马血战进行过详尽的考证与研究，使得该作既具有较强的文学性，又体现出一定的史学价值。

冯光辉的长篇小说《最后的蚁王》虽以抗日战争为背景，但作者真正着力描写的是一个民间艺人的家庭史，以及凝聚于其中独特的感情智慧、文化精神和审美气质。小说所述是每一个读者似乎熟悉实则陌生的领域，仿佛首次打开了一扇窗户，蕴藏其中的神秘与大千气象，一下子涌入人们眼帘。正如作者所说，蚁艺，包括捕捉、饲养、驯蚁、蚁操、斗蚁五个环节，最激荡人心的是斗蚁，最神奇的是蚁操，最神秘的是驯蚁，最关键的是饲养，最基础的是捕捉。可惜我们这个土地上曾经存在的一种民间艺术，现在彻底失传了。作家这种对一门民间艺术的执着和对小说功能的独特追求，不能不令人钦佩和惊讶。

江苏小说家散布于境内各地，潜心于长篇小说创作并甘于十年磨一剑者居多，而他们笔下所述又常常带有鲜明的地域文化色彩，使其写作往往兼具乡土性、风俗画和史诗品格，成为那一方热土的历史回声、传统再造和审美生命的升华。除了上述有关扬州、沭阳、宜兴等具有地方色彩的历史叙事之外，张荣超的长篇小说《沧桑》则深深地扎根于泗阳南端洪泽湖畔，纵述这一方土地上的农民百年来的奋斗史和命运史。沧海桑田不能遮蔽人间正道，动荡生死阻不断洪泽农民顽强的生命力所汇聚的滚滚洪流。无独有偶，万福建的《摆渡》也聚焦于洪泽湖的人和历史，并预示了从浑浊阴暗通往清澈澄明的"摆渡"主题。姜寿荣的《芦花暴》则以细腻清新的笔墨，讲述了里下河水乡青年在战争年代投身火热生活和不断成长的故事，读来令人颇感振奋。

历史是社会发展的历史，也是人的存在的历史，更是人性嬗变的历史。对于历史题材的锐意开掘不仅反映了江苏作家深厚的传统文化精神与审美气度，更体现出他们对历史与人性的当下视野和重新思考。

二、全面突入当代生活，小说类型洋洋大观

尽管历史小说能够体现出"一切历史都是当代史"的审美特点，但如果一味地热衷于历史题材，特别是迷恋了古装戏和后宫题材等，则既反映了作家对现实生活与意识形态的某种程度的躲避，同时也反映出文学审美面对现实生活的无力感，甚至失去了直面人生的锐意进取的责任感。这在当代文坛上是值得我们反思的重要问题。令人倍感兴奋的是，江苏长篇小说对当代生活的叙述热情和探索精神是相当突出的。在一批作品着力于重新发现历史的同

时,更多的创作则全面突入当代生活,或者在历史与现实相交织的审美时空中,书写出时代的新变和当代文化的复杂面相。从小说类型上说,婚恋小说、都市小说、乡土小说、底层叙事、官场小说、青春写作、儿童文学,乃至通俗文学、网络小说等,都非常发达,充分展现出江苏长篇小说文学大军高度的思想热情和强大的审美创造力。

从 1949 年至二十世纪八十年代前后的社会生活经历了复杂的过程,它介于我们常说的历史题材与现实题材之间,可以把以此为叙述核心的小说用当代史题材称之。关于这一题材领域的叙事既可上溯社会历史根源,又可下延其文化心理余脉,因此它对于勇于接受思想挑战的作家来说透着特殊的诱惑力。王泓卫长篇小说《庶民》所述,便是从 1949 年至改革开放初期的当代史题材,它也是乡土写作的重要收获。正如小说人物所说,"楚潼人和楚潼城一样,沉浮的是命运,不变的是善良宽容、坚韧顽强的人性"。滔滔不绝的生活洪流与大事件尽管不时地冲击着人们的命运,卢家大院内外尽管只是卑微平凡的小人物,但人性的坚毅焕发着永恒的光芒,真正决定历史走向的是庶民的力量。张以俭的《复隆镇》以激情似火的年代里大运河边的一个普通小村为叙事背景,将一群普通农民的喜怒哀乐与生命轨迹栩栩如生地呈现出来,散发着浓郁的泥土气息。

王成祥近 60 万言的《成长三部曲》则见证了南京江宁 40 余年的社会巨变。小说的成长叙事不仅指这一区域从贫穷到繁荣、从农耕时代走向城市化的成长历程,也是一代人从禁锢走向解放并历经阵痛与转型之艰难的成长历程。叙述者自觉地以城里人的目光来透视乡村,又用乡下人的目光去反观城市,并在人物身上注入自身丰富复杂的人生体验和生命感悟,因之能够使社会的裂变、人性的嬗递与文化的转型三者互为纠缠,并生动地传达给读者,表现出发人深省的审美力量。

尤其值得关注的是农民作家蒋万忠集十年之功完成的知青题材小说《白羊山之恋》,该作品以 40 多年前上山下乡知识青年插队农村为背景,将那个特殊年代的文化心态、人生经历和爱情故事独特地展现出来。过去的许多知青小说多系知青写知青，有些文本带有强烈的体验印记和自叙传倾向，有些文本则难掩知识分子写作的理性特征。蒋万忠则是以一个记录者的姿态进行写作，小说叙事充满着对那个年代人的一腔热忱、眷恋、同情与理解。两对城乡男女青年的爱情生活构成了小说的主线：一对是女知青陶素梅与赤脚医生屠加东；另一对是同为插队女知青的高月圆与地主家庭出身的左小强。围绕着恋爱方式截然不同的两条爱情线，那个特殊岁月里人与人之间、人与社会之间、人与自我之间的复杂关系与情感纠葛，得到了多层面的揭示。同时，作者的独特身份意识，也使得该作表现出一般知青小说中难得一见的地域文化色彩和泥土气息。

从改革开放开始，尤其是九十年代以来我们的社会文化进入一个转型期。对于这样一个我们置身其中的阵痛与机遇并存、发展与失落纠结的文化转型期，江苏小说家表现出罕有的探索热情，奉献出一大批与时代与生活同步的长篇作品。

就乡土写作来说，周荣池的《李光荣当村官》颇具填补当下审美空白之效。大学生当村官是转型期的新生事物，小说不仅深刻地塑造了李光荣这位艰辛成长的年轻村官形象，而且围绕着他活灵活现地刻画了一个丰满生动的村民形象群体。地方色彩颇浓的小说语言质朴幽默，妙趣横生，大大增加了人物塑造的真实感和小说的可读性。就"底层写作"而言，李淑妮的《遥远的山那边》是2013年的一大收获。小说以饱蘸同情的笔墨详述了一位打工妹的苦难史和血泪史，读来真实而感人。徐晓思的《母亲望着我》则将目光聚集于农村留守儿童、贫孤儿童、单亲和空巢家庭儿童的成长问题，探讨了如何用爱和教育拯救他们的主题。

二十世纪九十年代以后随着城市化的加剧推进和城乡流动性的加强，许多生活领域与人物群体已经难以用乡土题材或者都市题材来加以区分，介于二者之间的题材便成为对此领域更熟悉的作家有效介入生活的自觉选择。陈峰的长篇小说《爱痕》就属于这一类型,该作以"文革"后恢复高考到开发开放时期的长三角里下河地区为背景,描写了一代人的爱情生活与奋斗历程。其实这部作品也可视为爱情小说,或者成长小说,更重要的是作家的审美重心被置于一代具有独特体验与精神风貌的人物形象身上。主人公们是一个独特的社会群体,即"官二代"。与当下人们经常抨击的那种坑爹的官二代、富二代不同,他们有着复杂的精神世界,也有着困难重重的生存境遇,有着认真的理想追求,也有着鲜明的个性心理,其喜怒哀乐,爱恨情仇,命运交错与转型时代的阵痛相互碰撞,不仅折射出一段历史轨迹,更透射着一种不灭的灵魂的光芒,给读者以深刻的启迪和精神的力量。另如赵征溶的《又是荷藕飘香时》,在对时代潮流与小城市民命运变化之关系进行艺术探索的同时,彰显了真善美的人性力量,可谓一部充满正能量的市井小说。

就直面当下生活的写作而言,都市写作理应占据最重要的分量。在可称为都市小说或情感小说的行列中,汪明明的《零度诱惑》、张秋寒的《铅华》与《白昼昙花》、仇党玉的《猫眼》、文达的《情殇》等都是个性鲜明、审美创造意识突出的长篇文本。《猫眼》围绕一男三女的古老模式与现代情感纠葛,解构了传统的道德秩序,表现出鲜明的女性意识。《铅华》则讲述了雍家三姐妹子虚、子衿、子夜错综复杂的爱恨情仇的故事,小说的作者非常年轻,但叙事风格却颇具张爱玲小说的气质,待得铅华褪尽,只剩苍凉的手势。

汤成难的长篇小说《只有一个乳房的女人》,以一个残缺不全的意象象征了失去了爱的能力的时代,情爱和身体孰更昂贵孰更低贱,孰更接近人性的本质,这些问题都被具象化地推向前台。赵瑶瑶的长篇都市小说《窈窕熟女》囊括了更多的生活层面,故事一开始就渲染这是一个全民恐慌的时代:"恐钱,恐房,恐婚。"齐妙便是这"三恐"族中的典型代表,年近三十,仍是没钱,没房,没结婚。不仅如此,她还陷入了"三失"境地:"失恋,失眠,失业。"面对这一切,是挣扎还是奋斗? 男女之间,是激情还是爱情? 小说的名字把"窈窕淑女,君子好逑"中的"淑女"置换为"熟女",实有着深刻的用意。人们习以为常的文化观念土崩瓦解,向着"一切皆有可能"打开。

韩东的《中国情人》与其说是一部关于男人与女人关系的小说,不如说更像一部重新勘探人性底线的探索之作,只不过这种探底的尝试是通过男女之间的关系来实现的。小说围绕着两男一女、两女一男连环相套的故事展开,情节紧张之处,主人公瞿红竟然可以在短短的三天两夜内经历三个不同的男人。那些无赖和精明,那般荒诞和贪欲,出人意料又自然而然地发生着。作家对男女之间情与性的叙述总是透着一股幽冷之气,它可以扑灭读者试图进行任何道德判断的热情。当年钱钟书在《围城》中,一度探索了人这种无毛两足动物的基本根性,到了这里你会发现,基本根性也是会变的。那种叫男性的动物也许会自私到令人发指,那种叫女性的动物一旦为爱发疯,正如有论者所说,总是会超乎另一种动物的想象。作为情爱叙事的解构主义大师,韩东的作品让人不得不惊讶于发生在生活背后的世情嬗变之巨大。余一鸣在《淘金》三部曲中以其老辣尖刻之笔对泥沙俱下、人心浮荡、物欲横流的种种时情世态进行了深入剖析。小说以昼夜东流的长江为心理文化背景,切换运沙业(《入流》)、建筑业(《不二》)、水产业(《放下》)三大江湖频道,细腻刻画了商业消费意识形态控制下都市繁华背后的道德荒凉,以及个人奋斗的大旗掩盖下的争夺、算计乃至谋杀的残酷。普通渔民淳朴的日常生存伦理被商业时代的交换法则所替代,"把心硬得让它结了茧,你就能在这长江里呼风唤雨",哪还管江水下埋葬的"芸芸众生的白骨"。然而,人们一边默念着"我已经龌龊,已经无耻,已经卑鄙",一边又脚步不停、别无选择地继续着那些荒唐。这同样给人一种阅读上的残酷。

作为都市小说,初雪的《请给我一支烟》(男版)的主人公欧阳剑也是比较少见的一个文学典型——一位专门受过性训练的"鸭子"。小说没有把人物类型化,而是极力将其塑造成为一个具有复杂思想感情的人物;另一方面,小说也没有刻意展览这种性职业的内幕和细节以吸引眼球,而是追求心理化和感觉化的描写。他深知"我把喜悦给了肉体,而把悲伤给了灵魂"。肉体与灵魂的背离在当下生活中能走多远,终会导致怎样的结果,这一切不能不引起人们的深思。

与都市写作息息相关的长篇官场小说也颇有收获。近年来在官场题材小说领域佳作频出的王清平出版了新作《如影随形》,读这部小说很容易让人联想到当年王蒙的《组织部新来的年轻人》。小说写了主人公牛自力初入清平市经贸局,便深感一种难以忍受的机关病。不过与王蒙的小说大为不同的是,该作着重写了主人公不仅深感"再不下猛药去治,经贸局就彻底烂掉了",而且还以自己的权力和影响全力去推行以"公"灭"私"的理念,然而这些努力却最终走向了反面。小说叙事独到地展现了公与私之间如影随形的奇特逻辑。另如孙希贵的《西楼月》,以一位县委书记为主人公,围绕着爱情与反腐两条线索,客观真实地展现了基层的官场生态,同时融入了作者许多独到的人生感悟。

周德斌的《东方女性》,通过年轻貌美的女主人公从下岗到创业,从商场到官场的人生历程,为我们塑造了一位具有代表性的新东方女性的形象。高天慧"高于世俗但未脱俗,她所在的时代得天独厚,她还聪明过人"。不同于流行当下的官场小说,《东方女性》虽然也有对官人官道的无情揭露,但并非迎合着读者的趣味一味对隐匿于中的潜规则进行渲染与烘托,而是着力于对高天慧内心世界的细腻刻画,成为当下文坛少见的心怀大志、忧国忧民的女性官员的典型形象。小说的最后,女主人公历经陷害、背叛、质疑之痛,终于登上成功的高峰,但她的成功凭借的是自立自尊的人格魅力、慎思敏行的行事作风和坚忍不拔的意志品格,而非依靠某种外在力量,比如权力、男性等,这一点也不同于大多数官场小说凸显"青天意识"的"大团圆"结局,堪称新时期青年知识女性的成长史和创业史。

在全国文学版图上,江苏文学的发达之处还表现在它拥有众多的业余作家,他们不以名利为重,唯因深刻的生命体验不吐不快。比如官场小说的作者往往是从官场退出之后方始文学梦。也因此,江苏长篇小说多有可称为"行业小说"的作品。像此前出版的首部反映检验检疫战线生活的小说《第一道防线》,其作者之一奚菊芬即做过某市检验检疫局局长。来自办案一线的女检察官董新建一直热衷于检察机关题材小说,其新作《悬崖边》也是一部特色突出的反腐力作。"行业小说"的发达足显江苏大地文风之盛。值得指出的是,2013 年的长篇儿童小说(包括青春写作、动物题材小说等)、网络长篇小说也特别发达,其数量之巨与影响之大,足令国内同行侧目。

另如阿福的《和氏璧》、梁邦华的《不怕生错命》、李正友和钱飞的《疾风劲草》、李世君的《暗警》、宋明义的《追梦》、王海嬿的《传承》、高福岗的《樱花开了》、杨洪军的《本次列车终点》、韩庆先的《谁持彩练当空舞》、刘茂雪的《妈妈再等等我》等,都是 2013 年长篇小说领域的重要佳作。

三、审美意蕴、先锋姿态与人性开掘的强力结合

江苏文学在全国范围内一直以其深厚的江南文化传统与审美特色令人瞩目,2013 年的长篇小说创作亦表现出一种独特的审美气质。它们善于运用意蕴深厚的意象或意象群来营构故事流程,也更倾向于通过凝结某种生命感受来展开复杂的人物关系。所谓江南文化,所谓诗性吴韵,在长篇小说的创作中亦展现得淋漓尽致,焕发出与鸿篇巨制相适应的创造性的生命力。因之,许多长篇创作较难以从通行的小说类型框架中来分析。以题材、主题、思想倾向性等为依据加以归类分析,本来就是批评家图方便采取的蹩脚的理论模式。正如上文中我们看到的,许多文本早已溢出某些文体边界和类型模式,也与一般的现实主义或浪漫主义等创作方法颇有出入,更多地透射出个性主义的主体锋芒,从而实现审美意蕴与人性开掘的强力结合。

像"浮城"(刘仁前《浮城》)、"后土"(叶炜《后土》)、"淘金"(余一鸣《淘金》三部曲)等,就是内蕴万千的宏大意象。"零度诱惑"(汪明明《零度诱惑》)、"颤抖"(格格《颤抖》)等则是出自心灵悸动的心理意象,一刹那的感觉却凝聚了生命的全部意义或者无意义。再如"黄雀"(苏童《黄雀记》)这种隐喻性的意象、

"远东来信"(张新科《远东来信》)这种将一个偌大的东方与一纸小小书信奇妙结合的意象,充分显示出一种出自审美主体的个性创造性。与其讨论它们属于长篇小说的哪一个类型,毋宁说它们真正想创造的是一个属于自己的叙事类型。真正的文学大师总是既要发现唯有小说才能发现的东西,又要表现唯有自己才能表现的世界。

苏童的长篇小说《黄雀记》是 2013 年江苏乃至全国创作界最重要的收获之一。小说在叙事上进行了别出心裁的设计,故事流程的三大部分——"保润的春天""柳生的秋天"和"白小姐的夏天"——构成了三个不同的叙事视角,以三位少年不同时期的心理视角形成互补互文性的立体式结构。在这种"有意味的形式"的展示中,延续了二十多年的青春故事与转型时期的文化迷乱、个体惶惑紧密结合。所谓"黄雀记",实际上在暗示小说的特殊结构,用意在于以"螳螂捕蝉,黄雀在后"的解套手法,一层层地剥落外壳,展露故事背后的故事,揭示真相背后的真相。关于罪与罚、关于自我救赎的主题亦由此深刻地流露出来,给人以灵魂的震撼和启示。

在徐风的《国壶》中,一把小小的紫砂壶,则凝结了"器"与"道"的关系,容纳了那小至个性大至民族的情感纠葛、价值矛盾与信仰冲突,更蕴藏了国运人心与世事沧桑。就像"壶圣"造出的紫砂壶一样,它外表安静端坐尺方,内在却有容乃大,波澜壮阔,可以说是一种内在的推动力。这种内在推动力表现在以有形的紫砂壶为载体,以无形的气韵为中介,使关于壶的叙事既成为人心的显影,更成为人格的投射,同时也成为人性的凝聚。这构成了小说叙事深层结构的三个层面。正如主人公袁朴生留给日本高徒的最后一句话,急需"不是用手做出来的,是用心做出来的!"人们常言知人知面不知心,还有人心难测之说,"心"是最难捉摸的,但当一把新壶诞生,敏感的欣赏者却总能窥视到制造者的"心"。小说中引过一句古文:"道之在天者,日也;在人者,心也!"日在天,云雾终究遮不住,心在壶,终难掩其情。小说以壶为叙事结构的重心,串联起复杂交织的多元视角,这样不仅形成了叙述语言的心理动作性和感觉化色彩,而且建立起心与心之间多向度的沟通渠道,使人与人之间、人与壶之间的审美表现空间得到极大限度的扩展。在小说叙述流程之中,不同人物之间的矛盾冲突与其说是为了推动故事的进展,不如说是为了凸显壶之于人的关系,不仅是为了达到以像观心的审美效果,而且强化了人格投射的美学力量。尤其是作为小说副线之一的袁朴生与西门寿之争表明,在这场复杂的冲突之中,最终是人性战胜了家国,审美战胜了文化。

如果说徐风是通过紫砂壶这一意象实现照亮人心的叙事追求和凝聚人性的艺术追求的结合,那么刘仁前《浮城》则通过浮城意象展开了对八十年代精神的寻根之旅。八十年代体验是当代文学的丰富宝藏,也是一种极其可贵的不可取代的精神资源,然而关于当代题材,文学创作界更多地关注 1949 年至"文革"结束前的近三十年,和商品经济大潮冲击下的最近二十年。忽视了十年左右的八十年代时期,其实也就忽视了当代国人精神图景中最重要的浓墨重彩的篇章。《浮城》就是这样一部向后看的寻根之作,这里所说的"寻根"并非如当年的"寻根文学"那样重在从传统与民间汲取精神,而是从八十年代生活与心灵世界中寻求存在的意义之根。主人公县委书记柳成荫既是一个有抱负有魄力的实干家,也是一位有着浓浓的知识分子情怀并富有个性的开拓者。与新时期初期的作家倾向于把改革家塑造成当代英雄形象不同,刘仁前试图回返八十年代的历史场景并重现那一代人的思想体验,是建立在繁华落尽之后的深层次观照基础之上的。小说着重揭示了主人公性格形成和发展的内在逻辑,不仅把他们还原到"八十年代人"所处的具体历史场景之中,而且进一步把他们还原到"人"的生存境遇之中,打开更深微的心理空间,以期洞察人物更内在的精神世界。比如,柳成荫与陆小英经历了从两小无猜到深深地相爱再到互托终身的曲折过程,本应有一个好的结局。然而,陆小英的母亲王小琴坚决地拆散了他们。直到后来才揭开谜底,一切都晚了,这个结果使两位深深相爱的人更加相爱也更加痛苦,陆小英的母亲则在此强烈的刺激下得了疯病。与柳成荫、陆小英的爱情悲剧经历相似的还有朱蕊,从一个普通插队知青,成长为楚县唯一的女性副县长,朱蕊有着极不寻常的成长史。多少年来,个中的苦楚恐怕唯有她自知了。可以说,他们既背负了上一辈的恩怨,又承受着历史的荒诞,既经历着社会转型的阵痛,又面对着现实生活的种种挑战。让人更感怀的是,在种种磨难与矛盾之中,无论怎样的苦楚和伤痛,内心充满了矛盾,也没有使柳成荫们放弃人生的信仰,更没有造成灵魂的分裂,由此充分地显示出他们精神世界的深厚与独特的人性魅力。九十年代初,知识界一度热烈地讨论"人文精神失落"的问题,二十年之后,当《浮城》的作者重新反观八十年代体验之时,其实就有针对性地回到了这个问题的起点和焦点上,它的叙事表明,那失落的人文精神绝不是一个或几个概念的问题,亦非凝固的精神模态所能涵盖的。它是一种与生活息息相关的生命姿态,一种弥漫于整体性心理结构的精神,一种既躲避了虚假的崇高感又不陷落于卑俗境地的性格气质。而这一切无论对二十一世纪的文学,还是对当下的生活来说,都有着独特的启示价值。

张新科的《远东来信》以八封信为线索首次将二战期间犹太难民远逃中国并得到保护的历史事件进行了文学再现,其重大意义不仅在于填补了中国文学乃至世界文学在此领域的空白,也不仅在于其揭秘探源的史学价值,更在于它在战争叙事与底层叙事之间、在人性的灭绝与人性的迸发之间所营构的巨大的思想张力与审美空间,这一空间的所有细节和偶然、所有方向和可能性都证明了一个道理:任何东西都是相对的,唯有绝对正确的人道主义不可磨灭。

在乡土小说界颇有影响的叶炜在新作《后土》中更加努力地追求"有意味的形式"的写作,小说别出心裁地以二十四节气搭建叙事构架,以原生居民所特有的方言俚语、风俗图腾形成叙事流程,以他们的爱恨欲望表达、情感反应方式、精神信仰指向为叙事动因,极为细腻丰富地展现了三十年来的农民心灵史。"后土"这一核心意象也正表明了作者的旨趣所在,即触摸厚厚的土层之下的地温,透过生存面相以重构灵魂。

李凤群的《颤抖》则可视为乡土小说与城市写作、成长小说与女性写作、家族小说与社会写作等相结合的多元混合体。主人公"我"缺少爱而追求爱，启蒙缺失而追求自我觉醒，试图逃离乡土价值又难以融入城市病态文化，在整个过程中，她的绝望与困惑、狂躁与挣扎、对抗与和解，正可以为一个"颤抖"的意象所凝结。因之，《颤抖》又像是一部心理现实主义与魔幻现实主义相结合的文本。

就江苏长篇小说的审美创新意识而言，形式实验是无止境的，这既与现实社会之中人性嬗变的复杂性和不可捉摸有关，同时也是一批青年作家自觉的先锋意识使然。有些创作甚至可以说是"先锋中的先锋"。如黄孝阳的《乱世》似乎讲述的是为亡兄报仇这样一个古老的故事模型，然而小说叙事真正展示给读者的却是真相假象难辨、人性鬼心变幻莫测。刘无果在追踪案情的过程中遭遇军统、中统、袍哥、土匪、汉奸、共产党、致公党等重重势力的纠结，令这个战场上纵横捭阖的英雄陷入困境危机之中。小说中不时掺杂着议论、抒情和追思，更显多元混融、扑朔迷离。恰如主人公的名字刘无因、刘无果所暗示的，历史有无因无果的一面，人心人性与人的命运亦常陷入无因无果之境地。较之《乱世》的"元叙事"姿态与杂融开放性有过之而无不及，黄孝阳的另一部小说《旅人书》更像是一部挑战读者阅读神经的天书。旅人游历的七十座"城"是面相各不相同的"乌有之乡"，它们涉及人类知识的方方面面。每一座城莫不充满了关于某一个主题的狂轰滥炸般的思想和意象，给人以无尽的回味和反刍的空间。这个开放性的文本是一部重新定义世界的小说，也是一部重新定义小说的小说。

汪明明的《零度诱惑》也是一部自觉追求叙事实验与人性重构相结合的先锋之作。这是个有关戏仿的故事，主人公尤嘉霓是影像时代的产物，从小她就喜欢模仿电视里的芭蕾舞演员，寻求影像与真实的完美贴合。成年后，她发现自己和韩星金玄雅很相似，于是千方百计模仿金玄雅的言行举止，却悲哀地发现，虽然她偷猎了韩星的形象，可她却偷猎不了韩星的生活方式！怎样才能迅捷地拥有美服、华车、豪宅，媒体新宠陶萃丝的话成为这个时代女性的精神指针：面孔的美丑，年轻或衰老，对她都不重要，恰恰在此时此刻，她需要这一张张面孔——让她的生命呈几何级数跳跃的面孔。尤嘉霓很快就融入这个女性身体成为消费品的时代。"一夜情""性移情""公共情妇""换爱俱乐部"……这些都在不断地上演着。尤嘉霓身体的贩卖一度进入多元化阶段——成为一名公共情妇，与此同时她也有了可以炫耀的豪宅名车华服，并成为年轻女孩竞相模仿的对象。然而，最终她迎来的不过是一个大骗局。这也是一部哲理性与思辨性极强的文本，甚至可以视为西方"消费社会"理论与"景观社会"哲学的中国审美演绎版，表现出强烈的视觉的冲击力和思想的尖锐感。

结　语

要对一个有着近八千万人口的文学大省的年度长篇小说进行综评，无疑是一项细致而艰难的工作，而要做到评述的真正的全面性和客观性，更是一个难以抵达的目标。这里主要就笔者所能搜集到的资料，并根据笔者个人的阅读体会，选取了几个非常突出的角度加以评介。实际上，除了上面提到的一些创作成就外，江苏长篇小说包括现代都市网络小说、通俗类长篇小说、儿童文学类以及成长文学类的长篇小说等，也都在数量和质量上有着很突出的表现。这些长篇小说在语言的运用、文体的建构、思想的创新、审美的多元化等层面，也都有一些新的表现和特点。鉴于篇幅以及笔者视野所囿，恕不一一论及。

尽管这里的评述难免挂一漏万，但由此我们仍然能够看到，2013年江苏长篇小说创作在文学史的纵向发展脉络与横向比较的坐标点上，表现出几个总体性的新态势和新特质。其一，江苏小说创作在过去一度以中、短篇小说见长，长篇小说的影响力稍逊一筹。近年来，这一现象得到了根本的改变。其二，江苏小说创作由于深受江南文化和江南审美传统的滋养，在过去一度被视为江南审美的典范，这一特点在得到赞誉的同时也难免限制了其自身的发展。但是，现在的江苏小说越来越突破传统的影响，在审美创造的现代性和审美风格的多元化方面表现出质的飞跃。其三,江苏长篇小说创作在注重历史题材、历史叙述的同时,越来越自觉地加强了现实感和时代性。关乎国计民生的大题材,涉及百姓疾苦的诸多领域,关于当代人心理文化的复杂现状,以及灵魂的自我救赎、终极关怀与信仰重构等方面,都得到了强烈的关注和深刻的开掘。从这些方面,我们不仅可以看到江苏长篇小说的整体风貌,同时也可以窥视到整个中国长篇小说领域的创作动向与发展趋势。

直面无边的生活挑战

——2014 年江苏长篇小说综评

在整个创作界,"长篇小说崇拜"现象由来已久。虽然从艺术表现的丰富性、审美形式的多元化以及文体门类美学平等的要求来看,这种现象存在被诟病之处,但我们不得不承认,社会生活的迅疾嬗变,人们内心世界的日趋复杂,人与世界以及人与自我之关系的碎片化趋势,这些方面对艺术形式及其审美容量必然产生无限扩张的需求。由之,长篇小说以其天然的优势被人们寄予了最富创造力的厚望。当然,如果长篇小说仅仅是以字数多、篇幅长、故事复杂而被作家所热衷,仍然是远远不够的。仅凭长篇小说之数量的增长也不能证明文学的繁荣。最重要的在于长篇小说作为一种文体形式,它的叙事视角、话语流程、审美结构能否实现对生活与人心的深度挖掘和发现,能否达到唯有这一文体才能通往的最完整的审美世界与思想创造。从这种角度来考察 2014年江苏长篇小说创作的基本概貌,我们会发现,虽然在数量上并没有明显的增长,但作家在发表之前沉潜的时间变长,生活积累愈发丰厚,许多作品要么系作家积数年之功而出手,要么是在自己熟悉的创作领域水到渠成。开掘生活的力度、深度和广度均有显著的进展。让人耳目一新、可圈可点的艺术性,启人深思、令人动容的思想性,再一次证明着这是一块美学的热土,是中国的文学大省,也是世界的文学高地。

一、乡土与苦难，呈现与重构

乡土题材与苦难书写历来是新文学史上的一大热点，也是江苏作家从传统上就用力最深的重要领域，它不仅紧密纠结着历史深处的文化密码，而且渗透于现实社会的深层文化肌理。在过去的一年中，江苏长篇小说在这一写作领域表现突出。一方面，叙述者既关注如何开掘文化土壤并呈现出历史或现实的原生态面相，以丰富人们的乡土认知；另一方面又力求不落窠臼，力避面对乡土苦难时的单向度或浅层面的，极敏锐地反观苦难命题，对苦难史进行多层面立体化的审美重构。

……青山身上的虱子不知是各有自己的领地，还是在他身上通吃。反正，浑身上下衣服里到处爬满虱子，尤以头上最多。青山估计虱子十有八九精通人类昼出夜伏的规律，当夜晚来临，虱子们估计青山会把衣服脱下来扔掉或枕在头下，如果再寄生在衣服里大概就要挨一夜的饥饿，便纷纷趁着夜色降临迅速转移到青山的头上。……于是，聪明的马兰花为了消灭更多的虱子，避免更多的虱子败退到青山的其他地方继续啃食她的儿子，就干脆把它们一个个拾进嘴里稀里哗啦地嚼了起来。……

这是王清平长篇小说《麦田云雀》（江苏文艺出版社 2014 年版）中，马兰花为儿子青山捉虱子的细节描写。这部小说以二十世纪六七十年代洪泽湖北岸的农村生活为审美对象，独到地展现了那一时期的世俗人情与历史状貌。麦田、云雀，这两个温馨浪漫的田园意象不禁让人联想到美好和谐的东西，然而小说恰恰所述的是相反方向：破败、贫困、丑陋与耻辱。二十世纪八十年代以后出生的人大都不知虱子为何物了，但对于经历过那个年代的人，这里以近千字的篇幅所详述的斗虱子情节却给人以真切又亲切之感。更重要的是，小说对捉虱子场景的叙述之中流露出的不是悲情，而是宁静、温暖、欢畅、胜利和天伦之乐。小说的叙事伦理暗示出，对于苏北农村的马兰花们而言，破败与贫困本非苦难之所在。生产队里盛行的趋炎附势、为虎作伥、欺软怕硬，掌权者明火执仗地生杀予夺、垄断得失荣辱的所有权力，弱小者在肉体上和精神上所遭遇的双重压榨，这些才是苦难之所以为苦难的根本。小说的叙事伦理还预示，无论遭受怎样的欺侮与凌辱，以马兰花与青山为代表的卑微者都褒有不屈的灵魂、浓厚的怜悯心和向善的本性，他们身上所体现出的尊严使之像云雀一样，成为天地间的精灵。

无独有偶，在夏小芹的《娘已嫁人》（江苏文艺出版社 2014 年版）中，我们再一次看到了六十年代的大贫困，苏北水乡的大苦难。小说围绕里下河农民赵魁一家所展开的苦难叙述，不时给人窒息之感。作者自谓写作中"几度哽咽而潸然泪下，这种情感不需要酝酿，只是自然地流露"。小说让人深切地感受到托尔斯泰那句"不幸的家庭各有各的不幸"的至理名言。

同样是重现苏北农村的苦难断代史，徐惟清的长篇小说《鹊桥归路》（江苏凤凰文艺出版社 2014 年版）既与《麦田云雀》有着异曲同工之妙，同时也有着独具特质的叙事角度与思想视野。小说以 1949 年前至七十年代为背景，描写了发生在里下河农村乔王庄的种种乡土故事和各色人等。当人们历说种种苦难时，往往将目光聚焦于社会环境的挤压，制度对人的摧残。这时候苦难的经受者只是面对着一个似乎看不见、摸不着，若有若无的东西。但实际上，即使承受苦难的个体不明白他的敌人是谁，作家主体却不能不清醒地看到苦难制造者的所在。如果说《麦田云雀》《娘已嫁人》的故事展现的是乡村权势对弱小者的欺压，那么《鹊桥归路》则将这种不对称的对立直接具象化为男人与女人的战争。除了王桥兰和杨月兰这两个悲剧女主人公，还有许多乔王庄的女人们经受着各种形式的出卖、交换、利用、奸淫和戕害，她们或者被迫，或者被欺骗，或者被利用，或者甚至主动献祭于权势，更增强了小说的悲剧力度。这一切悲剧的来源莫不与王秀林、陈福林这两个见风使舵、唤风唤雨、权欲熏心的男人有关。于是我们看到，从土改、合作化到公社化运动，从"反右运动""大跃进"到"文革"，几个男人如鱼得水，左右逢源，无所不能，那些女人却只有屡遭欺凌的命运。在小说的叙述中，人与社会的关系被重构为人与人的关系。徐惟清在小说的"后记"中曾提到鲁迅"写小说，说到底，就是写人物"的观点，应该说其小说的成功是与深受鲁迅创作理念的影响分不开的。

这种唯"写人物"马首是瞻的自觉意识，在取材于相似的时代背景与文化土壤的另一部作品中表现得尤为突出。徐晓思的《母亲望着我》(《钟山》2014年长篇小说B卷)，在叙写里下河区域西杨庄六七十年代的苦难史时，将审美重点聚焦于两个方面：一是紧紧围绕着早年丧母的孤儿一奇在苦难中成长的不无传奇的经历展开叙述；二是着力挖掘潜隐其间的人性与伦理内涵。正如作家本人所说："我写作离不开里下河。乡村社会的伦理，里下河的精神，是我的写作的起点和落脚点，是'我的生命我的歌'，丰富多彩的源和流。"这源和流便是爱与责任的人性坚守。三年困难时期，在饥饿与病痛的折磨下死去的母亲留给6岁的"我"最后的微笑，也留下了永恒的大爱。由此，形形色色的残酷无情的现实打击再也不能击溃"我"，"我"有信心并终于成长为一名全国优秀教师。这一曲在悲苦中艰难成长的生命之歌体现出作家面对苦难进行审美重构时苦心孤诣的独到境界。

研究界早就关注到文风极盛的"里下河文学现象"，2014年的长篇小说创作更是里下河流派创作生命力的一次猛烈爆发。夏涛长篇小说《烟花》(团结出版社2014年版)以里下河地区的泾水乡为典型环境，从"文革"中后期写起，延伸至改革开放后几十年的生活变迁。苦难固然会来自贫困本身，但也常常来自不公平的现实困境。小说如此描写主人公刘恩练送粮的一次行动："刘恩练种了五亩小麦，五亩田小麦整整收了三吨位水泥船的一船舱，算是丰收了。"两口子在一个凉爽的初夏之夜，撑船送往乡粮站。然而，粮站以上缴款的名义将他们的卖粮款扣个精光，不仅引发了夫妻间的一场战争，而且成为此后一系列血腥悲剧的导火索。在满心的喜悦与悲剧结局的对比之下，我们不禁联想起一度出现在茅盾、叶圣陶笔下的"丰收成灾"的典型故事。

改革开放以后的农村生活随着二十一世纪的脚步越走越远,作家对其进行重构的审美空间亦愈来愈丰富和开放。陆涛声的长篇小说《刘炳和正传》(作家出版社 2014 年版),以八十年代为背景,塑造了刘炳和这样一个具有鲜明的"肉头"性格且不断处于变化中的典型形象。他从一个卑微谨慎、瞻前顾后的江南底层农民,变为敢于冒险也乐于腐化的村中首富和支书。透过这一"正传"的叙述描写,体现出作家对转型期农村传统文化与现代文明相杂糅的深刻思考,同时也极富针对性地反思了新的时代中"国民性"发生畸变的新面相。

二、无边的生活挑战,无限的审美张力

对小说家来说,生活永远是一场无边的挑战,而且这种挑战在二十一世纪的今天越来越富有刺激性。很多人已经深切地意识到文学在某种程度上正在落后于生活和"低于生活",更有人发出"生活比文学作品更富有戏剧性"的感慨。在这种前提下,审美的翅膀如何奋起直追迅捷的现实生活,又怎样以审美的形式敢于直击生活的隐秘肌体,越来越成为小说家们在无边的挑战之下实现无限的审美张力的自觉意识。这种追求可以归结为两种方式:一是直面重大现实题材;二是进击幽暗隐秘领域。

直面重大题材,在题材本身上也许乏善可陈,它的更大价值在于发现怎样的新问题,提出怎样的具有重要时代意义的新命题。张颂炫的《湮没》(作家出版社 2013 年版)作为一部工业题材的长篇小说,一方面将世纪之交非国有垄断大型企业的艰难转型以及在这转型中面临的重重困难和矛盾,深刻独到地展现出来,另一方面则以众生群相的鲜活生命形式承载了曾经的热情与理想。当非国有垄断大型企业不可避免地"溃败"之后,那些不该被湮没的东西依然在感动着作家和读者。董新建长篇小说《悬崖边》(中国检察出版社 2014 年

版)塑造了一批当代检察官的群体形象,可谓最新的反腐小说。作者作为女检察官的身份,以及对善与恶、生与死之较量的深切体验,使小说叙述于惊心动魄之中给人以强烈的心灵震撼,真切体悟出"悬崖边"的警示意义。顾维萍的长篇《荡漾》则直面当代教育领域,首次独到地提出了学校、家庭、社会三者之间的关系问题。

"美即发现",进击幽暗地带则意味着对生活本身和对人性话语的双重发现。周伟的《世纪末的黑洞》(中国书籍出版社 2014 年版)便是一部勇于直击生活黑洞的长篇小说。二十世纪八十年代末,一个混混与一个政工干部在偷渡船上相遇相识。被边防巡逻队发现后,前者被抓回,后者成功逃脱。再后来发生了一系列戏剧性的故事,许多年以后,混混成为黑车行老板,偷渡者摇身一变以成功商人的身份归国。小说直击偷渡、混黑道等黑洞式的生活状态,既使人眼花缭乱,也给人以警醒和启迪。

胡继风的《第十三生肖》(团结出版社 2014 年版)与薛友津的《齿白唇红》(清华大学出版社 2014 年版)两部长篇小说不约而同地深入艺人的生活世界,进行独到的审美创造,前者是第一部反映苏北大鼓艺人生活的作品。所谓"第十三生肖"是大鼓艺人自我赋予的,是"属布谷鸟的,活一天就得叫唤一天,喷出来的都是血珠子,哪天喷完哪天止!"小说围绕胡桂英一家三代从 1949 年之初至二十一世纪五十余年的说书故事展开叙述。一方面,传神地表现了他们爱书、学书、说书、敬书的神圣感和献身精神;另一方面,作为给人们讲故事的说书者,他们自身在漫长岁月中所经历的人情世态与悲欢离合,也构成了另一部精彩的可被传唱的大鼓书。后者则以人们较难近距离了解的梨园人的爱恨情仇与复杂的心理世界为审美对象,淋漓尽致地展现了李家戏班从二十世纪五十年代初到七十年代末的奋斗足迹。正如范小青为该书所撰写的"序"中所言,这"是一部具有浓郁悲情的作品,但是悲剧没有让人沉沦,让人泯灭,在这里,每一朵生命之花都绽放出她的最瑰丽的色彩,无论结局如何,每一个人都用自己的努力为自己的如戏人生写下了精彩的一笔"。

如果说上述两部长篇为"戏如人生，人生如戏"做了精彩的注脚，那么储福金的《黑白·白之篇》（江苏文艺出版社 2014 年版）则是对"人生如下棋，下棋之道即人生之道"的精彩演绎。此前，储福金出版的《黑白》成为国内第一部反映围棋文化与棋人生活的长篇小说，并迅速引起文坛的关注和热议。《黑白·白之篇》延续《黑白》而来，但充分表现出挑战生活与自我的自觉意识，开辟出了新的艺术境界。以作者自己的说法，新作较之前作以传统手法表现传统文化不同，它写的是当代生活，使用了更多的现代手法，人物也不再以陶羊子一人贯穿到底，而是写了四代棋手，并分别从棋与文化、棋与生存、棋与情感、棋与金钱来反映时代的变化，以及棋的发展与社会发展的相通。如果说储福金的围棋小说创作亦犹如一场黑白对弈，那么《黑白·白之篇》则是这场对弈的收官之作，而《黑白·白之篇》的结尾则是一幕精彩的收官戏。在这场师祖陶羊子与徒孙侯小君的跨代对决中，后者执黑处处"寻衅"和求转换，前者执白则"以不变应万变"，表现出清明凝定、坦然无碍的最高境界。甫一局终，陶羊子便在棋上"圆寂"，亦带走了他所代表的精神体系。人道与棋道的暗合，使这一场富有象征意义的搏杀染上了浓厚的悲剧色彩。

作为国内第一部反映殡葬工生活的长篇小说，王树兴的《咏而归》（江苏人民出版社 2014 年版）的确可称为中国版的《入殓师》。其实，小说在构思与写作阶段一直取名《黑之美》，这一名字与象征主义大师波德莱尔的《恶之花》异曲同工，寓示着对鲜为人知的社会幽暗领域之黑洞生活与黑洞心理世界的美的发现。小说以殡仪馆馆长荀西宁为主人公，以人生终点站这样一个流转的大舞台为背景，交织进生命的脆弱与顽强、爱情的背叛与温暖、伦理的坚守与毁灭等诸多社会文化层面的深刻思考。向死而生，历来是现代主义文学基本的命题之一，该小说既提出了死者也应有尊严的社会问题，也揭示了人面对死亡时应有的"咏而归"的姿态。其中对生命的感悟和敬畏，对人的终极关怀这一维度的恢复，既深入于人的存在的哲学层面与形而上层面，又扎根于时代文化肌体的内在真实之中，毫无空洞之感，给人以无尽的灵魂启悟。

死者固然也应有尊严，而生者的尊严又何尝不面临着形形色色的挑战？刘剑波的《消失》再一次让人体会到对生命的真切痛感。这是国内第一部描写阿尔兹海默症患者生活和生存状态的长篇小说。主人公患病以后，逐步丧失记忆和理性意识，发生语言障碍和行为障碍，甚至并发了妄想病与人格变异。所谓"消失"正是一个人的生命存在一步步走向消失的过程，也是一个人与这个世界之间借以联结的各种无形纽带最终消失殆尽的过程。小说力图走进这样的病人的心理黑洞，刻画出他眼中的非逻辑世界，既表现出作家的强大勇气和韧性，也证明了这是一次审美发现与美学表现的成功突围。尤为可贵的是，小说将记忆问题上升为二十一世纪每个个体都要面对的时代命题，让人们看到如何通过记忆确认自己在社会中的位置，每个个体又是如何通过记忆确立他与这个世界的关联方式。由此进一步启示人们反观自身，病人失忆固然可怕，而正常人如果丢失了自己岂非更为可悲？这样的悲剧在现实世界中正在越来越多地上演着。通过病人的病相揭示出生存的真相，赋予了《消失》以不可消失的美学价值。

这也使我们不能不进一步思考当下世界中人的心理状态与精神危机问题。在物质生活高度发展的今天，心理问题日益凸显。心理健康是二十一世纪人类面临的最大问题，心理疾病是二十一世纪人类健康的最大杀手，也因此二十一世纪被称为心理学的世纪。如果文学创作在生活的这种无边挑战之下及时整改自身的审美方式，与精神的真实世界相拥抱，那么也就意味着二十一世纪是文学的世纪。刘晖《汗流满面》（凤凰出版社 2014 年版）便是这样一部切入当代人的心理问题的作品。小说所取题材并不鲜见，中学女教师顾红云遇到了每个人都会遇到的工作、婚姻与感情上的问题，陷入极大的困境之中。小说的叙述角度却别具匠心，一切的症结与秘密，都是在心理咨询师对她进行咨询的过程中展开的。小说的名字出自《圣经·创世纪》之中："你必汗流满面才得糊口。"作家正是在对"糊口"问题之上的精神真相的挖掘以及对自我的挖掘，为重构人与世界之间的关联方式与沟通途径打开了一扇美学的窗口，表现出心理现实主义的超强力度。

在精神危机之下，理性与疯癫、健康与疾病常常奇妙而深微地纠结在一起，甚至在米歇尔·福柯看来，理性其实就是另一种疯癫。从这一意义上说，范小青的《我的名字叫王村》(作家出版社 2014 年版)以独到的艺术视角和思想气魄，为二十一世纪的读者演绎出一种理性与疯癫相交织的精神状貌。故事一起笔就让人过目难忘："我的弟弟是一只老鼠。当然，这是他妄想出来的，对一个精神分裂的病人来说，想象自己是一只老鼠，应该不算太过分吧。"弟弟只能给家人带来麻烦，令家人蒙羞，且康复无望，家人商量之下让作为叙事者的"我"把弟弟丢掉。虽然"我"对弟弟深恶痛绝，但丢掉之后却背负上了难以排解的罪恶感。良心发现之后，"我"决定无论如何也要找回弟弟。小说以丢掉—寻找为结构主线串起了世态百相，也纠缠了理性与非理性的复杂关系。范小青是一个对生活的本质真相具有超强的审美敏感度的作家，小说中发生在乡村、医院、救助站等诸多场景的几乎每一个细节、每一句对话，都是一种艺术的象征，一个深刻的隐喻，一次尖锐的揭示。正是在小说荒诞现实主义色彩的叙事流程中，容纳进对当下世界的运行逻辑诸多洞若观火、发人深省的反思。

三、大时代与小人物，成长史与人性史

现代文明的滚滚车轮带来了两个悖反的结果，一个是社会组织形式的高度理性化、效益化与科技化，另一个则是个体世界日益为外在世界所挤压，心灵世界为物质世界与社会体制所驱逐。人类强大的主体性创造了日益发达的物质文明与制度文化，后者却反过来吞噬人的主体性。一边是滚滚的历史洪流，一边是难以把握的个体命运；一边是越来越大的大时代，一边是越来越小的小人物。时代与人物之间的这种矛盾及难以抗拒的嬗变趋势，日益消弭的主体性，越来越深刻地牵动着作家审美主体的目光。

从这个意义上说,张以俭、蒙道文的长篇小说《大时代》(江苏文艺出版社 2014 年版)取了一个引人遐思的名字。这是国内第一部全面反映供销社四十余年兴衰变迁轨迹的长篇小说。作为计划经济时代的产物,供销社的兴盛和艰难、阵痛和转型莫不与大时代的风向息息相关。小说叙述的可贵之处,在于它有意识地将供销社置于时代与人的交接点上,通过主人公林家声的成长和蜕变过程,将乡土与官场、家庭与爱情交织在一起,揭示出诸般矛盾的社会历史根源,也展现了个体命运升降沉浮的艰难。既透射着批判现实主义的思想锋芒,也确立着以乐观奋进、自强不息为正能量的价值指向。因此,这部行业小说既是在题材上具有突破意义的供销社变迁史,更为本质的则表现为一部农村青年的成长蜕变史。

有大时代,更有小人物。在传统的宏大叙事之下,大时代是主角,而在当代小说家的笔下,真正的主角只有一个,那就是小人物。大时代无论怎样碾压小人物的肉体与灵魂,那也仅仅是背景,而且是随着时间流转或者消逝的背景,真正永恒而有力量的所在是小人物身上所体现出来的精神价值。杨鹤高的《下放户的女儿》(台湾秀威资讯科技股份有限公司 2014 年版)便是有意识地将大时代与小人物之间的这种辩证法凸显出来的长篇力作。这是国内第一部全面反映下放户生活的长篇小说,小说以细腻入微的笔触叙述了"文革"中后期一些南京青年下放到苏北农村的故事。主人公雅丽自幼就确立了远大的理想抱负,但一朝之间她成为下放户的女儿,从此改变了自己的命运。从城市下放到农村后,她不仅经历了梦想幻灭的打击,而且遭遇了种种难以想象的困境和屈辱。让人更加荡气回肠、感怀不已的是,在这整个过程中,主人公并没有沉沦下去,而是坚持人格的尊严操守,保持着心灵的纯净和精神的高贵。这使得小说叙述于大时代与小人物的纠葛之中,既体现为一段独特而完整的成长史,又透射着弘扬人性价值的人性史色彩。

大时代与小人物之间究其实质不应是纯粹的主体与客体的关系,不像水与鱼一样是可以分割的存在,其复杂微妙的关系是难以用理性来裁夺的,在作家的文本世界之中需要借助某种审美的通道,才能有效地演绎大与小的辩证法,才能达到对对象的完整展现。这表现在黄经实的长篇小说《歙砚传奇》中,便是以一方歙砚的百年传奇为审美中介,串联起上官家族数代人百余年来忧民济世、兴办教育的故事主线,从而将民族史与家族史、歙砚传奇与女性传奇奇妙地加以交织融合。百年来的风云变幻与重大事件,虽然在故事中多有涉及,家运校史之动荡嬗替也莫不与国运兴衰直接相关,但小说难能可贵之处在于它并没有拘泥于重大题材与宏大主题,而是将外在的巨变内化于人物群像,尤其是在严冬梅、戴云等主要人物身上,以突出他们面对大时代或无奈或抗争或坚韧等待或顺势而为的个体命运感。跌宕起伏的人生传奇也蕴含了一部延展百余年的人性嬗变史。

　　大时代作用于小人物身上,在最深刻的层面上往往表现为人性与非人性的冲突,因此,大时代的巨变或者动荡发生之后,那些事件虽然从时间的维度上消失了,但它作用于人与人性的冲突所造成的刻骨铭心的创伤或者精神巨变,却化为血液永远流淌在小人物的身上。叶弥在长篇小说《风流图卷》(《收获》2014 年第 3 期)的"后记"中谈到创作体会时如此写道:"从城里到乡里,从苏北到苏南,耗了半生。数风流人物,还看今朝。现实的风流,不及书里的风流。别人书里的风流,不及自家书里的风流。"她自谓是一个"没有现实生活的人,一切全在幻想中生存"。全在写作与审美中生存,所有这一切的动因,归根到底还是"过去"二字。《风流图卷》所叙述的时代之大当然并不"风流",一个是反右,一个是"文革"。主人公孔燕妮一家在这一历史动荡中饱受欺凌与侮辱的命运遭际更是毫无风流可言。"风流"云者,盖出于作家对叙事伦理的独特追求及其执着于人性维度的审美理念。在大时代的咬噬之下,一切不合时宜者都是被摧残的小人物。作家无意于从控诉社会和揭伤痕的角度切入小说叙事,而是将温婉与尖锐相交织的笔触聚焦于人物面对时代与命运的抗争方式,以及其背后所体现出的深刻的人性价值。在这里,青春期的情欲冲动反证着禁欲主义的荒唐,为爱殉情的悲壮之举寓示着"风流"的不可"改造",身体与人性的自我启蒙更预告了蒙昧时代与极权主义必将走向终结，一切反人性的凝固的东西终将烟消云散，唯有"风流"长存，唯有"风流"为人间留下美丽的图卷。

四、都市、爱情及其他

在长篇都市小说这一体裁门类中，葛维屏的《好女孩，谁赐我？》（上海三联书店 2014 年版）、刘小备的《总会遇见》（中国华侨出版社 2014 年版）、越兮的《未央》（中国文联出版社 2014 年版）等都是 2014 年最新的重要收获。《好女孩，谁赐我？》专注于挖掘大都市上海的当代青年男女的感情生活，透过现实生活的众生相与隐秘时空，诠释出好女孩的本质真谛在于精神的完美与完善。小说的叙述语言尖锐而富有思辨色彩，故事中对诸葛教授的辛辣讽刺显示出作者非凡的喜剧才华。《总会遇见》中的女主人公们在某种程度上，也能算得上这样的"好女孩"。以青春都市言情作家而引人关注的刘小备，在小说中以"三十岁，开始失恋"的话题为引子，描写了三个独特的三十岁女人各自的复杂情感经历、思想波澜和自我的重新认知。千喜岁苦等四年回国的男朋友却娶了别的女人，百里红遭遇了老公的移情别恋，杨灵一度为一场奋不顾身的爱情而自我感动，但是却得不到渴望的回应。这一系列的变故与阵痛，并没有使她们放弃对生活的重新追求，更没有消沉或者堕落下去，而是渐渐懂得了独立、自由的可贵及其与爱情、人生的关系。告别了懵女时期之后，也许会有一个新的"惊喜的自己"。

与此相反，《未央》的主人公也许只能算得上人们眼中的"坏女人"了。女神级的主人公呈知羽是一位淑女型画家，出身高知家庭，自幼接受严格的传统家教。然而，命运的捉弄使她陷入一场悲剧性的婚姻，接着似乎不可避免地向"下流""乱伦""变态"坠落。小说敢于揭示"亲情友情爱情之外的第四种情感"，"变态也是人生哲学"，不惮于探讨"人性荒芜时代的爱情与婚姻"真相，人狗相爱,人性与兽性变迁。这些冲击人类的道德底线和充满荒诞感的人性挣扎,已经是当代都市人不得不正视的客观存在。

在历史小说领域,2014 年也有不小的收获。如陈炜的《彪悍南北朝之铁血后三国》(现代出版社 2014 年版)、浦玉生的《草泽英雄梦·施耐庵传》(作家出版社 2014 年版)、易辛的《关天培》(江苏文艺出版社 2014 年版)、聂杭军的长篇小说《蓝电》(南京大学出版社 2014 年版)、陈建波的《密谋》(作家出版社 2014 年版)、高仲泰的《太平轮》(江苏文艺出版社 2014 年版)等。另外,朱晓翔的《古玩大赢家》(中国华侨出版社 2014 年版)、陶然反映"关工委"成员生活的《太阳雨》(江苏大学出版社 2014 年版)、严苏的乡土小说《古槐》(江苏文艺出版社 2014 年版)、周新天的通俗小说《伏虎》(连载于《芳草小说月刊》2014 年第 5、6、7 期)、金曾豪的儿童生态文学创作《凤凰的山谷》(晨光出版社 2014 年版)等,在思想性、艺术性、可读性诸方面都有着较突出的表现,它们的审美生命力决定了将来必会引起越来越多的关注。

历史与现实的交汇，乡土与都市的变奏

——2015 年江苏长篇小说综评

　　2015 年是江苏长篇小说创作的又一个丰收年。我发现，该年度长篇小说创作最活跃的是一批六十年代中期至七十年代出生的作家，该年度发表的许多长篇小说堪称作者最新的代表作。它们往往是作家们在经过了长期的写作历练并在文坛上有了相当的影响力之后，锐意进击而奉献出的创新之作。比如有的作家在该年度出版了"三部曲"的收官之作，有的作家在自己所擅长的书写领域的集大成之作，亦于该年度问世。一部部厚重的文本凝聚了作家主体不懈探索的思想锋芒与审美精神，既显示出文学的超越，更体现出自我的超越，从而迎来了小说艺术的收获季节。阅读 2015 年度的江苏长篇小说创作，有两个突出的关键词跳入眼帘：乡土中国与战争重述，这两个方面构成了年度性的写作热点。同时，也有一些新的写作探索与艺术特点出现于历史书写与现实书写、都市题材与先锋实验之作中。它们共同构成了 2015 年江苏长篇小说波澜壮阔的新篇章。

一、"新乡土写作"：向纵深掘进

　　乡土题材小说创作历来是江苏文学最有特色也最为出色的领域，在 2015 年它进一步从现实与历史、人性与审美相结合的诸多维度向纵深处开掘，汇聚成为一个新的艺术景观。这在苏北地区表现得尤其突出。

苏北大平原地处中国南北交界区域，无论在历史上还是在当下，这里都有说不完的传说与故事，道不尽的人间沧桑与世事巨变。在这里，源远流长的历史文化传统与日新月异的现代性进程交织纠缠，社会文化的发展更新与人性的嬗递流变交相辉映。借用小说家叶炜"乡土中国三部曲"的题目来说，这里是文学的"富矿"，精神的"厚土"，更是审美的"福地"。立足于此并在写作上深深地扎根于此，以放眼世界与人类的胸怀向脚下大地的纵深处挖掘，便能够站在审美文化的制高点上实现属于二十一世纪的"新乡土写作"。这也正是一批活跃的江苏作家自觉追求的创作理念，像叶炜的《福地》（青岛出版社）、严苏的《古槐》（江苏文艺出版社）、李洁冰的《苏北女人》（江苏文艺出版社）、刘仁前的《残月》（人民文学出版社）、徐丙超的《不能被遗忘的家》（南京大学出版社）、刘春龙的《垛上》（作家出版社）、张新科的《树上的王国》（作家出版社）等都是该领域最新的重要收获。

《福地》是叶炜历时十五年完成的"乡土中国三部曲"的第三部，该作仍然以苏北鲁南地区的麻庄为核心进行小说叙事，但与前两部小说《富矿》《后土》有了显著的不同。一方面它贯通近代、现代、当代历史，将苏北鲁南抗日根据地的革命历史与 1949 年后的曲折历程，尤其是改革开放以来的乡土文化变迁加以勾连。另一方面，小说的描写更加注重对民风民俗的表现形式的展现，也力求体现其背后人心人性的细腻微妙的变化，像小说一开始有这样的叙述："天阴得厉害。整个麻庄透着一股新鲜牛粪的味道。这味道混合着甘草的甜腻，飘荡在村子的边边角角。"能够调动人体的各个感官去感受百多年前那"湿漉漉的冷风"并立体化地表现出来，的确是对作家主体审美体验能力、想象力与表达能力的强大考验。小说将风土人情的历史变迁体现在一个个充满浓郁的地域文化色彩的小人物身上，体现在他们或欢乐或悲伤、或忍韧或果敢、或绝望或英勇的一幅幅表情和画面上。同时，小说在叙述结构上进行了大胆而大气的艺术建构，全书分六十卷，从"辛亥卷"始，至"丙子卷"终。在绵延近百年的叙述流程中，融合了老槐树叙事、鬼魂叙事、动物叙事和家族叙事等复调多元的叙事视角，这些写作变化与艺术探索既凸显出历史与文化的复杂性，更体现出作家"想在历史中寻找回答现实问题的答案"的宏大愿望。这也是作家有意识地建构所谓"大小说"或者"人类学小说"的努力方向。

在通往这种"大小说"境界的努力中，小说叙述中的老槐树自始至终发着苍老、浑厚、睿智、富有感染力甚至带有天启般的声音。"我就是那棵变秃的老槐树。我记得自己是巳时来到这个村庄的。那天，苏鲁大平原青蛇遍地，到处都是蛇游走的嘶嘶声。……我就是洪洞那棵大槐树上的一粒种子。掐指算算，我来到这个村子已经五百多年了。"在小说整体结构中，老槐树不仅是一个重要的审美意象，更是全知全能的叙述者，历史的见证者与人心嬗变的思考者，可以说承担了作家主体诸多追求的审美功能。无独有偶的是严苏的《古槐》也以老槐树为实现审美建构的聚焦体。作者自述在构思和写作的过程中，一直将小说定名为"故土"，写到一半以后才改为"古槐"，想必这是审美灵感的造访使然。

将 2014 年年底，2015 年年初问世的《古槐》与《福地》放在一起是颇有意味的一种对比。同样是古槐，同一块广袤的平原大地，都有一个古老而神秘的小村庄，有着对"新乡土写作"不懈的建构理想，不过二者也有着创作个性的极大差异，如果说《福地》的古槐见证的是"人的历史"，那么《古槐》里的古槐所见证更多的则是"历史的人"。《古槐》开篇即引出了重要的叙事要素古槐，它的"冠像一把巨伞，高高地撑在小孟庄的上空，远看像一朵云。这朵云是静止的，它是小孟庄的标记，出远门的孩子，只要看到这朵云，就能找着回家的路"。与《福地》以六十个年代为标题串联起"类编年史"结构大异其趣，严苏的《古槐》则采取了类似"人名词典"的结构方式，全书各章均以人物名字为题，比如前几节就分别是"孟三宝""网子""坠子""大虫""孟宏图""大虫妈""尿喜大"等。每个人物形象都像那棵古槐一样表面上是那么安静平淡，那么不起眼，但这些小人物在小说的审美世界中却都可以成为某一独特场域的主角，成为在历史中的活生生的个体,同时也是自成一个心理世界的主体。小说就这样以传统画技中散点透视的手法,将以孟三宝等为代表的小孟庄几代农民自四十年代末以来半个多世纪的心理波澜、灵魂脉动与精神嬗变勾连起来,从一个独特的角度展现了乡土的精神之根及其不绝如缕的强大生命力之所在。

"新乡土写作"之新不是千人一面的新格律,而应是富有浓厚审美个性并灌注了浓厚的当代作家主体意识的独创性之新。李洁冰历时九年完成的长篇小说《苏北女人》,便体现出鲜明的创作个性与大气空灵的审美气质。小说在以苏北僻壤端木村为画卷轴心描绘中国北方乡村二十世纪中叶以来六十余年的沧桑图景时,独到地营构了一个男人几近缺席的乡村生存场域。在这里,支撑起生存世界的是母女几代人以及一批极富地域性格的人物形象,她们犹如特殊物种,在农耕文明向现代化转型的复杂进程中,与一切有形无形的生存障碍纠结缠斗。作家以绵密柔韧的女性叙事立场,将她们在茫然中承受,在绝望中隐忍,在毁灭中挣脱的生死歌哭展现在读者面前,读来颇有荡气回肠之感。莫言在《丰乳肥臀》中塑造了一个胶东女人的母亲形象,《苏北女人》则成功地塑造了一位苏北大地上的母亲形象。小说结局阶段,历尽苦难的柳采莲又在大拆迁中失去最后的家园,继而被小辈逐出家门。然而母亲的本能却让她为筹措儿子的出国劳务费,再次奔向风雪之途。在叙事结构上,全书分"春""夏""秋""冬"四卷,每卷以三个节气为题分为三个部分,共十二个节气构成十二章,作者还特意在每一章标题下加上了民谚标注。这种谋篇布局的方式显然深受《天工开物》的启发。时令节气在年度之内都各不相同,但跨年则循环往复,这就如同乡村女人对土地和家园的生死依恋以及她们的命运多舛一般,小有喜悦,悲剧命运却年复一年地上演着。小说在审美结构上的独特设计,实则流露出作家在潜意识里对神鬼与生灵的敬畏感,也反映出作家主体敬畏大自然的宇宙观。

"新乡土写作"追求的是小村庄里的"大小说",叶炜在谈到"新乡土写作"时说道:"中国的乡土底色孕育了乡土文学的成熟与成就,产生了许多伟大的乡土文学作品和作家。但是，尽管中国的乡土文学已经达到了一个顶峰，这个顶峰并不是不可逾越。当下中国需要一种'新乡土写作'，这种'新乡土写作'是对此前写作的继承与超越。随着时代环境的宽松和作家知识结构的改善，无论是在思想上，还是在创作技巧上，'新乡土写作'都有着巨大的进步空间。"①为此，他特别推崇大江健三郎曾提出的"村庄＝国家＝小宇宙的森林"的观点。可以说，这典型地道出了苏北作家不约而同的自觉建构意识。刘春龙的《垛上》便径直使用了垛上这个小村庄作为小说的名字。小说以"全球重要农业文化遗产"——兴化垛田为蓝本，以里下河地区方言为叙述语言，将主人公林诗阳自二十世纪七十年代后期以来四十余年的成长史，与水乡世界的社会变迁史，以及风土人情的嬗变历程相互结合起来，立体化地呈现出类似路遥笔下那"平凡的世界"的不平凡的本质，颇具史诗气象。陈德根的《出路》（江苏大学出版社）以农村高考落榜生为描写对象，挖掘了他们坚忍不拔、自强不息的底层精神，读来十分感人。

其实，在江苏"新乡土写作者"这里，"村庄＝国家＝小宇宙的森林"这一公式还可以在前面再加一个等号，等号前再加一个"家"字。家、国、宇宙息息相通，家族史与乡土史乃至人类史具有血肉相连的审美关系。这在徐丙超笔下就是那"不能被遗忘的家"。《不能被遗忘的家》这部六十余万字的鸿篇巨制以民国初年、抗日战争、解放战争、"文革"、改革开放、商品经济大潮为背景，串联起秦广宇祖孙三代人悲欢离合、跌宕浮沉的主线，一个简简单单的"家"字充满着残缺与破碎、苦难与伤痛的苦汁，也灌注了希望与坚韧、抗争与奋斗的热血。

"新乡土写作"之"新"既是写作之新，也是乡土之新。在现代化向农耕文明加速挤压的过程中，乡土文化所代表的精神世界及生命价值观念体现出变与不变之间越来越复杂激烈的矛盾。工志强的《骚动的小城》（新华出版社）虽名为"小城"，但也是一部地地道道的乡土文本。小说围绕着新时期伊始发生

---

① 夏琪：《叶炜：当下中国需要一种"新乡土写作"》，《中华读书报》2015 年 8 月 26 日。

在一座苏北小城的故事，以鲜活生动的民间语言，将众多人物形象之心理上的躁动，与社会的变动、大地的躁动传神地表达出来。在描绘乡土精神之变与不变的冲突中，有些文本则更加侧重于追述那"消失的风景"以及这消失的过程。《树上的王国》与《残月》便是有关这变与不变和"消失"主题的代表性作品。前者系张新科"中原文化三部曲"之第三部，后者乃刘仁前"香河三部曲"之收官之作。

《树上的王国》以二十世纪六七十年代的政治文化为背景，以戏剧演出剧目结构全篇，极具戏剧化地展示了槐树湾剧团组建、排练与会演所引发的种种滑稽不堪的故事。这是小说叙述的主线和明线。"孩子王"与几个孩子在老槐树上不断地憧憬着他们各自内心的童话王国和王子梦，则构成了小说的一条暗线。像前面提到的老槐树的重要审美作用一样，这棵槐树既将明暗两条线索结合起来，同时更成为一个喧哗与躁动的世界里沉默理性的见证者，它见证了乡村文化的流失以及这一过程中人心的流失。小说在俏皮反讽化的叙述气氛中造成了笑中带泪的艺术效果。

《残月》是一部更加富含"乡愁"意味的文本，随着"香河三部曲"所描写的民俗人情的逐步消失，新一代主人公柳永步入都市世界，伴随着疯狂欲望的是精神的残缺，世俗膨胀带来的是美丽人性的丧失。小说最后写柳永经过现实的洗礼后，重寻精神之根，这一笔描写意味深长地启示人们，能否把"那些丢失的、遭受破坏的东西"找回来，是能否成为一个真正的人，可否通往幸福感不得不面对的时代课题。就这样，江苏长篇小说在"新乡土写作"中不断扩展着写作的边界，充盈丰富着这一艺术形式"巨大的进步空间"。

二、战争重述：人性光辉的凸显

2015 年是抗日战争暨世界反法西斯战争胜利 70 周年，而江苏是抗战史上最重要的地域之一。侵略军给江苏大地带来了惨绝人寰的伤害，也引发了可歌可泣的民族抗争。于是，战争重述成为江苏长篇小说创作的一大热点。令人欣喜的是，与过去那种图解政策或者接受政治任务的"急就章"不同，大多战争题材文本融艺术性与思想性于一炉，人性价值与文化内涵均有显明的创新贡献。

张新科的《鲽鱼计划》(《十月》2015 年第 2 期)围绕在华日谍针对河南一兵工厂的"鲽鱼计划"展开叙事，各路人物在这里上演了一出出惊心动魄的故事。小说巧妙而充分地利用了灵敏狡黠、极难被发现和捕捉的鲽鱼这一意象，将暗潮涌动的环境描写与斗智斗勇的心理刻画结合起来，戏剧性与可读性非常强。陈建波的《我是老枪》(作家出版社)写的是日本战败前垂死挣扎，以吴尚为战略基地进行秘密行动，派出得力干将执行任务，却被"老枪"这个一直处于传说中的对手所挫败、所消灭。小说情节紧张曲折，步步惊心，可谓脍炙人口之作。蒋文静的《荆蝶兰》(凤凰出版社)以茅山根据地一个小山村为舞台，在国、共、日、伪和地方势力错综纠结的冲突中，成功塑造了历经生死磨炼的荆蝶兰这一女性形象。范金华、张用来以宿迁抗日英雄张荫棠为原型创作的《日落峰山》则填补了宿迁抗日题材长篇小说的文学空白。蒋海珠的《涌潮》则以桥为审美的桥梁，塑造了二十世纪三四十年代一批胸怀"科学救国"信仰的知识分子形象。小说以"造桥了 潮来了""炸桥了 潮退了""毁桥了 潮怒了"三个部分结构全篇，形象地演绎了那一时期的历史进程，也艺术地传达了民族脊梁的真正含义，读来有大气磅礴之感。

书写战争并不以战争本身作为正面描写对象，而将笔墨集中于生活逻辑的展开，围绕人与历史、人与自我的关系加以描绘，从某些侧面反映战争年代人们的文化心理结构与人性变迁，从而更深入地抵达战争文学的哲学本质。这也是战争重述的一个重要方向。就此而言，六沐雪(刘茂雪)的《逃往夏威夷》(中国文史出版社)是一部不可多得的成功之作。民国时期，赵家少爷月生因嫉妒佣人的儿子木瓜，联合其他恶少捉弄折磨憨直善良的木瓜，并设法赶走了忠心耿耿的用人父子。抗战爆发后，月生随父亲逃往异国他乡，然而身体可以逃往夏威夷,灵魂却无论如何也逃脱不了故土。于是,月生多次冒着战火归国寻找木瓜,并由此揭开了更多的家族秘密和故事。历史是一面镜子,战争更是一面明亮的多棱镜,在它的面前,不仅战争与和平的主题得以凸显,人性的沦丧与救赎、正义与邪恶更处在了危机重重的关头。小说切入战争与历史的独特角度,显示出战争重述的人性力度。

三、先锋实验、现实题材与都市进行史

2015 年,江苏长篇小说在历史书写与现实开掘、先锋实验与都市进行史等诸领域都有一些新的收获。就官场小说来说,宋定国的《沧浪之道》(《当代[长篇小说选刊]》2015 年第 4 期)以某省会城市江河市为舞台,将高层官场腐败的新形式"雅贪"与"雅贿"等进行了形象化的演绎,为读者打开了一扇独特的窗口。与一般的官场小说不同,王清平的《牛自力——当代中国的堂吉诃德》(江苏人民出版社)以地方色彩鲜明的语言形式和幽默风趣的叙述风格,写了一个不会做官的官员。经济学博士牛自力调到清平市任职后因不谙官场潜规则,仍然按照自己的理想和准则来做事,结果举步维艰,处处碰壁,甚至成为人们的笑料。该作既具有强烈的政治反思性,也写出了人性善恶的复杂性。

在现实题材领域,王向明的《平时的梦想》(江苏文艺出版社)则用充满感情的笔墨描写了主人公追逐从警梦的感人故事。许长青的《残翼》(江苏文艺出版社)则独到地叙写了残疾人的故事与其复杂的心理世界,读来令人耳目一新。

在历史书写领域,曹丹茹的《大明小婢》(中国友谊出版公司)以明朝永乐年间的史实为依托,以宫斗的手法叙写了多面女谍与锦衣统领之间的爱恨情仇。刘建刚、蒋凤姣的《大吴春秋》(凤凰出版社)则首度以小说的形式描绘了整个春秋吴国数百年的历史画卷。在都市情爱创作方面,夏明霞的《逸园深深夏迟暮》(重庆出版社)以细腻饱满的叙事语言描写了一个男人要改造女主人

公，最后反被后者成功改造的故事，小说的心理刻画细致入微，富有哲理性。特别值得一提的是，顾文嫣的《红楼梦圆》（文汇出版社）续写曹雪芹的 80 回《红楼梦》，不仅调动了读者的阅读兴趣，也引发了红学界的关注。

随着社会生活的日益复杂以及作家主体审美精神的多元化追求，有些长篇小说无论在题材对象还是思想主题上，越来越呈现出边界模糊、难以归类，甚至按照读者的阅读习惯难以把握其思想意蕴的趋向。在这里，历史与现实相交汇，乡土与都市相变奏，要读懂它们也许需要对生活本身与艺术探索都有更丰富的认知。原娟的《信任危机》（吉林出版集团）可以称为二十一世纪城乡题材的创作。小说围绕着苏北沭阳县虞前镇两代商人、村官和百姓等一群人在晚近十几年间从乡村到都市打拼再到返乡创业的过程，写出了他们在思想观念、伦理道德和爱情追求诸层面的蜕变与冲突，深刻地揭示出时代性的症结在于社会与人性出现了大面积的信任危机与"互害文化"。

作为作者"小城三部曲"的最后一部，殷志扬的《雪落古运河》（中国文化出版社）所述时间跨度更为久远。小说不但对现代史有着自己独到的体悟和审美展示，而且涉及牵动人心的两岸题材。1949 年前夕做国军司令的父亲撤往台湾时，小运河与父亲失散，从此成为一颗被遗落的种子，直至几十年后才迎来了海峡两岸亲人的团聚，个中苦难曲折令人唏嘘不已。

韩东的《欢乐与隐秘》（《收获》2015 年第 4 期，单行本以《爱与生》为题由江苏文艺出版社出版）在切入当代都市与情爱领域之时，更是模糊了真实与虚构、通俗与荒诞的界限，因为它承载了作家勘探人生哲学真相的审美选择。小说故事的叙述者"我"——老秦，是一个集佛教徒与同性恋于一身的人，也是小说主人公——我行我素的姑娘林果儿的男闺蜜，在"我"的劝说下，为男朋友张军堕胎七次的林果儿，与张军进山拜佛以祈那些夭折的"小婴灵"得以超脱。途中，巧遇某企业老总齐林，并引发了后来一系列意想不到的故事。张军希望林果儿利用齐林对她的好感主动接近他以骗取钱财。林果儿一方面为报复张军的确向齐林投怀送抱，另一方面她也没把齐林对自己的爱情当成一回事，继续与张军保持着关系。后来发生的事情更离奇荒诞。以作家本人的说法,即这部小说"不是爱情题材或者青春题材","完全不是写爱情"。"我们生活中这些素材库,里面充斥着男的、女的、情感、关系,我最关心的还是关系吧,人和人的关系,人和动物的关系,'关系'这个层面的东西我比较感兴趣,比较敏感。"①"关系思维"在面对日益错综复杂的生活面相与人性本相时,无疑是一种值得肯定的审美探索途径。

黄梵的《浮色》(江苏文艺出版社,《作家》2015年第12期)在题材领域的开拓上走得似乎更远。小说所述突出了雷壮游与儿子雷石的成长过程及其心路历程,但时间跨度从二十世纪四十年代至新时期,再跃到三百年后的科幻世界。小说发表后引发了较多的讨论,人们多称其为成长小说与科幻小说的结合。在我看来,该作其实与科幻无关,三百年后的未来城只是对社会、生活与人性提供了一种新的解释方法与途径,它的外壳是虚幻的,但它仍然按内在的人性逻辑来运行,甚至可以说,按照我们二十世纪、二十一世纪的当下逻辑自然发展,我们的未来就是未来城的那个样子。比如通过芯片,雷壮游了解到未来城的看法,他们把二十世纪前后人类对自然资源的掠夺,造成地球暖化,视为类似纳粹的死亡暴行,给未来城带来了无法对抗的自然灾难。再比如,芯片会探测到对方是否想和自己谈恋爱,省去了彼此揣摩的时间。这也是未来城的发明之一。黄梵看来,如果小说只一味地维持常见的"正确"形式,不能松动生活逻辑、因果律等,那么作家的想象力,最多只能倾泻于人物的现实渲染,"我当然不想加入这样的渲染大潮。我想通过雷壮游和雷石等两代人的心灵内窥镜,让读者阅览人物的心灵百科全书,为历史中的诡秘人性、夙愿、幻想,重新安排生活和逻辑,甚至不一样的因果律"。② 从艺术形式与审美精神上说,《浮色》可谓是一次成功的先锋实验。

----

① 陈曦:《"诗人小说家"韩东再推长篇新作》,《现代快报》2016年2月1日。
② 黄梵:《为杂糅一辩——〈浮色〉创作谈》,《作家》2015年第12期。

"当代史"意识的凸显与写作路径的拓展

——2016年江苏长篇小说综评

2016年,江苏长篇小说创作展现出了蓬勃如春的新气象和新风貌。长篇创作不仅题材更加广泛,视野日益开阔,在艺术表现、审美精神诸方面也往纵深突破,预示着江苏文学艺术正在迎来一个新的发展时期。

一、"当代史"意识凸显,人性探索意识强劲

以往我们谈论长篇创作领域的时候多以历史题材与现实题材加以分类,现在看来这种分类已经不足以概括文学的发展状貌了。急速变化的社会文化生活让人们目不暇接,与传统的断裂意味越来越强烈,曾经被视为现实题材的东西越来越表现出历史的性质。有些作家越来越倾向于将现实与历史结合,将当下的潮流与前人的遗产结合起来,以过去推演现在,对当下追根溯源。2016年特别明显的一个表现就是"当代史"意识凸显,主体性冲动强劲。换言之,长篇小说家越来越重视与过去不可分割的现实,也越来越重视与现实息息相关的过去。

"当代史"意识凸显与作家审美观念的更新,特别是与人性探索意识的加强分不开的。比如李新勇的长篇小说《风乐桃花》,这部小说在叙事上的最大特点,即表现了整个社会伦理道德系统解体的长期过程。当然,对于一部长篇

小说来说,表现这样一个重大的主题本身并不是最重要的,因为别人的创作也可以涉及这样的主题意旨。《风乐桃花》的小说叙事更重要的特点,在于如何表现这一过程。在我看来,李新勇长篇小说在两个方面具有重要独特的价值和特点:其一,它是以高度生活化和立体化的叙事伦理来切入社会伦理的解体过程;其二,它以非线性的,亦非进化论的逻辑来展现这一解体过程。从第一个方面来说,《风乐桃花》的故事叙述既可以说没有真正的开始,也可以说没有真正的结尾,一切都在上演,一切仍然在上演着。小说故事本身既非悲剧亦非喜剧,而是介于悲剧与喜剧之间,小说名字与主人公的名字,读"风乐(lè)"还是读"风乐(yuè)"实际上也没有截然的区别,这瓢泼大雨的处理恰恰表现了生活本身的开放性、丰富性和多面性。

再说第二个方面,《风乐桃花》在文化逻辑上既不采取文化保守主义立场,也不认同文化激进主义。小说并没有简单地写过去的道德就必然比现代的好,也不认为工业化、城市化就是社会伦理道德大厦解体的唯一根源。也可以换一个说法,作家是将文化保守主义与文化激进主义的各种元素进行了融合与重构,形成了自己独具特质的文化视域。比如,小说写"我"父亲精心设计的古典葬礼,被一首《小苹果》给彻底改变了气氛。"我心疼父亲,他精心设计的大戏,做得半古半今,半真半假。不怪我们,谁都不能怪,要怪只能怪谁都无法重返线装版的古代。"再比如,在"我"看来,儿子李昆仑"是自我感觉良好、盲目自大的一代,总以为自己能搞定一切,因此不管有多好的光线,睁着再大的眼睛,不管眼神多好,都形同闭起眼睛走在盲道上。他们有力量,也有能力和才智,可他们忽视了社会的强大和人心的险恶,'多大个事啊!'这是他们这一代人最具代表性的语言符号"。另一方面,李昆仑和他表哥却因研制救人的解毒药而枉死。他们并不必然地比上一代、更上一代有更多道德上的缺陷。主人公李风乐在思考岳母的问题时这样说:"她大半辈子生活在更加接近农村的小镇,到了说老不算老的老年,突然进了我们这个更加接近大都市的小城,没有过渡和适应,一下子就进入了,难免手足无措,方寸大乱,跟一个穷了大半辈子的人突然捡到一座金山一样。"这里也透露出，岳母郑黄成到小城和大城市后的变化并非没有根源，在许多年以前，她身上就潜伏着道德滑坡的基因。穷人并不必然的比富人更道德，乡村道德也并不天然地就比城市人的道德更具优势。

由于上述两个方面的特色，小说在总体上表现出强烈的人性探索意识，具有显著的文化建构意识。小说以"我"——李风乐为核心，描写了一家五代人半个多世纪的生命沉浮与人生历程。从李风乐奶奶一辈到李风乐的孙辈，他们先后从农村到小镇到小城市到大城市。历史潮流与时空的变幻是不以人的意志为转移的，但人心与人性的嬗变却充满着自我奋斗与自我救赎的意味。从题材选择来说，这部作品很难归类，可以说它介于乡土小说与都市小说之间，成长小说与成人小说之间，历史题材与现实题材之间，爱情婚恋题材与现实题材之间，严肃的史诗创作与随性而至的"闲书"写作之间。之所以成为这样一个不可归类的文本，这与作家的文化自觉建构意识是分不开的。小说也写到了传统文化与现代文明的冲突，但在这冲突之中，小说并不先验地进行价值判断。比如，李风乐夫妇一辈子付出许多，得到的却常常是伤害与失去。再比如同样是生活在城市中的年轻一代，既有陷于双性恋中难以自拔者，也有恪守传统价值观者。这其中的文化与文明冲突之所以纠结不已、纠缠不清，正是因为小说将叙事重心落脚于人性与人心变动的内在线索。通过这些描写，可以看出作家在深刻地思考美好的道德怎样才能回到人心，怎样才能踏上人性的回归之途。

"写作尤其是向历史更深处回望的写作是无时无刻不在发生的遗弃、隔绝与尘封做着对抗，小说超过了小说家想展示的容量和潜力，小说像一根暗黑的丝线，连接着过去、现在和将来。"李凤群为自己的长篇新作《大风》写的"后记"如是说。如同茅盾《子夜》以吴老太爷之死为开篇，《大风》以第一代人爷张长工的诈死为契机，引发出四代七个人物形象的心灵轨迹。他们在逃离中茫然，在谎言中寻找，在压抑中愤怒，在漂泊中畸变。其实，他们是话语上的沉默者，主流之外的离散者。为此,小说以个人私语的形式结构全篇,并且每位倾诉者都有一个明确的倾诉对象。这又使得这部小说远离了代言体写作的痕迹,充满鲜活的心灵史意味。可以说,《大风》以六十余年的家族史与人物命运的沉浮为主线进行了一次完整的当代史叙述,表现出"当代史诗"的气象。

正如李凤群后记的题目所云:"大风过后,草木有声。"当代史诗,也是大风过后的当代心史。无独有偶,学者型作家姜耕玉的长篇小说取名为《风吹过来》。它与《风乐桃花》《大风》不约而同地形成了一个"风的系列"。《风吹过来》以白梦魁、杨小陶与靳生之间的情爱纠葛为主线,描写了发生在"文革"初期的一段刻骨铭心的爱情故事。先是高中生"我"(白梦魁)爱上了美丽的女教师杨小陶。接着由于"裸体画事件"以及"资本家二姨太私生女"的身份,杨小陶受到了严酷的摧残。身为杨小陶丈夫的靳生为求自保竟然也落井下石。在神秘的爱情力量的驱使下,白梦魁虽为"红卫兵造反派骨干",却一反常态挺身保护杨小陶,不过已经不能阻挡事件演变的疯狂方向。结果导致杨小陶悲愤自杀,白梦魁被打断腿,靳生则断指偷生。小说对这场悲剧的描写直逼历史与人性的深处,给人以面对黑洞的恐惧之感。不过,作家叙述的动因不止于此,还有更深刻的形而上的追求与哲学沉思。小说以耄耋之年的"我"坐着轮椅在养老院里沉重地回忆和写作为开场白,小说最后的部分叙写"文革"后对直接导致杨小陶自杀的凶手的追查,但终成一场没有结局的官司。小说的这种结构设计,使全篇充满了痛彻的反思与灵魂的自审意味。在叙述者的笔下,关于爱情的回味越来越神圣而强烈,但与爱情有关的欲望的成分亦愈来愈真实而清晰。"我"最终意识到自己才是侵犯个人隐私权的首犯,当年"出于泄私愤,也为了追求杨小陶",就鬼使神差地把偷看到的靳生对杨小陶的裸体素描泄露了出去,点燃了悲剧的导火索。爱情悲剧与伤痕叙事由此上升为一代人的当代心史。

假如说《风吹过来》刮来的是一阵凛冽到让人颤抖而清醒的大风,那么修白的长篇近作《金川河》则涌过来一条刺骨到让人悸动而眩晕的河流。两个文本均与"文革"记忆有关,均有个体成长的轨迹,不过后者的叙事更倾向于传达过去对现在的潜在决定性,以及他者对自我成长的身心渗透的无奈感。修白曾说过,"人类最可怕的敌人也是最宝贵的财富便是记忆"。在这种记忆的审美召唤之下,查户口的警察用那"大头皮鞋"像踢球一样将"我"和弟弟踢来踢去。这尚且只是一个人的疯狂。当那群体的疯狂来临时,主人公更是感到随时随地都会被碾碎惨死。像记忆之中闻婵姐姐悲惨的夭折,大人对少年无尽的身心摧残,以及做父亲的强奸亲生的女儿,等等。更深层的心灵伤痛却来自亲人。如果说张爱玲《金锁记》中的曹七巧亲手葬送的是儿女一生的幸福,那么在修白笔下,母亲则塑造了孩子永恒的孤独意识和对人性的深刻困惑。六年级的"我"第一次来例假,竟然引得母亲捶胸顿足,哭天抢地,伤心至极。直到许多年之后,在"我"自己也做了母亲的时候,"我"依然百思不解,"一个女人对另一个女人成长起来的恐惧,使我不解"。"她恐惧什么?"她究竟为什么对"我"的成长表达出了"至深的憎恨"?"这里面一定有不可告人的秘密,这秘密是什么?"人性意识、探索意识的强劲不是表现在对人性问题有了答案,恰恰相反,最强烈的人性叩问是找不到答案的,或者说,追问的真正意义是追问的过程本身。

相对上述作品而言,周德彬的《月亮湾往事》虽然也以六十年代为背景,但唤醒其审美创造的动因则更多的是人性的亮色。该作立体性地勾画了"四清"运动时期江南水乡月亮湾复杂的政治生态与社会文化状貌。李光义和陈跃峰两位书记,本着良心做事,在错综复杂的局势导致的关键时刻为保护百姓利益不惜丢官。对比当下那些腐败村官的面目与言行,人们更有理由慨叹,李光义们才是农民心中永远的"土地爷"。同样是倾向于传递正能量的长篇创作,顾坚的《爱是心中的蔷薇》将审美触角延伸至当代史上的八十年代。小说写的是平凡的世界与不平凡的爱,是普通人的传奇与美好人性。小说的故事真实而感人,六十年代出生,通过高考从农村进入城市的人几乎都会想起属于自己的那个年代和那些人:挽着遮着旧蓝布的一竹篮鸡蛋去教导主任家请求继续复读的李中堂,在月光下桑树林亲嘴私订终身的少男少女,喝农药自杀的倔强姑娘,还有那苍蝇乱飞的露天厕所。高考复读生宝存从饿狗嘴边救下了一个弃婴,也便成了那个时候不那么常见的事情。在价值迷失的当下,这部小说从心灵的深处向当代史寻求精神之根,不能不引人深思。

有意思的是,陈武的长篇新作《植物园的恋情》与《爱是心中的蔷薇》颇具异曲同工之妙。小说故事发生在 1979 年下半年至 1980 年上半年之间,这正是一个新、旧时期过渡的年代。这个时候,主人公从高中辍学入植物园当工人也正是 17 岁,对于一个人的生命旅程来说,这是极其关键的从少年成长为青年的过渡时期。以此为契机,小说展开了独到的"八十年代叙事"。陈武的另一部长篇新作《蓝水晶》则以水晶的开发为线索,从别开生面的视野,重述"新时期"到来前后农村变迁的文化脉络以及人们的心灵嬗变轨迹。此作亦堪称是二十一世纪重要的"新寻根小说"。作为"八十年代叙事"的重要收获,张荣超的长篇小说《活着不易》为那一时期的农村留守妇女生活做了一次可贵的审美再现。为受难者立传,为沉默者发声。其社会批判力度震撼人心,其文化反思主题让人动容。

改革开放的进程吸引着小说家视点的转移,陆涛声的《梨花梦》则聚焦于八十年代中期的苏南大地。主人公柯正华走出农村,进入大学,留在城市,后又走出校门,返回家乡创业。其中既有个体的成长,也有人心的涤荡和灵魂的蜕变,鲜明地传达出中国人必须摆脱"小农意识"的束缚变成"大农民"方有未来的思想理念。所谓"梨花梦"正是当下人们孜孜以求的"中国梦"。

江苏长篇小说作家的聚焦视点沿着上述脉络继续往晚近推进至九十年代和世纪之交,于是又有了陶然的《三重奏》和《繁华落尽》。前者描写寒门子弟孙家明吃百家饭圆大学梦,学成后反哺家乡,回馈社会。虽历经坎坷,但终成正果,小说的青春励志色彩极其鲜明。与孙家明的人穷志坚不同,后者的主人公许杰自小生活优裕,上大学后更是才华横溢。他在复杂的生活现实面前遭遇艰难,几度沉浮起落,但他始终恪守道德底线,最终亦回到家乡,完成了灵魂

的自我救赎。两部作品殊途同归，强烈地体现出作家对道德情操和审美精神
的坚守立场。

二、拓展题材疆域，深入生活肌理

与 2015 年度长篇小说的创作领域较为集中相比，2016 年的创作对社会生
活的反映，对时代人心的把握，对个体与自我的挖掘，不囿于传统，力图打破审
美定势，表现出拓展题材疆域、深入生活肌理的良好态势。

范小青的《桂香街》出版后被评论界视为当代"小巷文学""街道文学"的重
要收获，堪称当代中国"第一部社区文学"。小说独到地打开日常生活化的审
美空间，通过琐碎的矛盾纠葛和情节冲突，有力地显示出解决问题的真正路径
是了解人心、深入人心、改变人心（参见本书关于《桂香街》的单篇评论）。

如果说《桂香街》是以回归日常生活的方式打开通往审美世界的广阔通
道，那么黄孝阳的《众生·设计师》则是在挑战汉语想象力的相反方向上，勇闯
出一条小说表达的新路径。这部小说的第一个故事颇具魔幻现实主义的色
彩，一个叫林家有的官员突然坠楼死亡，由此引发出复杂的人物关系与社会众
生相。这一切由死者的灵魂叙述出来，令人感喟于人性的复杂性和人心变迁
的无奈。当读者惊叹小说揭示生活真相的力度时，第二个故事却转而告诉人
们，关于林家有的故事其实是一位天才大学生为获得女辅导员的芳心而杜撰
出来的。接下来，小说的第三个故事将场景转到一个人工智能日益崛起的时
代，原来上述的人和事不过是两位人工智能研究者的毕业设计。是上帝创造
了人，还是人设计了人？世间一切的善恶悲喜剧，是被制造的，还是众生的自
我设计？在小说的过去、现在与未来彼此纠缠之中，在三个维度的故事环环相
套的非线性逻辑链中，读者不能不由这些新的路径产生对人与生活本身更深
层面的思索。

另一部颇具先锋色彩的小说是蒋廷朝的《从》。小说的"写在前面"这样写

道："基督徒国度信奉上帝，我们信奉皇帝。上帝在天堂，皇帝在人间。上帝是永恒的，皇帝是无常的。这就是我们和基督徒国度的区别。"这部"向奥威尔致敬"的书，让人联想到老舍笔下的"猫城记"，用一种类似于当代寓言的形式批判了各色人等的扭曲人性。小说故事将奇异诡谲的社会现象背后荒诞不经的文化逻辑揭示出来，颇具魔幻现实主义的力道。周荣池的长篇新作《爱的断代史》则打破了现实与镜像的界限，也模糊了爱情婚姻题材与都市小说的边界，借助周杰伦的歌名，将爱的真谛与欲望的纠结加以形象化的描绘，堪称作者独创的"有意味的形式"。

有两部知识分子题材小说是江苏近年较少出现的。一部是裴文的《文人》。继作者的《高等学府》之后，《文人》再度将审美视野聚焦于大学，以东方大学美学院为缩影，以博士生秦坤的求学生涯及其后的人生际遇为主线，塑造了教授、博士和商人等高端群体形象，同时也尖锐地反思了高等教育的种种问题和弊端。小说取名"文人"也意味着小说自觉地以人物性格及性格的复杂性为审美重心。特别是学霸级的人物形象武有田院长、副校长，在作家笔下，虽有着集学、官、商于一体的不无丑陋的一面，也流露出无奈、悲情的色彩。另一部是陆渭南的《纸媒无故事》。前者塑造的是以学人为核心的"文人"，后者则是以日报社为缩影的"文化人"。在强大的互联网技术的冲击下，以阚三强等为代表的纸媒知识分子别无选择地陷入失落焦虑与转型奋争的矛盾之中。这是一部新形势下的"编辑部的故事"，敏锐地提出了文化人何以自处的命题，具有强烈的现实意义。

吴万群的《潮涌灌江》为"行业小说"贡献了一道靓丽的风景。此作以色纺纱企业为审美核心，将当代色纺人、商会人艰难创业和痛苦转型的过程艺术化地加以再现。小说叙述文如其名，颇具激人奋进的力度和气势。文琴的《半亩地茶园纪事》则以细腻的才情将茶人茶事茶文化加以审美创造。人们都爱喝茶，但对茶叶的种、采、制行业却非常陌生，小说在野趣与雅趣相映成趣的叙述气氛中，给人以耳目一新之感。尤其是对几位茶女形象的成功塑造，为小说增添了几分缤纷灵动的审美气质。季玉创作的《一叶知秋》以淮安城为背景,既多姿多彩地描写了官场生活,也表现出几分民俗风情画的色彩。自传体长篇小说《为梦想插上翅膀》的作者本人苏晓琳,就是身高1.1米的"板凳姑娘"。为了实现求学、创业、恋爱、生子这些寻常人的寻常生活,她付出了极不寻常的努力;为了像普通人一样生活,她塑造出了超人般的意志。可以说,她本人的经历与情感,本身就是一部不可多得的长篇小说。

作为中国首部反映援助非洲事业的长篇小说,陶林的《丁香岛之恋》为2016年的长篇创作界留下了精彩的一笔。的确,正如作者本人所说的,这部小说艺术地记录了"一种新的全球化时代别样的景象"。真实的援非工作和经历既没有小说所描写的那样浪漫,也没有那么有趣,但读者在小说中看到的却是一座纷纭花开、蔚蓝洗尘的美丽群岛,一位勇敢探索、富有担当精神、独立成长的"80后"青年。在更多的文学创作是反映外国人在中国,更多文本充满了殖民主义或者后殖民主义气息的当下,该小说的人道主义色彩、大爱情怀及其自强气息、自信姿态、自由精神,不能不引起人们的关注。

鲁迅曾经说过,悲剧是将人生有价值的毁灭给人看,喜剧是将人生无价值的撕破给人看。在鲁迅的时代,当他面对数千年封建社会历史与文化道德传统,当他站在文学家与思想大师的高度上,他很清楚人生那"无价值的"或者"有价值的"是什么,在哪里。然而,在二十一世纪,当作家们面对生活的"现代进行时",突然发现人生有价值的是什么,无价值的是什么,这本身已经成了问题。更遑论用艺术之笔去毁灭什么,撕破什么。空气弥漫着雾霭,生活笼罩着帷幔,人人佩戴着面纱。这时候,小说叙述最有效的途径不再是撕破那些无价值的本质主义的东西,而是去直接撕破那些无处不在的面纱。从这个意义上说,高低长篇小说《安静的面纱》取了一个饶有意味的名字。这是一部综合反映当下生活面相的小说,小说所述从一个独特的地方开始:两省交界处,城乡接合部。故事开始的车祸也是作者高低蓄意导演的:通过一次意外的车祸,各色人等便有了机会发生戏剧性的直接关联。于是,富二代、农民工、白领、普通市民和工人等,有机地融入同一个审美世界之中。在城乡边界日趋模糊的当下,在身份意识日益复杂的今天,这篇小说表现出独到的启示价值。

三、发掘英雄精神,弘扬民族文化

在 2016 年众多的江苏长篇小说创作中,张苏宁的《枕河人家》是非常独特而杰出的一部。这是一部集百年苏州地域文化史、风俗史、家族史、个体心史与民族史诗于一身的审美结晶。晚唐诗人杜荀鹤有诗云,"君到姑苏见,人家尽枕河",传神地描绘出江南吴地的秀美风光与极致意蕴。"枕河"二字更令水乡特色与奇妙魅力活脱而出。自此,古苏州便有了"枕河人家"或"枕水人家"的专用别称和文化美誉。江苏凤凰文艺出版社不久前出版了苏州作家张苏宁的长篇小说《枕河人家》,这部洋洋 60 余万言、历时 8 年写成的小说,建构了一个视野宏阔、内容浩繁,令人荡气回肠的审美世界。在这里,"枕河人家"被赋予了新的精神气质、文化内涵和超越性的审美升华。《枕河人家》出版后很快便得到较多评论家的关注,也引起了广大读者的热议。作为"中国故事"与"中国讲法"的成功尝试,笔者忍不住要在这里用较大的篇幅展开评价。

小说叙述从晚清开始,直至新世纪之交。姑苏城内潘家获得珍品大盂鼎、大克鼎和《枕河图》,其后历经波折,几代人付出了多重艰辛、无数心血乃至生命的代价,最后保住国宝并捐赠给国家。小说围绕着这一波澜壮阔的主线,交织进文化与历史、个体命运与社会发展的复杂动荡关系。不少作家、评论家颇为敏锐地指出了作品对苏州书写的丰厚和优雅,也发现了其苏式情绪的精彩演绎和挥洒。不过,要理解这部巨作的复杂内蕴与审美特质,还需要更多的美学角度和叙事学视野的考察。

在我看来,《枕河人家》在处理历史与当下、民族与个体的关系等方面,较大限度地摆脱了传统历史主义和流行的新历史主义写作的双重束缚。传统历史主义写作强调历史潮流与整体走向,往往忽视个体的声音;一些流行的新历史主义创作又因为过分推崇民间史、野史稗史的审美作用，导致只见树木不见森林。《枕河人家》在小说叙述上则以个体记忆缝缀家族往事，以个人叙述牵引宏大叙事，以当代故事勾连近代历史，显示出作家审美上的独具匠心和高超的艺术功力。

家族题材小说与家族史叙事在"五四"以来文学史上一直是一大创作热点，而且名著很多，像巴金的《家》、路翎的《财主底儿女们》、陈忠实的《白鹿原》、张炜的《家族》等。这些家族叙事有一个共同点，即大部分小说为了突出"大家族即小社会"的宏阔视野与历史趋势，基本采取的是第三人称全知全能的叙述视角。同样以家族叙事为基本审美骨架的《枕河人家》，却别开生面地运用第一人称的有限视角，创造性地采取了以个体记忆缝缀家族往事的叙事技巧。

晚清的故事，包括宝物的来历、因宝得祸、护宝从京城到姑苏，是"我"小时候从潘氏家族年谱及家传"收藏史话"中读到的。有些隐秘的故事则是"我"小时从大人那里偷听来的。从宝物转移到中华人民共和国成立近五十年的家族往事则基本都是"我"从外婆潘丁兆君那里听来的。从晚清到辛亥到历次战争再到中华人民共和国成立前，社会风云变幻，贵潘家族不但在革命漩涡中沉浮动荡，护宝的过程尤其曲折复杂、惊心动魄。随着"我"从出生到成长、从懵懂不解到知晓世情人心，1949 年之后五十年的家族往事，也逐渐清晰完整地展现在读者面前。

严格说来，外婆讲故事是另一个以"我"（即外婆）为叙述者的第一人称叙事，因为外婆作为讲述者同样属于有限视角。但是作家巧妙地采取了转述的形式，没有直接采取外婆讲故事的原声话语，这样便由另 个第一人称转化成第三人称叙事。于是，这些故事的讲述既保留了亲切本真的审美色彩，同时又加入了"我"的理解。如是，一方面"我"与"外婆"两个第一人称连环相套；另一方面，第一人称与第三人称交相辉映互文互补，形成了一种叙事的复调。这种复调使得家族史得到了"内聚焦"而非由外向内透视的美学效果。

　　无论是作为家族秘密追踪者的"我"，还是作为历史见证人的外婆，都是小说中重要的女性形象。"我"的率真、细腻以及追根刨底的好奇心，外婆的历经沧桑、命运多舛、性情柔韧、充满智慧，使整部小说既天然地带上了身临其境般的个人叙述色彩，又将社会动荡发展与百年苏州文化嬗变的曲折历程和嬗变轨迹，由内向外地牵引出来，流露出强烈的民族心史的文化意味。于似乎不经意的娓娓道来的语言流程中，气势磅礴的宏大叙事清晰地浮现在读者脑海中，这让人不得不佩服作家驾驭重大题材的独特的叙事能力。

　　一切历史都是当代史。《枕河人家》的当代意识与人文精神不仅灌注于小说的字里行间，而且直接在叙事的表层结构上采取了当代史叙述，甚至可以说，这也是一部以"我"为主人公的成长小说。从孩童时期到上学工作，从恋爱婚姻到历经各种运动，然后是人到中年的成熟与忙碌。在这一成长过程中，外婆的历史讲述断断续续地穿插进来。时空的交错，不仅使历史的叙述得以勾连，更重要的是在叙事者思想嬗变的映照之下，新一辈人与祖辈父辈们形成了思想的对话关系，心灵的交流感大大增强。潘祖荫、潘祖云、罗平、建国、若文阿婆、若兰阿婆、周霞影、林红等，这些人物形象便跃然纸上。

　　史诗的本质首先是诗，其次才是史。个体情怀的强度介入，抒情性、回忆性、反刍性意味浓厚的叙述文体，赋予了小说不同凡响的文化诗学的品味。读罢《枕河人家》，掩卷沉思，我仿佛突然看到了小说最后一句话所写的外婆那"手不经意地翘起"的"兰花指"，它真是"优美得让我心里发颤"！

　　2016年有三部战争题材小说引人注目。裴指海的《香颂》是作者的"幸存者三部曲"的最后一部。在我看来，取名"幸存者"意味着小说的叙述重心不在于战争本身，不在于军旅生涯，而在于战争与和平的过渡和交织。在叙述时间跨度上可以是从战争时期到和平时期，可以分成两个时段，然而人物的命运、人性的嬗变却无法如此分明地进行物理性的切割。所以说，《香颂》作为"幸存者三部曲"的收官之作，它的意义恰恰在于深刻地写出了幸存者的不幸，揭示了幸运者的悲剧。另一部是王守富的《铁郭传》，系抗日战争题材。作者进行了长期的调查和考证,将日军在宿城区犯下的滔天罪行,以及当地游击队和群众奋勇抗战的英勇事迹艺术地再现出来。第三部孙家山的《潇潇骆马湖》则属古代民族战争题材。小说以南宋时期宿迁骆马湖人的抗金故事为蓝本,大气磅礴地展现了民族英雄主义精神的薪火相传。

说起民族精神建构,有两部武侠小说是不可绕过的。一部是吴劲的《罡草英豪》,既有镇江人熟悉的地域文化传统色彩,又充满侠义豪迈之气概。另一部是朱乐天的《雪山天龙·五代柴荣大帝》。笔者有意把《雪山天龙·五代柴荣大帝》称为"后新武侠小说"。它所营构的审美情境颇为独特,比如它用古典诗词渲染情境,用景物描写暗示人物性格和命运,用章回体方式架构情节和控制叙事节奏等,这些对中国武侠小说等通俗文学传统艺术的继承和娴熟的运用,十分契合读者的审美接受心理结构,使人在愉悦阅读的同时被吸引进历史与人物的深层结构之中。

之所以视其为"后新武侠小说",更多的是因为它与长期以来流行的新武侠小说创作相比有了一系列新的文化元素和叙事特色。首先,与新武侠小说相比,这部作品更加重视历史精神的发掘,是当代意识与民族意识充分结合的作品。像金庸等的新武侠小说虽然也比较关注历史环境与历史重大事件的描写,但总体上,金庸小说仍然是以历史叙事为情境、为舞台,而以武侠故事为核心、为主角。而古龙等作家的很多小说则几乎不涉及历史描写。《雪山天龙》不同,它的武侠故事与历史描写基本被置于同等重要的审美层面上。小说对于五代柴荣大帝参与的许多历史事件进行了审美化的叙述,细节上以虚构为美,整体上则具有求真的旨趣。小说既以大胆的审美想象重述历史进程,又追求精神上的"神似"效果,直面历史,从而深入挖掘民族历史与历史深处的精神原动力。

其次,朱乐天这部《雪山天龙》追求民间立场与主流意识的高度融合和统一。我们不难注意到,新武侠小说一般是不以皇帝或权贵为最重要的主人公的,因为新武侠小说叙述一般要追求完全不同于世俗世界的江湖世界的独特逻辑,以江湖世界的逻辑展开故事情节和塑造人物形象。《雪山天龙》则不同。比如,柴荣的师傅昆仑子虽然是世外高人,但并非不闻世事,而是心怀天下,要保护国家与大众民生的走向不能误入偏途。他将这一愿望的实现寄托在柴荣身上。民间立场与历史主流价值在这里是互相依托、彼此呼应的。由此可见,作者朱乐天在写作中充满着强烈的当代审美意识,表现出追求大叙事与小叙事相统一的文化理想。

再次,这部小说在艺术形式上以武侠故事为叙事的主体结构,大胆地融合交织进其他类型的叙事美学元素。除了融合了许多的历史叙事、言情书写的美学元素之外,还交织进大量的奇幻文学、战争文学、历史演义等多重美学形式。这种追求"混融性"的表现形式可以说正是后新武侠小说最重要的美学特征之一。对于今天的读书界来说,这一特点也许是至关重要的,因为年轻的读者,特别是九十年代以后出生的一代,他们从小受网络文学影响形成的阅读习惯会使他们非常喜欢这样的作品。抓住了较大的读者群,自然会扩大这部小说在审美精神与文化意识等方面的传播。

深耕于当下生活的审美和突破

——2017 年江苏长篇小说综评

对于江苏长篇小说创作来说，2017 年不仅是一个丰收年，更是一个全面展现新时代气象且在艺术水准上表现出强大爆发力的一年。几乎可以说 2017 年就是当代长篇小说的"江苏年"。这一年，赵本夫《天漏邑》、周梅森《人民的名义》、叶兆言《刻骨铭心》、鲁敏《奔月》、王大进《眺望》、铁平《世界的光》、黄孝阳《众生：迷宫》等名家巨作形成井喷之势，恰如一场审美的风暴，一场文学的盛宴。

一、乡土文学的思想突破与审美创新

作为一部架构于现实与神话、现在与历史、罪恶与抗争、真实与寓言之间的奇书，赵本夫的《天漏邑》讲述了一个谜一样的名叫天漏的村子。关于天漏邑，世间虽然流传着各种说法，但莫不强调它的特点即在于"罪恶的渊薮，抑或自由的天堂"。小说叙事层层剖视天漏村这样一个与世隔绝、天象诡异、人行古怪、历史久远的古代东方文明的标本。围绕这个神秘村落发生的奇奇怪怪、是是非非，小说探寻、展现了大自然幽远奥秘的本源与文明人性的最深层秘纹，深入道德、文化、审美、历史等领域的内核，对读者的审美体验产生了巨大冲击。透过小说开篇与扉页的几则引文，读者大概可以从中窥视其叙事倾向的一二秘密。一则引自《列子·汤问》，暗寓天漏村就是"天空的一个破绽"；另一则出自茨威格《异端权利》："我们的世界大得足以容纳许多真理。"《天漏邑》叙事的自由、审美的自由、想象的自由，也许就得益于这些被容纳的真理，我们也得以看到了中国古典传奇小说、西方现代叙事迷宫、诗性叙事、科学调查、非虚构写作等多重策略、多种意蕴、多维度审美精神气质的杂糅融合。小说设定了两条叙事线索：一条是裴专家、柳先生、祢五常等人对天漏村奇异天象之谜的探查。天漏村历来气象怪异，风云突起，雨雾异色，雷电杀人，三千多年来被雷劈死了一万八千多人。另一条是以宋源、千张子和檀黛云等人物形象架构起的抗战与"文革"的叙事。在这条线索上，作者塑造了宋源、千张子等与传统抗日英雄形象、叛徒形象内涵迥异的人物形象，给予人物行为、选择以深刻的理解。这两条线索使得通过审美重新审视历史与现在、自然与文明、天象与人心、诗意与罪恶的努力成为可能。在自然、社会、人性的重重迷雾中，道德人伦、正义邪恶、哲理法规等均模糊了被历史赋予的面目，而东方文明母体中个体和历史匍匐潜行的带血印记则凸显出来，呈现出陌生化的效果和自由叙事的无限魅力。

沙黑的《四月南风》以改革开放初期里下河地区的农村变革为背景，以小英子与父亲分别代表的新一代农民和老一代农民的冲突为主线展开故事。两代人之间既有妥协又有抗争，既有无奈又有新的生机和选择，思想灵魂的激荡和不可遏止的现代性力量，像四月天的南风一样扑面而来，给人耳目一新之感。与上部长篇相比，李明官的《衣胞地》同属里下河地区的乡土小说，但其故事叙述扩展至 1947 至 1991 年之间。其间的重大历史事件、历史的变迁与小小范家村里一个家族的兴衰遥相呼应，以大衬小，以小寓大。小说叙事于水乡世界浓郁风情的刻画中，流露出淡淡的乡愁。

乡土小说的审美内涵在不断地延展。王清平的《洪泽湖畔》深刻描写了从实行联产承包责任制到新型城镇化到来后农村世界的巨大变化。小说叙事以二十世纪后期农村的变革为背景，以初中毕业后的"我"为重要视角，以牛姓小户人家与石姓大户人家两代人之间的恩怨情仇为线索,将一对异父兄弟在庞大家族社会里的求学、婚恋和成长等经历,描摹得曲折生动、荡气回肠。该作集乡土小说、家族小说、成长小说于一身,具有重要的美学价值。

作家笔下的乡土世界不仅涉及宗法社会的解体、农村面貌的改变等与乡土直接相关的问题,也内蕴着哲学与信仰、人性的恒常与异化等似乎与乡土不直接相关的层面,在这一方面铁平的《世界的光》取得了突出的成就。这部长篇小说以农村灭狗的故事为核心,表层结构上似乎聚焦于人与狗的冲突,在深层结构上则表现为人性的内在冲突。小说将人的欲望与灵魂的升华、伦理秩序的解体与信仰的重建等重大命题交织其中,令人震惊之余不得不陷入更深刻的沉思之中。世界的光是由每个生命的光组成的,面对文化异化与人性异化的趋向,唯有奋力开掘每个生命的内在价值方为人类希望之所在。

随着城镇化的迅猛发展,一方面,城与乡的界线越来越模糊;另一方面,那些即将消失或者变异的乡村传统深深地牵动着作家的情感与神经,这也将带来新的审美风貌。丹青的《长清短清》和张兆珍的《芦苇花又开》两部长篇都是以当代史为题材,以追寻自我与爱为主旨,打破了城市与乡村的边界,充满着浓郁的扬州文化特色,同时又与我们置身其中的当下生活相贯通。与此同时,这两部小说也可以说是较好地体现了以本土审美讲好"中国故事"的最新成果。二者以本土审美讲好"中国故事"的追求是一致的,但是通往这一目的的途径各有千秋。相对而言,《长清短清》更多的是将扬州文化底蕴、审美传统与当代生活融合起来,形成了抒情与浪漫、象征与传奇相结合的美学风格;《芦苇花又开》则更多地关注扬州的风俗民情与人性人情的当代表现,形成了时代变迁与个体命运、地方风物与人性嬗变相结合的现实主义风格。

二、"人民"的主题成为长篇审美的重中之重

周梅森本年度推出了长篇力作《人民的名义》。根据这一小说改编的同名

电视剧引发了收视狂潮、全民热议,堪称现象级作品。小说讲述了最高人民检察院反贪总局侦查处处长侯亮平临危受命,调任地方检察院审查某贪腐案件,与腐败势力进行斗争的故事。经济体制改革给人民群众的生活带来活力,但同时也不可避免地引发新的矛盾,物欲权欲等也在催生着新的贪污腐败现象与心理异化曲线。在都市文学、青春文学、乡土文学、玄幻文学等流行的当下,犀利尖锐、切中时弊的反腐主题无疑是《人民的名义》引发全民追踪热议的一个重要原因,甚至吸引了一向追求时尚化、个性化、新鲜阅读体验的青年读者与观众。小说对当下政治生态与反腐斗争的描写达到了新的高度,细节真实细腻、令人瞠目,情节跌宕起伏、环环相扣:拍苍蝇、打老虎、海外猎狐、心理反腐、工厂拆迁、企业经济纠纷以及李代桃僵、离婚不离家等,这些描写突破了以往官场政治小说的框架尺度,生动地展现出消费时代新的反腐经验,艺术再现了新形势下党和国家反腐的意志与力度。这无疑得益于作家长期丰厚的生活体验、敏锐的观察力与敢于揭示真相的魄力。

更引人关注的是,小说虽然没有着力采用现代性的表现手法,但其对官场、社会个体精神心理层面以及人性人情的刻画入木三分、十分到位,人物形象复杂饱满又个性十足。某部委项目处长赵德汉平时生活比普通老百姓还要简朴,每月只给农村独居老母亲 300 元,天天用厨房水龙头偷水,却将贪污来的 239554600 元巨款堆满靠墙的铁柜,满墙的钞票仿佛小时候金黄的麦浪;曾经为民除害的缉毒英雄祁同伟,为了实现“自我价值”出卖爱情与自尊,大肆敛财,腐化堕落,聪明反被聪明误;某集团总经理刘建新长期为大 boss 之子输送利益,与其合谋侵吞挪用巨额国有资产,被捕前流利背诵《共产党宣言》;学生心中的学术偶像,进了官场依然儒雅智慧、深沉内敛的高育良书记,戴着面具沉溺于权力结构的网络,在桃李天下的幻象中自甘堕落、不可自拔;“无间道夫妻”中的另一方吴慧芬为了私欲和面子吞下丈夫出轨背叛的屈辱,瞒报离婚事实,面对学生的质问承认自己是“精致的利己主义者”;出身寒微的双胞胎姐妹高小琴、高小凤沦落为男人的玩物而甘之如饴。上述鲜活生动的人物形象及由之引发的种种怪现象不但发人深省、引人入胜，而且在整体上营造出一种穿透喧哗表象、透视人性异化情态的独特反讽意蕴，这也是作品引起青年人阅读热情的重要原因。

胡军生的长篇新作《套牢》从题名到叙事预示了这样的逻辑：官场、商场、情场，全是套路；但套路的本质是圈套，而圈套的本质是不仅套别人，最终套的是自己。当股民被股市套牢，商人被利益套牢，官员被雅藏套牢，男主也被女主套牢。开宗明义的小说题名，既是警示，更是严厉的拷问和急切的期待。

张宜春的《叹斜阳》将笔触深入潢源县一群官员那里，面对当地科级干部提前离岗退养政策的延续或调整，他们或骚动不安，或失落不甘，或仰天长叹。与此同时，对于"官丢了还不如死"的这一群人来说，置身于很可能失去权力的前夜，几乎都如出一辙、绞尽脑汁地让尚在手中的权力变现。斜阳意象以种种方式在小说中反复出现，起到很强的渲染效果与结构功能。让人不得不躬身自问，这其中的人性异化、生命分裂与复杂的生活基调，怎一声叹息了得？这里也有"套牢"的含义，权力套牢了人性。

在王向明的反腐小说《大浪淘沙》中，新任公安局局长因为打破了原单位的"潜规则"，差一点也被对方套牢。是胸怀人民的力量让他首先在人与人之间的心理较量中占了上风，并最终"大浪淘沙"。

可见，"大浪淘沙"是需要"底气"的。蔡烨佩的长篇小说《底气》在揭示农村现实文化的深层结构和复杂面相时，也提出了重大的人民的主题，正如小说中仁兆书记所说："中国如果再不依法治国，不要过多长时间，中国社会要出现权力吃人、人吃人的混乱现象，这不是危言耸听。"作家怀着强烈的文化使命感，着意探讨了二十一世纪乡村文化在未来的出路问题。姜凤对贾见真说，西华村与他们村最大的不同是"人把人当人"。小说深刻地预示了，法治其外、信仰其里方是以人民为中心的真正内涵。乔雅《心照日月》可以说也是这一主题的一个注脚。这部至今尚不多见的基层法官题材的长篇法治小说中，塑造了一个爱岗敬业、公正廉明的基层法官群像。可贵之处在于，小说并未将他们写成高大全式的英雄形象,他们有苦恼犹豫,有悸动不安,也常常遭遇误解和困难,是心怀人民的信仰和人民的参与让他们有了"心照日月"的"底气"。

王桂宏的《浮茶》以某地葫芦风景区开发为背景,也塑造了一位把人民利益始终放在心上的基层官员形象。经济加快发展与人民利益之间的冲突常常难以避免,群众上访的冲动、群众维权的骚动等亦让人被动无奈,但主人公能够平等地、"以人为目的"地与群众交心,能够将纠纷化解在萌芽状态。对于基层干部来说,所谓"胸有人民"莫过于此。

三、历史题材的审美突破及向当下生活的延伸

文学是人学,书写人的情怀,探寻人的精神世界,才能赢得共鸣。叶兆言着眼于二十世纪二三十年代风云变幻中活跃于南京的个体命运、悲欢离合、家国情怀的最新长篇《刻骨铭心》也是国内文坛的重要收获。整部小说由七章和后记构成,第一章两则故事中的"我"无论是身份、气质乃至这种写作手法都似曾相识,让我们在"新历史主义小说""新写实""先锋作家"等头衔中回想重温叶兆言的创作历程。从第二章开始,小说猝不及防地驶向新的叙事航道,以军阀混战、抗日救亡的南京为背景,描写了绍彭、希俨、外国人阿瑟·丹尼尔、王可大等酸甜苦辣、刻骨铭心的人生故事。他们的爱恨悲欢、青春热血在桃叶渡、高云岭 45 号、瞻园路 126 号等真实的坐标上尽意挥洒。他们与章太炎、魏特琳等共同经历大时代裂变的血雨腥风、雾雨琳琅。在"新历史主义"这个酒杯之内,叶兆言以平实素朴的手法酿造情感、命运的痛与爱,直令人饮之如醉,似梦非梦间仿佛跃身那个时代;又好似穿越回当下,大时代、小人物,生命轨迹中种种酸辛、悲苦、无奈、渴望在心头泛滥,在眼底流淌,感同身受,刻骨铭心。作者坦言自己写作时也难免抛洒男儿泪,这泪水入了酒,酒深入了肠,才能产生动人心魄的力量。

同是以南京为主要背景,同样是"秦淮故事",姑文的系列长篇《琉璃世琉

璃塔》《歌鹿鸣》《朝天阙》因其大众化的审美形式,受到读者的广泛阅读。其中,《朝天阙》是一部不可取代的重头戏。一座朝天宫,千年中华史。《朝天阙》巧妙地以南京的朝天宫为叙事背景和审美主线,串联起朝天宫四大弟子助张永铲除刘瑾、帮王守仁平乱、开琉球国等可读性极强的传奇故事,又纠集了江湖恩怨与颇具感染性的爱恨情仇。洋洋三卷本的《朝天阙》可以说既是中华历史的南京变奏曲,又是中国故事的一种"金陵讲法"。

下面拟就《朝天阙》专门展开较详细的论述。这不仅是因为其情节的紧凑与故事的精彩,更重要的是它成功地塑造了王阳明这一栩栩如生的人物形象。在中国历史文化发展过程中,程朱理学一直受到更大程度的接受,而对阳明心学的价值和意义开掘得相对不足,特别是它蕴含的现代性因素没有受到应有的重视。日本明治维新最重要的先导就是阳明心学,正如梁启超所说:"日本维新之治,心学之为用也。"近年来,越来越多的国人意识到王阳明堪称与孔子并列的圣贤大哲,如何从阳明心学汲取我们需要的现代性资源,直视和解决困扰当下的心理世界和心灵问题,也就成为一个迫切的时代命题。从这一意义上说,《朝天阙》的出版可谓适逢其时,启人深思。

要成功地塑造王守仁这样一位集立德、立言、立功于一身的全能大儒形象,最忌概念化和英雄化,最怕脱离了生活的源泉,不仅需要挖掘出其思想与哲理的深度和高度,更需要透射出其生活和心理的深层结构;不仅要刻画出其性格与命运中典型的和本质的层面,更要描写出人物性格曲折而复杂的发展过程。将外在事功与个体的心路历程结合起来,将历史传奇与个体命运结合起来,可贵的是,小说在以朝天宫传奇故事为叙事的表层结构之下,符合逻辑地嵌入人物性格发展的深层结构,将王守仁从为道所惑,到上下求索,再到创立心学的过程描写得极为微妙可感,细腻可信。

王守仁的一生本就颇具传奇色彩,他少儿时即才思敏捷,出口成章。12岁接触道教,立誓读书做圣贤。15岁出游居庸三关。对于圣贤人物,历史留下的也多是这些超越常人的史料。但传奇不是人生的最大本质,天才亦有天才的生命烦恼。《朝天阙》在尊重历史真实的前提下,通过合理的审美想象,用较多的笔墨描写了他年轻时的三大困扰。

其一是情爱婚恋的困扰。早年他与才貌双全、七步成诗的娄素素相互倾慕,却因父母之命娶了不相识的女子。守仁与诸家姑娘成亲的那一日,躲在道观里痛苦不堪,百般纠结。他既不能违抗父命,又割舍不掉与素素的情缘,不愿面对陌生的新娘,就这样竟然错过了婚礼的时辰。直到第二天才被诸家人找到。后人谈起此事,只谓守仁悟道成痴,连婚礼都忘记了。其实,这乃是守仁为不违背道义和保全家族颜面而谎称因论道而忘记了婚礼。王守仁反复追问自己:"循真情而行,从真心而动,有错吗? 如自己当年'存天理去人欲',眼睁睁与她错过,痛苦一世。就对了吗?"小说非常传神地写出了这来自个体生命本身的欲求与恪守圣贤之道间的矛盾。这矛盾及其带来的困惑与终身痛苦在此后一直伴随着阳明心学的产生与发展过程。

如果说这一困惑让王守仁深刻地体验到遵从内心还是遵从天理的矛盾,那么另一个困惑则直接导致他对后者的怀疑。16岁那年,守仁因崇信圣人"格物致知"的圣言,对着后院的竹子格了七天七夜,不吃不喝,终因霜寒露重,大病一场。他苦苦思索,不得不舍弃自己的"人欲",以牺牲一生幸福为代价存下的"天理"究竟是什么? 他格了一次又一次,为何始终格不出什么? 程与朱,终究无法让自己完全信服。

困惑之三,皇帝贪玩,阉党弄权,陷害忠良。守仁为此以死相拼,非但仍未撼动阉党,反使迫害更剧,甚至被整出个数百人的"奸党"名单,横遭迫害。守仁也曾寄希望于皇帝,绞尽脑汁上书陈情,但毫无结果。守仁不得不反思,原来自己如此微不足道,自诩博学广识,读书何止破了万卷? 可是丰富的知识并没有带来行动的成功! 到底该怎样做,怎样行动 ? 如何才能用所学治国平天下?

后得朝天宫的观主双梧真人指点迷津,守仁清晰地意识到自己所有的困惑与迷惘,都是有意义的。正德四年间,王阳明于龙场悟道成功:"天理"就在每一个人的心中,"心即理"这一伟大哲学由此诞生。后来在此基础上,形成了"心即理—知行合———致良知"这样一套完整的阳明心学之理论体系。

通过小说的叙述,我们不但看到传奇与心学诞生之双重变奏的过程,而且还能形象地感受到心学体系发展和完善的社会与生活来源。比如,守仁在出任南赣巡抚时不到一年间便平了为患多年的盗匪,建功立业,凭借的便是"知行合一"的心学理论。他"一生痛恨暴力和杀戮,信奉光明和良知,然而命运却一次次将自己推上战场"。阳明心学成就了他的立功,而立功又反过来更加完善了他的立言。

在小说所演绎的朝天宫传奇与阳明心学的双重变奏中,我们发现,从故事开始守仁避祸朝天宫到小说结尾阳明心学在南京堂皇光大,南京与阳明心学之间的密切关联既存在着主、客观的根源,又有着偶然与必然相结合的原因。阳明心学虽自正德四年于贵州龙场悟道便开始传播,但影响较小。直到几年后守仁被派往南京上任,在这江南文化鼎盛之地,阳明心学才得以广为传播,为大明社会接受。这除了心学本身的日趋完善、弟子的得力、守仁的身份等原因外,南京博大丰厚的文化底蕴、开放包容的学术气氛、四方交汇的地理优势、大明留都的宽松环境等,更是心学迅速发达的肥沃土壤。小说还不惜篇幅详细地讲述了王守仁在秦淮河畔审一个小偷的情节,精彩地展现了阳明心学的独特魅力和强大力量。起初那个小偷摆出一副恬不知耻的样子,守仁不断让他脱衣服,待脱到内裤的时候,小偷不肯脱了。这时守仁忽然笑了,明示众人,这说明小偷尚有羞耻之心,而羞耻之心就是他的"良知",只要我们把良心表现出来,就是"致良知",就能与圣贤比肩。

《朝天阙》既有大量类似的审美想象和细节刻画,也虚构了朝天、飞天等历史上没有但性格鲜明丰满的人物形象,他们与守仁形象的塑造相得益彰,互补相映,表现出作者在历史真实与艺术真实相统一、生活逻辑与性格逻辑相结合方面难能可贵的审美追求。

朱一卉的《沈绣》是我国首部展现非物质文化遗产仿真绣百年发展历史的

长篇小说。该作将沈绣的创始人沈寿的命运沉浮,尤其是她与清末实业家张謇互相欣赏的"半生缘"描写得有声有色,动人心弦。一句"人言鸳鸯必双宿,我视鸳鸯尝自独"更是将个中滋味渲染得淋漓尽致,令人唏嘘。小说叙事所及从清末到抗战,再到二十一世纪,上百个人物形象围绕着仿真绣的命运上演着惊心动魄的故事,个体史与家国史交相辉映,人性的神圣与罪恶,国族的尊严与屈辱,等等,丰富的文化内涵蕴寓其中。杨鹤高的《程震泰》围绕清代著名商号程震泰的创始人程开聚的传奇一生,生动地再现了清朝末年间社会的动荡与历史的变迁。活灵活现的主人公形象传达出坚强性格与坚韧精神,具有永恒的审美价值。

莺飞的《桑枯》将故事背景设置在二十世纪初至二十年代,主人公白水灵辗转漂泊的生活、情感经历书写着女性、水乡、东方的故事。开篇"我"家屋后的独眼女人说"我这辈子要经历五个男人",预示着"我"以及关于"我"的故事不可能简单明朗,必将陷入重重波折之中。由家道败落被送至远方大伯家并目睹男女通奸开始,"我"便陷入水涡之中一任沉浮,既无力掌控一己命运,又渴望抓住哪怕一丝生机。在与子鱼、朱先生、胡墨原、蒋司令等男人的复杂纠葛中,时代与命运的冥冥关联、伦理与性别的多般羁绊,于神秘、悲情、凄婉的叙事色彩中自然流露。这个"乱世佳人飘若浮萍"的东方故事被作家用成熟的语言、不急不躁的节奏、水汽饱满的情调娓娓呈现,仿佛一首东方女性的悲歌溢满心怀,绕梁不绝。

涂晓晴的《少年曹操》可谓一部融入当代自我哲学内涵的历史小说。该作以杀伐动荡又极富时代魅力的乱世三国为背景,探求摹写一个众说纷纭又极富个性魅力的人物——曹操的精神源头与心灵成长画卷。带着野花香味的裤管,沾满泥土的鞋子,这个少年郎怎样迈出融入时代核心的第一步?在鲜血染红、等级森严的洛阳城,他又怎样蕴化引领时代潮流的内在力量,成为"帝之辅弼,国之栋梁"?在其与郑玄、蔡邕等大师的求学历程中,我们不但看到一个独特饱满、多面灵动的灵魂的生成,更发现叙事者越过少年曹操,以深邃的现代人文意识、悲悯情怀重新阐释中华传统经典思想的努力。"什么才是自我?"在解构一切、一切皆虚的现代主义、后现代主义浪潮的冲击中,我们也许真的应该拿蔡邕当年询问曹操等学生的这个经典之句,问问自己。这也许正是《少年曹操》的文学意义之所在。许晶的历史小说《刘裕灭晋》也具有较高的文学价值和可读性。

金童的《润城往事》围绕着杨静波和金文静、陈雅静姐妹的革命经历与爱情纠葛,通过曲折生动的情节设计和感人的抒情笔调,使主人公坚贞不渝的性格魅力和崇高的家国情怀跃然纸上。

四、都市写作与当代题材的崭新面相

当代生活迅速变幻,都市乱象目不暇接,人们内心恶疾丛生,如何把握这个时代的人生情态与内在肌里,对长篇小说作家来说是最富挑战性的课题。鲁敏的《奔月》在把握当下时代的生活与人性现状方面,表现出了强大的思想驾驭能力和超常的美学天才水平。小说出版后论者常称该作着重于解答"我是谁"的问题。在我看来,它追问的不是带有身份意味的"我是谁",而是致力于解决更具哲学本质意义的"我是什么"的问题。鲁敏的创作是属于二十一世纪的,不仅是因为新世纪以后,她才开始写作,更因为她的小说在许多层面上与传统保持了很大的距离。她的几乎每一部每一篇作品都会有一种新的东西带给大家。

结合《奔月》出现的四次月亮意象,我们可以体验到主人公小六对"我是什么"的自我发现过程,也可以从中窥见鲁敏的思想发现之旅。"那月亮很是细瘦,但边缘清晰而冷峻,……"偶然的一次事故,给小六带来了完美的机遇。第一次出现的月亮,见证了小六变身吴梅的重要关节。第二次出现的月亮,见证了小六与一个新的男人林子拉手、亲近——"月亮还是那一枚,她还是那个她吗?"如果说第一次月亮的出现,照亮了她的逃离之路;那么,这第二次月亮的出现,则照亮了她的理性世界,她的思考开始深入。第三次,月亮是这样出现的:"唯一的旧相识还是只有天上那轮月亮,全世界共有的,又独属于她一个人的月亮,白泠泠地发着寒气。"这一次的月亮意象意味着,小六试图在一个全新的网络中寻找自我而失败,这正是一次重新自我发现的契机。第四次,月亮则是出现在小六再度逃离之后,即离开乌鹊城又隐身于南京之后,这时的她既不属于南京,也不属于乌鹊,像个幽灵,像个孤魂野鬼,也只有在这时,她发现南京也回不去了。只有在这时,小六才真正发现了自我。这个自我像一个新生儿一样终于降生了。此时她才发现,她的"自我"的本质与任何他人无关,也不属于任何世界。

赵波的《飞到世界的另一边》描写一位中国女作家与一位诺贝尔文学奖获得者的后辈相识而引起的中法恋情,但爱情是什么? 它与"我"的关系又是什么? 这一切本身都成为现代人不得不认真思考和面对的问题。因为"也许我谁也不爱,包括自己。或者爱只是一个阶段一个阶段里发生的事情,它和日常生活无关"。与此写作路向相反,在槭语暄笔下,现代人的都市生活则充满着高甜色彩。在《时光不矜持2》中,国际男模徐萧念与大提琴女神任微瞳的爱情故事在米兰上演。一个善于"耍赖皮",一个有着"特殊癖好"。男女之爱带上了现代人的游戏色彩。槭语暄的另一部长篇《心里住着一个人》,则描写了人生道路上漏洞百出的夏汐汐和自己曾经暗恋的腹黑高冷男神谢源川因偶然而结婚和因必然而获得真爱的故事。

五、底层叙事与社会问题小说的新特质

王大进本年度发表的长篇新作《眺望》可视为底层叙事的重要收获。二十一世纪经济的飞速发展与社会结构的变革与调整,使得社会各阶层利益集团出现新的变化、组合,中国形象、个体生存体验呈现出完全不同于以往的新鲜气质,而其中关于中产阶级日常消费生活经验的叙述、想象与审美判断则日益成为这一全新中国经验表达的核心,描摹中产者的日常情态以及成为一名合格消费者的逐梦之旅的都市文学、青春文学成为文坛主潮。这种消费审美意识更内化为一种自恋型中产者叙事伦理,不但不厌其烦、事无巨细地炫耀成功者内心情绪与外在状态的边边角角、零零碎碎、莺莺燕燕,而且在小人物的奋斗史中消解了情感与理性矛盾冲突的火花,青春靓丽的女孩子心甘情愿以身体换取物质享受,女性物化倾向更为严重。当然,也有作家如贾平凹、刘庆邦、陈应松等书写地下室、群租房、"城中村"、矿井煤窑、车间工棚中下岗工人与进城打工农民的生存轨迹及其喜怒悲欢,着笔于为灰蒙蒙的底层画像。生存线上挣扎的身影,因经济困窘所造成的性格的木讷、亲情的扭曲、爱情的无望,从而揭示了生活另一半的真相:在城市化进程中,原本热闹的村庄成了空心村,只剩下孩子、老人;进城打工的男人干着最脏最累的活,女人则不得不出卖自己的身体或者灵魂。《眺望》为这一底层浪潮增添了浓重的一笔,极大拓展了底层叙事的思想内涵。挣扎在城市底层的小人物汤小兰和柳叶叶(曹征路《问苍茫》)、倪红梅(曹征路《霓虹》)、范秋绵(叶弥《郎情妾意》)、方圆(吴玄《发廊》)等姐妹,从身体到内心都在经受着经济大潮、欲望风雨、男权枷锁的猛烈冲击,她们在瑟瑟发抖,她们在眺望什么? 在经济学、历史学枯燥的数字背后,汤小兰们的沉沦与眺望无疑是文学给予大时代的最深切的关怀与追问。

有几部可称为行业小说的长篇创作颇值一提。谈叶闻反映交警题材的长篇小说《黑面黄底》,以章回体的形式和热情洋溢的语言描写了可爱可敬的交警群像。王钧的《新华书店》,则结合悬疑、推理等手法反映了"新华书店"这一行业长达半个世纪的起伏变迁。徐向林的《蝮蛇行动》以电信网络诈骗的真实案例为原型,描写了与犯罪分子斗智斗勇的公安战线基层人物形象,教育性与可读性取得了较好的结合。

有两部反映教育行业的重要长篇创作。一是庞余亮的《顽童驯师记》。该作饶有趣味地描写了二十世纪八十年代末,一位师范毕业生在乡下小学的校园生活。一群顽童和一个小老师在斗智斗勇中共同成长，让人感慨于学校教育中爱与平等的魅力。同是教育题材，刘剑波的《悬挂的石头》则属反思教育问题的力作。一个无比善良、负责任的父亲，为了让念中学的孩子能够拿到满意的分数，竟然最终逼死了孩子。在这一悲剧中，S 中学更是难辞其咎。庞余亮《有的人》虽不属教育题材，但仍然涉及爱与沟通的问题，涉及父与子的冲突。彭三郎对父亲的恨似乎与生俱来，生活的内核几乎全是父亲带来的梦魇。而彭三郎与自己的儿子之间似乎亦存在着永恒的裂隙，父子之间竟然以"有的人"互称。这些问题的提出发人深省。

李昌祥的《草圣林散之》在蕴藉民族文化情怀的书画世界中，立体地塑造了"当代草圣"林散之这一形象，不仅将其传奇般的人生经历描写得扣人心弦，而且将书法艺术的内在精妙与民族文化意蕴融纳其中，达到了知识性与趣味性相统一的艺术境界。

六、先锋写作与科幻创作的新收获

继 2016 年《众生：设计师》后，黄孝阳于本年度继而推出长篇新作《众生：迷宫》。"我"刚一出生，父母即双双亡故。"我"不仅意外获救，还对周围的人们之前世今生心知肚明。全书以"我"寻找父亲—陷入迷宫—寻找自我架构整体，结合类似于科幻文学的艺术手法，融进关于人性的残缺、生命的脆弱、灵魂的深渊、欲望的破败等的思索，在充满先锋意味的探索精神中，撼动着人们看待世界的传统思维方式和关于生活、关于审美的惯常艺术逻辑。

吴楚的《长生》属于科幻悬疑小说。小说讲述了科学家于 2029 年，发现了一种能让人类的寿命延长至 200 岁的神奇物质。这种叫"上帝分子"的物质立即引来了全世界的疯狂。疯狂之下，人们又不得不面临人类文明即将灭亡的危机。陶然的科幻寓言体长篇小说《幻旅》则以科幻、武侠、悬疑等艺术手法相结合的方式将文坛众生相及其潜藏的文人灵魂揭示出来，引人深思。赵骏的悬疑侦探推理小说《揪出背后的人》，也具有极强的可读性和艺术感染力。陶林的《少年幸之旅·牧野之战》则别具匠心地将历史题材与科幻手法加以融合，把历史人物的塑造与虚构人物少年幸的成长经历的描写加以结合，给人带来新的审美享受。

回到人本与回归初心

——2018 年江苏长篇小说综评

一、文学回到"人"本身之后

随着社会生活越来越复杂,二十一世纪精神疾病日趋严重,回到人本与回归初心的愿景越来越显得既迫切又艰难,其探索性与挑战性也越来越有力地考验着小说家的叙事。2018 年,江苏作家为文坛奉献出了一批厚重的长篇创作,他们各自对这一问题进行了独到的回应和别开生面的叙事实践。

范小青的长篇新作《灭籍记》独到地深入社会理性与个体自我之间的关系之中,在人的真实存在与人的身份问题上发出了哲学性的终极追问,令人震撼亦令人深思。个体的存在和价值离不开社会理性的规范和制约,但有时候这种理性体系会吞噬一个人的个体自我。人的存在将永远面对这种悖论和荒谬,将与之做不间断的斗争。《灭籍记》的叙述主线虽然是吴正好、郑见桃、郑永梅等几个人物故事的串联,但它们有一个内在的共同特点,即都带有寻找身份的命定悲剧色彩。

吴正好的"假子真孙"身份本来就存在问题,一纸祖屋契约的意外出现将他的真实身份弄得更加扑朔迷离。这使得玩世不恭的吴正好也不得不认真起来,锲而不舍地陷入寻找父亲的亲生父母郑见桥和叶兰乡的迷宫之中。郑见桥的妹妹郑见桃因意外丢失了档案，便也失去了社会身份，而没有身份便意味着一个人的不存在。她先是盗用各种别人的"身份"苟且偷生，后来成功顶替了死去的嫂子叶兰乡的公职人员身份，才稍得安心。但这种安心又附加上了多少痛苦的扭曲和沉重的负担。在小说第二部分中，作为叙事者的郑见桃说"我知道我必须是叶兰乡"，一旦我说"我不是叶兰乡"，"他们就让我吃药"。更离奇的是，小说的另一个主人公，郑见桥、叶兰乡夫妇的儿子郑永梅竟然是个子虚乌有的存在。但他的户籍、档案等一应俱全。连证实这个儿子的确存在的目击者都不乏其人。因为，曾经有一段时期，郑永梅的父母每天晚上都在弄堂里喊："永梅回来吃饭吧！"

一个身份既可以让人毕其终身去追逐，也可以让人一夜之间在社会上无从立足；一张纸既能够让人死而复生，也能够让不存在的人存在于世。范小青敏锐地从社会的缝隙中发掘出"荒诞的种子"，并孕育成茂盛的文学之树。强大的文学想象力和透入骨髓的人生洞察力，使她的小说既挖掘出现实与历史中的荒诞本质，更直指其深刻的生命源头。

小说如何才能真正回到人本身，储福金的《念头》也给人无尽的思索；在对人自身的审美建构中，王大进长篇小说《眺望》则表现出从欲望之路到理性之旅的鲜明特色（参见本书关于《念头》及《眺望》的单篇评论）。《眺望》在上一年度发表在刊物上，本年度成书出版时增加了不少篇幅，小说的生活容量及审美的厚重感也因之大大增强。

二、"成长小说"再成长

2018 年江苏的长篇创作涌现了一批可在广义上称为"成长"小说的文本。它们关注人的成长问题，但又完全打破了以往成长小说的审美视野。二十世纪历史的风云动荡与人类多舛命运，二十一世纪社会的瞬息万变与人的精神危机的凸显，这一切使得作家对成长问题有了全新的认识。一方面，人的成长不再是那种从未成年人到成年人的比较一致的格式化进程,成长问题已经成为成年人本身也要不断面对的问题。换言之,那种世界观已形成、心理成熟、立场鲜明、性格稳定、意义上的"成年人"在这里已经不复存在。另一方面,成长的思想内涵与审美重心也已经发生转移。精神成长、心灵成长的意味更加突出,而成长过程的复杂性、隐秘性、可逆性,甚至"反成长"、扭曲成长等更多地进入作家的审美视域。

李凤群的《大野》就是这样一部大气而令人耳目一新的力作。小说关注的是与"新时期"几乎同步诞生的一代女性的成长体验与成长历程。为了集中探讨一代女性成长的复杂性,小说聚焦于两个成长之路大相径庭的主人公。一位是今宝,一位是在桃。出身于底层的小市民今宝,因家境困窘,上完高中即帮寡母养家糊口。两个弟弟过早混迹社会,在犯罪边缘游走,表弟被人打死也得不到公正审判。在贫穷和屈辱的强烈刺激下,她选择了嫁给做生意发了财的老三。为了拯救两个弟弟,今宝让丈夫教他们学做生意,后来又开公司将他们拉入做了股东。未料,正当风生水起的时候,两个弟弟合谋将公司的全款卷走。再加上婆媳间的矛盾、夫妻间的隔膜,今宝一度陷入绝望的深渊。养母的怨气冲天、暴躁脾气与养父的沉默寡言、懦弱无能,给私生女在桃留下了恐惧与饥饿、被蔑视与被侮辱的童年阴影,也使她养成了表面上粗野强大,实则茫然无助、绝望中不乏追求的叛逆性。从决绝地逃离农场到社会上摸爬滚打,她跟剧团走穴、到歌厅卖唱、被武装部干事奸污、被歌星玩弄、被男人包养,可以说遍尝了最底层的又不安分的人所能遇到的种种挫折与屈辱、血汗与泪水。

《大野》淋漓尽致地描写了两个姑娘近四十年的成长之痛,也淋漓尽致地刻画了她们不断在自我肯定与自我否定间自相撕扯、不断"从一种生活走向另一种生活"的成长轨迹。更重要的是,小说并未止步于此,它完全不同于一般的底层叙事,不纠缠于经济贫穷和社会困厄的反思层面上,而着力于人之主体潜在的能动性和人性力量,着力于心灵的成长。小说叙述巧妙地以两位主人公通信的形式,将两种相反方向的人生形式交叉起来,互为镜像,又彼此启发,内在地推动着两位主人公走上化繁为简、回归爱欲的自我救赎之途。今宝最终悟出了"忍耐比自由更重要"的生命哲理,在桃则萌生了新的担当,要为智力有障碍的弟弟而坚强地活下去。成长的过程也正是不断自我否定和寻找新的自我肯定的过程,宽恕、爱、回归和心灵的安宁,将成为成长完成的标志。无疑地,这也为现实生活中陷入困境中的现代人指出了一种成长的方向。

叶弥的长篇小说《风流图卷》,有意思的是这部成长小说自身也与作家一起经历了一个成长的过程。小说的第一、二卷的初稿在五年前发表,但后来叶弥发现其中的毛病太多,因为作家主体看待世界的方式发生了重大的改变,再看原作竟然"看出了一身冷汗",只有推翻了重建,才能继续进行第三、四卷的写作。作家在小说的"后记"中特别提到,作家让文本重生,修改使作家"养性",新的文本给作家带来的意义就在于它"引领着我成长"。

与《大野》对成长的理解不约而同地是,《风流图卷》的主人公孔燕妮最终得以回归"平静",正如小说最后一句所言:"我如在天堂,心中充满平静,我追逐情欲、爱、思想,也许这一切都是为了找到属于我的平静。"从五十年代末到六十年代末,孔燕妮经历了十余年内心充满着惊涛骇浪的成长过程。对立的母女关系,遭遇侮辱和欺骗,革命名义下对个体尊严的剥夺,情与欲的纠结,等等,这一切构成了孔燕妮如一个"精神孤儿"般成长的内在和外在生态。经历生命煎熬和心灵历险,经过对时代与人性的深刻思考,甚至在渡过自杀危机之后,孔燕妮才找到属于自己的自由,获得了"重生"。

《风流图卷》以自成体系的人性话语解构时代思想话语与宏大历史叙事。一方面,这些人物形象以通过经营自己理解的应该有的生活方式,建立一道少受或者不受外界冲击的生命屏障,从而回归内心,并回到自身存在的完整性;另一方面,当外界的冲击力强大到足以将任何屏障都扫荡殆尽时,他们只能以极端的方式保持住人格的最后完整性,以悲剧的形式来对抗社会对人格的撕裂。《风流图卷》以其深广复杂的时代与人性内涵,将"成长小说"推向一种更新颖开阔的审美境界。

与上述作品不同，庞余亮新作《有的人》将成长问题转移到男性，延伸至中年范畴，并直取父子关系作为核心审美视野。作家坚信，如果只看到父亲的背影，男人永远也长不大，《有的人》正是一部"直面父亲"之作，是"一部中年人的妥协史、一个父亲的心灵成长史"。小说围绕着业余诗人彭三郎、白若君和陈皮的中年际遇展开叙述，写他们如何从"诗歌之毒"的激烈青春步入中年，又如何在充满荒诞感的现实中走向迟到的成熟。主人公彭三郎很长时期内完全被笼罩在劣迹斑斑的父亲所带来的梦魇中，挥之不去，直到读大学后才从诗中找到"精神的父亲"。血缘的父亲只会"挡在前面"，唯有挣脱父亲的束缚，不再仰望他的背影，独自踏上旅程，才"意味着成长的开始"。对于彭三郎来说，成长不复是人们理解中的父母呵护下的成长，反而是他的逃离、他的远方。

《有的人》在某种程度上完全推翻了此前人们对"成长"的概念认知，带有强烈的二十一世纪的伦理革命的意味。尤其重要的是，小说叙述所营构的这种父子关系其实也正是整个社会系统的伦理秩序的具体化。压制与反压制、束缚与反束缚、理想与现实、远方与当下，种种矛盾无处不在。心灵的成长不仅是滞后的，更是充满艰难的，甚至在尚未成长之前，自己已经做了别人的父亲，成为挡在别人面前的"有的人"。也许我们能做的不仅是寻找到成熟有力的自我，同时还要亡羊补牢，为后面的人早日打开成长的精神空间。

陆永基的长篇小说《最后一个是合十》也是该年度不可多得的成长小说。小说写自小被遗弃美国的齐耳，收到律师函回国接受舅舅的巨额遗产，并由此踏上探寻自己身世之谜的道路。经过艰难探访，拨开重重迷障，小说还原了母亲张中秋和舅舅张重阳这姐弟俩令人动容的成长史。该作围绕着这段隐秘的成长史，将人性的偏执与宽容、扭曲与执着、恶欲与善念之间的矛盾缓缓道来，最后以悲悯和释然通达人的自我救赎。对于从小就有探秘欲和窥私癖的"我"来说，最终也走至"最后一个是合十"的成熟境界，这正是体现小说叙述主旨的点睛之笔。

李世君新作《裸绿》是他"我们正年轻"四部曲的最后一部，写了"80后"一代的成长史。在这里,他们绝非人们误认为的"垮掉的一代"。尽管他们也要面对复杂的社会关系和人际纠纷,经历起落不定的情感纠葛,目睹生活的阴暗和荒唐,感受人性的异化和畸变,但他们不会轻易丧失初心,而是勇于接受挑战,追求理想和自我。正如小说总题名所意味的,"我们正年轻",我们付得起成长的代价!同样以年轻人为刻画对象,谭大海的长篇小说《沙河谣》以新时期以来苏北的柳林湾为背景,展现了他们从懵懂经由轻狂再至成熟的成长过程,读来亲切自然,令人感怀不已。

三、不忘初心与历史重述

在反腐小说领域颇有建树的丁捷又出版了新作《撕裂》,该作融官场题材、商场生活与文化圈于一体,将心理描写的精神分析与情节设计的戏剧性巧妙结合,生动地描述了张一嘉成功—失败—再成功—再失败的人生轨迹,成功地塑造了主人公张一嘉果敢圆通、复杂多元的典型性格特征。与一般反腐小说的叙事模式不同,该作着力于挖掘精英人物真实的内心世界。当张一嘉从传媒公司总经理的位子上被推下来时,小说更关注的是他内心世界的动荡;在他利用潜规则东山再起的过程中,小说尤为细腻地描写了他人性异化的微妙和复杂性。小说从普通人的基本根性入手,既写出了主人公欲望驱使下无所不用其极的一面,又写出了内心道德底线对他的潜在影响,可以说非常精准地剥开了光鲜人生表相下面的焦虑脆弱和孤独凄凉。另一方面,《撕裂》也与一般反腐小说的价值指向不同,它更多的笔墨聚焦于人生与成功的关系的思辨,深入灵魂本身的价值的探讨。掩卷沉思之下,人们不禁躬身自问:撕裂的灵魂之下,人生价值何在?

撕裂的灵魂永远创造不出人生的意义,唯有保持初心,方能塑造辉煌的自我。有三部带有自叙传性质的长篇创作就对"勿忘初心,方得始终"进行了精彩的审美演绎。在董新建的《风雪将至》中,主人公检察官苏方圆宁愿冒犯"为官之道",也要坚持有错必纠的法制原则,重审自己曾参与的冤假错案。正如作家"创作谈"所说,小说是用"文学之光去照亮""法律不及的角落"。在张荣超、谢昕梅创作的《我是扶贫书记》中,主人公李田野作为扶贫书记,不惧村里干部的"窝里斗",敢于"精准扶贫",令人感动。可以说,《我是扶贫书记》是新时代的"创业史",而李田野是有着梁生宝身上那种创业精神的英雄形象。在李海年的《大步流星》中,唐海林服役期满后,不忘初心,令人意外地放弃了被高薪聘请的机会,回到家乡献身他所钟情的教育事业。从"傻大兵"到"大步流星哥",小说成功地塑造了一位普通又不平凡的新青年形象。

在军旅题材领域,张新科的《鏖战》、刘跃清的《士兵凶猛》、李蓉的《秋水长天梦归舟》、张志夫的《风行谍影》都是 2018 年文坛的重要收获。作为国内首部全景描绘淮海战役的长篇小说,《鏖战》在作家走遍淮海大地、深入调研访谈、广泛查阅文献的基础上,艺术地还原了淮海战役的立体图景和真实原貌。《士兵凶猛》聚焦于连队生活,描写普通士兵可爱或迷惘、勇敢或脆弱等性格特点,将他们丰富的内心世界与精神面貌立体地呈现出来。《风行谍影》和《秋水长天梦归舟》都属于抗战题材,但各有其鲜明的审美特色。前者是谍战题材,来自中共地下党、军统、中统、汉奸等诸路人物展开了波诡云谲的殊死博弈。有意思的是,他们当年都是沛县中学的同学,因为家庭、信仰、爱情等各种原因加入不同的阵营。这更加强了故事情节的跌宕起伏,可读性与思想性俱佳。后者则以一个因战争沦为难童、进入保育院并苦寻母亲而不得的经历为主线,从一个普通家庭和一个普通孩子的视角反映了战争与和平、骨肉分离与民族统一的重大主题。

历史小说在 2018 年江苏长篇创作中照例占据较大的比重。比如郭重威的《梁武帝萧衍》、周德彬的《侯门虎将——周处传奇》、杨鹤高的《大清知府》、高仲泰的《荣毅仁的前半生》、赵劲的《大授衔》等,都是引人关注的作品。

当代史题材的长篇创作,也有重要的收获。徐晓思的《归湖》以巧妙的构思,为读者讲述了两个不同的审美世界:一个是黑暗的现实生活;一个是湖中荒岛上的自由生活。两个世界按照不同逻辑运行，通过二者的对照，小说深刻反思了现实世界对人的尊严和价值的掠夺。高祖伟的长篇小说《远走高飞》涉及一个颇为独到的题材领域。小说以1974—1976年下乡的"新三届"知青形象为主人公，将这批年轻人的情感冲突与内心世界揭示出来，表现出较强的典型意义和独特的审美价值。顾前的《杯酒人生》既是当代史题材的创作，也可视为世情小说。小说从改革开放初期"我"在某公司工作的经历开始叙述，将八九十年代社会的变化与普通人的心态嬗变娓娓道来。读者从中可以深切地感受到，他们的欲望与思绪、理想与热情、犹豫与困顿，与二十一世纪的确大不相同。小说以酒为媒，将刚刚过去却似乎已经渐渐远离的那个时期的背影，传神地再现出来，不经意间便令读者产生审美的共鸣。朱广英的《洒满星辉的秋天》则将笔触集中于二十世纪九十年代改革的阵痛期，在社会转型和企业改制的大背景下，满怀深情地描写了王秀云、王永新等下岗工人的故事。他们经历坎坷但不怨天尤人，生活艰难但乐观向上，闪现出温暖人心的生命光辉。

四、并不多余的话

文学回到人本身，当然也包括回到人的复杂性，诸如人的猥琐、丑陋、变态、恶欲等。但是，如此直面人生、挖掘人性的审美，绝不意味着作家主体自然而然地认同这样的人性或人生形式。无论描写的是怎样复杂的人性，小说表现出的叙事伦理却总是隐含着叙事主体某些内在的价值倾向。而这种内在的价值指向对一部作品思想艺术之高低有着直接的关系。笔者在阅读一些长篇小说的时候，有时候就深深地感到在作家主体与审美对象的关系上，出了一些问题。比如庞余亮的《有的人》，小说第一句话是这样的："父亲是最孤独的人，因为他们总是先死。"从小说立意要"直面父亲"的创作动机来说，这个开头颇有审美力度，也开门见山地切入肌理。但是，叙述者以"父亲总是先死"来加强叙事的冷静与深刻，却让读者不能不产生一种基本人性伦理上的不适感。在题为"挡在前面的人都有罪"的"后记"中,作者痛心疾首地慨叹:"挡在前面的人只知道填满我们的肚子,只知道教会我们生存,并不知道写诗和写诗的悲伤和快乐是什么。"笔者不禁要问,是谁规定父亲对儿子有那么多的义务?很多时候,父亲能够教会儿子生存,已经是儿子无可挑剔的足够伟大的父亲了。

小说"后记"的最后一句话说道:"……而我,把披着人皮的父亲们统统称之为:有的人。"这就更容易让人产生基本人伦道德上的违和感。父亲这一形象无论多么"有罪",在全知视角之下的叙述方式,与儿子视角之下的叙述方式,在根本上是不应该相同的。第三者可以说"我"的父亲"披着人皮","我"也可能在理性上认可,但在感性上,在基本的人伦底线上,却不会亲口这样说出来。既然被叙述者是"父亲",那么每个用词、每句话的语气、每个叙述单元的情绪,都必然是来自儿子的。儿子即使不能在行动上做到亲亲相隐,在叙事伦理上却无论如何是不宜脱口而出父亲"总是先死""披着人皮"这种话的。

如本文前面提到的,《有的人》以父与子的关系为审美表象,挖掘了当代人的存在与理想之间深刻的精神矛盾,其叙事的独特和思想的丰厚非常引人注目。但作者无意于处理好叙事主体与对象主体的关系。在某种程度上,恰恰是作者的"后记"强化了小说在叙事伦理上存在的瑕疵。之所以特别举该作为例,就是因为它的问题在当下长篇小说创作中,带有普遍容易被忽视的典型性。在第三人称叙事与第一人称叙事之间,在作家主体与人物对象世界之间,都存在着微妙而复杂的区别,混淆某些环节,或者忽略某些界限,都会影响长篇小说的整体审美价值。

图书在版编目(CIP)数据

文学回到人本身之后 / 张光芒著. —南京：南京
大学出版社，2019.12
(教育部人文社会科学重点研究基地南京大学中
国新文学研究中心学术文库 / 丁帆主编)
ISBN 978-7-305-23152-0

Ⅰ. ①文… Ⅱ. ①张… Ⅲ. ①中国文学-现代文学-
文学研究②中国文学-当代文学-文学研究 Ⅳ. ①I206.6

中国版本图书馆 CIP 数据核字(2020)第 057295 号

出版发行	南京大学出版社	
社　　址	南京市汉口路 22 号	邮　编 210093
出 版 人	金鑫荣	

丛 书 名　**教育部人文社会科学重点研究基地南京大学中国新文学研究中心学术文库**
书　　名　**文学回到人本身之后**
著　　者　张光芒
责任编辑　谭　天

照　　排　南京紫藤制版印务中心
印　　刷　南京爱德印刷有限公司
开　　本　718×1000　1/16　印张 19.5　字数 275 千
版　　次　2019 年 12 月第 1 版　2019 年 12 月第 1 次印刷
ISBN　978-7-305-23152-0
定　　价　88.00 元

网　　址　http://www.njupco.com
官方微博　http://weibo.com/njupco
官方微信　njupress
销售热线　025-83594756

丛 书 总 序

信息化、全球化、智能化的推进，尤其是网络的发展和自媒体的兴起，促使语言的功能空前拓展、价值大大提升，语言及语言生活日新月异，语言问题更加密切地与大众生活、经济社会发展乃至国家安全息息相关。因而上至国家，下至民众，都对语言问题日益重视，日常很多语言问题往往受到社会的普遍关注，有的甚至形成舆论热点。及时观测和把握语情动态，正确引导社会语言生活，化解语言问题，改善语言服务，促进语言生活和谐和语言健康发展，至关重要。

我们所说的语情，是指语言生活中的各种新情况，主要包括语言文字本身发展变化情况、语言文字的使用状况、语言文字领域的新进展及相关活动、与语言文字相关的舆情及事件等。现实语言生活中的语情，不仅是语言文字自身发展变化和语言文字使用状况的集中反映，也在一定程度上是社会的风向标和"晴雨表"，折射出相关的社情民意。关注和研究语情，不仅具有语言学的重要价值，而且对于社会安定、文化建设、经济社会发展等都具有十分重要的意义。

我国目前相对全面集中地关注、研究和发布语情状况的，是国家语委组编发布的四部皮书，即系统反映我国语言文字事业年度发展状况、语言文字方针政策和各领域相关数据的综合性报告《中国语言文字事业发展报告》（白皮书），调查分析我国年度语言文字使用基本状况及社会语言生活热点难点问题的《中国语言生活状况报告》（绿皮书），整理选编我国年度语言政策与规划及相关研究成果的《中国语言政策研究报告》（蓝皮书），以及介绍世界各国语言生活最新动态的《世界语言生活状况报告》（黄皮书）。这四部皮书各有侧重，相互补充，形成了较为完整的系列，产生了很好的影响。

然而，由于篇幅、主旨等因素限制，这四部皮书搜集、反映的语情并非全部，还有大量的具体语情信息未能涉及和收录。这就使得不少语情信息未得到关注，并可能被淹没甚至散失。这是一大缺憾。"中国语情档案丛书"正是为了弥补此缺憾而编撰的。本丛书力图全面搜集、整理和综合分析我国各年度的重要语情信息及相关研究信息，系统地建档立案，并依年序持续编撰，旨在为中国语情及其研究建立一套原始的信息资源档案，为国家语委四部皮书做些补充，留下真实的历史记忆，以供有关部门制定语言政策和规划、解决相关问题和有关领域学者开展学术研究作参考。如果把国家语委四部皮书看作中国语情"正编"的话，那么这套丛书就可被看作"外编"。

本丛书的主编单位中国语情与社会发展研究中心是国家语委的研究机构，是国家语言文字智库建设首批试点单位，主要从事中国语情监测分析和语言战略、语言政策与规划、有关国计民生的重大现实语言问题研究。其宗旨是："观测语言生活，解读社会万象，提供决策咨询，服务国家发展。""中国语情档案丛书"的内容全部来自本中心的语情监测分析信息，是在本中心所编的内部简报《中国语情》《中国语情特稿》《中国语情月报》和"中国语情动态资源库"基础上精选加工而成的。本丛书目前暂设以下三种：

一是《中国语情研究档案》，以中国语情与社会发展研究中心主办的内参《中国语情》和《中国语情特稿》为基础，精选其中研究当年重要语情和热点语情的文章进行精加工，力图集中反映当年社会各方面对重要语情和热点语情的不同看法及对策建议。

二是《中国语情年报》，以中国语情与社会发展研究中心主办的内部简报《中国语情月报》为基础，精选较重要的语情信息，进行进一步加工，以期集中反映当年中国语情的基本状况。

三是《汉语新词语档案》，以《中国语情》刊发的新词语追踪研究文章和《新词语快报》栏目所收词语为基础，进行适当增补和修改，可集中反映某时间段有代表性的新词新语和相关社会现象，既做侧重语言本体发展变化情况的梳理，也间或对社会语言生活及相关社会现象进行点评。